Mazagão
a cidade que atravessou o Atlântico

LAURENT VIDAL

MAZAGÃO
A CIDADE QUE ATRAVESSOU O ATLÂNTICO

Do Marrocos à Amazônia (1769-1783)

POSFÁCIO
JEAN DUVIGNAUD

TRADUÇÃO
MARCOS MARCIONILO

martins
Martins Fontes

O original desta obra foi publicado em francês com o título
Mazagão, la ville qui traversa l'Atlantique: Du Maroc à l'Amazonie (1769–1783).
© 2005, Département Aubier, Éditions Flammarion.
© 2008, Martins Editora Livraria Ltda., São Paulo, para a presente edição.

PRODUÇÃO EDITORIAL
Eliane de Abreu Santoro

PREPARAÇÃO
Mariana Echalar

REVISÃO
Huendel Viana
Eliane de Abreu Santoro
Simone Zaccarias
Maria Aparecida Salmeron

PROJETO GRÁFICO E CAPA
Renata Miyabe Ueda

PRODUÇÃO GRÁFICA
Demétrio Zanin

Dados Internacionais de Catalogação na Publicação (CIP)
(Câmara Brasileira do Livro, SP, Brasil)

Vidal, Laurent, 1961– .
   Mazagão, a cidade que atravessou o Atlântico : do Marrocos à Amazônia (1769–1783) / Laurent Vidal ; posfácio Jean Duvignaud ; tradução Marcos Marcionilo. – São Paulo : Martins, 2008.

   Título original: Mazagão, la ville qui traversa l'Atlantique : du Maroc à l'Amazonie (1769–1783)
   Bibliografia
   ISBN 978-85-99102-77-0

   1. Amazônia – Colonização 2. Brasil – História 3. Mazagão (Brasil) – História 4. Portugal – Colônias – Brasil – História – Século XVIII 5. Portugal – Colônias – Marrocos – História – Século XVIII 6. Portugueses – Deslocamento – Brasil – História – Século XVIII 7. Portugueses – Reinstalação – Brasil – História – Século XVIII I. Duvignaud, Jean. II. Título.

07-8203   CDD-981.03

Índices para catálogo sistemático:
1. Brasil : História : Século XVIII   981.03

Todos os direitos desta edição para o Brasil reservados à
MARTINS EDITORA LIVRARIA LTDA.
Rua Prof. Laerte Ramos de Carvalho, 163
01325-030   São Paulo SP Brasil
Tel. (11) 3116.0000   Fax (11) 3115.1072
info@martinseditora.com.br
www.martinseditora.com.br

SUMÁRIO

Lista das abreviaturas utilizadas 7

Introdução – AS CIDADES TAMBÉM SE DESLOCAM 9

1. A JANGADA DE PEDRA: UMA FORTALEZA CRISTÃ EM TERRA
   INFIEL (1514–1769) 15
   Entre o heroísmo e as artimanhas 16
   Retalhos de uma sociedade heterogênea 30
   O abandono da fortaleza (dezembro de 1768 – março de 1769) . . 37

2. UMA CIDADE EM TRÂNSITO: OS MAZAGANENSES EM LISBOA
   (MARÇO–SETEMBRO DE 1769) 51
   Primeiro movimento: a cidade flutuante faz vela rumo a Lisboa . . 51
   Defensores da fé transformados em povoadores do
   Novo Mundo 56
   Sobreviver sem muralhas 66
   O estranho face-a-face: a cidade colonial e a cidade
   da memória 84

3. UMA CIDADE À ESPERA DE MURALHAS: OS MAZAGANENSES EM
   SANTA MARIA DE BELÉM (1769..., 1771..., 1778) 87
   Segundo movimento: a cidade desmontada atravessa o Atlântico . 87
   O estado do Grão-Pará e Maranhão e a urbanização
   das fronteiras 94

Belém, cidade de espera 106
Viver... esperando! 118

4. NOVA MAZAGÃO, A CIDADE PALIMPSESTO (1770-1778) 137
As formas da cidade renascente 138
Os construtores de Nova Mazagão ou os "sem-rosto"
da Amazônia 144
Terceiro movimento: a cidade rema no rumo de suas
novas muralhas 153
Entre a cidade de papel e a cidade real: administrar a cidade
renascente 160
Tornar-se neomazaganense: uma identidade à prova da terra ... 175

5. A CIDADE MESTIÇA NO "PURGATÓRIO" AMAZÔNICO
(1771-1833) 191
A degradação da vila 193
A "linguagem perdida" de Mazagão 201
O retorno à ribalta da cidade da memória 215
Abandono ou regeneração? 227

6. O DESTINO DE MAZAGÃO, DE UM LADO E DO OUTRO DO
ATLÂNTICO (SÉCULOS XIX–XXI) 235
De papel e de pedra: as facetas de uma cidade ressuscitada 236
Uma comunidade diante da própria memória: a festa de
São Tiago 256

Conclusão – POR UMA HISTÓRIA SOCIAL DA ESPERA 275

Posfácio – Jean Duvignaud 281
Agradecimentos 283
Bibliografia consultada 285
Lista das tabelas 291
Créditos das imagens 293

LISTA DAS ABREVIATURAS UTILIZADAS

AHE   Arquivo Histórico do Exército (Brasil)
AHM   Arquivo Histórico Militar (Portugal)
AHU   Arquivo Histórico Ultramarino (Portugal)
ANRJ   Arquivo Nacional do Rio de Janeiro (Brasil)
ANTT   Arquivo Nacional da Torre do Tombo (Portugal)
APEPa Arquivo Público do Estado do Pará (Brasil)
AUC   Arquivo da Universidade de Coimbra (Portugal)
BNL   Biblioteca Nacional de Lisboa (Portugal)
BNRJ   Fundação Biblioteca Nacional do Rio de Janeiro (Brasil)
IHGB   Instituto Histórico e Geográfico Brasileiro do Pará (Brasil)
TC   Tribunal das Contas (Portugal)

Introdução
AS CIDADES TAMBÉM SE DESLOCAM

No princípio desta pesquisa, um acontecimento incomum: a fortaleza portuguesa de Mazagão, construída no coração das terras infiéis do Marrocos, é abandonada em março de 1769, enquanto seus 2 mil ocupantes tentam resistir ao cerco de 120 mil soldados mouros e berberes. Assim que foram evacuados, os habitantes da fortaleza são enviados à Amazônia para fundar uma nova Mazagão. Essa viagem só de ida para o Novo Mundo toma então a forma de uma longa odisséia: as famílias vão passar por Lisboa, onde esperarão seis meses antes de atravessar o Atlântico até Belém. Uma vez lá, é necessário que elas esperem a construção da nova Mazagão avançar, para poderem ser gradativamente transferidas: no mínimo, dois anos de espera, para alguns até dez anos, aos quais ainda é preciso acrescentar um trajeto de uns quinze dias feito em piroga. Os sofrimentos, as feridas do corpo e da alma acompanham cada um dos tempos desse interminável deslocamento.

O inaudito do gesto e também sua violência me projetam imediatamente para as tórridas terras da atualidade – Proust dava a isso o nome de "o rumor das distâncias atravessadas"[1]. Durante a leitura das peças dos arquivos da transferência de Mazagão, desfilam sob meus olhos as populações deslocadas em massa, essas sombras da história, os refugiados ins-

---
1. Marcel Proust, *À la recherche du temps perdu – Du côté de chez Swann* (Paris, Gallimard, 1966 [1. ed. 1913]), p. 46.

talados em zonas de espera ou em acampamentos de trânsito, jogados de uma terra para outra, de uma administração para outra – homens, mulheres, crianças, reduzidos a meros números durante o tempo de seu trânsito. O eletrochoque desse brutal ir-e-vir ainda deixa marcas...

*

Este estudo se refere, portanto, a uma situação urbana particular: o deslocamento de uma cidade ou, para ser mais preciso, a deportação forçada de uma comunidade urbana. Ele também permite refletir sobre a natureza da cidade em deslocamento: a que se reduz uma cidade quando ela é separada de seu território? E o que é uma sociedade urbana quando ela é desvinculada de suas formas urbanas? Para um projeto desses, o caso de Mazagão oferece ao historiador dados essenciais: como se prepara uma cidade para o deslocamento? Como ela é deslocada? E o que é que se desloca: os homens, os tijolos, as pedras, as formas, o imaginário?

Mas o deslocamento não é apenas uma simples translação no espaço – é também um deslocamento no tempo. Convém, então, pronunciar-se sobre o confronto da cidade e de seus habitantes com as múltiplas temporalidades cruzadas durante esse longo périplo. E que melhor exemplo haveria do que o de uma cidade que atravessa o Atlântico e conhece, durante sua transferência, três continentes – África, Europa, América? Em que o equilíbrio dos sentidos dessa comunidade é afetado por essas experiências múltiplas?

Aliás, é importante distinguir os dois ritmos cronológicos em ação nesse deslocamento – o do movimento e o da expectativa – nas zonas de trânsito. Nesses dois tempos, que forma assume a cidade deslocada? Para o traslado, a cidade deve ser amontoada, de modo a ser transportável: a que se reduz uma cidade para aquele que pretende transportá-la? Nos tempos de espera, a cidade pode, de certa maneira, espalhar-se, pôr-se à vontade: com que ela se parece, então?

Este estudo nos convida assim a dar uma atenção toda particular à singularidade das temporalidades da espera e do trânsito. Os historiadores raramente se interessaram por esses lapsos de tempo[2] e os re-

---

2. Lembremos que a palavra "lapso" vem do latim *lapsus*, "ação de escorregar" (*Le Robert: dictionnaire historique de la langue française*).

duziram a simples passagens obrigatórias para os indivíduos, como se eles não fossem minimamente capazes de modificar os comportamentos, as sensibilidades... Ora, entre a espera das muralhas e a lembrança das muralhas abandonadas instaura-se um entremeio no qual a comunidade mazaganense deve evoluir sem nunca se dissolver. Nesse intervalo, "que é inteiramente determinado por coisas que não são mais e por coisas que ainda não são"[3], o campo de possibilidades de repente se abre, as regras sociais podem ser deslocadas por experiências novas e, no limite, a ordem social pode ser ameaçada.

Depois do tempo do deslocamento, vem o momento do renascimento. A cidade foi desmontada, transportada, instalada transitoriamente, outra vez transportada, mais uma vez instalada provisoriamente; convém, então, "remontá-la". Tratar-se-ia de uma simples armação de Meccano? Sabemos que não basta reconstruir muralhas para devolver à cidade sua forma. Como passar da cidade deslocada para a cidade renascente? Alain Musset nos diz que é preciso levar em conta "o espírito da cidade"[4]. De acordo, mas quem é o depositário desse espírito da cidade? E esse espírito da cidade não foi alterado pelo deslocamento? Em que, por exemplo, o projeto de cidade do Estado português e o desejo de cidade dos mazaganenses são compatíveis?

*

Precisamos, então, pensar a cidade em deslocamento "dos dois lados"[5]: primeiramente, situar-nos ao lado da instituição que desloca, a fim de conhecer suas motivações e seus modos de ação, para em seguida compreender as reações daqueles que são deslocados: suas atitudes em face do arbítrio e da violência do gesto, em face do sofrimento do desarraigamento, mas também seus estratagemas e sua capacidade de tirar proveito de uma situação.

Tal procedimento nos situa, contudo, diante de uma dificuldade maior: a profusão de fontes administrativas e a escassez de fontes que transcre-

---

3. Hannah Arendt, *La crise de la culture* (Paris, Gallimard, 1972), p. 19 (apud François Hartog, *Régimes d'historicité: présentisme et expérience du temps* [Paris, Seuil, 2003], p. 15).
4. Alain Musset, *Villes nomades du Nouveau Monde* (Paris, Éditions de l'EHESS, 2002).
5. Cf. Carlo Ginzburg, "L'inquisitore come antropologo", em Regina Pozzi & Adriano Prosperi (orgs.), *Studi in onore di Armando Saitta dei suoi allievi pisani* (Pisa, Giardini, 1989), pp. 23-33.

vam diretamente a fala das pessoas transportadas ou que nos permitam perceber o jogo social dos mazaganenses. Em vão busquei os registros paroquiais de Mazagão: em Lisboa, Belém, Macapá, Mazagão, Rio de Janeiro... Na ausência de um "abre-te, sésamo", é preciso aprender a distinguir as pistas e a interpretá-las, de maneira a devolver seu exato lugar aos transportados. Desse modo, em meio às mudanças brutais do universo espacial, é preciso tentar imaginar "o possível e o provável"[6] das reações, a partir dos indícios mais ínfimos – como uma palavra inusual no léxico da administração. É a partir de informações fragmentárias que se podem reconstituir microrretratos, aceitando que uma pessoa surja das sombras por poucos instantes e a elas retorne quase instantaneamente. O tratamento metodológico das fontes encontra-se, pois, afetado por essa decisão prévia: com efeito, um procedimento desses leva a conceder mais importância a pistas ínfimas que a grandes veios. Mas não seria esse, já de início, o trabalho do historiador? Estabelecer ou restabelecer um justo equilíbrio entre esses dois pólos magnéticos que são o Estado e a sociedade? Porque, se o Estado produz numerosos registros escritos para transmitir as ordens acerca do deslocamento ou para relatar a própria ação – documentos cuidadosamente arquivados –, os mazaganenses só muito raramente escrevem[7]: alguns deles às vezes se lamentam, reivindicam uma indulgência da parte da coroa – e é freqüentemente um escrevente juramentado que redige a correspondência. É, pois, com o auxílio de um questionário extremamente denso que devemos distinguir pistas e indícios capazes de nos dar indicações sobre a "vivência social" dos mazaganenses. Sem esquecer os silêncios[8]...

Evidentemente, temos consciência de que corremos um risco não desprezível: o da superinterpretação. Mas contentar-nos com as indicações

---

6. Alain Corbin, *Le monde retrouvé de Louis-François Pinagot: sur les traces d'un inconnu (1798–1876)* (Paris, Flammarion, 1998).
7. Jorge Semprun, em *L'écriture ou la vie* (Paris, Gallimard, 1994), expõe, contudo, o problema da escrita de "uma experiência vivida invivível" (p. 26). Testemunha ocular do campo de Buchenwald, para sobreviver, ele teve de escolher entre dois prazeres: a escrita, que "o recalcava na asfixia dessa memória" (p. 146), ou a vida. O problema se apresentou nos mesmos termos aos mazaganenses? Não posso afirmá-lo. O que importa é simplesmente conservar na memória essa dificuldade, mesmo que eu não esteja comparando a deportação dos mazaganenses e a dos judeus sob o regime nazista.
8. "No século XVIII, não falta arquivo, ele cria o vazio e a falta que saber algum pode cumular. Utilizar o arquivo hoje é traduzir essa falta em pergunta, é despojá-lo desde o início", em Arlette Farge, *Le goût de l'archive* (Paris, Seuil, 1997), p. 71.

contidas nos arquivos relativos ao deslocamento de Mazagão, sem questioná-los, de modo a saber o que eles ocultam do cotidiano, não é igualmente superinterpretar a transferência, pura e simplesmente apagando um ator principal, os mazaganenses? Tal abdicação da história diante desse desafio não constituiria, afinal de contas, um renovado gesto de violência contra esses indivíduos[9], já suficientemente mutilados pela história? É preciso, pois, aceitar o dilema, outrora formulado por Carlo Ginzburg: "Assegurar um estatuto científico fraco para chegar a resultados convincentes ou assegurar um estatuto científico forte para chegar a resultados insignificantes"[10].

*

Este livro nasceu do "encontro imprevisto" de uma nota de rodapé e de um aprendiz de historiador...

Quantas obras percorri, desejoso de me iniciar na história do Brasil urbano, que relatavam em poucas linhas, jogadas no pé da página, esta espantosa história: a de uma cidade amazônica, nascida como resultado da transferência, desde o Marrocos, de uma fortaleza portuguesa inteira. Cada encontro com esse *pedaço* de história só fazia avivar um pouco mais minha curiosidade.

Ma-za-gão. Essas três sílabas me acompanham desde então, ressoando em uma cantilena obsessiva. E também, tal como uma oferenda a Clio, fiz a mim mesmo a promessa de resgatar esse nome de seu destino de rodapé!

Muitos anos mais tarde, depois de obter da Universidade de La Rochelle e do Ministério da Pesquisa francês o financiamento necessário para uma empreitada desse porte, pude envolver-me completamente na busca dessa história perdida.

Eu viajei.

Para Lisboa, El Jadida, Paris, Belém, Rio de Janeiro, Macapá, Mazagão Velho, Mazaganópolis, juntei pistas nos arquivos, nas bibliotecas e em longos passeios... E depois, voltando pouco a pouco à superfície, figuras e gestos tomaram forma para compor a trama dessa odisséia moderna.

---

9. Em contrapartida, não esqueço esta pergunta de Arlette Farge: "O que significa para o historiador tornar memorável a vida dos indivíduos restituindo-lhes uma história?", em *La chambre à deux lits et le cordonnier de Tel-Aviv: essai* (Paris, Seuil, 2000), p. 59.
10. Carlo Ginzburg, "Traces: racines d'un paradigme historique", em *Mythes, emblèmes, traces: morphologie et histoire* (Paris, Gallimard, 1989), p. 178.

1. A JANGADA DE PEDRA:
UMA FORTALEZA CRISTÃ EM TERRA INFIEL (1514-1769)

> – Que querem vocês que lhes diga? – fez o comandante. – São histórias um pouco complicadas... Aqui, é um pouco como um exílio, é preciso encontrar uma espécie de distração, é preciso esperar alguma coisa.
> Dino Buzzati, O deserto dos tártaros, 1949

Em maio de 1760, o novo governador de Mazagão, José Vasques Álvares da Cunha, confia a um amigo: "Náo tenho estranhado o clima, mas sim os seus abitantes". E fustiga tanto "os de dentro da Praça como os de fora quem so se destinguem em huns trazerem barba eos outros náo"[1]. O isolamento de Mazagão, filha solitária de Portugal no litoral atlântico do Marrocos, põe seus habitantes em um confinamento no limite do tolerável: ciúme, cobiça, fofoca, calúnia e insubordinação fazem a banalidade de um cotidiano que se tornara insuportável.

O governador José da Cunha compreendeu isso tão perfeitamente que, em muitas ocasiões, pede para retirar-se "de huma terra onde persizamte tudo me hororiza"[2], sem disfarçar o desgosto que lhe inspiram mouros e mazaganenses: "Basta de olhar para as máos desta mulheres (quem todas fazem os serviços mais groseiros de sua casa) para disgostarem os qualquer homem de gosto delicado"[3]. Lúcido, ele não tem a menor Ilusao sobre o modo com que sua ação à frente da fortaleza é percebida: "E todos me parece me dezejam ja daqui fora huns por lhes fazer aquela guerra quem he persiza para a conservação e respeito deste presidio eoutros por náo gostarem do trabalho que lhe dou acompanhado de

1. AUC – CCC, d. 25.
2. AUC – CCC, d. 38.
3. AUC – CCC, d. 28.

huma regular desceplina e aseyo"[4]. A atitude do governador José Vasques Álvares da Cunha não é isolada e também não deve ser posta na conta de um temperamento particular. Nesses anos, várias cartas ou reclamações dão testemunho de uma sensação de asfixia. Como essa fortaleza cristã em terra infiel, jóia da Coroa portuguesa no século XVI, pôde chegar a conhecer um clima tão deletério?

Entre o heroísmo e as artimanhas

A fundação de Mazagão é fruto da política de Portugal para o Marrocos. A dinastia dos Avis desenha pouco a pouco os contornos políticos portugueses no decorrer do século XV[5]. Essa política se inscreve no movimento de expansão da cristandade rumo às terras infiéis, na Reconquista que, a partir do século XIII, as Coroas da Península Ibérica desenvolvem contra os reinos mouros. Na segunda metade do século XV, o domínio de Portugal sobre o norte do Marrocos é tamanho que Afonso V (1448–81), chamado "o Africano", proclama-se "Rei de Portugal e dos Algarves, d'Aquém e d'Além-Mar em África". Mas a Reconquista não explica tudo. A partir do século XIV, sob o impulso de Henrique, o Navegador, Portugal se lança em um grande empreendimento de "descoberta" das ilhas e do litoral do Atlântico Sul. Esse pequeno país tenta contornar a África para chegar ao oceano Índico e, assim, expandir as trocas comerciais florescentes na Índia. Daí vem a necessidade de implantar entrepostos ao longo dessa rota marítima para abastecer os navios. É assim que toma forma, entre necessidades de controle e de abastecimento, as primeiras cidades lusófonas na África do Norte. "Em cada ponto escolhido procurava-se implantar não um, mas dois sítios solidamente povoados e defendidos, situados a uma distância não superior a um dia de viagem por terra ou por mar, com a máxima segurança. Essa dualidade servia ao apoio mútuo, à coesão comercial, à troca de informações e de decisões urgen-

---

4. AUC – CCC, d. 25.
5. A esse respeito, cf. Antônio Dias Farinha, "Norte de África", em Francisco Bethencourt & Kirti Chaudhuri (orgs.), *História da expansão portuguesa*, vol. 1: *A formação do Império (1415–1570)* (Lisboa, Círculo de Leitores, 1998), pp. 118-36.

tes, ao socorro com víveres e ao reforço militar em caso de perigo"⁶. É o que ocorre com o Algarve d'Além-Mar (*Gharb*), de Ceuta e Alcácer-Quibir, Tânger e Arzila. Mais ao sul, na terra dos mouros "de paz", que era como Portugal chamava essa região na época: Azamor e Mazagão, Safi e Aguz, Mogador e Agadir (Santa Cruz do Cabo de Gué).

Mazagão é instalada no núcleo dessa rede, na região de Dukkala, exatamente a meio caminho dos dois extremos do Marrocos lusófono, Tânger e Agadir. Essa posição intermédia se faz acompanhar de benefícios naturais: a baía na qual Mazagão é instalada é considerada o ponto mais

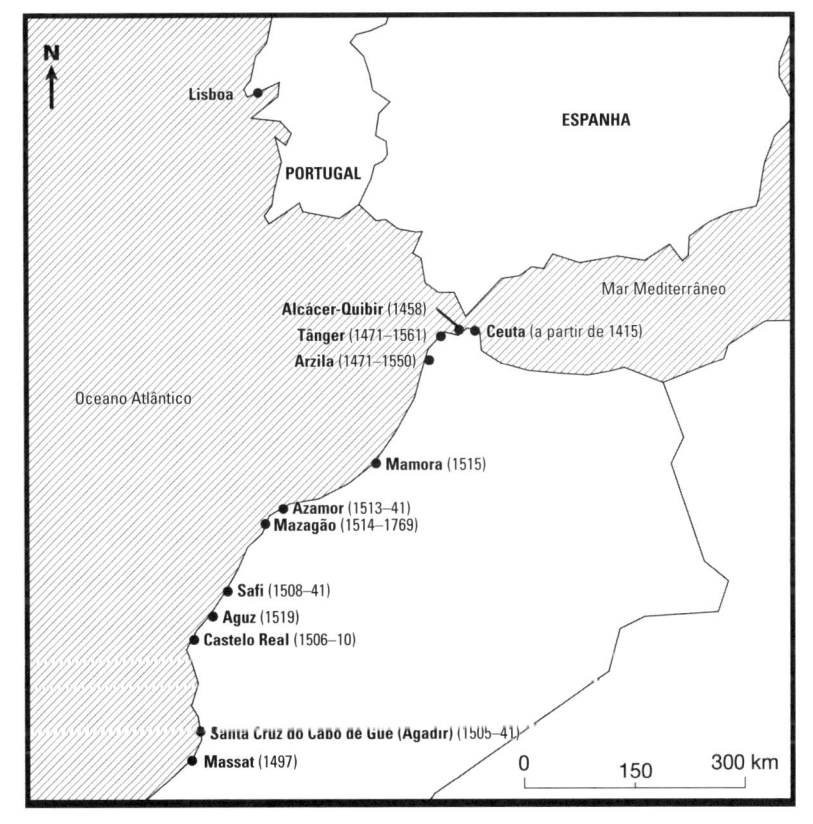

As possessões portuguesas no Marrocos

----

6. Rafael Moreira, *A construção de Mazagão: cartas inéditas, 1541–1542* (Lisboa, Ministério da Cultura, 2001), p. 23.

seguro para ancoragem em toda a costa atlântica do norte da África. Aliás, a região de Dukkala é uma das mais ricas regiões agrícolas do Marrocos: seu trigo já era famoso na época da ocupação romana. Alguns historiadores chegaram a querer identificar Mazagão com a localização de *Portus Rutubis*, evocado por Ptolomeu em sua *Geografia*[7].

Contudo, é apenas em 1502 que um primeiro navio português faz o reconhecimento da baía e do sítio e distingue uma antiga torre de guarda em ruínas (chamada de *El Brija*). Em 1509, o rei de Portugal manda construir um fortim quadrado, flanqueado por quatro torres, com a de *El Brija* a leste. Ele confia o governo desse Castelo Real a Martim Afonso de Melo. Os 25 cavaleiros e os cem soldados de infantaria entregues pelo rei a sua autoridade para assegurar a defesa do castelo não estão, contudo, em condições de rivalizar com as tropas do xerife de Meknes, mulá Zian, e têm de abandonar rapidamente o fortim. Só em 1514, depois de se terem tornado senhores de Azamor, é que os portugueses voltam a pisar na região e reforçam as defesas do castelo, que doravante passa a se chamar Mazagão. Esse nome seria derivado do topônimo berbere *Mazighan*, que significa "água do céu", termo usado na região para designar os poços destinados a recolher as águas das chuvas[8].

Mas a situação política evolui rapidamente na região: os xerifes de diferentes tribos, mulá Mohamed, de Fez, mulá Ahmed, de Marrakesh, e mulá Mohamed, de Tarudant, decretam a guerra santa para expulsar os portugueses da terra muçulmana. Enquanto as praças portuguesas são assediadas uma a uma e o abastecimento de homens, dinheiro e víveres é o mais irregular, o rei dom João III busca, diante de seu Conselho, aprovar o abandono de várias de suas praças-fortes marroquinas para concentrar suas forças em Mazagão (1534). Não esqueçamos que, nesse mesmo momento, a colonização do Brasil se torna uma preocupação maior para o soberano português, que enviou, em 1530, seu fiel amigo Martim Afonso de Souza para dar os primeiros passos do povoamento português no Brasil. Dado que as finanças do reino não eram elásticas e a demografia de Portugal não lhe permitia conduzir vastas operações

---

7. Joseph Goulven, *La Place de Mazagan sous la domination portugaise (1502–1769)* (Paris, Émile-Larose, 1917), p. 8.
8. Rafael Moreira, op. cit., p. 15.

geopolíticas em várias frentes, o rei dom João III decidiu-se a abandonar pouco a pouco suas praças-fortes. Isso se faria em 1550, com as deserções de Azamor, Alcácer-Quibir e Arzila.

Só resta, então, Mazagão[9]. Não se trata mais do castelo rudimentar do início do século: doravante, trata-se de uma fortaleza soberba, cheia de bastiões, cuja construção foi confiada, em 1541, ao engenheiro italiano Benedetto da Ravenna. Ele se serviu de Mazagão como um campo de experimentação para pôr à prova algumas das idéias que o grupo de engenheiros militares italianos estabelecera para a defesa das praças-fortes:

> Foi assim que este posto militar fronteiriço entre a Cristandade e o Islão tornou-se a primeira cidade ideal do renascimento fora da Europa, mostruário de civilização áo mesmo tempo que ponta de lança expansionista ocidental. Pensada para ser inexpugnável [...], Mazagão foi construída de raiz – sem D. João III o querer – com o voluntarismo de um bastião do Ocidente cravado no mundo atlântico e árabe (tal e qual o seu antecessor de igual nome fizera exactos sessenta anos antes no continente negro e Atlântico Sul, com o castelo-cidade de São Jorge da Mina) para assegurar a supremacia do homem branco no planeta e áos portugueses o controlo das rotas marítimas com o Brasil e o Oriente. Nehum documento de arquivo o diz. Mas é uma evidência escrita nas suas próprias formas[10].

E tal forma, ao mesmo tempo simples e complexa, resistirá a todos os assaltos e a todos os assédios, mesmo quando os atacantes se apresentam à razão de vinte contra um! Construída com uma das frentes para o mar, a fortaleza é um imenso quadrilátero de formato retangular, com metade repousando sobre um aterro, a ponto de parecer, a quem a observa desde a linha da costa, "uma cidade flutuante"[11], como uma jangada de pedra montada entre a planície e o oceano. Suas muralhas, de 11 metros de largura, elevam-se 14 metros acima do solo: "Há na cidade mais de

---

9. Na costa mediterrânea, Portugal ainda possui as cidades de Tânger (que vai se tornar espanhola em 1640, no fim do período de reunificação das coroas ibéricas) e Ceuta (que será cedida aos ingleses como dote da nova rainha da Inglaterra em 1661).
10. Rafael Moreira, op. cit., p. 52.
11. Ibid. Os lados mais longos têm 384 e 342 metros e os mais curtos atingem 296 e 240 metros.

VISTA DE MAZAGÃO

setecentas casas, a maioria assobradada, com terraços, janelas e portais de pedra"[12].

Largos e profundos fossos cavados em todo o entorno da muralha isolam ainda mais a fortaleza. O canal que circunda a muralha oeste, entre o bastião de São Tiago e o bastião do Espírito Santo, é capaz de acolher as mais importantes embarcações da época (depois que o piloto da barra tivesse tomado o leme para as manobras de aproximação)[13]. Quando vem a preamar, uma eclusa permite detê-la, a fim de embarcar ou desembarcar com a máxima segurança homens e mercadorias, que são em seguida encaminhados para o interior da fortaleza pela ponte levadiça e pela porta do Governador. Outro acesso é possível, porém é mais arriscado: a porta do mar. Situada no prolongamento da rua da Carreira, suas pesadas grades abrem diretamente para o oceano: ela só podia ser utilizada na preamar, quando se usavam chalupas para chegar aos navios ancorados ao largo.

Essa fortaleza majestosa vai, dentro em breve, passar por uma prova de fogo. Em 1561, o sultão mulá Abdallah (xerife da dinastia dos saadinos) decide reunir um numeroso exército para acabar com o enclave cristão, cuja presença é um insulto ao crescente islâmico. Convocando toda a Mauritânia, ele reúne em Marrakesh um exército de 120 mil homens – dos quais 37 mil são cavaleiros e 13.500 soldados sapadores –, apoiado por 24 peças de artilharia[14]. Ao ser comunicado dos preparati-

---

12. Robert Ricard, *Un document portugais sur la Place de Mazagan au début du XVIIe siècle* (Paris, Paul Geuthner, 1932), p. 24. As casas raramente excediam dois níveis, a fim de permanecer sob a linha das muralhas.
13. Em 1769, esse cargo coube a Antônio Batista, de 61 anos (AHU – Cod. 1784: "Rellação das Familias que vierão da Praça de Mazagão em 11 de março de 1769").
14. Para uma representação detalhada desse cerco, cf. o grande clássico de Luís Maria

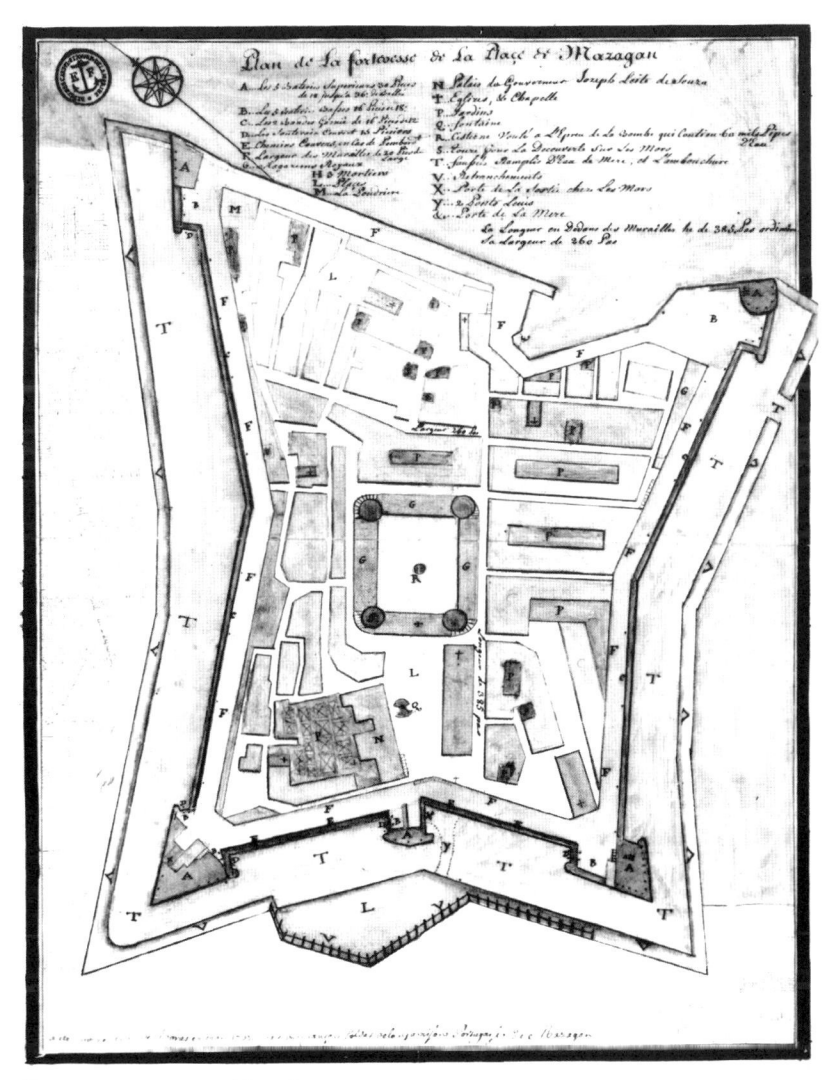

PLANO DA FORTALEZA DE MAZAGÃO

do Couto de Albuquerque da Cunha, *Memórias para a história da Praça de Mazagão* (Lisboa, Typographia da Academia, 1864), 176 p. O autor apóia-se especialmente no opúsculo de Agostinho de Gavy de Mendonça, testemunha ocular do assédio: *Historia do famoso cerco que o Xarife pos á fortaleza de Mazagam* (Lisboa, [s.n.], 1607). Cf., ainda, a obra de Joseph Goulven, op. cit. (para relatar o cerco de 1562, o autor apóia-se na obra de Luís Maria do Couto de Albuquerque da Cunha).

vos, o governador de Mazagão solicita à regente, dona Catarina, reforços e provisões suficientes para enfrentar um assédio. Os 2.600 habitantes de Mazagão não podem resistir sozinhos a esse exército. Seu filho, dom Sebastião, suplica-lhe que conceda os reforços solicitados. No total, são 20 mil homens armados que vão para Mazagão. Entre eles, seiscentos fidalgos obtêm autorização da regente para deixar Lisboa e ir em auxílio de seus irmãos de armas. Mesmo assim, o combate parece desproporcional: como essa fortaleza pode resistir a um cerco desses? Mas para o governador de Mazagão, Ruy Souza de Carvalho, "cavaleiro português algum é homem de temer o poderio e as ameaças dos mouros; todos oporão uma viva resistência e defenderão a fortaleza do Rei-Infante, seu soberano, pois todos os que se encontram na Praça juraram morrer ou vencer, e eles só morrem em guerra destruindo seus inimigos"[15].

Assim se inicia o grande cerco... e inaugura-se a lenda de Mazagão. Os mazaganenses vão opor uma resistência feroz, organizando-se para sobreviver sob bombardeios incessantes. Cercados por terra pelas trincheiras e paliçadas erguidas pelos soldados da engenharia moura, só resta uma única saída para os mazaganenses – a porta do mar, estreita abertura para o oceano, que permite a entrada de homens e de provisões, fio estendido que liga a praça-forte a Lisboa. Os soldados e a população sofrem as piores privações, mas estão determinados a resistir, a todo e qualquer custo. Pouco a pouco, começa a arrefecer o vigor dos soldados mouros, amedrontados com o grande número de mortos em suas fileiras. Quando o filho do sultão, mulá Mohamed, decide levantar o cerco no dia 7 de maio, suas tropas contabilizam 25 mil mortos. Do lado português, apenas 98 soldados e 19 civis pereceram.

Esse ato de bravura será considerado na Europa um momento crucial para a defesa da cristandade, que não se encontra ameaçada pelos infiéis apenas em seus flancos, mas também se vê desestabilizada desde seu interior pelas teses de Lutero e de Calvino. Pio IV, então inteiramente assoberbado pelas negociações do concílio de Trento, manda celebrar uma missa pontifical em ação de graças pela vitória obtida sobre os infiéis. A resistência de Mazagão foi uma tremenda sorte! O teólogo e poeta português André de Resende redige em latim um poema épico à glória desses

---
15. Luís Maria do Couto de Albuquerque da Cunha, op. cit., pp. 30-1.

soldados heróicos: "De bello mazagonico"[16]. Inspirando-se na peça *Os persas*, de Ésquilo, ele se situa na perspectiva dos inimigos para redigir seu poema e pôr em guarda contra os mouros: "Filhos do islã, atrás de vós estão batalhas nas quais cabeças rolaram a vossos pés". Alguns anos mais tarde, o poeta jesuíta Antônio Lopes redige, por sua vez, um poema épico. Diferentemente do poema de seu antecessor, que não foi difundido além das fronteiras de Portugal, o "De bello mazagonico" de Antônio Lopes será conhecido até em Roma! Mazagão é, na época, o orgulho de Portugal. Sua bravura mostra o caminho à cristandade: só a união de todos (do simples soldado até o nobre) é capaz de rechaçar todas as ameaças. A essa prosa épica, à qual se devem acrescentar numerosos outros textos e cartas, acrescenta-se a imagem: um magnífico plano do cerco de Mazagão é estabelecido e amplamente difundido. A intenção da coroa, com isso, é justamente aproveitar todas as oportunidades de exaltar, a partir da resistência de Mazagão, o heroísmo dos portugueses.

É preciso dizer que esse pequeno país se lança, em sua jóia colonial que é o Brasil, a uma tarefa desmedida: ocupar, proteger e valorizar um território bem mais vasto que o seu, exclusivamente com a ajuda de alguns milhares de homens. E igualmente converter as centenas de milhares de índios presentes no Brasil! Com a criação do governo-geral do Brasil em 1549 e com o abandono do sistema das capitanias hereditárias, o Estado português pretende retomar a iniciativa, apoiando-se para tanto na cooperação de todos os portugueses instalados no Brasil. Que melhor exemplo se tem, então, que o de Mazagão?

*

Mas, no interior das muralhas de Mazagão, as horas gloriosas da resistência heróica são sucedidas pelo tempo sem alívio de uma existência entediante: a fortaleza mergulha em um cotidiano monótono e repetitivo. Turnos de ronda se sucedem a... turnos de ronda: a partir dos bastiões do Serrao, do Governador e de Santo Antônio, que dão para o continen-

---

16. Para um estudo aprofundado desses poemas épicos e do modo como esse cerco de 1562 foi descrito, percebido e utilizado em Portugal depois da vitória dos mazaganenses, cf. o estudo de John R. C. Martyn, *The siege of Mazagão: a perilous moment in the defense of Christendom against Islam* (Nova York, Peter Lang, 1994). Os poemas de Resende e de Lopes são traduzidos do latim para o inglês. Note-se que, no fim da obra (pp. 206-7), o autor apresenta um mapa do cerco a Mazagão que data de 1562, quando na realidade se trata do cerco de 1769.

te, as sentinelas espreitam hipotéticas manobras das tropas mouras, ao passo que desde os bastiões do Anjo e do Norte, que dão para o mar, são os navios de abastecimento que se espreitam, ou então os piratas de Salé que, às vezes, vêm incomodá-los. De passagem pela fortaleza no início do século XVII, Pierre d'Avity anota escrupulosamente a organização militar das jornadas: "Todas as manhãs, saem cerca de quarenta cavalos de Mazagão, para ver se aparece alguém, e ficam fora até o meio-dia; depois, quando voltam, saem outros quarenta, que ficam em campanha até a noite, e há seis desses homens a cavalo que são chamados de atalaias, isto é, sentinelas, que ficam a grande distância da tropa, cada um isoladamente, e, quando descobrem algo, vão a galope se juntar à tropa. Então, as sentinelas da cidade que os vêem dão dois ou três toques de sino e imediatamente os outros montam a cavalo e correm para o lado do sinal, pois em todos os lugares onde as sentinelas estão postadas há um grande pau erguido como um mastro, e, quando elas descobrem algo, fazem içar bem alto seu sinal com uma pequena corda, o que dá a entender aos de Mazagão que há necessidade de sair com mais gente"[17].

A espera febril de um acontecimento é o cotidiano desses soldados[18]. Dessa forma, só uma organização estrita e rígida permite manter a ordem no interior das muralhas: é exatamente disso, por sinal, que falava o governador José Vasques Álvares da Cunha, queixando-se do fato de que os mazaganenses "não gostam do trabalho que lhes dou, acompanhado de uma estrita disciplina". No período que nos interessa, os anos 1760, a força armada está dividida em três armas[19]. A artilharia, dirigida pelo sargento-mor Luís da Fonseca Zuzarte, compreende de quarenta a cinqüenta soldados distribuídos pelos cinco bastiões da fortaleza, confiados cada qual a um con-

---

17. Pierre d'Avity, *Description générale de l'Afrique, seconde partie du monde, avec tous ses empires, royaumes, états et républiques* (Troyes/Paris, D. Bechet/L. Billaine, 1660), p. 604.
18. Como não pensar aqui no *Deserto dos tártaros*, em que Dino Buzzati analisa os mecanismos psicológicos do confinamento, ao situar seu romance em um forte situado em "uma fronteira morta"? Os soldados desse forte "não tinham se adaptado à existência comum, às alegrias de todo mundo, ao destino médio; lado a lado, eles viviam com a mesma esperança": a grande batalha, "a hora milagrosa que soa ao menos uma vez para cada um. Por causa dessa vaga eventualidade que, com o tempo, parecia ir se tornando cada vez mais incerta, homens feitos consumiam aqui a melhor parte de suas vidas", engolfados no "torpor dos hábitos".
19. Cf. Luís Maria do Couto de Albuquerque da Cunha, op. cit., pp. 158-67.

destável[20]. Na cavalaria, recrutada entre os nobres, os cavaleiros custeiam os próprios armamentos; a manutenção dos animais, por sua vez, é responsabilidade da Coroa. Composta de duzentos cavalos, dividida em seis companhias dirigidas por um capitão, ela é posta sob a responsabilidade do adail Diogo Pereira Português, que morrerá no cerco de 1769. Ele será sucedido por Bartolomeu de Macedo. Note-se que estão vinculados à cavalaria dois facheiros, que vigiam continuamente do topo da torre do Rebate, quatro atalhadores e 24 atalaias[21]. A infantaria compreende seiscentos homens divididos em seis companhias: seu comandante é Matheus Valente do Couto[22]. As jornadas são então ritmadas por numerosas manobras, cuja repetição mecânica consome os nervos de muitos dos soldados.

As escaramuças são, contudo, numerosas e vêm romper um cotidiano em que o costume acaba por triunfar sobre o próprio movimento da vida. São freqüentes as artimanhas para enganar o inimigo e escapar de sua vigilância para poder se aventurar fora das muralhas: um atalaia os precede todo o tempo, correndo o risco de se deixar capturar. Desse modo, em novembro de 1758, a busca de madeira deu ocasião a uma "escaramuça" entre 280 soldados portugueses e quatrocentos mouros[23]! De seu lado, os berberes também dão prova de astúcia para se introduzir discretamente nas hortas e roubar legumes. Essa guerrinha de nervos cotidiana também acaba esgotando os mazaganenses.

Os toques de sinos vêm, por sua vez, ritmar "a trama sonora dos dias"[24]. Todo fim de tarde, às 18 horas, os sinos da igreja Nossa Senhora da Assumpção e da ermida da Misericórdia soam a *Ave Maria*, convocan-

---

20. Em 1769, há quatro condestáveis em Mazagão: Antônio José de Campos (56 anos), Francisco Gonçalves de Velasco (53 anos, responsável pelo bastião de Santo Antônio), João Batista Neves (64 anos) e José de Pinho (54 anos). Note-se que, por ocasião da evacuação da praça-forte, em março de 1769, restam apenas vinte artilheiros (AHU – Cod. 1784: "Rellação das Famílias que vierão da Praça de Mazagão em 11 de março de 1769").
21. Em março de 1769, Mazagão conta com apenas 86 cavaleiros (AHU – Cod. 1784: "Rellação das Famílias que vierão da Praça de Mazagão em 11 de março de 1769").
22. Em março de 1769, Mazagão conta com apenas 338 soldados (AHU – Cod. 1784: "Rellação das Famílias que vierão da Praça de Mazagão em 11 de março de 1769").
23. AUC – CCC, d. 6.
24. Alain Corbin, *Les cloches de la terre: paysage sonore et culture sensible dans les campagnes au XIXe siècle* (Paris, Champs-Flammarion, 1994), p. 127. Johann Huizinga notou, acerca do fim da Idade Média, que o som do sino dominava todos os ruídos da vida ativa (*L'automne du Moyen Âge* [Paris, Payot, 1989 (1. ed. 1932)], p. 11).

do os mazaganenses ao recolhimento. Ao cair da noite, o sino da torre do Rebate, a grande torre situada no interior da fortaleza, anuncia o fechamento da ponte levadiça e da porta da cidade. Em caso de perigo, depois que o sino do bastião do Serrão deu o alarme, as sentinelas postadas no topo da torre do Rebate acionam o sino com toda a força, chamando os soldados para o combate. Por ocasião dos cortejos, é também o sino da torre do Rebate que dá o sinal de partida, seguido depois pelos sinos dos cinco bastiões: o bastião do Governador, o bastião de Santo Antônio, o bastião do Norte, o bastião do Anjo, o bastião do Serrão. Depois desses bastiões, os sinos de todas as torres da cisterna e os das casas entram em cena, a fim de que toda pessoa sinta o pulso da cidade bater[25]. Tudo acontece como se se tratasse de balizar sensorialmente o espaço: no interior das muralhas, o espaço sagrado do mundo católico; no exterior, o espaço profano dos infiéis.

Essa distinção não impede os habitantes da praça de manter contato regular com o exterior, especialmente para satisfazer suas necessidades alimentares. Claro que a água dos poços, situados fora da cidade, é freqüentemente contaminada pelas tribos instaladas nos arredores, que lançam ali animais mortos e outros dejetos[26]. Por isso, um sistema especializado de recuperação das águas da chuva foi instalado no interior da cidade: as águas coletadas são drenadas para uma imensa cisterna instalada no salão da guarda do antigo castelo de Mazagão. No que se refere ao abastecimento da praça, ele foi confiado por Lisboa a comerciantes portu-

---

25. Antônio Dias Farinha, *História de Mazagão durante o período filipino* (Lisboa, Centro de Estudos Históricos Ultramarinos, 1970), p. 26. Segundo Alain Corbin, "o som do sino e a emoção que ele provoca ajudam na construção da identidade territorial dos indivíduos que o esperam e depois o ouvem [...]. O campanário impõe um espaço sonoro que corresponde a certa concepção da territorialidade, obcecada pelo interconhecimento" (*Les cloches de la terre*, op. cit., p. 98). Cf. também a obra de Richard Sennett, *A carne e a pedra: o corpo e a cidade na civilização ocidental* (Rio de Janeiro, Record, 1997).

26. Pierre d'Avity (1573–1635) explica que "o terreno dos arredores é muito bom, mas os do forte controlam uma parte bem pequena dele, distribuída em porções aos guerreiros, que ali semeiam trigo, cevada, ervilha, fava e outros grãos, mas os mouros vêm muito freqüentemente à noite arruinar a colheita que eles esperam e fazem o pior que podem, chegando a jogar carcaças ou outras coisas em um poço que eles têm num horto fora da cidade, a fim de envenená-lo. Há ali muitos caracóis, que eles alimentam nas plantas, que têm grande força. As moscas de mel fazem ali um mel muito branco e muito saboroso em suas colméias, que ficam sobre suas casas cobertas horizontalmente em Açorée, à moda da África" (*Description générale de l'Afrique*, op. cit., p. 603).

gueses ou estrangeiros, que, na ocasião, recebem licenças de fornecimento por um período de dois a quatro anos[27]: os judeus, que dominavam o comércio marroquino nos séculos XVI e XVII[28], são gradativamente substituídos por dinamarqueses, ingleses ou holandeses. Mas, para suplementar esse abastecimento quase sempre irregular, os habitantes precisam, nos campos próximos à fortaleza, cultivar trigo, legumes, cevada, favas, vinhas: "Há grandes meloais, muitas hortas e mais de vinte terrenos cercados, que são chamados de quintas: muitos entre eles têm mil pés de vinha, sem contar enormes parreiras e outras árvores de notável grandeza. Essas plantações são guardadas dia e noite, de armas em punho; para tanto é freqüentemente necessário que alguns de nossos homens durmam ao relento"[29]. Um sistema de trincheiras em ziguezague, liças e outras paliçadas de madeira permitia a defesa dos campos e também devia servir para dificultar a movimentação da cavalaria inimiga. Os mazaganenses também não hesitam em se arriscar para além dos campos, para colher tâmaras ou plantas, juntar madeira ou caçar leões, lebres, javalis, chacais, perdizes... O mar também é provedor de recursos: além da coleta de mariscos da costa (ouriços-do-mar, mexilhões, lagostas), organiza-se uma importante atividade de pesca na baía ou nos fossos que acompanham as muralhas e que enchem durante a preamar: "A quantidade é tanta que, se houvesse redes e pescadores, navios poderiam ser carregados"[30]. No interior das muralhas, os habitantes criam galinhas, cujo consumo é especialmente recomendado para os doentes internados no hospital.

Assim escoa a vida em Mazagão, entre a artimanha do cotidiano e a disciplina militar. Esse "mizeravel prezidio"[31] se instala pouco a pouco

----

27. A esse respeito, cf. Antônio Dias Farinha, op. cit., p. 22. Frédéric Mauro descobriu nos arquivos do capítulo da catedral de Funchal (Madeira) algumas menções, para o início do século XVII, a trigo proveniente de Mazagão, assim como a cera da Berberia. Trocas comerciais no sentido Mazagao–Madeira, mesmo que tenham sido raras e irregulares, realmente ocorreram ("De Madère à Mazagan: une Méditerranée atlantique", *Hespéris*, vols. 1 e 2, 1953, pp. 250-4).
28. Antônio Dias Farinha, op. cit., pp. 76-80.
29. Robert Ricard, *Un document portugais sur la Place de Mazagan au début du XVIIe siècle* (Paris, Paul Geuthner, 1932), p. 26. Esse texto é uma transcrição em francês de uma descrição detalhada da fortaleza de Mazagão, de sua organização e de seu cotidiano, pelo governador Jorge de Mascarenhas (1615-9).
30. Ibid., p. 28.
31. AUC – CCC, d. 72.

em um clima de expectativa esquisito: "Por volta do fim do século XVII, a praça de Mazagão chegara a viver para si mesma e por si mesma, como em um vaso estanque, abstraída da berberia que a cercava de todos os lados: o indígena desaparecia, mergulhado na papelada metropolitana; a burocracia se tornara um fim, e a máquina funcionava no vácuo"[32].

*

Contudo, Joseph Goulven insiste em nos assegurar que "não convém imaginar que os habitantes de Mazagão eram enfadonhos, carrancudos, inimigos do prazer, nem que levavam a vida de um estilita. O maravilhoso sol da África não teria permitido a humores desse tipo se manifestarem por muito tempo [...]. Depois de passados os momentos de tristeza, cada um, ao contrário, respirava a delícia de viver e entregava-se de coração às festas que ocorriam freqüentemente na fortaleza"[33]. Esses belos vôos líricos apresentam uma realidade muito edulcorada, que não é atestada por nenhum dos documentos que consultamos. Mas, por outro lado, é evidente que o governador e o clero compreenderam perfeitamente bem o interesse que a organização regular de torneios e de festas oferece, ao introduzir um corte no tempo regrado da praça-forte, que permite desviar a atenção ou simplesmente fugir do tédio e, em qualquer das hipóteses, dar a impressão de que nesse tempo festivo a sociedade se apresenta unificada[34].

Certamente há as festas oficiais, nas quais todo o império deve tomar parte: por ocasião das bodas da princesa dona Maria, em 1760, dom José I ordena ao governador Vasques da Cunha "que esta felicidade [...] seja festejada nessa praça com todas aquellas demonstrações de alegria praticadas em semilhantes occasiões"[35]. A resposta do governador é de admirar: em uma longa carta, em que não pára de se queixar da grosseria e da vulgaridade dos habitantes, de sua vadiagem, ele declara simplesmente: "Nesta praça mandei fazer a minha custa todas aquelas desmonstrações de alegria que couberam na possibilidade de hum

---

32. Robert Ricard, op. cit., p. 77.
33. Joseph Goulven, op. cit., pp. 167-8.
34. Os atenienses conheciam o perigo do conflito interno, da guerra civil (a famosa *stasis*), capaz de arruinar muito mais gravemente os alicerces de sua cidade do que uma guerra contra uma cidade vizinha. Por isso, proclamavam "o esquecimento" obrigatório. Cf. Nicole Loraux, *La citée divisée* (Paris, Payot, 1997).
35. AUC – CCC, d. 26.

prezidio"[36]. Ordem similar é destinada ao governador em 21 de agosto de 1761, para festejar o nascimento de dom José[37]. Mas, além dessas ocasiões régias, outras festividades são organizadas: "O retorno dos cativos resgatados era sempre ocasião de uma festa eminentemente popular. Os religiosos redentores faziam os cativos desfilarem em procissão com uma cenografia das mais sugestivas; exibição de grilhões, de instrumentos de suplício, representação de anjos etc."[38]. Não seria de admirar que uma manifestação dessas tivesse sido organizada em 1768, pelo retorno de 35 prisioneiros portugueses[39]. A Igreja está bem claramente associada a essas demonstrações exuberantes: além de uma igreja paroquial, Nossa Senhora da Assumpção, a praça-forte dispõe de pelo menos quatro igrejas e oito capelas, a serviço das quais estão vinculados um pároco e 14 padres. Desse modo, as grandes festas religiosas dão ocasião a imensas procissões, que permitem exaltar a piedade barroca daquele povo, e são sistematicamente pontuadas por um sermão de redenção. As festas solenes organizadas para celebrar o resgate de imagens de santos ou de estátuas são particularmente valorizadas: desse modo, em 1677, o resgate da imagem da Virgem deu ocasião a 15 dias de festa. Freqüentemente, torneios acompanhavam as festas, como o jogo das argolinhas, no qual cavaleiros a galope pela rua da Carreira, a rua principal que une o bastião do Governador à porta do mar, deviam enfiar argolas na ponta de suas lanças.

Joseph Goulven evoca ainda um jogo tomado de empréstimo aos mouros e que era jogado pelos fidalgos, a alcanzia, que consistia em se lançarem bolas de perfume uns aos outros[40]. Mas aqui é preciso reconhecer nossa ignorância: não sabemos de que brincavam as crianças, o povo em geral, as histórias que se contavam à noite, assim como também nada conhecemos do cotidiano das famílias. Saber isso teria permitido dar outra imagem da vida de Mazagão, além da de um cotidiano de privações pontuado por festas civis ou religiosas de grande pompa. O comum da

---

36. AUC – CCC, d. 28.
37. AUC – CCC, d. 54.
38. Pierre de Cénival, *Sources inédites de l'histoire du Maroc* (Paris, Paul Geuthner, 1931), p. 557.
39. AHU – Norte África, Cx. 402.
40. Joseph Goulven, op. cit., p. 168.

vida em Mazagão está seguramente num entremeio que nos foge e cujos contornos só podemos tentar adivinhar.

Retalhos de uma sociedade heterogênea

O tédio, a inércia e o sentimento de aprisionamento não são o bastante para explicar o clima deletério que se instala em Mazagão e que foi tão bem captado por José Vasques Álvares da Cunha. Rivalidades traspassam o seio da população, cuja composição é preciso que descrevamos.

A guarnição da praça compõe-se principalmente de duas categorias bem distintas: os fronteiros, que não ficam por mais de quatro anos no lugar, e os moradores, os habitantes permanentes. Os fronteiros são jovens e ricos fidalgos, que vêm com suas famílias, seu séquito e seus cavalos, levam uma vida de lordes e cujas aventuras galantes com as jovens filhas dos moradores freqüentemente provocam ciúmes, rivalidades e conflitos[41]. Os moradores são de origem mais modesta. E encontram na presença em Mazagão, na luta contra os infiéis, ocasião de uma ascensão social que a sociedade de ordens portuguesa não lhes pode oferecer. A guerra, pondo em jogo as existências, permite a libertação de um estatuto social rígido. Alistados na infantaria e na artilharia, alguns entre eles chegam até mesmo, a custo de muita tenacidade, coragem e ardor no combate, a se alçar à posição de cavaleiros. A posição de guerreiro, de grande guerreiro, não se herda: é adquirida no combate[42].

Um ato heróico... e eis que eles podem se habilitar a receber o título de cavaleiro da Ordem de Cristo, como Antônio Loureiro de Barreto, que em 1768 solicita ao comandante da infantaria, Matheus Valente do Couto, e ao capitão da milícia, anadel Bartholomeu de Macedo, um atestado de bons serviços prestados na praça de Mazagão. O anadel encarecerá seu devotamento "nesta guerra [...] fazendo-se pronto em tudo, por estas razoens

---

41. Robert Ricard dá o exemplo de um incidente muito violento entre um morador e um fronteiro, surpreendido ao amanhecer em companhia da filha do morador: *Mazagan et le Maroc sous le règne du sultan Moulay Zidan (1608-1627)* (Paris, Paul Geuthner, 1956), pp. 103-5.
42. Cf. Maurice Godelier, *La production des grands hommes* (Paris, Fayard, 1982; reed. Champs-Flammarion, 2003).

quem o fazem digno de toda a honra e favor de que S. Mag^e for servido fazerlhe mercê"[43]. Aos 68 anos, inválido, ele virá a falecer em Lisboa em 1769, não sem antes ter tido tempo de obter essa distinção, assim como a autorização de transmiti-la a seu filho, Luís Valente Barreto[44]. Citemos ainda o caso de Gaspar Rodrigues Torres, que figura entre as famílias mais modestas, mas partilha o título de cavaleiro da Ordem de Cristo com os fidalgos mais ilustres[45]. Esse título é, com efeito, um privilégio pelo qual os notáveis do mundo português são muito ávidos, em razão do status social que ele assegura. Foi o que notou Antônio Manuel Hespanha, ao afirmar que as comendas das ordens militares constituem "um dos principais campos de investimento simbólico da sociedade portuguesa moderna"[46], dado que elas dispensam a apresentação de provas de pureza de sangue para que se possa adquirir a posição de nobre: "Enquanto recompensas por serviços prestados à Coroa, esses títulos constituem mecanismos de sedução e de subordinação"[47]. Não é de admirar que, desde então, uma certa competição se instale entre moradores ávidos de ascensão e fronteiros, para os quais Mazagão "he a escola, a onde a nobreza de Portugal hia aprender, e juntamente exercitar acçoens de seu valor"[48]. O historiador português Augusto Ferreira do Amaral chega até mesmo a se perguntar se essas vantagens concedidas aos mais valorosos dos guerreiros não teria contribuído para a longevidade da praça-forte[49].

Os poucos artesãos instalados em Mazagão também são moradores: pedreiros e carpinteiros trabalham na manutenção das casas, da fortaleza, mas também dos botes que servem para pescar ou até mesmo no conserto de barcos que chegam danificados; padeiros, açougueiros, alfaiates, ferradores, serralheiros e sapateiros completam esse quadro. A Santa Casa de Misericórdia dispõe de vários cirurgiões, clínicos e enfermeiros, assim como de um boticário. Há até um mestre de meninos (professor).

---

43. AUC – CCC, d. 113.
44. APEPa – Cod. 208; AHU – Cx. 82, d. 6720; AHU – Cod. 1257.
45. APEPa – Cod. 208; AHU – Cx. 82, d. 6720; AHU – Cod. 1257.
46. António Manuel Hespanha, *As vésperas do Leviathan: instituições e poder político. Portugal, século XVII* (Coimbra, Almedina, 1994), p. 342.
47. Cláudia Damasceno Fonseca, *Des terres aux villes de l'or: pouvoirs et territoires urbains au Minas Gerais (Brésil, XVIIIe siècle)* (Paris, Centre Culturel Calouste Gulbenkian, 2003), p. 335.
48. *Noticia da grande batalha que houve na Praça de Mazagão* (Lisboa, [s.n.], 1757), p. 1.
49. Augusto Ferreira do Amaral, *História de Mazagão* (Lisboa, Alfa, 1989), pp. 49-50.

A esses dois grupos se acrescenta "uma população flutuante"[50], de origem muito diversa. Em seu meio, o principal grupo, cujos efetivos não param de crescer, é o dos açorianos (provenientes, em sua maioria, da ilha de São Miguel). A superpopulação e a forte atividade vulcânica dessas ilhas estimulam o êxodo. Vindos inicialmente sós, como soldados rasos, é pouco a pouco que se instalam em Mazagão com suas famílias, sobretudo a partir do decreto de 1722, que veio facilitar a emigração de jovens casais açorianos e madeirenses[51]. Um documento datado de 1779, anexado a uma carta do governador do Grão-Pará ao secretário da Marinha, fornece-nos preciosas informações sobre o peso desse grupo no seio da sociedade mazaganense. A "relação das familias que vierão da Praça de Mazagão e forão por ordem de S. Mag.ᵉ Fidelíssima" indica o lugar de origem de 116 chefes de família enumerados em 1769 e, por vezes, o lugar em que se casaram e a região de origem da esposa. Essa lista, como veremos mais tarde, é incompleta[52], mas, até onde sabemos, é a única a fornecer tais informações. Essa lista permite ver claramente a importância que os açorianos alcançaram em Mazagão, representando 46 dos 116 chefes

---

50. Antônio Dias Farinha, op. cit., p. 71.
51. Timothy Coates, *Degredados e órfãos: colonização dirigida pela coroa no império português, 1550-1750* (Lisboa, CNCDP, 1998), p. 273.
52. Cf. AHU – Cx. 82, d. 6720. Outra "relação" dá 418 famílias para 2.092 habitantes em março de 1769. AHU – cod. 1784: "Rellação das famílias que vierão da Praça de Mazagão em 11 de março de 1769". Outra relação, de 1763, indica "mais de 3 mil pessoas de um e de outro sexo da nação portuguesa" (Pedro da Silva Correia, *Feliz e glorioso successo da batalha, que a garniçam de Mazagão teve em quatro de abril deste anno de 1763 com oito mil mouros por mais certa noticia* [Lisboa, Na Oficina de Miguel Rodrigues, 1763]). Ao se tentar montar um quadro das indicações fornecidas nessa lista de 116 famílias (AHU, Cx. 82, d. 6720), sobre a origem e o local de matrimônio dos chefes de família da praça de Mazagão em 1769, chegamos ao seguinte resultado:

Lugar ou região de origem do chefe de família	Número de chefes de família	Local do matrimônio			
		Em Mazagão com proveniente de Mazagão	Na região de origem	Em Mazagão com esposa proveniente dos Açores	Indeterminado
Portugal	57	19	9	1	28
Açores	46	5	17	-	24
Mazagão	8	-	-	-	8
Mauritânia	2	-	-	-	2
Sem indicação	3	-	-	-	3
Total	116	24	26	1	65

de família. Dezessete deles chegaram já casados, diferentemente dos provenientes de Portugal, que tendem mais a se casar em Mazagão: 19 casamentos contra nove em Portugal. Para esses jovens solteiros vindos de Portugal, Mazagão oferecia o primeiro quadro de uma vida independente, em suma, uma esperança. Para os açorianos, Mazagão é especialmente um lugar de exílio voluntário, um tapa-buracos. Ali também se superpõem motivações diferentes e é possível perceber claramente que elas podem, em tempo de crise, operar como fontes de conflito.

Outro grupo, de menor importância, é composto pelos degredados (prisioneiros condenados ao banimento). Desde o início do século XVI, Mazagão é, com efeito, lugar de destino dos degredados, assim como o Brasil, por sinal. Trata-se, para a Coroa portuguesa, de fazer com que os que representavam uma ameaça para a sociedade pudessem ser úteis para o Império. E esse movimento tende a se acelerar a partir de 1722, quando o envio dos degredados para o Brasil é proibido (salvo se o destino for a Amazônia, para o estado do Grão-Pará e Maranhão): a presença desses indivíduos não é desejável para uma exploração plenamente segura das jazidas de ouro. Mas não é simples demarcar exatamente a presença desses indivíduos nos arquivos, pois, bem antes de o degredado deixar Lisboa, a Coroa o designa como "soldado", para evitar os termos "exilado", "criminoso" ou "condenado" e para não suscitar a desconfiança da população local. Para esses degredados, Mazagão é como uma prisão ao ar livre. Quantos são eles? Nunca mais que algumas dezenas por envio: em dezembro de 1759, o governador anuncia a chegada a Mazagão de 32 degredados[53]; em 16 de janeiro de 1764, são dez os degredados condenados a penas de três a seis anos que são ali deixados pelo navio *Santo Antônio e São José*[54].

Alguns representantes de comerciantes portugueses ou estrangeiros que tinham ganhado a licitação para o abastecimento da praça também se fazem presentes: o cônsul da Dinamarca em Mazagão é convocado em 11 de junho de 1762 para constatar o mau estado de um carregamento que acabara de ser entregue[55]. Mazagão acolhe também estrangei-

---
53. AUC – CCC, d. 22.
54. AHU – Norte África, Cx. 402.
55. AUC – CCC, d. 67. Para mais informações, cf. a obra de Timothy Coates, op. cit.

ros em trânsito, que em tempos de paz vinham fazer comércio com os mouros – estrangeiros como Jean Mocquet, um negociante francês que, em 1602, deixou uma preciosa descrição da Mazagão do início do século XVII[56]. Acrescente-se ainda o pessoal da administração civil e religiosa, que, no total, não passa de cinqüenta pessoas[57]. Para os cargos civis mais elevados, os recrutamentos e as nomeações dependem de Lisboa, mas, para as funções subalternas, os recrutamentos dependem do governador de Mazagão, que tende a compensar os soldados que deram prova de grande valentia no combate (o ato heróico é sempre central nessa cultura militar), assim como aqueles de seu círculo. Entre os mazaganenses que deixaram a praça-forte em 1769, encontramos nove oficiais nomeados por patente do governador[58]. Nesse universo confinado, a busca dos favores do governador não deixa de suscitar cobiça e ciúme[59].

E não esqueçamos, em meio a essa população flutuante, a presença daqueles que são indistintamente chamados de mouros. Com efeito, em tempos de paz, os habitantes de Mazagão mantêm com eles relações não-conflituosas. Esses "mouros" são grupos étnicos distintos: os árabes, que habitam as cidades (Marrakesh, Mogador e, especialmente naquela região, Azamor), e os berberes, que vivem em tribos, especialmente os alarvos. Nas crônicas sobre Mazagão ou nos documentos de arquivos, faz-se menção a freqüentes intercâmbios com os mouros ladrões, ou ainda "aquelles barbaros que tem por natureza a infidelidade e o engano por artefício"[60]. De modo que, quando as provisões atrasam, ou nos períodos de fome, não

---

56. Pierre de Cénival, op. cit., p. XXIX.
57. Luís Maria do Couto de Albuquerque da Cunha, op. cit., pp. 158-9.
58. AHU – Cod. 1784: "Rellação das familias que vierão da Praça de Mazagão em 11 de março de 1769". Trata-se dos tenentes de cavalaria Luís Manoel (37 anos) e Luís Fernandes Romeiro (39 anos); dos capitães Manoel Correia Branco (33 anos), Sebastião Pedro Viriato Bandeira (22 anos) e Veríssimo Antônio de Souza (36 anos); e dos alferes Sebastião de Carvalho (37 anos), Manoel da Fonseca Gil (54 anos) e Manoel Fróes de Abreu (27 anos). O rei em pessoa nomeou quatro oficiais, entre os quais o sargento-mor de infantaria Matheus Valente do Couto (76 anos).
59. Desse modo, no dia 8 de março de 1764, José Pereira Lima Leal, um soldado de 51 anos, escreve ao ex-governador, Vasques da Cunha, pedindo-lhe uma carta de recomendação, a fim de que o novo governador, Dinis Gregório de Melo, continue a beneficiá-lo com os mesmos favores com que Vasques da Cunha sempre o gratificara (AUC – CCC, d. 93).
60. AHU – Norte África, Cx. 402, 18 de agosto de 1768.

é incomum que os portugueses se dirijam a Azamor para comprar animais. O contrário também é possível: por ocasião de uma grande fome em 1719, como Mazagão recebera provisões em quantidade suficiente, "os inimigos da Cruz tiveram de vir implorar aos habitantes de Mazagão e vender-lhes a preço vil, em troca de um punhado de farinha ou de trigo, suas mulheres, seus filhos e rebanhos"[61]. E mais: em 1649, o sultão de Marrakesh, mulá Zidan, pede a ajuda do governador de Mazagão contra seus súditos rebelados[62]. Em 1764, o governador Dinis Gregório de Melo Castro e Mendonça evoca, em uma carta a seu tio, o ministro da Marinha, Francisco Xavier de Mendonça e Furtado, os "mouros ladroens que aqui customáo vir a vender cavallos"[63]. E, no final do ano de 1768, assinala-se que mouros estão de passagem por Mazagão. Diga-se ainda que vários mazaganenses falam o árabe, como os cavaleiros Manoel Gonçalves Luís e Salvador do Amaral, que servem de intérpretes em agosto de 1768, por ocasião da troca de prisioneiros entre portugueses e mouros[64]. É muito provável que tenham aprendido essa língua no cativeiro: é preciso ver que, dos 35 prisioneiros que eles recuperam por ocasião dessa troca, 13 deles passaram mais de dez anos em cativeiro[65]. É bem conhecido o caso de Manuel de Pontes, originário de Mazagão, que fora feito prisioneiro em uma batalha em 1746 e que servia como jardineiro ao imperador mulá Mohamed. Em 1760, o imperador promete-lhe devolver a liberdade se ele se encarregar de uma carta para o rei de Portugal, além de conceder-lhe, quando lhe trouxesse a resposta, a função de redentor dos cativos de Mazagão. E ele o fez e teve êxito[66]. Em 1769, por ocasião da evacuação da praça, ele ainda servirá de intérprete ao imperador.

No interior das muralhas, sabemos que ao menos uma das famílias evacuadas em 1769, a família da viúva Guiomar da Cunha, dispõe de uma escrava moura de 61 anos[67]. Mas é bem evidente que, entre os setenta escravos listados em 1769, vários deles deviam ser de origem moura – os demais eram originários da África negra. Encontramos também vários convertidos,

---

61. Joseph Goulven, op. cit., pp. 98-9.
62. Ibid., p. 184.
63. AHU – Norte África, Cx. 402, 18 de agosto de 1764. Cf. também AUC – CCC, d. 56.
64. AHU – Norte África, Cx. 402.
65. AHU – Norte África, Cx. 402.
66. Joseph Goulven, op. cit., pp. 107-10.
67. AHU – Cod. 1784.

como José Francisco da Cunha, "mouro, natural de Azamor, batizado na igreja de Mazagão em 11 de maio de 1752"; ou ainda Jozefa de Jezus, batizada em 1734 na igreja de Mazagão[68]; Antônio José, "homem preto de naçáo mauritana", assim como Antônio do Rêgo, sua mulher e seus dois filhos, "de naçáo maumetana"[69]; ou ainda o jovem "mouro de naçáo e reduzido a fé católica, por nome Jozé de Deos"[70]. Longe dos clichês de um enfrentamento permanente, árabes, berberes e portugueses aprenderam a conviver, a fazer trocas e também a se conhecer.

Degredados, soldados (fidalgos, moradores ou açorianos) e esquecidos (açorianos, mouros, convertidos, escravos...), negociantes estrangeiros, membros do clero e da administração civil... era essa a sociedade mazaganense! Uma sociedade parecida com o casaco de Arlequim, feita de pedaços de tecido juntados, costurados uns aos outros. Cerca de 2 mil pessoas confinadas entre quatro muralhas!

Resta ainda uma pergunta: se a cidade dispõe de muralhas – e que muralhas! –, pode-se então dizer que ela acolhe uma verdadeira sociedade urbana? Isso é muito incerto. Pode parecer deslocado querer responder a essa pergunta distinguindo o trigo do joio na sociedade. Mas ocultar o problema seria um erro. Descrevemos a coexistência de grupos de origens sociais e culturais múltiplas, cuja presença responde a motivações diversas, que buscam ou se integrar ou de lá partir o mais rapidamente possível, ou muito simplesmente esperar dias melhores, como era o caso dos açorianos. Eles não partilham nenhum passado comum, não convergem para nenhum projeto e dão a impressão de não partilhar o mesmo tempo presente – exceto, talvez, nos períodos de conflitos militares com os mouros, durante os quais a sobrevivência da fortaleza está em jogo, mesmo que a busca de ação heróica não seja empreendida por alguns sem segundas intenções. Eles simplesmente coabitam. Nessas condições, sem fermento para manter a coesão do conjunto, não é de admirar que as discórdias despedacem essa sociedade. As penúrias recorrentes, que põem Mazagão na dependência de um abastecimento vindo de Lisboa, as epidemias que se sucedem sem interrupção a partir dos anos 1750, tudo concorre para o enfraquecimento da população. Que uma das duas ameaças se apresente,

---

68. AHM – Lv. 3505: "Folha de pagamento das tenças da gente de Mazagão e Ceuta (1769) pelo Erário Régio".
69. AHU – Cx. 82, d. 6720.
70. APEPa – Cod. 173, d. 95.

e a sociedade mazaganense tende a se dilacerar. Nessas condições, a disciplina militar imposta no interior das muralhas pode mascarar ou apagar as lutas intestinas? Só a guerra parece costurar diretamente esses pedaços de tecido descosturados. Mas é realmente o conflito que opera como um catalisador social, ou a nova temporalidade que ele gera, que rompe com o comum de um cotidiano de espera?

O abandono da fortaleza (dezembro de 1768 – março de 1769)

A situação de Mazagão se deteriora fortemente durante os anos 1760. Deve-se dizer que o apoio de Lisboa vai rareando a cada dia e torna-se especialmente irregular. A fronteira da África do Norte não é mais de fato um alvo político para Portugal, doravante totalmente concentrado no Brasil, cujas fronteiras estão ameaçadas ao sul e ao norte e cujas remessas de ouro estão em nítido decréscimo. Por outro lado, o recrudescimento das tensões com os mouros, que armam tropas cada vez mais numerosas para assediar Mazagão, não é de bom augúrio: resistir vai se tornando cada vez mais complicado, e a Coroa toma consciência de que os dias da Mazagão portuguesa estão contados. Mais que nunca, a praça-forte está vivendo de perfusão: sem o auxílio de Lisboa, ela não vai sobreviver. Ora, as finanças do reino não são suficientes para encarar essas despesas. A crise dos produtos coloniais, que se desencadeia nos anos 1750, amplia o déficit metropolitano, ainda mais aprofundado pelo imenso canteiro de reconstrução de Lisboa, após o tremor de terra de 1755. A invasão de Portugal em 1762 pelas tropas franco-espanholas, seguida pela recusa de Lisboa de assinar o Pacto da Família, lança o reino em uma crise sem precedentes. Lisboa está fragilizada, desordenada, contestada[71]. Não podendo enfrentar todas as frentes, é preciso eleger prioridades. Em meados do século XVIII, a geopolítica do Império português precisa ser repensada. Um homem assume essa reflexão junto ao rei dom José I: o primeiro-ministro Sebastião José de Carvalho e Melo, conde de Oeiras e futuro marquês de Pombal.

---

71. Em fevereiro de 1757, grande parte da população do Porto revoltou-se contra os privilégios da Companhia dos Vinhos do Alto-Douro. Entre as penas infligidas às cerca de trezentas pessoas julgadas responsáveis pela sublevação, encontramos o banimento de 52 indivíduos para Mazagão.

Nesse contexto, o desinteresse que Lisboa manifesta por Mazagão é rapidamente percebido no seio da praça-forte. Vasques da Cunha não pára de requerer víveres para enfrentar a fome que, pouco a pouco, se instala[72]; um equipamento militar mais apropriado para seus soldados, visto que "esta garniçáo se queicha de fome, de frio por estar reduzida a ultima desnudez"[73]; materiais de construção para consertar as fortificações danificadas pela artilharia moura e as casas que estão em "estado de ruína"[74]; assim como artesãos, carpinteiros e, sobretudo, pedreiros. Materiais e mão-de-obra vão chegando a conta-gotas: os danos se acumulam e a situação sanitária se ressente disso. A vigilância e os controles vão sendo relaxados, não raro os carregamentos chegam em mau estado e são jogados ao mar. Desse modo, em 11 de junho de 1762, o governador decide convocar todas as autoridades, até o cônsul da Dinamarca, para que se constate o péssimo estado de um carregamento de trigo, que chegara "molhado, podre e fermentado"[75]. Ele se sente impotente diante dessa situação. Em fins de novembro de 1762, uma epidemia de malina (malária) assola Mazagão[76]: o governador isola imediatamente 62 casas, consideradas focos potenciais de propagação, e encarrega os sargentos de, nesses casos, entrarem à força, munidos de passes, com um clínico e um cirurgião, para tratar e administrar purgantes aos habitantes[77]. A reserva de remédios, de roupas de cama e de leitos de hospital não é suficiente para tratar e acolher os inúmeros enfermos, obrigados a se estenderem sobre velhos sacos que tinham sido utilizados no transporte do arroz, assim como os soldados feridos eram obrigados a dormir diretamente sobre seus capotes[78]. O governador queixa-se de estar sofrendo, havia várias semanas, de freqüentes cólicas e reconhece que, se tem pessoalmente condições de se alimentar de canja de

---

72. Em outubro de 1758, o governador Vasques da Cunha enviou o adail João Fróes de Brito a Lisboa, a fim de obter um socorro em provisão de trigo, dada "a situação geral de fome e de miséria" que assolava os habitantes da praça (AUC – CCC, d. 3).
73. AUC – CCC, d. 71. Em uma carta de 1º de fevereiro de 1763, Vasques da Cunha reconhece um atraso de cinco anos na distribuição de uniformes para os militares (AUC – CCC, d. 72).
74. AUC – CCC, d. 81.
75. AUC – CCC, d. 67.
76. AUC – CCC, d. 71.
77. AUC – CCC, d. 72.
78. AUC – CCC, d. 73.

galinha, o mesmo não se passa com os outros doentes, obrigados a consumir nabo, cenoura e fava[79]: "Esta gente hé táo pobre que dormem muitos em huma cama, as vezes irmáos com irmans, e sendo precizo agora separala por cauza de molestia"[80]. Controlada em abril de 1763, a epidemia volta com força em 1764, e sua causa dessa vez está muito bem identificada: ela seria decorrência da má qualidade do pão[81].

Epidemias e fome vão fazendo, assim, sua cama nessa Mazagão em vias de abandono. Para enfrentar a fome que se instala, o governador tem de se decidir a autorizar o abate de alguns cavalos da cavalaria: "Os provimentos tem sido táo raros e limitados que náo obstante a grande economia e egualidade com que os reparto náo podem suprir tantos mezes e mais de mil e dezecentas praças que compreende a infataria, cavalaria, artelharia, viuvas e clerigos, oficiais da fazenda e saude"[82]. Comprar animais dos mouros já não é mais suficiente para resolver os graves problemas alimentares da praça-forte, assim como não o são os cultivos de víveres. A falta de óleo é também um dos graves problemas enfrentados pelos mazaganenses, que não têm nem mesmo com que abastecer suas lamparinas à noite. Por isso, têm de viver no escuro.

*

A degradação do estado material e sanitário não demora a se refletir na situação social e no moral da população. Em agosto de 1762, por exemplo, Vasques da Cunha é obrigado a ceder às insistentes solicitações dos habitantes, descontentes com a atitude de seu informador, João Fróes de Brito: eles querem que um novo informador seja eleito[83]. Fróes de Brito será preso, em seguida, por ter provocado várias desordens nos campos ao redor, expondo a grave risco a segurança da cavalaria[84]. Não há dúvida de que, nesse ano de 1762, são a desocupação e o sentimento de abandono os motivos de tais comportamentos, como o reconhece Vasques da Cunha: "Depois da declaração da guerra nesse Reino não era conveniente pedir couza alguma para adeste prezidio, e asim me vou

---

79. AUC – CCC, d. 72.
80. AUC – CCC, d. 72.
81. AUC – CCC, d. 108.
82. AUC – CCC, d. 72.
83. AUC – CCC, d. 69.
84. AUC – CCC, d. 72.

conservando a perto de hum anno sem encontro com os Mouros [...]. Alem de tudo isto e da falta de pagamentos e roupas q' tem reduzido a maior parte a tal desnudes que parece crueldade obrigalos a servir, tanto no ferrejo do campo como nas sentinelas da muralha". Entre os soldados, os casos de insubordinação se multiplicam, especialmente em razão do atraso no pagamento dos soldos (um atraso de três anos em 1763)[85]. As solicitações de baixa não param de chegar ao governador: seja para ir se tratar em Lisboa, seja para resolver negócios de família em Portugal... Também é significativo que, tendo obtido permissão para ir a Lisboa, vários soldados se recusem a regressar a Mazagão, como o atesta Manuel Gonçalves Meninéia em uma carta a Vasques da Cunha: "Estes, e estas, que V^a Exª aqui deixa vir sáo os piores, e que mais querem ficar. O melhor sera [...] pedir que logo lhes mendaráo recolher, que náo sera mal, e náo deixar la vir mais nenhum"[86]. Em 1762, o rei dom José I intervém pessoalmente para ordenar a Vasques da Cunha "que infalivelmente se recolhessem a essa Praça todos os soldados e Cavalheiros della, q' tinháo excedido a vossa Licença e se acháváo nesta Corte"[87], e que, em conseqüência, seja reduzido o montante de seu soldo. E acrescenta uma lista de nomes (que infelizmente não chegou até nós). Essa intervenção régia é a prova de que, se Mazagão não é mais de tanta utilidade para a Coroa, ela pode, contudo, lhe ser prejudicial, espalhando o fermento da insubmissão no coração do reino. Então, uma vigilância estrita se impõe.

Em setembro de 1763, Sebastião José de Carvalho e Melo, aconselhado por seu irmão, o ministro da Marinha, Francisco Xavier de Mendonça Furtado, também decide substituir o governador Vasques da Cunha, rancoroso demais, pelo próprio sobrinho, Dinis Gregório de Melo Castro de Mendonça[88]. Essa nomeação não é anódina: Carvalho e Melo sabe que, ao instalar um jovem membro de sua família nesse posto de confiança, ele poderá exercer mais estrito controle sobre Mazagão e, tão logo a oportunidade se apresente, aliviar a Coroa desse peso dali por diante inútil. Estranha situação a de Mazagão, que se encontra, a partir de então,

---

85. AUC – CCC, d. 63.
86. AUC – CCC, d. 47.
87. AUC – CCC, d. 62.
88. Em uma carta datada de 27 de outubro de 1763, Vasques da Cunha registra em ata a "noticia que S. Mᵉ me avia feito a honra de me nomear susesor, e que este hera meu sobrinho Denis de Melo" (AUC – CCC, d. 84).

em um estado de abandono vigiado! E o homem que, nas instâncias de governo, será encarregado dessa rigorosa vigilância é exatamente Mendonça Furtado. É ele que presidirá os destinos dos mazaganenses, até sua chegada à Amazônia.

Mendonça Furtado tem consciência de que o abandono de Mazagão é inevitável, mas está convencido de que tal abandono deve ser promovido em circunstâncias peculiares, a fim de não ser vivido como uma derrota diplomática e para que, muito pelo contrário, Portugal possa extrair todas as honras de um ato desses. Dinis Gregório de Melo envia a seu tio relatórios regulares sobre o estado da fortaleza, da guarnição, dos habitantes e das relações com os mouros[89]. Assim como Vasques da Cunha, ele se queixa da falta de alimentos, de munições. Na maior parte do tempo, seus apelos viram letra morta, e o governo se contenta em enviar, de vez em quando, algum socorro alimentar.

Mas tudo parece mudar em 1768: no dia 15 de janeiro, Dinis de Melo, diante da pressão dos mouros, que é cada vez mais forte, reconhece que a praça já não tem mais condições de resistir por mais tempo. Até roubos chegaram a ser cometidos no armazém real e no celeiro. Ele escreve pessoalmente a seu tio, o conde de Oeiras, para se queixar da pouca compaixão que ele lhe reserva: o povo "clama em publicas vozes que eu me estou sustentando a sua custa, e que eles morrendo de fome e seos filhos"[90]. Em Lisboa, correm rumores de um iminente novo cerco a Mazagão pelas tropas mouras. Mendonça Furtado envia ao governador, por meio da corveta *Nossa Senhora do Carmo*, um grande carregamento de trigo e de pólvora. Ele ordena ao comandante da nave de guerra *Santo Antônio* que transporte várias peças de artilharia e cinqüenta quintais de pólvora, que escolte a corveta e junte informações sobre a situação da região[91]. A galera de serviço de Mazagão também faz parte do comboio: ela transporta, além de peças de artilharia e de pólvora, um emissário do governo, Estácio Manuel de Aragão Carneiro, portador da soma de 800 mil róis, a fim de negociar o resgate de 35 prisioneiros portugueses[92]. Lis-

---

89. Essa correspondência se encontra nos Arquivos Históricos d'Além-Mar de Lisboa (AHU – Norte África, Cx. 402 e AHU – Cod. 522).
90. AHU – Norte África, Cx. 402.
91. AHU – Cod. 522, fl. 233v.
92. AHU – Cod. 522, fl. 239v-240. A transação ocorrerá em meados de novembro (AHU – Cod. 522, fl. 248).

boa exerce, a cada dia que passa, um controle sempre mais inflexível sobre Mazagão: Dinis Gregório de Melo será visto até mesmo repreendido em razão de saídas intempestivas para fora da fortaleza. Ele recebe, então, ordens inapeláveis que o proíbem de qualquer saída da praça, até mesmo para se defender[93]. O governador chega a receber ordens de autorizar o retorno a Lisboa de alguns fidalgos, a exemplo de José Narciso Moreira de Mendonça, filho de Joaquim José de Mendonça[94]. Em dezembro, o conde de Oeiras, por intermédio do emissário Manuel das Pontes, envia um presente do rei dom José I ao "imperador do Marrocos", bem como 115 marcos para a compra de cavalos para a cavalaria. A corveta transporta ainda 150 barris de pólvora, armas e o capitão de infantaria Inácio Freire da Fonseca[95].

Enquanto Lisboa parece armar Mazagão para resistir a um novo cerco, em Marrakesh o sultão Mohamed convoca suas tropas a convergirem para Mazagão, sua "pedra de tropeço"[96]. Decidido a promover a união dos xerifes árabes e das tribos berberes, ele faz da tomada dessa fortaleza um símbolo de sua ambição unitária para o Império xerifense. Em 4 de dezembro de 1768, 75 mil soldados e 44 mil sapadores instalam acampamento a uma légua da praça-forte. Durante várias semanas, os sapadores se contentam em cavar trincheiras durante o dia e os soldados, em acender imensas fogueiras à noite, fogueiras cuja luminosidade intensa rompe a tranqüila quietude noturna da planície de Dukkala. Instala-se uma nova guerra de nervos: as tropas mouras querem, antes de mais, impressionar os mazaganenses, suscitar inquietação, angústia e até mesmo medo. Ora, é justamente nesses momentos de tensão que os mazaganenses se unem, dispostos até a morrer para defender o estandarte da cristandade. Tamanhas privações e sofrimentos, há tantos anos suportados, encontram sua razão de ser no conflito que se apresenta.

Em meados de janeiro, diante do imobilismo do governador, João Fróes de Brito, recém-saído da prisão, decide preparar uma excursão com cinqüenta cavaleiros para destruir as sebes que podem servir de esconderijo e encher as trincheiras cavadas pelas tropas inimigas. E ele

---
93. AHU – Cod. 522, fl. 245.
94. AHU – Cod. 522, fl. 250.
95. AHU – Cod. 522, fl. 249.
96. Francisco d'Assis Oliveira Martins, *Portugal e Marrocos no século XVIII* (Lisboa, Parceria António Maria Pereira, 1937), p. 67.

também pede à população para despavimentar as ruas da fortaleza, a fim de que os tiros não ricocheteiem no solo e causem danos mais graves. Essas duas iniciativas são mal recebidas pelo governador, já muito paralisado pela situação. Ele ordena o fechamento de todas as portas da cidade e proíbe toda e qualquer saída. E vale-se da passagem de um navio, inglês ou talvez holandês, que vem dos Açores com destino a Lisboa, "para nele embarcar toda a sua família e o mobiliário de seu palácio, sob pretexto de que o socorro a Mazagão viria mais rapidamente se sua mulher falasse ao rei"[97].

Após a atitude corajosa de Fróes de Brito, Mazagão volta a se instalar na expectativa febril do conflito. Das muralhas, os habitantes podem acompanhar o avanço dos preparativos das tropas inimigas e constatar, em contrapartida, a inação de suas próprias tropas. Aumentam os rumores sobre a fuga da mulher do governador e sobre sua fraqueza, sobre sua incapacidade de encarar uma situação daquelas. Ele não consegue nem mesmo responder aos dois emissários mouros que se apresentam em 30 de janeiro, às 11 horas da manhã, diante da porta do governador trazendo um ultimato: o imperador mulá Mohamed reivindica as chaves da praça, na ausência das quais ele está preparado a passar pelo fio da espada todos os seus habitantes. Assim que os dois soldados marroquinos se retiram, mais de duzentas bombas são lançadas na fortaleza!

Enquanto isso, Lisboa prepara com cuidado sua resposta a esse novo cerco, convicta de ter encontrado, por fim, uma bela ocasião para se retirar definitiva e dignamente do Marrocos. Em 3 de fevereiro, uma frota composta de três navios de guerra, quatro navios de transporte e sete "iates" deixa a baía do Tejo: ela transporta pólvora, alguns antigos mazaganenses dispostos a retomar armas, cinqüenta fogueteiros sob as or-

---

97. Joseph Goulven, op. cit., p. 119. Não se trata aqui de pormenorizar o cerco de 1769, nem mesmo o abandono da praça-forte. Numerosos autores já o fizeram: Joseph Goulven, em francês, mas também Oliveira Martins (*Portugal e Marrocos...*, op. cit.), Luís Maria do Couto de Albuquerque da Cunha (*Memórias para a história da Praça de Mazagão*, op. cit.). O essencial das peças do relatório: as cartas entre Lisboa e Mazagão, entre o imperador do Marrocos e o rei de Portugal... estão compiladas no codicilo 522 dos Arquivos Históricos d'Além-Mar de Lisboa. Encontra-se ali, em especial, um longo documento redigido em francês por um conselheiro da Coroa, Manoel de Figueiredo, datado de 18 de julho de 1769 e intitulado: "Abrégé du siège et de l'abandon du fort de Mazagan" (fl. 300-314). Ao que sabemos, ele nunca foi utilizado pelos historiadores da Mazagão marroquina.

dens do engenheiro tenente-coronel Luís de Alincourt e uma carta de instrução de Francisco Xavier de Mendonça Furtado para o governador da praça.

É, pois, sem surpresa que Dinis de Melo descobre seu conteúdo: "S. Mag^e [...] resolveo que salvandose a gente e a artilharia de bronze nada se perdia em abandonar a mesma Praça áos Mouros, como em differentes conflithos se tem muitas vezes votado nesta Corte, sabendo que quando dos conflitos anteriores a corte já se pronunciara nesse sentido"[98]. A sorte de Mazagão está selada, desde então. Mas convém justificar essa decisão. Será que é necessário revelar publicamente a inutilidade de Mazagão para o Império português? Reconhecer a inconseqüência dos atos da Coroa é correr um grande risco. De modo que o que se avançou foi um argumento humanitário: trata-se de retirar os "pobres" mazaganenses, "para poderem em terras melhores viver com abundancia, e livres dos sustos em que sempre os tem tido neste barbaro continente"[99]. Contudo, o Resumo do cerco e do abandono do Forte de Mazagão, redigido em julho de 1769 e que tinha como destinatário o governo, apresentará outros argumentos: aquele presídio era não só "completamente inútil" para a religião, para o comércio e para a navegação, como "custava a Portugal quantia extraordinária e inimaginável". E mais ainda: seus habitantes tinham um modo de vida totalmente primitivo: "A indústria e as artes não tinham lugar ali por causa da pobreza dos habitantes, cujas casas civis não podiam ser construídas por falta de terreno; e as famílias viviam separadas umas das outras pelas esteiras grosseiras que os barcos carregados de trigo levavam no fundo do calado para garantir os grãos"[100]. Dessa perspectiva, o abandono se impõe.

Em seguida, as instruções indicam o caminho a seguir. Primeiramente, "esta decisiva rezolução deve porem V S^a guardar para si no mais inviolavel segredo". Dinis de Melo, que enfrenta há várias semanas a fúria dos habitantes, que não entendem sua inação, deve assumir essas instruções, que voltam a colocá-lo numa situação equivocada. Com efeito, é grande o risco de um divórcio entre uma população impaciente para

---

98. AHU – Cod. 522, fl. 257.
99. AHU – Cod. 522, fl. 258.
100. AHU – Cod. 522, fl. 301v.

tomar parte na luta, a fim de se sentir digna de seus antecessores de 1562, e uma administração que deve negociar "com os mouros a capitulação, dando a crer que os navios que acompanham essa carta transportam muitos reforços, munições de guerra e socorro para a praça". Mas, rapidamente, começa a se difundir o rumor de que o rei ordenara o abandono. Desesperados por ter de ceder à razão de Estado, habitantes e soldados amontoam-se diante da residência do governador, ameaçando-o de morte. Luís Maria de Couto descreve a cena: "Diziam em altos brados, que náo queriam obedecer a el-rei, que se haviam de sustentar entre aquellas quatro paredes, que tanto sangue e vidas lhes tinham custado e a seus ascendentes; que para honra da sua nação não haviam de abandonar aquella fortaleza; que nenhum d'ali arredaria pé, mas que haviam todos de morrer defendendo a religiáo de Jesu Christo, e a terra que lhes dera o ser"[101].

Essa reação coletiva, da qual nenhum documento pode dar conta, dá testemunho, ao mesmo tempo, de uma desconfiança profunda do corpo social com relação ao corpo político. É claro que os mazaganenses são súditos do rei e não têm escolha, a não ser obedecer, mas essa desconfiança não fora dimensionada por um governo bem mais preocupado com a segurança dos habitantes[102] que com seu estado de espírito. Ora, o que os mazaganenses partilham é um sentimento de traição. Eles tiveram de encarar os piores sofrimentos e privações e, de repente, no momento do combate, são proibidos de resistir "entre aquellas quatro paredes!". Uma ferida dessas é mais profunda e duradoura que os ferimentos que uma espada ou granalhas podem provocar. O cronista Patrício Amador, no início do século XIX, descreve com precisão a amargura que essa decisão gerou:

> A praça era a única lembrança dos memoráveis feitos que os famosos portugueses haviam realizado na vasta conquista das praças d'África [...]; a praça, cujas muralhas foram perpétua pedra de tropeço para os sarracenos, os cadafalsos de inúmeras vidas muçulmanas, o obelisco do heroísmo euro-

---
101. Luís Maria do Couto de Albuquerque da Cunha, op. cit., p. 154.
102. É, por sinal, o que Mendonça Furtado escreveu em uma carta pessoal a seu sobrinho: "Não se adie um instante sequer a retirada dos habitantes [...] porque essa é a maior utilidade que Sua Majestade concebe nesse assunto" (AHU – Cod. 522, fl. 260).

peu; a Praça conservada como por um milagre da Onipotência divina, com poucas forças cristãs e uma profusão de sangue católico, e que, apesar dos iminentes perigos aos quais parecia humanamente impossível de escapar, cantava sempre os louvores da Igreja em reconhecimento das vitórias obtidas, algumas vezes por derrota, outras vezes por uma fuga vergonhosa de seus inimigos [...]; a praça onde se entoavam os louvores divinos, onde se guardava a verdade do Evangelho e se conservava a fé católica, era ela que o marquês de Pombal mandava entregar aos mouros, que transformaram os santuários em mesquitas, honraram no lugar do Augusto Sacramento o imundo Maomé, e a memória daqueles que eles reputam como seus mártires, sem ao menos consentir que isso tivesse lugar depois de os corajosos cavaleiros terem terminado suas vidas entre as mãos dos bárbaros (como eles queriam), combatendo pela defesa da religião que professavam.[103]

*

O tumulto provocado pela notícia do abandono durou várias horas, antes que a multidão se resignasse a admitir o impensável: a decisão era irrevogável. Dinis de Melo pode então ler para seu conselho de guerra as instruções de Lisboa para os procedimentos de abandono. Três cenários são examinados: o abandono posterior à capitulação; o abandono posterior à recusa de capitulação; e a entrega da cidade no quadro de um tratado "do qual tiraremos algumas ventagens para o socego da Nossa Navegação e para fazermos commercio em Marrocos"[104]. Contudo, em todos os casos, "a extracção da gente" deverá se fazer "com toda a segurança". E, para tanto, o melhor meio é:

> com mais sigurança o fazerse huma defeza vigoroza, e regular: ordenou ultimamente S. Mag.e se tranportarsse a esta Praça nesses navios o thenente coronel engenheiro Luiz de Alincourt, e huma companhia com os seus respectivos officiais do regimento da artilharia da Corte que poderão ser de grande utilidade nas circunstancias em que se acha esta Praça.[105]

---

103. Patrício Amador, *Chronica da Fidelíssima Rainha e Augusta Senhora Dona Maria I.ª de Portugal*, 1ª parte, par. 392-5, apud Joseph Goulven, op. cit., pp. 126-7.
104. AHU – Cod. 522, fl. 259.
105. AHU – Cod. 522, fl. 257-258.

As instruções de Lisboa assemelham-se a uma espécie de guia prático para uma mudança eficiente: retirar primeiro as crianças e as mulheres, que "de nada servem para a defeza", depois "homens mais mossos e capazes de tomarem armas, figurando no entretanto nas muralhas os que forem invalidos, para depois se embarcarem no ultimo lugar". No que diz respeito aos outros bens a transportar, devem ser embarcados:

> em primeiro lugar as imagens sagradas, a prata e ornamentos das Igrejas; em segundo lugar os vestidos, e roupas e couzas similhantes; porque cadeiras, bofetes, e cousas de volume, sera impossivel, que caibo nos transportes. Deve V. Sª fazer tudo possivel por salvar, e fazer transportar a artilharia de bronze para os poroens dos navios.

Os reparos devem ser queimados; os canhões de ferro, as munições de guerra e a pólvora, lançados ao mar. Essas instruções oficiais são duplicadas por recomendações oficiosas. Em carta pessoal, igualmente datada do dia 31 de janeiro, Mendonça Furtado convida seu sobrinho, depois da evacuação completa, a se assegurar de que vão pelos ares "huma grande parte das muralhas, principalmente para a banda do mar e a mayor parte dos edificio, para que os mouros não achem senão ruinas"[106].

No dia 8 de março, concluiu-se uma trégua, que devia entrar em vigor três dias mais tarde. O governador aproveita a oportunidade da assinatura "para fazer transportar disfarçadamente para os navios de transporte todos os habitantes de Mazagão e seus bens pela pequena porta que dava para o mar"[107]. O embarque se faz lentamente: só a bordo de botes é que se pode chegar aos navios de transporte ancorados ao largo. As mulheres e as crianças embarcam apenas com a roupa do corpo; a prataria da igreja e as imagens sacras são depois levadas a bordo com os livros do tribunal de contas e os registros paroquiais.

Nessa imensa confusão, não há mais soldados: a hierarquia militar não tem forças para impor a ordem depois da humilhação de Lisboa. Tomados de uma fúria de destruição, os homens esvaziam as casas, arrom-

---

106. AHU – Cod. 522, fl. 260v.
107. AHU – Cod. 522, fl. 312v-313.

bam as portas, investem contra as fachadas, amontoam os móveis na rua e lhes metem fogo. Depois, precipitam-se para a igreja, destroem a cruz, arrancam o altar e lançam as pedras por cima das muralhas. Depois as armas: fuzis e canhões de ferro caem também no fundo da água. Os sinos também são derrubados das torres e dos campanários. E, para que nada de vivo reste, as patas dos cavalos são quebradas ou cortadas. Gestos de zombaria? Violência gratuita? Como alguém pode destruir aquilo que adorou? Mas, sobretudo, como imaginar que tudo isso pudesse cair nas mãos dos infiéis? Até o fim, portanto, os mazaganenses defendem sua cidade em nome da fé católica. E só quando vêem que não vão deixar para trás nada além de cinzas e de escombros é que eles se sentem capazes de abandonar a praça, sua praça-forte.

Enquanto isso, o regimento de artilharia enviado por Lisboa, o único corpo de exército ainda capaz de funcionar normalmente, prepara minuciosamente a explosão do bastião do Governador, ao pé do qual eles enterram salsichões de pólvora ligados por uma longa mecha, que lhes deixará tempo suficiente para se retirarem. Sua explosão mandará pelos ares a ponte levadiça e obstruirá o único acesso terrestre à praça-forte, retardando assim o avanço das tropas mouras. É na noite de 10 de março que tem início o embarque da guarnição e é

> na manhã de 11 de março que o próprio comandante do Forte e o chefe do corpo de engenheiros e canhoneiros, senhor Luís Dalincourt, embarcam por último, com muita honra, depois das seis horas da própria manhã do dia 11 em um pequeno bote, com o grande perigo de uma baixa-mar quase vazia, com o pequeno bote a ponto de ficar a seco.[108]

Foi assim que o governo, com o maior cinismo, preparou o abandono de Mazagão e o deslocamento de seus habitantes. Mazagão não passa de um peão no imenso tabuleiro do Império, um peão que se pode deslocar a bel-prazer e fazer escorregar de uma casa a outra. A primeira casa será justamente Lisboa. Mas, se o espaço do poder é abstrato, o dos habitantes é um espaço de experiência, vivo, carregado de signos.

---

108. Esse texto, escrito por um português, foi diretamente redigido em francês, o que explica sua sintaxe particular. AHU – Cod. 522, fl. 313-313v.

Desde então, parece que são duas Mazagão que se esboçam: a do poder e a da sociedade.

Será que um dia saberemos o que os mazaganenses sentiram ao atravessar as grades da porta do mar? Durante muito tempo, essa porta foi fonte de inquietude e de abundância. Como não sofriam risco de ataque por mar, os mazaganenses transpunham freqüentemente suas grades para ir recolher frutos do mar, pescar, ou simplesmente se descontrair. E eis que agora eles devem usá-la pela última vez. Não tenhamos receio de imaginá-los tomados por um sofrimento profundo: dentro de si, eles sabem que essas muralhas só lhes trouxeram sofrimentos nos últimos anos, que eles chegaram a pensar em deixá-las, e mesmo assim... alguns ali nasceram, outros ali amaram pela primeira vez, outros têm um pai, uma mãe, um irmão, ou um filho ali enterrados. Não há um único espaço que não se tenha investido de lembranças: uma pedra, uma esquina, uma praça. Os mazaganenses se unificavam com suas muralhas. Defendê-las era sua razão de viver e de esperar. Muitos nem imaginavam que houvesse destino fora das muralhas da fortaleza.

E quando, desde a ponte dos navios, eles acreditam poder abarcar com o olhar essa imensa jangada de pedra situada entre terra e mar, assistem, bestificados, à explosão da porta do Governador, de onde escapam rolos de fumaça. Mazagão passa a ser, a partir de então, uma cidade à deriva buscando agarrar-se a um continente. Mas que cidade! Uma cidade cuja sociedade desafiou as instituições políticas. Uma cidade órfã de suas muralhas e de seus mortos.

2. UMA CIDADE EM TRÂNSITO: OS MAZAGANENSES EM LISBOA (MARÇO-SETEMBRO DE 1769)

> Não. Tu não és mais o dono anônimo do mundo, aquele sobre o qual a história não tinha domínio, aquele que não sentia a noite vir. Não és mais o inacessível, o límpido, o transparente. Tens medo, tu esperas.
> GEORGES PEREC, Un homme qui dort, 1967

Em 11 de março de 1769, na baía de Mazagão, uma cidade inteira se prepara para bater em retirada. Não se trata simplesmente de um exército que deixa o campo de batalha, mas de uma cidade que abandona seu espaço vital, uma sociedade urbana que se separa de seu invólucro de pedra. O exemplo é suficientemente raro para despertar nosso maior interesse. Quatorze embarcações foram enviadas de Lisboa para esse fim impressionante: organizar uma retirada urbana. Uma cidade sem muralhas, provisoriamente distribuída em 14 bairros flutuantes, faz vela rumo a Lisboa.

Primeiro movimento: a cidade flutuante faz vela rumo a Lisboa

Pombal[1] e seu irmão, Furtado Mendonça, planejaram a partida com todo o tato. Pouco importa que o abandono seja pouco glorioso: a Coroa, como dissemos, insiste em transformar esse ato em vitória diplomática. Primeiro, diante dos mouros: a explosão da porta do Governador faz numerosos mortos entre suas tropas. As numerosas destruições deixadas no interior da fortaleza, assim como a explosão da porta do Governador, inutilizam a ci-

---
1. Sebastião José de Carvalho e Melo obtém o título de marquês de Pombal em 1769. Quando nos referirmos a períodos anteriores, continuaremos a chamá-lo de "Pombal", seguindo assim o uso de um de seus últimos biógrafos: Kenneth Maxwell, *Pombal: paradox of the Enlightenment* (Cambridge, Cambridge University Press, 1995).

dade. E, de fato, durante vários anos, todo acesso à praça-forte estará condenado: a cidade, aliás, é até rebatizada como *El Madhuma* ("a destruída")[2]. Vitória diplomática também diante das potências marítimas internacionais: Portugal dá assim demonstração de sua capacidade de defender seus súditos, encontrem-se eles onde se encontrarem, em qualquer parte de seu Império. Mas importa igualmente que a Coroa não seja envergonhada diante de seus súditos: a retirada deve ser ordenada, rigorosa e não deve dar ocasião a perturbações nem a desordens. Estavam voltadas para esse fim as recomendações de Furtado Mendonça a seu sobrinho, governador de Mazagão. No navio-almirante comandado por Bernardo Rodrigues Esquivel, embarcam o governador, seus conselheiros, o tenente de engenharia Luís de Alincourt e os principais fidalgos. Em um segundo navio de guerra, são embarcados o clero secular, os frades franciscanos (do convento de São Sebastião) e as irmãs carmelitas (da ermida Nossa Senhora da Penha de França), assim como as imagens sacras e a prataria. No terceiro navio de guerra, onde se encontra o regimento de artilharia, são postos a ferro os prisioneiros e os degredados. Desse modo, o abade Diogo de Mendonça Corte Real, antigo secretário de Estado da Marinha e do Ultramar, destituído por Pombal no dia 30 de agosto de 1756 e encarcerado em Mazagão, recebe um tratamento específico: "Diogo de Mendonca he precizo, que venha em huma das naus de guerra em lugar separado, e sem que tenha comunicação alguma com a gente da garnição"[3]. Entre os degredados, encontram-se ainda as vítimas da célebre revolta do Porto em 1757 contra o monopólio da Companhia dos Vinhos do Alto-Douro, que a Coroa também deseja isolar dos demais prisioneiros. Nos outros navios de transporte, encontram-se as famílias das viúvas e dos soldados da infantaria. É, pois, uma cidade em ordem estabelecida que se retira de Mazagão: a nobreza, o clero, o povo e os prisioneiros recebem cada qual um espaço nitidamente distinto, como se essa retirada fosse a ocasião para reafirmar uma ordem social que fora razoavelmente abalada naquelas últimas semanas.

Depois de 11 dias de travessia, a cidade flutuante entra no Tejo. Os barcos são amarrados ao cais de Belém. Situada à margem direita do

---

2. Só em 1820 é que os judeus obterão a autorização de ali se instalar. A muralha da cidade, ao longo da porta do Governador, foi reconstruída, e a cidade tomou o nome de *El Jadida* ("A Nova" ou "A Renovada").
3. AHU – Cod. 522, fl. 257v. Diogo de Mendonça morrerá na prisão, em Lisboa.

Tejo, a cinco quilômetros do centro de Lisboa, o bairro de Belém possui uma enseada protegida dos ventos. É daqui, do velho porto do Restelo, que partem, desde o século XV, as frotas que tomam parte nas grandes descobertas portuguesas. A construção do cais de Belém foi empreendida durante o reinado de dom João V (1707–44) e concluída durante o de dom José (1750–76). Poupado pelo tremor de terra de 1755, o bairro de Belém tornou-se uma zona urbana muito procurada pela aristocracia. Até mesmo a casa real ali se instalou, transformando-o em epicentro da vida política portuguesa. É, portanto, em um porto que ainda vive no ritmo da chegada e da partida das frotas d'além-mar que os mazaganenses tomam ou retomam contato com o continente europeu, entre 21 e 24 de março de 1769[4].

O destino dos mazaganenses foi fixado antes mesmo de sua chegada ao Tejo: em carta datada de 16 de março, Francisco Xavier de Furtado Mendonça previne o governador do estado do Grão-Pará e Maranhão, seu sobrinho, Fernando da Costa de Ataíde e Teive, da resolução régia de transportar essa população para Belém, capital do estado:

> Havendo Sua Majestade ha muitos annos conhecido o quanto inutil era o sustentar a Praça de Mazagão, e a grande despeza que era obrigado a fazer para a sustentar: e não se seguindo fruto algum áo christianismo, por que era impossivel o propagar se por aquella porta pelo ódio irreconciliável que aquelles bárbaros conservavão áos moradores da mesma Praça; por cuja cauza tambem não podia fazer progresso algum o commercio, e em consequencia acharem se aqueles mizeraveis moradores condemnados a huma perpetua penuria, sendo lhes necessario, e até para terem uma pouca de lenha arriscarem as vidas, como todos os dias estava sucedendo.
>
> E tendo Sua Magestade na Sua Real Consideração todos estes objectos, tinha rezoluto, que se largasse a dita Praça áos Mouros, de baixo de certas negociações em que se trabalhava.

---

4. Datas fornecidas por Luís Maria do Couto de Albuquerque da Cunha, *Memórias para a história da Praça de Mazagão* (Lisboa, Typographia da Academia, 1864), p. 156. A data de 22 de março é confirmada por um outro documento: AUC – CCC, d. 114: "Historia verdadeira a sucedida na Praça de Mazagão nos despejos qe fizerão os Africanos em Março de 1769 que se contarão – 11 do dito mês de Março e anno. Desembarcarão as ditas familias em Belém aos 22 de Março de 1769".

[...]
Devendo aproveitar se todas estas familias e fazelos: Resolveo Sua Magestade que fossem transportadas para esse continente; e mandar expedir este avizo a V. Senhoria áo fim de fazer todas as disposiçoens que julgar precizas para ahi receber duas mil, até duas mil e duzentos Pessoas, a cujo deve V. Exca ter prevenido mantimentos, e os comodos necessarios.

Com estas familias ordena El Rey Nosso Senhor que se estabeleça huma nova povoaçáo na costa septentrional das Amazonas para se darem as maons com o Macapá e com a Villa Vistoza.

[...]

Devendo sahir daqui a mayor parte deste transporte, fia Sua Magestade do cuidado, e zelo de V. Sª, que náo perderá um instante em dar todas as providencias que lhe parecerem necessarias, afim de que em chegando os novos hospedes náo experimentem necessidade alguma.[5]

Povoadores do Novo Mundo: esse é o futuro prometido aos mazaganenses. Mas eles não ficarão só 15 dias, mas seis meses em Lisboa: só em 15 de setembro de 1759 eles tomarão o mar em direção da Amazônia.

Esse tempo de trânsito pode parecer muito longo para esses exilados involuntários, um interminável entremeio, uma brecha onde eles se vêem repentinamente projetados, obrigados a viver em um mundo que é muito freqüentemente desconhecido para eles, na expectativa de um outro mundo igualmente e de todo desconhecido. Mas esse lapso de tempo é bem curto para a administração, que deve, a toda pressa, preparar a transferência de uma cidade inteira para o continente americano. Será que se refletiu verdadeiramente sobre a temporalidade particular da espera? A espera não é a inércia, antes o contrário. Os tempos de espera são também tempos de amadurecimento, de transformação. A passagem dos mazaganenses por Lisboa oferece-nos a ocasião de levantar uma questão muito raramente abordada pelos historiadores: que se passa em um porto de trânsito? Os raros trabalhos sobre a transferência de Mazagão apresentam a passagem por Lisboa como uma simples etapa, de certa maneira esperada, que não modificava nada, nem na estrutura da cidade, nem no estado de espírito dos mazaganenses. Raciocínio es-

---
5. AHU – Cod. 595, fl. 23v-25v.

tranho! É verdade que dispomos de bem poucas fontes para abordar essa estada em Lisboa e essas fontes são quase exclusivamente administrativas: listas de famílias e de nomes, estabelecidas por uma administração detalhista, em diferentes momentos da estada[6]. Um historiador tão escrupuloso quanto Robert Ricard chegou a emitir a hipótese de que devia se tratar de "três exemplares da mesma peça"[7]. Ora, se alguém investe o tempo necessário para ler e comparar essas listas, vários descompassos aparecem, e eles não decorrem de simples erros de copistas. É a partir desses primeiros indícios que devemos nos aplicar a desvelar pouco a pouco o jogo social em ação nesse tempo de espera. Tal procedimento corre evidentemente o risco de apenas atualizar a ação da administração. Ele deve, então, ser completado por uma tentativa de apreender a "experiência vivida" dos mazaganenses, o modo como eles percebem essa ação administrativa e o modo como reagem, às vezes até manipulam, ou se adaptam. Convém, por isso, dedicar-se a pôr em perspectiva duas escalas de análise, pensando esse tempo de expectativa dos dois lados: o da administração e, depois, o da sociedade.[8]

6. Em Lisboa, identificamos pelo menos cinco listas estabelecidas entre março e setembro de 1769: uma que teria sido estabelecida na chegada (AHU – Cod. 1784: "Rellação das Famílias que vierão da Praça de Mazagão em 11 de Março de 1769"); duas que foram estabelecidas para o pagamento dos soldos e das pensões em Lisboa (TC – ER 4239: "Livro do Pagamento que se fez na Corte ás famílias e mais pessoas da Praça de Mazagão"; AHM – Lv. 3505: "Folha de Pagamento das tenças da gente de Mazagão e Ceuta (1769) pelo Erário Régio"); uma estabelecida para dividir as famílias por navio por ocasião do transporte para o Brasil (AHU – Pará – Cx. 82, d. 6720: "Relação das Famílias que vierão da Praça de Mazagão, et forão por ordem S. Mag.^{e} Fidelissima estabeleserse p^a os Estados do Grão Pará p^a onde fizerão Viage nos Navios abaixo declarados em 15 de setbr^o de 1769"); e uma última, estabelecida em 14 de setembro de 1769 e que compreendia uma lista dos 371 chefes de família (divididos em seis classes diferentes), com a soma total da dívida de Portugal para com cada um, o que eles receberam em Lisboa e o que deveriam receber em Belém do Pará (AHU – Cod. 1991: "Livro de registro do vencimento a fazer na Corte e no Grão Pará às famílias de Mazagão que vão estabelecer naquela capitania"). Estas duas últimas listas viajaram com os mazaganenses até Belém: encontramos um cópia do codicilo 1991 nos Arquivos Públicos do Estado do Pará (APEPa – Cod. 208: "Famílias de Mazagão").
7. Robert Ricard, "Le transport au Brésil de la ville portugaise de Mazagão", *Hespéris*, t. XXIV, 1937, pp. 139-42 (cf. p. 142, nota 1).
8. É a isso que nos convida Carlo Ginzburg, "L'inquisitore come antropologo", em Regina Pozzi e Adriano Prosperi (orgs.), *Studi in onore di Armando Saitta dei suoi allievi pisani* (Pisa, Giardini, 1989), pp. 23-33.

Defensores da fé transformados em povoadores do Novo Mundo

Para a Coroa, essa chegada de povoadores não apresenta nenhum caráter excepcional. Desde o início do século, ela está habituada, como toda potência marítima européia, a deslocar importantes contingentes de população: jovens solteiros ou famílias inteiras, originários das zonas rurais de Portugal ou dos Açores, destinados a se tornarem povoadores[9]. O Brasil é, então, a principal região de destinação no Império português. Depois do afluxo em massa de povoadores para as regiões onde abundam ouro e diamantes (que marca a primeira metade desse século), o fluxo migratório é retomado pela administração, que condiciona o acesso a essas regiões à obtenção de um passaporte e reorienta a maioria dos candidatos à partida para as regiões de fronteira. Com efeito, o tratado de Madri (1750) pôs um termo ao tratado de Tordesilhas e permitiu a Portugal aumentar suas possessões na América, em detrimento da Espanha. Mas a Espanha espera obter rapidamente um novo regulamento de fronteiras. E isso explica a pressa de reforçar, na segunda metade do século XVII, a presença de povoadores nas regiões fronteiriças contestadas: no sul, Santa Catarina recebe numerosos imigrantes açorianos; a oeste, a região de Mato Grosso recebe sobretudo degredados e outras populações indesejáveis na metrópole[10]; no norte, o estado do Grão-Pará e Maranhão também recebe famílias. Desse modo, em 10 de fevereiro de 1768, partem de Lisboa quatro navios em direção a Belém, capital desse estado: o *Nossa Senhora da Glória* e *Santa Anna* transporta 18 famílias e 35 solda-

---

9. Cf. A. J. R. Russel-Wood, "A emigração: fluxos e destinos", em Francisco Bethencourt & Kirti Chaudhuri (orgs.), *História da expansão portuguesa*, vol. 3: *O Brasil na balança do Império (1697–1808)* (Lisboa, Círculo de Leitores, 1998), pp. 158-68. Esses deslocamentos de populações são freqüentes na Europa nessa época. Citemos simplesmente os acádios, repatriados para a França antes de se verem redistribuídos nas colônias do Império: Guiana e Luisiana, principalmente.
10. As *Mémoires de Sébastien-Joseph de Carvalho e Melo, comte d'Oeyras, marquis de Pombal* (escritas pelo jesuíta espanhol Francisco Gusta) são muito eloqüentes a esse respeito: "O conde de Oeiras retomou nessa época [1768] [...] o projeto de casar à força os jovens dissolutos de um e de outro sexo e de enviá-los a povoar o novo mundo. Ele encarregou o cavaleiro D. Luís Pinto de dirigir em uma vasta região da América do Sul, chamada Mato Grosso, uma colônia numerosa de malfeitores tirados das galés e que tinham sido forçados a se casar com moças de má vida presas no arsenal de Lisboa" (trad. Francisco Gusta, Lisboa/Bruxelas, Le Francq, 1784), vol. III, pp. 67-8.

dos; o *São Francisco Xavier*, 11 famílias; o *Nossa Senhora da Purificação*, 4 famílias e 6 soldados; e o *Nossa Senhora da Conceição*, 4 famílias. Essas 109 pessoas e 41 soldados estão destinados a se instalar em Vila Vistoza, situada na margem esquerda do Amazonas[11].

Se a chegada dos mazaganenses a Lisboa não apresenta um caráter excepcional, ela possui, contudo, uma forte particularidade: não se trata de átomos sociais independentes uns dos outros, mas de uma cidade inteira que desembarca no cais de Belém. A partir de sua chegada, tudo se encadeia muito rapidamente para eles: a administração metropolitana se encarrega de organizar sua futura partida. Não se tratará mais de soldados incumbidos de velar pela defesa da cruz e pela conversão dos infiéis, mas de povoadores destinados à valorização de um território e – se necessário – à garantia de sua defesa. Trata-se, evidentemente, de uma transformação da natureza dessa sociedade que os mazaganenses ainda não podem perceber. A passagem dos mazaganenses por Lisboa não é, portanto, uma simples etapa de trânsito: é um momento essencial no qual a Coroa opera uma mudança em seu status.

*

Antes de mais, uma contagem exata dos habitantes é realizada já em sua chegada. É uma contagem precisa, na qual cada família é listada com o nome do chefe de família e sua função, seguido do nome e da idade de cada um dos membros.

Habitantes da praça de Mazagão evacuados em 11 de março de 1769

	Famílias	Pessoas
Famílias (com um homem como chefe de família)	375	1.659
Famílias (com uma viúva como chefe de família)	51	211
Soldados (contados sozinhos ou em grupo)	31	200
Mulheres (contadas sozinhas ou em grupo)	8	18
Padres (que vieram sozinhos)	4	4
Total	469	2.092

Tabela montada a partir de AHU – Cod. 1784: "Rellação das Famílias que vierão da Praça de Mazagão em 11 de março de 1769".

---

11. APEPa – Cod. 94 (Colonos e degredados – 1758–1771), d. 35, 37, 38.

No total, 2.092 pessoas são recenseadas, com 595 crianças de menos de dez anos e 1.497 "adultos", com idade acima de dez anos. Desses 1.497 adultos, 543, ou seja, pouco mais de um terço, são designados como soldados – o que demonstra bem que estamos às voltas com a população de uma fortaleza militar. Essas 2.092 pessoas estão repartidas em 461 "famílias". Mas se os padres forem subtraídos desse total e se as mulheres e os soldados forem contados à parte, chegamos ao número de *436 famílias, em um total de 1.870 pessoas.* Entre os soldados, duzentos deles são contados à parte ou com sua guarnição: a guarnição dirigida pelo capitão Antônio Guedes conta com trinta soldados, a que é dirigida pelo capitão João Batista, com 65, e a do capitão Manoel Guedes, com 51[12]. Os outros 343 soldados estavam em Mazagão com suas famílias. Note-se que para 51 famílias, isto é, pouco menos de 10% do total das famílias, o chefe de família é uma viúva: o marido morreu em combate, de doença ou de velhice, e ela não pôde ou não quis deixar Mazagão. A média de idade dessas viúvas gira em torno de 46 anos, o que faz delas um grupo idoso. Encontramos ainda 18 mulheres recenseadas à parte, a exemplo de uma "família" de seis mulheres com média de idade de 32 anos[13]: que faziam elas em Mazagão? Eram mulheres da vida a serviço dos soldados da guarnição? Não é de admirar que, em um universo tão confinado, a moral tenha fechado os olhos à presença dessas mulheres de pouca respeitabilidade, que ofereciam alguns instantes de abandono ou de esquecimento aos homens do presídio, um paliativo para a "miséria sexual" deles[14].

A lista é apresentada em ordem alfabética, a partir do prenome do chefe de família. Certamente a escolha desse modo de classificação não é insignificante. Para a administração metropolitana, não se trata de uma cidade que desembarca, mas são famílias de povoadores que é preciso organizar em vista de sua implantação na Amazônia, em uma cidade nova. Pode-se deduzir que essa contagem visa quebrar a estrutura social tal qual existia na praça-forte marroquina? Acreditamos que sim. A instalação de famílias de povoadores no Novo Mundo, já dissemos, decorre de uma decisão política da Coroa portuguesa: ela está habituada, portanto, a organizar e transportar famílias.

12. AHU – Cod. 1784, F. 432, F. 452, F. 458.
13. AHU – Cod. 1784, F. 433.
14. Retomamos aqui a expressão de Alain Corbin, *Les filles de noce: misère sexuelle et prostitution au XIXe siècle* (Paris, Flammarion, 1982).

Mas não nos esqueçamos também de que Lisboa calculava perfeitamente os riscos de tal abandono e de tal "transporte"[15]. De modo que, para dissipar os conflitos surgidos entre os habitantes e o governador, no decorrer das últimas horas na praça-forte, era necessário quebrar a estrutura administrativa de Mazagão. Se o governador "foi acolhido na Corte com as distinções que merecia a bela defesa que acabara de fazer"[16], o mesmo não se deu com os outros egressos. Alguns fidalgos (membros da "nobreza de linhagem e d'armas") permanecerão em Lisboa, mas a massa da "pequena nobreza" (ou seja, todos aqueles que vivem "nobremente": cavaleiros que tomaram o hábito, oficiais de alto escalão do Exército, milícias ou ordens, grandes comerciantes, juízes, conselheiros e funcionários públicos) deverá seguir viagem[17]. E, para o cúmulo de seu rebaixamento social, eles foram proibidos até mesmo de "entrar no Passo, a onde se dirigirão algumas vezes, afim de representarem no Augusto Throno"[18].

Os mazaganenses, doravante "em exílio de instituições sociais"[19], são reduzidos a um montante de indivíduos oportunamente divididos no seio de células familiares. Esse modo de classificação logra, de algum modo, neutralizar o espaço social: nada permite distinguir o estatuto dessa ou daquela família, nem os vínculos que elas podem manter umas com as outras. Não há mais tamanho demográfico fixo para esse grupo, que pode aumentar indefinidamente pela simples adição de famílias suplementares.

A cidade se desnuda pouco a pouco: à perda das muralhas sucede a progressiva mutação das estruturas sociais e das instituições.

Depois do tempo de recenseamento, vem o tempo do alojamento. Mesmo que nenhum documento nos dê informações sobre as modalidades de

---
15. Lembremos a definição desse termo jurídico: "Ação de transportar um condenado para um lugar situado fora de seu país e de obrigá-lo a ali permanecer até a expiração de sua pena" (*Larousse du XXe siècle en six volumes*). Os ingleses freqüentemente recorreram a esse procedimento em suas colônias.
16. *Mémoires de Sébastien-Joseph de Carvalho e Melo...*, op. cit., vol. III, p. 84.
17. A respeito da diversidade da nobreza em Portugal no século XVIII, cf. a bela definição de Nuno Gonçalvo Monteiro, "17th and 18th century Portuguese nobilities in the European context: a historiographical overview", *e-JPH*, vol. 1, n. 1, verão de 2003.
18. AHU – Pará – Cx. 80, d. 6639: "Requerimento dos moradores da extinta praça de Mazagão..." (julho de 1778).
19. Para retomar a bela fórmula de Arlette Farge, *Le bracelet de parchemin: l'écrit sur soi au XVIIIe siècle* (Paris, Bayard, 2003), p. 9.

atribuição de alojamentos para as famílias, nem sobre o momento exato de divisão entre os locais de residência, sabemos simplesmente que aqueles que têm família em Lisboa podem ser hospedados por ela[20]; quanto aos demais, é a Coroa que se encarrega de alojá-los e de lhes oferecer, à custa do Tesouro real, o almoço e a janta[21]. Também não temos conhecimento de uma lista especificamente estabelecida para registrar essa divisão. Encontramos apenas indicações de seu alojamento na lista estabelecida na partida de Lisboa, lista que apresentava a divisão das famílias por navio.

Lugar de residência dos mazaganenses em Lisboa[22]

Lugar de residência	Número de famílias
Convento de São Jerônimo	90
Mercearia de Belém	67
Mercearia do Senhor Infante	32
Armazém de Belém	17
Cerca dos Frades	2
Quinta	55
Arsenal [Tanr^a]	49
Parentes ou amigos	6
Indicações ilegíveis	6
Sem indicação	177
Total	501

TABELA MONTADA A PARTIR DE AHU – PARÁ – Cx. 82, D. 6720.

20. Segundo Luís Maria do Couto de Albuquerque da Cunha (op. cit., p. 156), só os fidalgos tinham direito a tal regime de exceção. O estudo cruzado das listas de famílias (AHU – Cx. 82, d. 6720 e AHU – Cod. 1784) não confirma essa afirmativa: encontramos, entre as seis famílias alojadas em casa de parentes (AHU – Cod. 1784, F. 43, F. 81, F. 98, F. 157, F. 166, F. 184), simples soldados, havendo entre eles um artilheiro e um furriel (dos quais ninguém pode dizer que pertenciam à nobreza) e apenas um cavaleiro, alojado com sua família no Paleo do Duque, que deve ser o Palácio dos Duques d'Aveiro.
21. Luís Maria do Couto de Albuquerque da Cunha, op. cit., p. 157.
22. O total é superior ao número de famílias recenseado quando da chegada a Lisboa em março de 1769. Com efeito, as indicações sobre o alojamento só aparecem no recenseamento estabelecido por ocasião da partida de Lisboa, em setembro de 1769. Nesse ínterim, as famílias foram recompostas com a integração de novos membros (que podiam ter outro lugar de residência em Lisboa). Aliás, não era incomum que, em determinada família, um dos membros fosse recenseado em Tanr^a.

Que podemos depreender dessas indicações fragmentárias? Todos os habitantes se encontram alojados no bairro de Belém, principalmente em torno dos edifícios do mosteiro de São Jerônimo: o convento, o armazém, as cercas ou ainda as mercearias – instituições assistenciais destinadas a acolher os idosos, sobretudo as viúvas ou os solteiros de mais de cinqüenta anos[23]. Em Belém, duas mercearias, situadas nas proximidades dos celeiros dos Jerônimos, funcionam desde a chegada dos mazaganenses: a mercearia do infante dom Luís, com capacidade inicial prevista para acolher 11 residentes, que dispunha de um alojamento e de um jardim individual, e a mercearia de rainha dona Catarina, com previsão de acolher vinte residentes.

A localização dos outros lugares de residência é mais aleatória. Qual é a famosa quinta à qual se faz referência nos lugares de residência? Sabemos que o secretário de Estado da Marinha, Furtado Mendonça, hospedava na propriedade de sua família, a quinta de Oeiras, oito famílias: ele evoca em uma carta a seu sobrinho, o governador do Grão-Pará e Maranhão, sua participação em uma missa pelas famílias hospedadas na quinta a ser realizada no dia 10 de setembro, ou seja, poucos dias antes da partida dos mazaganenses para o Brasil[24]. É também muito provável que as numerosas propriedades desapropriadas pela Coroa na região de Belém tenham servido de local de hospedagem. Citemos ainda a Quinta do Meio, na calçada da Ajuda, onde os condes de São Lourenço construíram um imenso palácio ao estilo do século XVII, o Palácio do Pátio das Vacas. Desapropriada em 1726 por dom João V, que ali fez importantes reformas, ela abriga sob o reinado de dom José os diferentes secretariados de Estado do reino. Poderia tratar-se também do Palácio das Necessidades. Ainda subsiste uma dúvida quanto à localização do lugar de residência indicado como "Tanr^a", que agrupa 49 famílias. Inclinamo-nos pelo Arsenal, situado nas cercanias de Belém (rua da Junqueira), depois que o antigo Arsenal foi destruído pelo tremor de terra. Com efeito, sabemos por

---

23. A palavra vem de "mercê" ("graça", "favor"), pois as pessoas a quem se fazia o favor de recolher tinham a obrigação de pedir a Deus, nas missas cotidianas e nas horas canônicas, graças espirituais para seus benfeitores, rezando igualmente pela preservação de sua alma (*Dicionário da história de Lisboa*, pp. 576-7).

24. AHU – Pará – Cx. 64, d. 5575: "Carta pessoal de Francisco Xavier de Furtado Mendonça a seu sobrinho, Fernando da Costa de Ataíde e Teive" (12 de setembro de 1769).

outro documento que várias famílias de mazaganenses foram ali alojadas[25]. Os enfermos são tratados no hospital real militar, instalado desde 1755, por Pombal, no convento da Ordem de São João de Deus (antigamente Tercenas das Portas da Cruz), situado na entrada norte de Belém. Sabemos que, entre março e agosto de 1769, pelo menos 48 mazaganenses foram internados no hospital[26]. Os degredados e outros prisioneiros, por sua vez, são postos a ferros na prisão da torre de Belém.

De todo modo, além de algumas famílias que encontraram acolhida com algum conhecido, todos os mazaganenses ficam agrupados no perímetro bastante limitado dos Jerônimos. Aliás, não se percebe – a despeito do que escreveram alguns autores, seguindo Luís Maria do Couto de Albuquerque da Cunha – nenhuma discriminação social na distribuição dos alojamentos[27]. É, portanto, em Belém, afastado das turbulências da grande cidade lisboeta, em torno das majestosas construções dos Jerônimos, que a Coroa se prepara para transformar os mazaganenses em povoadores do Novo Mundo. Em correspondência privada com seu sobrinho, Furtado Mendonça diz estar sentindo grande cansaço "depois que aqui entraram estes Mazaganistas para os por *em termos de passarem áo seu destino*"[28]. Belo eufemismo... que evidentemente não pode figurar em uma correspondência oficial!

Uma vez que os mazaganenses estão alojados e reunidos, a etapa seguinte consiste em organizar as famílias em vista de sua futura instalação como povoadores na Amazônia. Para a administração pombalina, o novo colono brasileiro deve ser um *colonus*, no sentido romano do termo, ou seja, ao mesmo tempo um agricultor, que participa da valorização do território, e um soldado, capaz de pegar em armas para defender o território em caso de ameaça interna (aqui, os índios) ou externa (os europeus). Como habitantes de um antigo presídio, os mazaganenses estão habituados ao ma-

---

25. Cf., por exemplo, AHU – Pará – Cx. 66, d. 5673: "Rellação das pessoas que vierão de Mazagão e deixarão de embarcar para o Grão-Pará na expedição que se fez em 15 de setembro de 1769, pelas causas abaixo declaradas".
26. Número estabelecido a partir da lista de pessoas que receberam uma camisa no Hospital Real Militar (TC – ER 4240).
27. Luís Maria do Couto de Albuquerque da Cunha, op. cit., p. 157.
28. AHU – Pará – Cx. 64, d. 5575: "Carta pessoal de Francisco Xavier de Furtado Mendonça a seu sobrinho, Fernando da Costa de Ataíde e Teive" (12 de setembro de 1769). Grifos nossos.

nejo das armas, mas sua experiência agrícola é das mais inexpressivas. E, mesmo que alguns entre eles cultivassem campos nos arredores da fortaleza, a constatação de que eles têm menos aptidão para o manejo da pá do que para o das armas não demora a emergir. E isso explica a pressa da Coroa em juntar agregados a algumas famílias. Não menos que 68 solteiros, candidatos a partir, são integrados às 49 famílias[29]. A maioria, já o sabemos, é originária dos Açores e do norte de Portugal. Por virem de regiões rurais, eles possuem uma experiência de agricultor que poderá ser de grande utilidade no local. Algumas famílias até se apresentam como voluntárias: é o caso das famílias de Antônio José e de Manoel José, que se ofereceram para tomar parte no *destino* dos mazaganenses[30]. A coroa convidou as famílias para integrar outros membros da parentela? O caso é que 87 famílias[31] vão acolher seja um primo, um irmão, um sobrinho... E se acrescentarmos a isso as famílias (num total de 101) que tiveram de deixar um de seus membros para ser tratado, ou um membro que morreu (teria havido, segundo os mazaganenses, mais de quinhentos falecimentos em Lisboa[32]), chegamos ao número de 68 famílias que não passaram por nenhuma modificação durante o tempo de trânsito em Lisboa[33].

A mudança pouco a pouco toma forma, sob o olho vigilante da Coroa.

Doravante, para que a transformação do status seja definitiva, falta apenas estabelecer um vínculo de nova natureza entre o Estado e os futuros povoadores. É isso que se fará em 11 de agosto de 1769. Nesse dia, a Coroa liquida a dívida contraída com os soldados, com os nobres e com as famílias da praça-forte de Mazagão. Lisboa já praticara a mesma política, especialmente por ocasião do abandono da praça de Tânger em 1662: dom João III e dom Pedro II indenizaram os habitantes de Tânger levando em conta os prejuízos sofridos[34]. Pombal, por sua vez, decide indenizar os mazaganenses apenas em função dos ofícios e dos empregos

---

29. Dado estabelecido a partir de AHU – Pará – Cx. 82, d. 6720.
30. AHU – Pará – Cx. 67, d. 5769.
31. Dado estabelecido a partir de AHU – Pará – Cx. 82, d. 6720.
32. Na ausência de dados administrativos, notadamente os do Hospital do Arsenal, bem como de registros paroquiais, não podemos confirmar esse número. AHU – Pará – Cx. 80, d. 6639: "Requerimento dos moradores da extinta praça de Mazagão..." (julho de 1778).
33. Dado estabelecido a partir de AHU – Cod. 1784; AHU – Cx. 82, d. 6720.
34. Francisco d'Assis Oliveira Martins, "A fundação da Vila Nova de Mazagão no Pará", *Primeiro Congresso da História da Expansão Portuguesa no Mundo,* Lisboa, 1938, p. 4.

que eles desenvolviam ou ocupavam na praça-forte e que ele acaba de dispensar, em uma decisão unilateral. De certa forma, a Coroa pretende liquidar definitivamente o passado dessa praça-forte, sem reconhecer o caráter excepcional do abandono.

Todos os chefes de família são reunidos para receber a primeira metade das quantias devidas pela Coroa a título de soldos (o pagamento dos soldados), tenças (pensão que o rei concede a alguém em recompensa de um serviço), moradias (pensão concedida àqueles que são reconhecidos como nobres nos Livros do rei) e alvarás (diploma legal, cuja validade não vai além de um ano, concedido para regulamentar ou conceder uma graça). A segunda metade do pagamento só será feita por ocasião da chegada a Belém do Pará. Por ocasião desse pagamento, efetuado pelo tesoureiro-geral das tropas, Antônio Lopes Durão, em presença de Francisco Xavier de Furtado Mendonça, os mazaganenses são classificados segundo a organização militar em vigor no presídio, repartidos entre infantaria, cavalaria e artilharia. A estrutura social da praça-forte é, portanto, temporariamente reconstituída, a fim de melhor poder ser, em seguida, esquecida: *para pagamento de toda dívida...*

Classificação das famílias para o pagamento dos soldos, tenças, moradias e alvarás em Lisboa, no dia 11 de agosto de 1769

F. 1 a 3	O mestre-de-campo (Matheus Valente do Couto), ? (Francisco de Azevedo Couto) e o cirurgião (Amaro da Costa)
F. 4 a 58	Infantaria (4ª companhia)
F. 59 a 85	Infantaria (3ª companhia)
F. 86 a 103	4ª companhia
F. 104 a 147	5ª companhia
F. 148 a 240	Cavalaria
F. 241 a 252	Companhia de artilharia
F. 253 a 271	Estropiados
F. 272 a 274	Padres
F. 275 a 371	Famílias avulsas

FONTE: TABELA MONTADA A PARTIR DO LIVRO DE PAGAMENTOS GUARDADO NOS ARQUIVOS DO TRIBUNAL DAS CONTAS DE LISBOA. ER 4239: "LIVRO DO PAGAMENTO QUE SE FEZ NA CORTE ÀS FAMÍLIAS E MAIS PESSOAS DA PRAÇA DE MAZAGÃO".

A essas 371 famílias, que totalizavam 1.523 pessoas, acrescentem-se 58 militares, 46 agregados[35], cinco[36] "prezos degradados que se acharão em a Praça de Mazagam do tempo que tinham servido nella por marcharem com as familias da dita Praça a completarem os seus degredos na cidade de Belem", assim como 163 "viuvas e orpháos da Praça de Mazagam que tem herança de seus maridos e Pays"[37] e agregados a outras famílias para a partida. Todos, inclusive os prisioneiros, recebem um soldo ou uma pensão. Pelas contas do Tesouro Real, a Coroa liquida também dívidas contraídas com particulares, especialmente aqueles que ajudaram a financiar os trabalhos de manutenção das fortificações, e remunera 48 necessitados.

Uma vez que as famílias de povoadores estão organizadas e preparadas para a partida, só resta à Coroa realizar uma última tarefa: dotar de administradores a futura colônia. Fundamentalmente, encontramos as mesmas pessoas da praça-forte, que são confirmadas em suas funções: primeiro, Matheus Valente do Couto, mestre-de-campo[38]; depois, Amaro da Costa, cirurgião; Domingos Pinto da Fonseca, escrivão do almoxarifado (superintendência dos domínios reais); Francisco Afonso da Costa, escrivão da vedoria (intendência); Miguel dos Anjos, fiel dos armazéns; e ainda João Batista Neves, boticário; e Felipe de Souza, médico; Joseph de Moraes e Amaro da Costa, cirurgiões; Francisco Luís da Cunha e Manoel da Silva Lisboa, sangradores[39]. Mas esse gesto tem um alcance simbólico: ao conferir uma legitimidade nova e distinta da legitimidade do presídio a esses "novos" administradores, a Coroa reformula seu vínculo de dependência. O serviço ao rei mudou de natureza: não se trata mais de servir no quadro de um presídio, mas de uma colônia. A administração das

---

35. Esse número é inferior ao número de 68, que já citamos. Ocorre simplesmente que vários outros agregados vieram se juntar ao comboio depois de 11 de agosto, especialmente para substituir os numerosos doentes deixados no lugar.
36. Trata-se de João Francisco, Miguel Francisco, José dos Santos, José Maria Barradas e Simão Lourenço.
37. TC – ER 4239: "Livro do Pagamento que se fez na Corte às famílias e mais pessoas da Praça de Mazagão".
38. AHU – Pará – Cx. 64, d. 5560: "Decreto do rei D. José I, provendo o sargento-mor de Infantaria da extinta Praça de Mazagão, Matheus Valente do Couto, no posto de mestre de campo dos Auxiliares da vila de Nova Mazagão" (1º de setembro de 1769).
39. AHU – Pará – Cx. 64, d. 5565 e AHU – Pará – Cx. 64, d. 5575.

almas deixa de ser negligenciada: três padres[40] e um sacristão (João Batista Neves) são confirmados em sua função. E, para que a vida colonial seja capaz de funcionar normalmente, a Coroa se assegura de que alguns artesãos indispensáveis também estejam nessa viagem, especialmente um mestre carpinteiro (Lopes Durão) e um sapateiro (José da Costa).

Na hora da partida, a cidade colonial equivale e, de certa forma, superpõe-se à praça militar, antes de fagocitá-la. A lista de distribuição das famílias por navio, estabelecida em setembro de 1769, dá testemunho do sucesso dessa operação. Trata-se simplesmente de homens, mulheres, crianças e uns poucos militares que se aprestam a se fazer ao mar para se instalar no Novo Mundo; são 1.642 pessoas distribuídas em dez navios e, outra vez, classificadas por ordem alfabética do prenome do chefe de família.

Uma mecânica administrativa implacável permitiu a Portugal inventar, em pouco menos de seis meses, futuros povoadores e dotá-los de uma estrutura social eficiente. É isso o que explica o cansaço do secretário de Estado da Marinha, Furtado Mendonça, seu alívio, mas também sua satisfação no dia da partida dos mazaganenses: seis meses não foram muito para "desconstruir" uma cidade militar e "reconstruir" uma sociedade colonial. Só faltam agora as muralhas para que uma cidade nova possa tomar forma na Amazônia. Essa será a tarefa do governador do Grão-Pará e Maranhão.

Sobreviver sem muralhas

Situemo-nos, a partir de agora, do lado dos mazaganenses: que fazem eles durante esse tempo de trânsito? Que sentem logo depois do abandono da praça-forte? E que acham eles da idéia da partida para a Amazônia? Vimos que as fontes de que dispomos, que são essencialmente administrativas[41], não dizem muita coisa da "experiência social"

---

40. A nomeação de João Valente do Couto como vigário da paróquia de Nossa Senhora da Assumpção foi assinada em 1º de setembro de 1769 (AHU – Cod. 383: "Livro de registro de decretos da Secretaria de Estado da Marinha do Ultramar [1762–1777]", fl. 144v-145).

41. Uma investigação nos arquivos judiciários mostrou-se infrutífera. Mesmo com a tenência-geral de polícia tendo sido fundada em 1765, a lentidão dos procedimentos desencorajou numerosos queixosos a apresentar queixa.

Quadro geral das famílias e das pessoas que embarcaram para Belém do Grão-Pará em 15 de setembro de 1769

Quadro geral das famílias e das pessoas que embarcaram para Belém do Grão-Pará em 15 de setembro de 1769 segundo os navios de transporte	Navio Santa Anna N. Sa. da Glória	Navio N. Sa. da Conceição	Navio N. Sa. da Purificação	Navio São José	Navio N. Sa. das Mercês de Sua Majestade	Navio N. Sa. das Mercês da Companhia	Navio N. Sa. do Cabo	Navio São Francisco Xavier	Penque Santa Anna e São Joaquim	Navio N. Sa. das Mercês da Companhia	TOTAL
Homens acima de 13 anos	105	76	60	87	37	125	51	12	-	93	646
Mulheres acima de 13 anos	98	60	45	63	35	104	29	14	-	90	538
Meninos até 12 anos	42	35	17	24	21	44	19	3	-	25	230
Meninas até 12 anos	43	31	11	31	14	35	4	2	-	29	200
Militares	-	-	-	-	-	-	2	-	26	-	28
Total	288	202	133	205	107	308	105	31	26	237	1.642
Número de famílias	66	46	31	46	23	79	30	11	-	56	388

FONTE: AHU – PARÁ, CX. 82, D. 6720.

ou do curso ordinário da vida dos mazaganenses em Lisboa. Apesar disso tudo, convém tentar fazer a experiência: imitando Alain Corbin, tentaremos "recriar o possível e o provável; esboçar uma história virtual da paisagem, dos arredores e dos ambientes; esboçar a reconstituição das emoções hipotéticas"[42]; depois, seguindo as pegadas de Arlette Farge, tentaremos recuperar nesses documentos pormenores que nos "instruam sobre o grão minúsculo do acontecimento"[43].

*

---

42. Alain Corbin, *Le monde retrouvé de Louis-François Pinagot: sur les traces d'un inconnu (1798–1876)* (Paris, Champs-Flammarion, 2002).
43. Arlette Farge, *La vie fragile: violence, pouvoirs et solidarités à Paris au XVIIIe siècle* (Paris, Hachette, 1986), 354 p.

Não é difícil imaginar a inquietude e as incertezas dos mazaganenses por ocasião de seu repatriamento para Lisboa, a confusão de seus sentimentos: aliviados por, afinal, poder dar as costas para a vida de isolamento que foi seu cotidiano nos últimos meses, mas também humilhados por não terem podido travar o combate até o fim. Podemos, contudo, imaginar a angústia dos moradores e dos açorianos quanto ao futuro? Eles perderam tudo e encontram-se doravante despossuídos, reféns da boa vontade de uma administração que lhes parece mais distante e abstrata do que nunca. Seu universo desmorona, faz-se confuso. O mar, que eles sempre consideraram nutridor e protetor (é por ele que chegam as provisões e os reforços; é para ele que eles se dirigem para pescar ou colher frutos do mar), esse mar lhes trouxe, no dia 8 de março, uma triste notícia: o abandono de sua fortaleza. É esse mesmo mar, sobre o qual eles vagam por mais de dez dias, em embarcações desguarnecidas, que se apresenta como uma nova fonte de sofrimentos e de privações: o enjôo os fragiliza, a fome e a sede os infernizam.

Na entrada do Tejo, quando os navios singram para o cais de Belém, o mar de palha, tão decantado pelos poetas, impõe-se a seus olhares: seus reflexos dourados brilham no horizonte, tornando ainda mais irreal a grande cidade cujos contornos vão pouco a pouco se desenhando ante seus olhos. Talvez seja justamente aqui que eles, antes de pisar em terra firme, passam por seu primeiro grande choque. Não esqueçamos que seu universo em Mazagão era restrito, rodeado por altas muralhas, e que eles não se aventuravam nas vastas planícies de Dukkala, a não ser ao custo de mil armadilhas. E eis que, de repente, surge diante deles uma cidade imensa, com cerca de 130 mil habitantes, cujas casas partem ao assalto das colinas circundantes, sem que nenhuma cerca artificial as venha conter. Claro que os mazaganenses originários de Portugal já conheciam, nem que tivesse sido ao menos no dia de seu embarque, uma grande cidade portuária como o Porto ou Lisboa, mas nem os açorianos, confinados em suas ilhas pulverizadas, nem os moradores tinham feito antes a experiência de tão grande cidade. No estado febricitante em que se achavam, a passagem de um universo fechado para um universo aberto só podia aumentar a confusão de seus sentidos.

Logo depois, a agitação da chegada: os barulhos da cidade, os gritos dos teares, as ordens da administração... O tempo descontínuo da cidade-porto se sucede à temporalidade lenta e repetitiva do presídio, rompida apenas pelo tempo particular da guerra. É necessário desembarcar, reagrupar-se, ouvir as recomendações, depois separar-se e seguir para os lugares de moradia designados pela Coroa. Enquanto o governador e seus amigos vão para a corte, novos representantes da administração real tomam nas mãos o destino dos mazaganenses. E algumas famílias experimentavam, depois do exílio, uma nova ruptura, ao se verem na obrigação de se separar de seus enfermos. Ei-los um pouco mais sós ainda, perdidos nessa imensidão, como que atomizados no espaço: é quando eles conhecem a indigência. Chegados a seu lugar de residência, onde as famílias não terão outra escolha além de se amontoar umas sobre as outras, eles então tomam realmente consciência da perda de sua casa, de seu universo familiar e protetor. Projetados no universo da grande capital, eles se sentem de repente frágeis, pequenos, logo eles que, até poucos dias antes, ainda eram soldados da fé.

Contudo, naquele bairro de Belém, havia algo que não lhes era de todo estranho. A arquitetura manuelina da torre de São Vicente (a chamada torre de Belém) – que serve de prisão real – e do mosteiro dos Jerônimos, cujos volumes imponentes se destacam na paisagem, confere a esse bairro um estilo bem particular, nitidamente distinto daquele que acaba de ser selecionado para a reconstrução do centro de Lisboa. Psicologicamente, Belém ainda está ligado ao ciclo das grandes descobertas, às grandes epopéias pela defesa da cruz, enquanto Lisboa, "cidade das Luzes"[44], pretende presidir um novo ciclo: o ciclo da gestão racional de um vasto império que se estende por três continentes. A ilusão ainda é mantida por um certo tempo quando os mazaganenses desembarcam em Belém e instalam-se em torno ou no interior do majestoso mosteiro dos Jerônimos. Imerso desde sempre em um cotidiano de exaltação da piedade cristã, o estilo manuelino pode se assemelhar a um prolongamento natural, em concordância com o sistema de representações e com o registro de sensibilidades dos mazaganenses. Há até mesmo nessas formas e esculturas, nessas rendas finamente cinzeladas, às quais se mesclam indistintamente motivos orientais e ornamentações do renascimento italiano, algo de tranqüilizador, de familiar.

---

44. José Augusto França, *Lisbonne, ville des Lumières* (Paris, SEVPEN, 1965), 259 p.

Sua imersão nesse universo arquitetônico contribui para turvar sua tomada de consciência da situação? Com certeza muitos deles ainda não conseguem perceber em que tipo de peão se transformaram nas mãos de Pombal e de Furtado Mendonça, peões que podem ser deslocados à vontade no vasto tabuleiro do Império português. Para os dois irmãos, o porto de Belém é o do grande comércio, onde aportam as frotas do ouro, do açúcar e das especiarias, mas é também aquele pelo qual foram embarcados os jesuítas depois de sua expulsão, em 1759; a torre de Belém não passa de uma prisão. Aqui, reencontramos um tema importante para os historiadores Jean-Claude Perrot e Bernard Lepetit: a distância entre os usos sociais das formas arquitetônicas e as representações que elas sugerem[45]. Essa tensão entre uso e representação de um espaço serve, contudo, de embasamento para a ação política: entende-se melhor que ela possa estar na origem de muitos mal-entendidos, podendo até mesmo desembocar em conflitos abertos entre o poder e a sociedade[46].

*

Começa, assim, para os mazaganenses uma longa espera. Claro que em seu presídio marroquino a espera era para eles algo de muito familiar, mas tratava-se de uma espécie de expectativa mística, a do grande combate contra os infiéis, na qual sua coragem e seu valor seriam recompensados. A espera com a qual eles agora se confrontam é mais banal: eles não têm nada para provar, nada para defender. É a espera de uma travessia do Atlântico, a esperada Amazônia ou a do Grão-Pará e Maranhão. E, para começo de conversa, que poderiam eles saber dessa região? Certamente, não muita coisa, ou talvez uma coisa só, bastante inquietante, para dizer a verdade. Assim como a praça-forte de Mazagão, o estado do Grão-Pará e Maranhão era, no século XVIII, um lugar de destino para prisioneiros destituídos de seus direitos civis, os degredados. E na hierarquia dos lugares de exílio, para a administração portuguesa, os dois lugares ocupam, cada um, um extremo: se o exílio em Mazagão era resultado de uma pena relativamente "branda", a deportação para o Grão-

---

45. A esse respeito, cf. o artigo de Isabelle Backouche, "À la recherche de l'histoire urbaine: Jean-Claude Perrot, genèse d'une ville moderne (1975)", em Bernard Lepetit & Christian Topalov (orgs.), *La ville des sciences sociales* (Paris, Belin, 2001), pp. 267-305.
46. Cf. aqui a passagem que Alain Corbin dedica ao estudo dos locais de feira em seu famoso *Le village des "cannibales"* (Paris, Champs-Flammarion, 1995), pp. 70 e ss.

Pará e Maranhão era, por sua vez, considerada uma pena dura, à qual só eram condenados os piores súditos. Os mazaganenses certamente sabiam disso. Ei-los então, eles que pretendiam ser a encarnação da fidelidade ao rei e à cristandade, rebaixados ao nível da escumalha social. Jogados na imensa cidade portuária, onde erram como seres perdidos entre dois mundos, vivendo na dependência e com a assistência da Coroa portuguesa, têm de sobreviver carregando esse peso terrível.

Ninguém duvida de que os primeiros dias devem ter sido penosos. Sabemos que o Tesouro Real fornecia duas refeições cotidianas: então é fato que eles se reuniam, certamente nos lugares de residência, ao menos para o almoço e para o jantar. Também é muito provável que eles tenham se beneficiado de um lugar de culto comum, como será o caso em Belém do Pará, e que o vigário Mathias da Cruz Rua tenha continuado a celebrar uma missa cotidiana e também eventos como batismos, casamentos e enterros[47]. Pode ter sido até mesmo na igreja dos Jerônimos. Eles também deviam se encontrar em torno das construções do mosteiro, a discutir durante longas horas sua infelicidade comum, como se sua fala pudesse preencher a ausência de muralhas.

Para atestar o conteúdo de suas conversas, dispomos de um documento excepcional, que descobrimos entre os arquivos notariais dos condes da Cunha, em Coimbra. Trata-se de um longo poema, intitulado: "Historia verdadeira a sucedida na Praça de Mazagam nos despejos q' fizerem os Africanos em Março de 1769 que se contarão – 11 do dito mes de Março e anno. Desembarcaram as ditas familias em Belém áos 22 de Março de 1769. Écloga"[48]. Esse documento manuscrito, parcialmente destruído pelo mofo, é, pelo que sabemos, totalmente inédito. Composto de 78 es-

---

47. Infelizmente, apesar das inúmeras tentativas e solicitações, não conseguimos localizar os registros paroquiais de Mazagão, nem em Portugal, nem no Brasil. Sabemos que foram levados da fortaleza no dia do abandono, depois sua pista desaparece. Assim como não encontramos pista alguma da passagem dos mazaganenses por Lisboa nos registros da paróquia da Ajuda, da qual Belém dependia. Descobrimos nesses registros um único atestado de óbito relacionado com a estada dos mazaganenses em Lisboa, o de Izabel Gonçalves de Macedo, filha de Bartolomeu Amora e de Anna de Macedo, falecida em 24 de março de 1769 na mercearia do Senhor Infante. Ela era assistente na casa do capitão João da Silveira (ANTT – SGU, 0938, Óbitos [Ajuda]).

48. AUC – CCC, d. 164: "Historia verdadeira a sucedida na Praça de Mazagão nos despejos qe fizerão os Africanos em Março de 1769 que se contarão – 11 do dito mês de Março e anno. Desembarcarão as ditas familias em Belém aos 22 de Março de 1769".

trofes de oito versos cada, esse longo poema é designado por seu autor como uma écloga – gênero de poema pastoral apresentado na forma de um diálogo. Ele encena o encontro de um cortesão com um mazaganense no momento do desembarque desse último no cais de Belém.

O ritmo das rimas (a–b–a–b–a–b) é perfeitamente adequado à declamação. Até parece tratar-se de um texto dito, declamado, de uma toada. Ele apela para a emoção daquele que escuta, para seus sentidos. Alguns versos são construídos de modo a ser facilmente decorados e repetidos: "Pois tinham por costuma muy antigo a fazerem fugir áo Inimigo"! Esse texto poderia ser, tal como a *Odisséia*, o registro escrito posterior de uma história que todo poeta ou aedo moderno de Mazagão contava a seus semelhantes. No momento em que o governo proíbe os espetáculos de teatro na rua, nas praças públicas ou nas residências privadas, no momento em que a comissão de censura estuda minuciosamente cada um dos versos das peças de Molière traduzidas e encenadas nos palcos de Lisboa, a fim de que o conteúdo corresponda ao ideal de Pombal – educar o povo na manutenção da ordem social e no intento de exaltar o rei[49] –, essa forma poética, esse canto dialogado, dá testemunho sobretudo da distância entre o universo mental dos mazaganenses, no qual a oralidade ainda é dominante, e o universo esclarecido para o qual Pombal pretende sobrelevar a sociedade lisboeta. Nessa cidade das Luzes, os mazaganenses são confrontados com uma mudança de temporalidade brutal.

Desde a primeira estrofe, é a incompreensão do cortesão que é assinalada, à qual responde a incredulidade do mazaganense:

> Pezame amigo meu do coraçáo
> De te ver táo aflito em o tratado
> Como deixas áo nosso Mazagam
> Quando esta pellos Mouros cetiado?
> [...]
> Nam respondes amigo, náo me falas
> He por falta de valor o teu calar?

---

49. Cf. Anne-Marie Ciccia, *Le théâtre de Molière au Portugal au XVIIIe siècle: de 1737 à la veille de la révolution libérale* (Paris, Centre Culturel Calouste Gulbenkian, 2003), p. 174.

> Náo pertendas mostrame tanto
> As más novas que assim intentas dar
> [...]
> Donde esta o valor dos Africanos
> A donde as façanhas tam notorias
> A donde estam tantos mortes, tantos danos
> A donde emfim estam tantas vitorias
> Que de vós conta a fama a tantos annos
> E tem dado asumptos as estorias
> [...]
> Ay amigo, responde o Africano
> em lagrimas banhado e com suspiros
> Ja ficou Mazagam abandonado
> Ja a Praça ficou em seu puder
> Ja ficou todo o povo despejado
> Ja náo ha em Mazagam mais que fazer
> Ja tudo pelo mar vem embarcado
>
> Que mais quereis saber de húo desgrassado
> Vê se agora e me chorar meu peito erra
> Pois me vi em húo instante obrigado
> A perder para sempre minha terra
> Ficando rito, nû despadafiado.[50]

À incompreensão recíproca sucede, em um segundo tempo, uma resposta seca do cortesão, convidando o mazaganense a se submeter à decisão do rei e ao castigo de Deus. Não se trata mais de um amigo falando, mas do homem da corte, o representante dos novos valores que o primeiro-ministro Pombal quer impor à sociedade portuguesa:

> He precizo o valor e a constancia,
> Que seja em os homens mais crecidos
> He precizo o haver mais tolerencia;
> Náo mostrarce áo golpe táo rendido
> Haja pois em hesse peito arogancia

---
50. AUC – CCC, d. 164, estrofes 1-7.

> Náo se faça mais caso do partido
> Que se Deos nos envia estes clamores
> Bem sabe o que convem áos pecadores.⁵¹

Depois, o filho da corte convida o mazaganense a narrar o cerco e a tomada de Mazagão. Abre-se, então, a partir da 13ª estrofe, o relato das últimas semanas da fortaleza. Essa narração permite justamente preencher o vazio provocado pelo abandono e pela ausência de muros. Desse modo, Mazagão pode então renascer na memória de todos:

> Aqui o Africano suspirou
> E fazendo das tripas coração
> Em funeste relaçáo tudo contou.⁵²

O relato é construído em três tempos: depois da descoberta de um acampamento mouro nas cercanias da fortaleza, tão imponente que, "sem que em dia algum se diminuam/ Pois no fim se vém mais que nos primeiros/ Quando num dia aparessendo a claridade/ De Barracas se vê húa cidade" (estrofe 15), os habitantes do presídio reagem: os soldados se organizam, preparam uma excursão, enquanto os demais habitantes também se preparam para enfrentar um novo cerco. É uma reação unânime de todos os habitantes: as mulheres, ajudadas pela esposa do governador, são "senhoras a levar Terra negra em lombros táo de neve" (estrofe 20), os idosos e os jovens sobem nas muralhas para expor a própria vida. A praça estava inteiramente cercada, mas nem por isso "os nossos se assustavam" (estrofe 27). Nada abala essa solidariedade, nem mesmo as bombas que caem dia e noite sobre a cidade: a mãe protege o filho, e o marido, a esposa (estrofe 29). Assiste-se a uma espécie de fusão dos habitantes com seu espaço vital: enquanto os homens tentam salvar as casas, consumidas pelo fogo, as mulheres enfrentam um combate interior, consumidas pelo fogo do ser amado expondo a própria vida (estrofe 35). Porque todos defendem, com a mesma energia, a pátria e o rei:

---

51. AUC – CCC, d. 164, estrofe 10.
52. AUC – CCC, d. 164, estrofe 13.

> Buscam todos aly ganhar a fama
> Mostrando ser da Pátria defensores
> [...]
> Emfim todo o povo estava ufano
> Em defensa do monarca luzitano.[53]

E, não obstante a solidariedade, a coragem e o orgulho de que deram prova, os mazaganenses vão, pouco a pouco, arrefecer para deixar lugar ao sentimento de traição, à confusão geral – esse é o segundo tempo do relato. Tudo começa com a chegada de uma frota:

> Cortando o cristalino elemento
> dar fundo na Bahia todos vem
> onze casos (navires) com munto luzimento
> dos quais hera comandante a Náo Belem
> porem correndo o mar tam violento
> que outro cytio melhor aly nam tem
> pela noite temporal se levantou
> e logo a nossa armada se auzentou.[54]

Aqui ocorre o ponto de virada: chegando a uma luz intensa (levando a crer em uma aparição ou, até mesmo talvez, no retorno do rei dom Sebastião, desaparecido enquanto combatia os mouros em Alcácer-Quibir), estandartes ao vento, os navios portugueses se postam ao largo antes de fugir, lamentavelmente, na calada da noite. A alternância (dia–chegada/noite–fuga) é reforçada por uma nova oposição: à alegria provocada pela chegada dos barcos sucede-se a espera, depois "a impaciência" (estrofe 40) durante os 14 dias de ausência[55], e por fim a decepção, quando desembarcam dos navios apenas três morteiros e quarenta artilheiros (estrofe 46): "Comessa todo o povo a murmurar" (estrofe 47). Surgem as primeiras fissuras entre a Coroa e os habitantes, que não compreendem

---

53. AUC – CCC, d. 164, estrofe 36.
54. AUC – CCC, d. 164, estrofe 39.
55. Os navios tinham recebido a ordem de partir para bombardear Safim, com a finalidade de obrigar o exército mouro a defender essa cidade, com isso dividindo suas tropas.

mais as ordens de Lisboa, que ordena a interrupção dos trabalhos, o cessar-fogo, e isso sem dar nenhuma explicação:

> Athe o outro dia desta sorte
> a gente nam parou de discorer
> quando a ordem se deo o lance forte
> que El Rey quer a Praça defender
> porém que se embarquem para a Corte
> as mulheres por alguá nam morer
> [...]
> Apennas se devulga este manadado
> Na Praça entre os seus habitadores
> O povo fica todo desmaiado
> De susto vay mudando ja as cores
> Quazi ficou amotinado
> Com palavras envoltas en furores
> As mulheres comessam a publicar
> Que de modo nenhum se han de embarcar.[56]

O enfrentamento entre os habitantes e o governador da praça é extremamente violento: não se trata mais de murmúrios, mas de palavras de ira, de amotinamento, de proclamações públicas. O que faz os mazaganenses passarem definitivamente para o conflito aberto é a ruptura do vínculo familiar (homens–mulheres) provocada pela ordem do rei. Sobrevém, então, uma "discordia tam igual" que, para remediar a situação, uma nova ordem real é publicada: "Manda El Rey se despeja áquela Praça" (estrofe 52). A resignação e a cólera se apoderam dos habitantes: eles, que sempre foram "vassalos fieis", regressam a suas casas e começam, os "olhos [com] muntas aguas", a jogar na rua todos os seus pertences (estrofe 53). O caos se instala na praça:

> Que teatro lastimoso se admira
> naquela infeliz Praça assistabra
> hum grita, outro clama, outros suspira

---
56. AUC – CCC, d. 164, estrofes 49-50.

> o povo tristemente aflito obra
> qual no cavalo executa sua hira
> qual o Alfaya pulido atira fora
> toda a casta de animal, gado e rezes
> experimentam estes talhos e revezes
>
> hera huo cahos de triste confuzam
> hera vale verdadeiro de gemidos
> de suspiros lamento afliçam
> se veem aqueles peitos guarnecidos
> hera pois chorado Mazagam
> depois de que seos filhos ve perdidos
> retrato vivo do abismo eterno
> se pode haver retratos do Inferno.[57]

Esse povo, "qual gado sem pastor" (estrofe 57), está perdido, de repente: no meio dessa confusão, a moça procura seu pai; a esposa, seu marido; o bebê, o seio de sua mãe. E todos embarcam na maior desordem. Por suas decisões absurdas e incoerentes, o rei de Portugal conseguiu realizar aquilo que as bombas dos assaltantes mouros não conseguiram – semear a discórdia e a confusão entre os habitantes.

Abre-se, então, a terceira parte do relato: os mazaganenses estão nos navios que os conduzem a Lisboa – apavorados, aterrorizados, assustados. Com os olhos banhados em lágrimas, todos partilham o mesmo sentimento: a "covardia" de ter obedecido às ordens do rei (estrofe 61). De onde, perdidos no imenso oceano, vem seu apelo a Deus:

> Oh soberano Senhor de Israel
> [...]
> Lembraivos a palavra que foi dada
> Por vos permetendo a defeza
> O que seria em todo o Emisferio
> Somente Portugal o vosso emperio.[58]

---
57. AUC – CCC, d. 164, estrofes 54-5.
58. AUC – CCC, d. 164, estrofe 65.

A perda da referência paterna encarnada pelo rei obriga os mazaganenses a se pôr diretamente sob o poder tutelar de Deus. Depois de ter confessado a ofensa feita à Igreja, que eles não souberam proteger dos infiéis, eles apelam para o espírito de Reconquista e denunciam a traição do rei, que não manteve a palavra e obrigou-os a trair. Eles, por sua vez, "africanos de Mazagão", encarnam o Portugal fiel, a verdadeira pátria de Deus. Segue-se, então, um apelo à "Sacratissima virgem emmaculada" (estrofe 66), à qual suplicam o perdão de seus pecados. Pouco a pouco, depois de terem constatado o abandono por parte do rei, os mazaganenses tentam reconstruir uma família que servirá de fundamento a um corpo social reunido: um pai (Deus), uma mãe (a Virgem) e uma pátria (Mazagão). A viagem para Lisboa é, em seguida, descrita como uma odisséia: a perda de referências, o pavor e o medo são acrescentados aos sofrimentos – tanto os da carne (a fome e a sede nos navios, os corpos parcialmente desnudos...) quanto os do coração (lágrimas, aflição...). O emprego recorrente do termo "ausência" remete ao vazio: doravante, a cidade está vazia; mas trata-se também do vazio (no coração dos mazaganenses) causado pelo abandono da cidade ("a pátria ausente"). Por outro lado, essa viagem também é o primeiro tempo da reconstrução. Assim, no epílogo, o mazaganense busca refundar a unidade do grupo por meio de um apelo à preservação da memória:

> Esta pois he amigo a minha estoria
> este o estado do nosso Mazagam
> de que apennas há hoje por memoria
> as ruinas da sua perdiçam.[59]

A partir de então, Mazagão não é mais a cidade do rei, mas de seus habitantes. Do lado de fora das muralhas, volta a ser total a fusão entre os mazaganenses e sua cidade marroquina.

Que devemos reter desse poema desconcertante? Não datado, mas certamente escrito durante o trânsito para Lisboa, ele dá testemunho do estado psicológico dos mazaganenses imediatamente depois do abandono da praça-forte: sentimentos mesclados de tradição e de culpabilidade, de

---

59. AUC – CCC, d. 164, estrofe 77.

amargura e de cólera, de confusão e de abandono. A única alternativa possível para refundar o corpo social está na *memória partilhada de uma comunidade de destino*. Não mais existem nobres, soldados, degredados... mas apenas moradores, açorianos ou portugueses: só restam os mazaganenses. Será que eles, como Ulisses no país dos feácios[60], deixaram escapar uma lágrima ao ouvirem seu aedo narrar a gesta dos heróis de Mazagão? Lisboa aparecia-lhes, desde então, como a primeira etapa de uma longa odisséia, que deverá um dia conduzi-los às praias de sua Ítaca natal. A cidade com que sonham os mazaganenses em Lisboa não é a cidade colonial das autoridades, mas a praça-forte marroquina: é uma cidade da memória que eles constroem no decorrer de sua estada em Lisboa.

*

Essa progressiva tomada de consciência de uma comunidade de destino os conduz a se projetar no futuro imediato que lhes é prometido pela Coroa – a continuação de sua odisséia. Quando passeiam no cais de Belém, esperando a chegada ou a partida das frotas d'além-mar, observando a construção de navios, eles não podem deixar de pensar, febris, que também logo se lançarão ao mar em um desses barcos.

E vem o dia 11 de agosto.

Naquele clima de espera, em que a incompreensão dos primeiros dias cedera lugar à crescente angústia pelo futuro, os chefes de família são reunidos para receber uma parcela dos soldos e das pensões que a Coroa lhes devia.

Como tomei conhecimento desse documento? O acaso guiou meus passos para os arquivos do Tribunal das Contas de Lisboa. Eu havia telefonado, por mero acaso, e garantiram-me a existência de três livros de contas relativos ao pagamento dos mazaganenses em Lisboa. É preciso dizer que, das raras peças do século XVIII conservadas no Tribunal das Contas, elas estavam particularmente bem cuidadas. Avisei que iria na manhã do dia seguinte: dois livros me esperavam sobre a mesa de trabalho. Lê-los não me ensinou nada que eu já não soubesse. Ali encontrei, compiladas, as cópias das ordens de pagamento para os mazaganenses. Também perguntei rapidamente pelo ter-

---

60. *Odisséia*, VIII, 93-103.

ceiro livro de que tinham me falado. Revejo-me a abri-lo e a descobrir uma nova lista de famílias. Mais uma lista! Sim, mas logo de início algo diferente atraiu meu olhar: havia algo que quebrava a fria impressão do documento administrativo. Assinaturas... Abaixo do nome de cada membro de uma parentela, o chefe de família apunha uma assinatura ou uma cruz para comprovar o recebimento. Que leitura emocionante! Por fim, eu encontrava uma pista, além da administrativa, da passagem deles por Lisboa. As assinaturas, postas febrilmente umas depois das outras, apareciam-me de repente como fragmentos de vida, microrrelatos.

Imagino, então, essa jornada de 11 de agosto: as famílias, ansiosas, esperam seu nome ser chamado. O chefe de família avança, depois escuta respeitosamente a leitura do montante de soldos e pensões que lhe é atribuído. Ele reconhece um dos seus junto dos oficiais do Tesouro Real: Domingos Pinto da Fonseca, escrivão do almoxarifado (superintendência dos domínios reais) da praça-forte de Mazagão. Depois, pedem-lhe a assinatura. Ele pega a pena que lhe estendem e então se inclina sobre a mesa. Não é bem nesse momento, quando se apresta a assinar com uma cruz ou com seu nome, que ele toma plena consciência da ineltutabilidade de seu destino?

Saiba ou não escrever, seu gesto é quase sempre desajeitado. E o que importa é justamente, como Arlette Farge esclarece, ver nesse "epistolário inábil a referência a uma comunidade da lembrança e da ação"[61]. Aqueles que assinam com uma cruz (116 de um total de 371 famílias) buscam, em alguns casos, personalizar seu gesto: a cruz pode vir em um círculo, suas extremidades podem ser finalizadas com um traço perpendicular... Os que assinam o próprio nome raramente têm uma escrita firme – com exceção de alguns membros da alta administração, mas também, convém destacar, de algumas viúvas chefes de família: dez entre elas assinaram o próprio nome[62]. Esse gesto não apenas dá testemunho da entrega de uma soma a título de soldos, tenças, moradias e alvarás; ele permite aos mazaganenses manifestar sua pertença a um corpo social – enquanto para a administração, lembremos, ele significava a

---
61. Arlette Farge, *Le bracelet de parchemin*, op. cit., p. 49.
62. Trata-se de Izabel Maria da Costa, Anna Gonçalves de Macedo, Paula Ignacia Joaquina, Brittes Gonçalves, Maria da Cunha, Izabel Sereja, Maria Francesca Xavier de Borbon, Luiza Fragosa, Meira da Cunha, Anna Maria da Rocha (TC – ER 4240).

ASSINATURAS DOS MAZAGANENSES

aceitação de sua nova condição de povoadores. Aqui também é possível haver uma confusão quanto à interpretação da jornada de 11 de agosto, que não se reveste da mesma significação segundo nos situemos do lado da administração ou do lado dos mazaganenses. Para os mazaganenses, essa jornada permite uma "exibição de identidade", segundo a bela fórmula de Roger Chartier[63]. Ela dá testemunho do desejo, ainda difuso, de inscrever a ação de seu corpo social, novamente refundado, no campo do político. Outrora, o invólucro de pedra da fortaleza e o ideal de defesa da cristandade bastavam para garantir uma inscrição no político. A perda das muralhas e o abandono do espírito de Reconquista toldaram longamente sua relação com o político. Essas assinaturas também dão testemunho de uma busca – a da reconstrução de Mazagão, corpo social unido em torno de uma memória coletiva, que partilha uma comunidade de destino e evolui em um espaço político específico.

Isso significa, então, uma aceitação geral de seu "transporte" para a Amazônia? As coisas não são tão simples assim. Muitos mazaganenses não se resignam com a partida. As fugas, os atos de insubordinação e as manobras multiplicam-se com a aproximação do dia da partida. Tomemos o caso de Luís da Fonseca Zuzarte, soldado de 31 anos, filho de Manoel Gonçalves Luís, escrivão do almoxarifado, que recebeu, em razão de sua idade avançada (67 anos), autorização para permanecer em Portugal com sua mulher[64]. Na partida de Lisboa, encontram-se Luís e sua irmã, Izabel, integrados à família de seu tio, Pedro da Cunha Botelho[65]. No dia da partida, Luís não se apresenta a bordo do navio. Surpreendido em companhia de um jovem soldado, Luiz Fernandes Freire (24 anos)[66], eles serão em seguida instalados no Arsenal, à espera de seu próximo embarque para Belém. Ora, sabemos por uma carta do governador Martinho de Melo e Castro ao rei (datada de 23 de novembro de 1771) que, assim que chegaram ao estado do Grão-Pará e Maranhão, nossos dois cúmplices empreendem uma fuga para retornar a Portugal[67]. Menos rocambolesca é a história

---

63. Roger Chartier, *Au bord de la falaise* (Paris, Albin Michel, 1998), p. 12. [Ed. br.: *À beira da falésia*, Porto Alegre, Editora da UFRGS, 2002.]
64. AHU – Cod. 1784.
65. AHU – Cx. 82, d. 6720.
66. AHU – Cx. 67, d. 5769 e Cx. 66, d. 5973.
67. ANRJ – Cod. 99, vol. 2, fl. 185.

de Francisco Xavier, filho de Leandro Pereira[68]: depois de ter embarcado seus parentes, ele finge estar doente para ficar na casa dos familiares, num lugar chamado Amora, onde será preso antes de ser posto a ferros na prisão da torre de Belém e enviado para a Amazônia[69]. Citemos ainda o caso de vários escravos que tentam empreender a fuga durante o trânsito para Lisboa: Domingos Francisco, escravo negro de Felipe Luís da Fonseca[70], bem como Joanna do Espírito Santo, escrava negra de Thomé Barreto Coitinho, fugiram e só foram capturados depois da partida. Domingos foi levado para o Arsenal, e Joanna, para uma casa de correção[71]; eles foram enviados a seus respectivos donos, em Belém do Pará, em 26 de setembro de 1771. Nesse dia, por sinal, não são menos de trinta mazaganenses que embarcam na charrua *Nossa Senhora das Mercês*[72]. Não detectamos nessa viagem a presença de Pedro Affonso, escravo negro de Miguel Raposo. É que durante sua estada em Lisboa ele foi enviado para as galés[73].

De modo mais geral, sabemos, por uma carta pessoal de Mendonça Furtado a seu sobrinho, Fernando da Costa de Ataíde e Teive, que a estada dos mazaganenses em Lisboa não foi de todo tranqüila. O ministro teve de ir pessoalmente ao cais de Belém no dia da partida para "vir expedir estes navios com grande violencia". Em seguida, ele previne seu sobrinho de que deverá enfrentar, como ele, "iguaes impertinencias" da parte desses "rusticos, absolutos, e ignorantissimos Homems", que já provocaram muitas desordens[74]. Algumas semanas antes, esse mesmo ministro evocava "os vicios de que muitos dos ditos moradores se achão infestados"[75]. Um documento datado de 1778 nos informa que muitos mazaganenses se queixam de extorsão e de desprezo por parte da Coroa em Lisboa[76].

---

68. AHU – Cod. 1784.
69. AHU – Cx. 67, d. 5769.
70. AHU – Cod. 1784.
71. AHU – Cx. 67, d. 5769 e Cx. 66, d. 5973.
72. AHU – Cx. 82, d. 6720.
73. AHU – Cx. 65, d. 5602.
74. AHU – Cx. 64, d. 5575. Carta pessoal de Francisco Xavier de Furtado Mendonça a seu sobrinho, Fernando da Costa de Ataíde e Teive, de 12 de setembro de 1769.
75. ANTT – *Companhia Geral do Grão-Pará e Maranhão* – AHMF 84, fl. 23 (12 de agosto de 1769).
76. AHU – Pará – Cx. 80, d. 6639: "Requerimento dos moradores da extinta praça de Mazagão..." (julho de 1778).

O estranho face-a-face: a cidade colonial e a cidade da memória

Elevar a espera à posição de objeto de estudo é um convite a valorizar as dúvidas do homem nu, privado de suas referências habituais, e provisoriamente instalado em um tempo intermediário. Lançando um novo olhar sobre as fontes de que dispõe, o historiador pode compor uma história deslocada e em contraponto, situando as configurações sociais sob o signo da incerteza.

Dessa forma, ao desembarcar no cais de Belém, os mazaganenses não conhecem a sorte que lhes está prometida. Só depois de se darem conta do que lhes estava reservado é que vão adaptar o próprio comportamento, usar de astúcia às vezes. E, por trás da aparente imobilidade que se depreende do estudo dos recenseamentos na chegada e na partida, vê-se que é um formidável jogo social que se desenrola em Lisboa. As famílias são reconfiguradas, transformadas – em suma, adaptadas. Mas é sobretudo um importante trabalho de construção de uma memória comum que se desenrola em Lisboa. É em trânsito, em Lisboa, que Mazagão se afirma como comunidade – antes, ela parecia se unir apenas de maneira efêmera, por ocasião das batalhas contra os mouros. Essa cidade sem muralhas, provisoriamente instalada em uma cidade que estava em vias de construir as suas próprias, construiu muralhas mais sólidas que a pedra. Doravante, as muralhas da memória delimitarão o verdadeiro território identitário dos mazaganenses. Seus habitantes podem ser, então, deslocados: eles levam em si as marcas de sua inscrição territorial.

Dessa forma, o deslocamento parece mudar a natureza do que é deslocado[77]: trata-se, para o poder, de futuras famílias de povoadores. Para os mazaganenses, trata-se de uma cidade privada de instituições e de muralhas. Esse divórcio entre a cidade do poder e a da sociedade, cujos contornos vimos se desenharem nas últimas horas de assédio à praça-forte, só faz se aprofundar em Lisboa. Cada um imagina uma cidade em

---

77. Depois de muito tempo, os antropólogos abordaram essa questão. Cf., entre outros, os trabalhos de Pia Laviosa Zambotti, *Origine et diffusion de la civilisation* (Paris, Payot, 1949); Jean Duvignaud, *Qu'est-ce que la sociologie?* (Paris, Gallimard, 1966). Roger Bastide ou até mesmo Pierre Verger falaram do deslocamento dos deuses africanos para o Brasil.

função de seus interesses, de suas apostas: lá se cava um pouco mais o fosso entre duas visões da cidade – a do poder e a da sociedade. Esse tempo de trânsito perturba os dados da transferência de Mazagão, mas a própria Coroa terá medido o significado da mudança de atitude dos mazaganenses? E os mazaganenses tomaram consciência das implicações reais da política de Lisboa?

3. UMA CIDADE À ESPERA DE MURALHAS: OS MAZAGANENSES EM SANTA MARIA DE BELÉM (1769..., 1771..., 1778)

> *A viagem não teve história, é o que sempre dizem os narradores apressados quando julgam poder convencer-nos de que nos dez minutos ou dez horas que vão fazer sumir, nada sucedeu que merecesse menção assinalável.*
> José Saramago, A jangada de pedra, 1986

No dia 15 de setembro de 1769, quando os navios largam as amarras dirigindo-se para a Amazônia, Mazagão é uma cidade à espera de muralhas. Doravante, esse tempo de espera se dilata, porque a Coroa decidiu transferir as famílias para sua nova cidade apenas na medida em que os trabalhos de construção avançassem. Provisoriamente instalados em Belém do Pará, sede do governo do Grão-Pará e Maranhão, os mazaganenses esperam, então, que as novas muralhas a eles "prometidas" pelo rei tomem forma. A ponto de, dez anos depois de sua chegada a Belém, algumas famílias seguirem esperando para ser transferidas!

Nessas condições, não é possível pretender que as famílias em trânsito caiam na imobilidade social. Uma parte dos mazaganenses, os jovens sobretudo, é levada a se inserir no tecido social e econômico de Belém para encontrar um trabalho, uma mulher, um marido. De certo modo, aqui é a *cidade vivida* que entra em jogo. "Cidade colonial" e "cidade vivida"... são esses os atores desse novo face-a-face que está para acontecer na capital do vasto estado amazônico.

Segundo movimento: a cidade desmontada atravessa o Atlântico

Por ocasião do novo transporte dos mazaganenses, o ministro Mendonça Furtado vai experimentar em grande escala uma política posta em prática desde a ascensão de Pombal ao poder em 1750 e que consiste em substituir a ação do Estado pela iniciativa privada. A Companhia Geral do Grão-Pará e Maranhão é convocada para transportar os povoadores a Belém. Essa companhia de comércio privada foi criada em 1755 por Pombal, a pedido de Mendonça Furtado, então governador do Grão-Pará e Maranhão, para fornecer escravos africanos à região amazônica[1]. Por dispor do monopólio do comércio das "drogas do sertão" (especiarias, plantas medicinais e corantes originárias da Amazônia), do abastecimento da região e do tráfico negreiro, a atividade dessa companhia é florescente em 1769[2]. À frente de uma imponente frota de navios, ela se encontra muito naturalmente associada ao transporte dos mazaganenses, como explicam os membros da junta da administração da companhia Gonçalo Pereira Vianna e Antônio Coutinho de Almeida:

> Tendo Sua Majestade determinado mandar transportar para esse Estado as famílias que rezidiam em Mazagáo não somente para o aumento desse Estado mas tambem para amparar as ditas familias ordenou que estas fossem conduzidas em os navios da prezente expedição que por náo caberem nas charruas do dito Senhor foi precizo que tambem se repartissem pellos da Companhia e para este efeito nelles mandou carregar mantimentos e a aguada que era necessaria para a sua subsistencia.[3]

Três dos dez navios pertencem à Companhia (*Nossa Senhora do Cabo*, *Nossa Senhora das Mercês* e *Santa Ana*): eles transportam um total de 165

---

1. Kenneth Maxwell, *Pombal: paradox of the Enlightenment* (Cambridge, Cambridge University Press, 1995), p. 58. Mendonça Furtado apresentava o estabelecimento dessa companhia como "o único meio de retirar todo o comércio da América portuguesa das mãos dos estrangeiros" (p. 60).
2. Aliás, a exemplo de várias companhias que garantiam o comércio de ultramar das potências marítimas européias no século XVIII. Essa companhia fará entrar na Amazônia, até o dia de sua supressão em 25 de fevereiro de 1778, 25.365 escravos, provenientes de Guiné, Cacheu e Angola. A esse respeito, cf. Manuel Nunes Dias, *Fomento e mercantilismo: a Companhia Geral do Grão-Pará e Maranhão (1775-1778)* (Belém, Universidade Federal do Pará, 1970), vol. 1, p. 467.
3. ANTT – Companhia Geral do Grão-Pará e Maranhão – AHMF 97, fl. 600 (12 de setembro de 1769).

famílias, ou seja, 650 pessoas[4]. Essa requisição perturba seriamente a atividade comercial da Companhia, que se encontra na obrigação de desembarcar, de repente, garrafas de aguardente e tonéis, a fim de abrir espaço para as famílias e suas provisões[5]. A companhia também é responsável por outra missão, desde sempre confiada por Mendonça Furtado, em uma carta de 12 de agosto de 1769 (ou seja, no dia seguinte ao pagamento da primeira partilha dos soldos devidos aos chefes de família): o pagamento, em espécie, da segunda parcela de soldos devidos aos mazaganenses.

> Sua Magestade he servido que a junta da administração da companhia geral do Grão Pará e Maranhão passe as ordens necessarias áos seus administradores do Pará para satisfazer em naquella capitania as pessoas contheudos na relação incluza a importancia de sincoenta e oito centos dizentos trenta e seta mil e oito sentos e cesenta e seis reis as quais embarcão na prezente ocazião para o mesmo Pará que tanto se lhe deve do resto dos seus soldos vencidos na Praça de Mazagão cujos pagamentos se lhe forão e escravos e fazendos, pelos preços com seus da terra e áo contento dos mesmos credores.[6]

Os navios da Companhia transportam, então, além das famílias, diversos bens e mercadorias que poderão ser distribuídos aos chefes de família. Mas essa distribuição só terá efeito depois da "intervenção e aprovação do Governador Capitão Geral do Pará, a respeito das parcelas em que se deve dividir os pagamentos de cada hum dos sobreditos de sorte que convertão o que lhe for entregue em utilidade propria e do estado"[7]. E também, a fim de deixar tempo aos capitães dos navios para

---

4. AHU – Para, Cx. 82, d. 6720. Note-se que outra lista, estabelecida para o pagamento das famílias em Belém, relaciona 371 famílias para 1.855 pessoas (AHU – Cod. 1991; "Livro de registro do vencimento a fazer na Corte e no Grão-Pará às famílias de Mazagão que vão estabelecer naquela capitania").
5. "O transporte desta gente de Mazagão tem cauzado alterações na carga dos navios pelo desembarque das fazendas, para a sua acomodação" (ANTT – Companhia Geral do Grão-Pará e Maranhão – AHMF 97, fl. 600 [12 de setembro de 1769]).
6. ANTT – Companhia Geral do Grão-Pará e Maranhão – AHMF 84, fl. 23 (12 de agosto de 1769).
7. ANTT – Companhia Geral do Grão-Pará e Maranhão – AHMF 84, fl. 23 (12 de agosto de 1769).

prepararem, do melhor modo possível, as cargas de seus barcos e para resolverem com a administração os problemas postos pelas modificações de última hora (acréscimo de famílias[8], deserção de mazaganenses...), o embarque aconteceu em 12 de setembro, isto é, três dias antes da partida.

Por seu lado, os navios do rei são reservados para o transporte do material de construção. Tal material já estava guardado em caixas quando o superintendente do Arsenal Real o distribui aos capitães dos navios (entre 29 de agosto e 6 de setembro)[9]. Nessa expedição, nenhum pormenor é negligenciado: martelos, machados, serras, limas, cisalhas e enxós serão utilizados para o corte da madeira e a fabricação de portas (que serão fechadas com fechaduras). A pólvora e os fuzis servirão para a caça, para se proteger dos animais selvagens e dos índios, mas também poderão ser utilizados em caso de ataque inimigo, "para se darem as maons com o Macapá e com a Villa Vistoza"[10]. Quanto às enxadas, não há necessidade de provar sua utilidade em atividades agrícolas. Sua quantidade (1.600) é o perfeito exemplo da ambição da Coroa de utilizar os mazaganenses como povoadores, ou seja, como soldados-agricultores.

Os capitães dos navios *Nossa Senhora da Glória*, *Nossa Senhora das Mercês* e *Nossa Senhora da Conceição* recebem também, das mãos do provedor e tesoureiro da Casa da Moeda de Lisboa, 68.000 réis em moedas de cobre e de prata a serem entregues ao governador do Grão-Pará e Maranhão[11]. Esse dinheiro será utilizado no pagamento de uma parte do soldo devido às famílias e, sobretudo, para cobrir as primeiras despesas de sustento dos mazaganenses em Belém[12].

É uma espécie de cidade de montar que se prepara para atravessar o Atlântico: os habitantes são divididos em famílias facilmente intercambiáveis e devidamente listados[13]; o material de construção para levantar novas muralhas é posto em caixas e inventariado; novas instituições ci-

---

8. De acordo com os responsáveis pela Companhia, "áo partir desta frota avultou o número de pessoas" (ANTT – AHMF 97, fl. 600 [12 de setembro de 1769]).
9. APEPa – Diversos com governo – Cod. 27: "Correspondência do cerco de Mazagão".
10. AHU – Cod. 595, fl. 24v.
11. AHU – Pará, Cx. 64, d. 5575 (6 de setembro de 1769).
12. AHU – Cod. 595, fl. 25v.
13. Os registros paroquiais, hoje infelizmente desaparecidos, também deviam fazer parte da viagem.

Carregamento do material de construção nos navios de transporte dos mazaganenses (15 de setembro de 1769)

Navios Instrumentos, armas	Galeão N. Sa. da Glória	Charrua N. Sa. das Mercês	Charrua N. Sa. da Purificação	Charrua São José	Charrua N. Sa. da Conceição	TOTAL
Martelos	250				750	1.000
Facões	750	250				1.000
Serras	430				570	1.000
Limas	430				570	1.000
Fechaduras	430				570	1.000
Enxós	550	450				1.000
Enxadas		100	750	750		1.600
Cisalhas					2.000	2.000
Pólvora (em quintais)	50					50
Fuzis	550	450				1.000

TABELA MONTADA A PARTIR DE APEPA – DIVERSOS COM GOVERNO – COD. 207.

vis estão prestes a tomar forma: as cartas de nomeação de funcionários são incluídas no comboio[14]; um primeiro fundo de investimento financeiro também está previsto.

A dimensão espiritual tampouco é negligenciada: os porões do galeão *Nossa Senhora da Glória* foram carregados de objetos de culto, imagens sacras e quadros provenientes das igrejas da praça-forte. Uma longa e detalhada lista[15] nos informa da presença, entre outros, de numerosos candelabros (entre os quais "huma costodia antiga de coluna de prata dourada com quatro campainhas"), cruzes, cálices, uma pia de água benta, fachadas de altar, um tabernáculo, turíbulos, lâmpadas a óleo, ou ainda toalhas, alfaias litúrgicas, paramentos e missais. Entre as imagens sacras, vem, em primeiro lugar, a da padroeira de Mazagão: Nossa Senhora da Assumpção, que traz uma cruz de prata, acompanhada de várias outras: o Cristo morto, Jesus crucificado, a paixão de Cristo,

---

14. AHU – Pará, Cx. 64, d. 5560 (1º de setembro de 1769); AHU – Pará, Cx. 64, d. 5565; AHU – Pará, Cx. 64, d. 5575 (6 de setembro de 1769).
15. AHU – Pará, Cx. 64, d. 5575 (6 de setembro de 1769).

São Pedro, o arcanjo São Miguel, São Francisco, Santo Antônio, Santa Bárbara, Nossa Senhora da Conceição, Nossa Senhora do Amparo da Misericórdia, Santa Ana... Além do custo desses objetos sacros, é evidente que, para a Coroa, esse deslocamento das imagens serve para manter, em meio à comunidade mazaganense, uma ilusão de continuidade entre a praça-forte e a cidade colonial que está para nascer. E essa precaução visa, de certo modo, fixar Deus e os ancestrais na cidade nova: Deus, porque a cidade será construída em um território virgem; quanto aos ancestrais, mais que levar de sua cidade de origem um pouco de terra (como os romanos) ou uma chama do fogo sagrado (como os gregos) para fixá-los em uma nova cidade, são esses objetos e imagens sacras, quase sempre antigos (o autor da lista observa regularmente o estado de ancianidade de uma peça), que assumirão a função de transmissores intergeracionais.

É uma cidade guardada em caixotes que o governador se prepara para receber em Belém e, ao mesmo tempo, seu "manual de uso" – várias listas acompanham o carregamento: lista das famílias por barco (os navios fazem aqui o papel de caixotes para o transporte marítimo de pessoas humanas), do material de construção, das somas líquidas de recursos monetários, das nomeações de funcionários e de artesãos, dos objetos de culto...

Nessa expedição, nada foi deixado ao acaso: no dia em que os navios devem ser abastecidos, 15 de setembro de 1769, Francisco Xavier de Mendonça Furtado envia aos pilotos e capitães do comboio sua folha de rota. Ele anuncia que a expedição será escoltada por três navios de guerra até dez léguas ao sul da Madeira. Os navios deverão, em seguida, dividir-se em duas esquadras: a primeira, composta pelo galeão *Nossa Senhora da Glória e Santa Anna*, pelas charruas *Nossa Senhora da Conceição*, *Nossa Senhora das Mercês da Companhia*, *São Francisco Xavier*, *Nossa Senhora do Cabo*; a segunda compreende: *Nossa Senhora das Mercês de Sua Majestade*, *Nossa Senhora da Purificação*, *Santa Anna*, *São José*, *Santa Anna e São Joaquim*. As esquadras serão dirigidas pelos "mestres-pilotos mais idosos e que já tenham comandado um navio". Durante a travessia, os barcos de cada esquadra não deverão, em hipótese alguma, se separar, sob pena de serem perseguidos. Um navio só será autorizado a navegar sozinho para seu porto de destinação em caso de furo do casco ou de escassez de provisões[16].

Não sabemos muita coisa do trajeto, apenas que as duas esquadras, uma vez ao sul da Madeira, chegaram a Belém com 11 dias de diferença. A esquadra dirigida pelo galeão *Nossa Senhora da Glória* gastou 55 dias e teve uma navegação relativamente tranqüila: é o que explica Matheus Valente do Couto, indicado como mestre-de-campo da nova Mazagão, em uma carta dirigida a Mendonça Furtado em 11 de janeiro de 1770[17]. A segunda esquadra fez uma travessia bem mais difícil – segundo aquilo que testemunha Manoel da Gama Lobo: "Entraráo afaltarme os ventos e depoes os tive táo contrarios, ecorrentes para o Norte táo continuados que de nove gráos á Linha gastei trenta dias: emfim com sessentaeseis cheguei aesta Cidade"[18]. Em Belém, a administração contabilizou 19 mortes[19] durante a travessia e apressou-se a enviar à Coroa um "mappa das alteraçoens que se acharáo nas listas das familias de Mazagáo"! Um belo eufemismo, que demonstra outra vez todo o menosprezo da Coroa por aqueles "povoadores", ao mesmo tempo que tenta lançar um véu sobre a dureza das condições de vida a bordo dos navios, condições que fragilizavam ainda mais organismos que já vinham mal. Com efeito, sabemos que foram muitos os que tiveram de ser hospitalizados quando de sua chegada a Belém[20].

Mais uma vez, as marcas desse sofrimento escapam ao nosso olhar. A documentação que dá testemunho dessa transferência marítima e que segue à nossa disposição provém quase unicamente de fontes administrativas: nada deixa transparecer dos assassinatos desses indivíduos, des-

---

16. AHU – Cod. 595: "Livro de registro de ordens régias e avisos para o Maranhão, Grão-Pará e Piauí, da Secretaria de Estado da Marinha e Ultramar (1768–1771)", fl. 54v-56v. Recomenda se igualmente que não se passe a menos de cinqüenta léguas a oeste do Cabo Verde, a fim de proteger os passageiros dos ares pestilentos dessa região.
17. AHU – Para, Cx. 65, d. 5583 (11 de janeiro de 1770). Na época, ele não podia saber que o ministro falecera algumas semanas antes, no dia 15 de novembro de 1769.
18. AHU – Pará, Cx. 65, d. 5596: "Carta de Manoel da Gama Lobo de Almada a Mendonça Furtado" (13 de janeiro de 1770).
19. AHU – Pará, Cx. 65, d. 5602 (14 de janeiro de 1770).
20. AHU – Pará, Cx. 65, d. 5578 (9 de janeiro de 1770). Aliás, não encontramos uma só pista de nomeação de médicos para acompanhar cada um dos navios.

considerados, jogados, talvez até mesmo violentados e agora tendo de encarar a ondulação do alto-mar, cujos efeitos são amplificados pela promiscuidade a bordo. Esses mazaganenses são, por fim, "sem-rosto"[21]: é certo que sabemos seus nomes (listas não faltam), mas isso é suficiente para dizer que os conhecemos? Desde o início desta pesquisa, demos a eles um qualificativo genérico que difere segundo as circunstâncias: "os mazaganenses", "as famílias", "os soldados da fé", "os povoadores do Novo Mundo". Esse uso contribui para enfatizar ainda mais a dificuldade contra a qual nos debatemos: como passar do genérico, portador de estereótipos, a um singular que não se isola na relação de fatos excepcionais, mas que seja capaz de dar testemunho da articulação das singularidades com seu meio ambiente social e espacial, em suma, ao político[22]?

O estado do Grão-Pará e Maranhão e a urbanização das fronteiras

Deixemos por algum tempo as esquadras navegarem para Belém do Pará e desviemos nosso olhar para a situação amazônica na época. O governador do Grão-Pará e Maranhão está informado, desde o fim de maio ou começo de junho de 1769, da chegada a Belém de "duas mil, até duas mil e duzentas pessoas". Na famosa carta de 16 de março de 1769, o rei lhe ordena: "Náo perderá um instante em dar todas as providencias que lhe parecerem necessarias, afim de que em chegando os novos hospedes náo experimentem necessidade alguma", e ordena ainda "que se estabeleça huma nova povoaçáo na costa septentrional das Amazonas para se darem as maons com o Macapá e com a Villa Vistoza"[23]. Essa ordem, transmitida pelo Ministério da Marinha, determina ainda duas missões explícitas para o governador do Grão-Pará e Maranhão: proceder à localização de um lu-

---

21. Patrick Cingolani, Arlette Farge, Jean-François Laé & Franck Magloire, *Sans visages. l'impossible regard sur le pauvre* (Paris, Bayard, 2004).
22. Arlette Farge, "Un singulier qui nous joue des tours", *Revue L'Inactuel*, jan. 2004, p. 67; Carlo Ginzburg, "L'historien et l'avocat du diable: entretien avec Charles Illouz et Laurent Vidal", *Genèses: sciences sociales et histoire*, Paris, n. 53, dez. 2003, p. 129.
23. AHU – Cod. 595: "Livro de registro de ordens régias e avisos para o Maranhão, Grão-Pará e Piauí, da Secretaria de Estado da Marinha e Ultramar (1768–1771)", fl. 24v. (carta de 16 de março de 1769).

gar adequado para a construção de um estabelecimento colonial e tratar da inserção temporária dos mazaganenses em Belém, ou seja, de sua hospedagem, alimentação e ocupação. O governador Ataíde e Teive é então convidado a pôr mãos à obra, "sem perder um só instante".

*

A figura que estava na origem dessas recomendações é justamente o ministro Mendonça Furtado, que fora, de 1751 a 1759, o primeiro governador do estado do Grão-Pará e Maranhão. Com efeito, o destino de Mazagão e dos mazaganenses está, desde o início do ano de 1769, entre as mãos de Mendonça Furtado – estadista lúcido e eficiente, estrategista de cólera terrível[24]. É ele que toma a decisão de abandonar a praça-forte e projeta a "reconversão" de seus habitantes em povoadores do Novo Mundo. Também é ele que prevê as modalidades de sua transferência para sua nova cidade. Valendo-se do apoio irrestrito de seu irmão, Pombal, ele sabe que pode contar com vínculos familiares sólidos: o governador da praça-forte marroquina não era seu sobrinho? O governador do Grão-Pará e Maranhão, Ataíde e Teive, também é sobrinho dele. Essa família reina quase sem concorrência sobre o Império português desde o princípio dos anos 1750. E Mendonça Furtado, até mesmo mais que Pombal, é aquele que harmoniza a estratégia familiar de controle dos recursos políticos do Império. Basta conferir, na coleção pombalina depositada na Biblioteca Nacional de Lisboa, a importância de suas correspondências privadas com membros de sua família para se dar conta do papel de intermediário que ele desempenha entre Pombal e os seus.

Já é tempo de apresentar a ação amazônica desse estadista com o qual cruzamos muitas vezes pelo caminho. No dia posterior à celebração do tratado de Madri (1750), que redesenhava as fronteiras espanholas e portuguesas na América do Sul, dom José decide separar o Brasil em dois estados independentes: o do Brasil, propriamente dito, e o do Grão-Pará e Maranhão (que engloba a capitania do Maranhão e a capitania do Grão-Pará, que será desmembrada em 1755 para permitir a constituição da capitania do Rio Negro). Esse novo estado corresponde, na época, a

---

24. Quanto a isso, cf. Isabel Vieira Rodrigues, "A política de Francisco Xavier de Mendonça Furtado no norte do Brasil (1751-1759)", *Oceanos*, Lisboa, n. 40, out.-dez. 1999, pp. 94-110; e Renata Malcher de Araújo, *As cidades da Amazônia no século XVIII: Belém, Macapá e Mazagão* (Porto, FAUP, 1998).

OS TRÊS IRMÃOS, DE MÃOS DADAS: PAULO DE MENDONÇA (O CAÇULA, INQUISIDOR-GERAL), POMBAL (O MAIS VELHO, PRIMEIRO-MINISTRO DE DOM JOSÉ) E MENDONÇA FURTADO (MINISTRO DA MARINHA E DO ULTRAMAR)

uma zona estratégica de primeiríssima importância: apesar das cláusulas do tratado de Madri, que conferiam autoridade sobre essa região à Coroa portuguesa, o controle da bacia hidrográfica do Amazonas é objeto de incessantes pressões estrangeiras. Espanhóis, franceses e holandeses tentam contestar as possessões portuguesas, ao norte e a oeste da bacia amazônica. Com efeito, essa bacia permite acesso fluvial às regiões auríferas do oeste (especialmente às regiões mineiras do Mato Grosso) e suas reservas florais interessam tanto à Marinha (por causa da madeira) e à medicina (plantas, raízes e cascas, dos quais é possível fazer decocções), quanto aos setores agrícola (produção de arroz, de algodão...) ou artesanal (madeira corante para tecidos).

A fim de que a administração colonial possa se apoderar de maneira eficiente desse novo estado, dom José decide colocá-lo sob a responsabilidade de Francisco Xavier de Mendonça Furtado. Nascido no ano de 1700 em Lisboa, ele é filho de um capitão de cavalaria. Em 1735, ele passa a integrar o regimento da Marinha, onde serve especialmente na frota de Luís Brederode, que fora prestar auxílio às tropas portuguesas do Brasil no conflito da colônia do Sacramento, que opunha as Coroas espanhola e portuguesa. Ele permaneceu oito meses nessa região do sul do Brasil. Servidor fiel da Marinha, ele possuía um bom conhecimento das realidades brasileiras; por isso, muito naturalmente, dom José lhe confia, em 19 de abril de 1751, esse posto de confiança à frente do estado do Grão-Pará e Maranhão – seu irmão, Pombal, já é um homem de influência junto ao rei, que o nomeou, em 1750, ministro dos Assuntos Estrangeiros e da Guerra.

Mendonça Furtado recebe, então, como principal instrução, "dar segurança ao estado". Essa recomendação não visa apenas às pretensões das potências européias rivais, mas também ao poder temporal das ordens regulares que, por sua presença maciça na Amazônia, são as verdadeiras donas dessa terra. Com efeito, em 1750, a capitania do Grão-Pará dispõe apenas de uma cidade – Nossa Senhora de Belém do Pará – e de quatro vilas – Vila Souza do Caeté (1634), Gurupá (1637), Vila Viçosa de Santa Cruz de Cametá (1637) e Nossa Senhora de Nazaré da Vigia (1693) –, às quais se devem acrescentar oito fortes, três dos quais na cidade de Belém. Em contrapartida, contam-se setenta postos missionários (aldeias e fazendas que dependiam de missões jesuítas, franciscanas, carmelitas ou mercedárias)[25].

Viajante incansável, observador escrupuloso, Mendonça Furtado faz regularmente longas estadas no interior do estado pelo qual é responsável, visitando as aldeias, as fortalezas, as fazendas. Ele faz numerosas anotações e envia todo o seu conteúdo a Lisboa. Depois de ter tomado consciência da fragilidade dos recursos humanos desse estado (uma população esparsa, uma população escrava quase inexistente e índios sob a dependência das missões religiosas), ele empreende um recenseamento de seus recursos naturais, mas também de suas capacidades agrícolas, anterior a uma integração da região nos circuitos econômicos coloniais. Em uma carta que dirige em 1752 ao Conselho Ultramarino de Lisboa[26], ele identifica

---

25. Renata Malcher de Araújo, op. cit., p. 95.
26. Rita Heloísa de Almeida, *O Diretório dos índios: um projeto de civilização no Brasil do século XVIII* (Brasília, Editora da UnB, 1997), pp. 227-8.

vários produtos agrícolas que poderiam ser cultivados ou explorados: açúcar, cacau, arroz, algodão, gengibre, café, canela, tabaco etc. É nesse contexto que é possível compreender sua solicitação de criação, em 1755, da Companhia Geral do Grão-Pará e Maranhão para, em especial, abastecer a região de escravos e fazê-la entrar nos circuitos do comércio colonial.

Por outro lado, em vista de uma "expedição de demarcações", prevista no quadro das cláusulas do tratado de Madri, Lisboa envia a Belém uma comissão constituída de cartógrafos, engenheiros, um astrônomo, um matemático e um desenhista[27]. Chegada ao local em 1753, ela procede a um inventário sistemático do território, organizando várias expedições de reconhecimento, mapeando os postos de missão, os fortes, as vilas e as paróquias. Henrique Antônio Galluzzi mapeia ainda o sistema hidrográfico amazônico: inicialmente, os afluentes do Amazonas, depois, acima desses, os do rio Xingu, do rio Tapajós, do rio Negro ou ainda do rio Madeira. Em 1759, ele publicará uma série de quatro mapas sintéticos: "Mapa geral do bispado do Pará, repartido nas suas freguesias"[28].

Os mapas e os relatórios, que têm Mendonça Furtado como destinatário, confirmam suas próprias impressões: a presença maciça de ordens religiosas representa um risco maior para a estabilidade da região. Ele explicará em termos crus ao desembargador Francisco Rodrigues de Resende que convém "restaurar uma Conquista Portuguesa a seu legitimo Senhor Usurpada"[29]. Os usurpadores são, bem entendido, aos olhos do governador, as ordens missionárias. Entre os meios considerados para a restauração da legitimidade portuguesa na Amazônia, Pombal sugere então a seu irmão a construção de vilas. Em uma carta privada que lhe endereça em 1753, ele lhe recomenda tomar as fortalezas, cuja construção fora ordenada pelo rei: "As deveis tomar por motivos para junto dellas erigires villas, que também se podem fundar em algumas fazendas grandes e populosas dos nobres deste Estado"[30]. Em 1754, o governador funda as duas

---

27. Ibid., p. 109.
28. "Mapa geral do bispado do Pará, repartido nas suas freguesias, que nelle fundou e erigio o Exmº et Revmº Snr D. F. Miguel de Bulhões III, Bispo do Pará, e reduzido às regras da Geografia com observações geometricas e astronomicas pelo Ajudante Engenheiro Henrique Antonio Galuzzi" (BNRJ – Arq. 25 – 4 – 8, fl. 1-4).
29. Apud Renata Malcher de Araújo, op. cit., p. 107.
30. Ibid., p. 115.

primeiras vilas: Bragança (a partir da refundação de Caeté) e Ourem, e propõe povoá-las com colonos açorianos, que desde 1747 estavam autorizados, como vimos, a deixar suas ilhas em razão de um grave problema de superpopulação. Esses povoadores recebem no lugar uma casa para morar e um campo para cultivar. As vilas dispõem ainda de um plano de urbanismo regular, com uma praça central, em torno da qual estão dispostas uma igreja e uma casa da câmara e a partir da qual os lotes são distribuídos de maneira regular. Engenheiros do rei são chamados para traçar cada um dos planos: muitos italianos intervirão na Amazônia. Durante seu mandato, Mendonça Furtado participará direta ou indiretamente de seis fundações de vilas. A seu ver, essa urbanização amazônica responde ao tríplice objetivo de segurança do território, valorização agrícola e civilização.

Nesse sentido, uma ordem de dom José, datada de 3 de março de 1755, solicita ao governador do Grão-Pará o aumento do número de fiéis pelo recurso à "multiplicáco das povoaçoens civilisadores para que atrahindo asi os nacionais que vivem nos vastos Certoens do mesmo Estado separados da nossa Santa Fé Catholica"[31]. Esse novo impulso urbanizador pretende doravante "civilizar" os índios – ou seja, convertê-los em bons católicos e bons trabalhadores. No dia 6 de junho de 1755, uma lei impõe a todas as aldeias que dispõem de um número suficiente de habitantes sua transformação em vilas[32]. Quarenta aldeias serão assim transformadas em vilas e 23, de dimensões mais modestas, em lugares[33]. Mendonça Furtado delimita ainda paróquias, a fim de esquadrinhar ao máximo tão vasto território: em 1759, apenas na capitania do Pará, Galluzzi mapeará 83 paróquias (com uma cidade, uma vila ou um lugar como sede).

Quando deixa o cargo em 1758 para regressar a Lisboa, Francisco Xavier de Mendonça Furtado pode fazer um balanço extremamente positivo. Ele soube, em poucos anos, dinamizar a economia dessa região,

---

31. AHU – Cod. 1275, fl. 358-359: "Ordem de dom José a Francisco Xavier de Mendonça Furtado (3 de março de 1755).

32. Por ocasião de uma de suas viagens, no arraial de Mariuá (em 1755), Mendonça Furtado pensa pela primeira vez na possibilidade de exarar uma lei sobre a liberdade dos índios, o que terá como conseqüência subtraí-los à tutela das ordens missionárias e reintegrá-los no seio do Estado. Essa lei (o *Diretório dos índios*) tomará forma em 1757, sendo válida para a Amazônia, antes que um decreto faça com que ela passe a abranger todo o Brasil, em 1758.

33. Renata Malcher de Araújo, op. cit., p. 135.

reforçar suas defesas, aumentar sua população (especialmente por meio da reintegração dos índios, que podem dali por diante, no marco do *Diretório dos índios*, servir de mão-de-obra para o estado) e ampliar a presença portuguesa nessas terras ingratas. E mais, ele ainda conseguiu se livrar dos jesuítas, que serão definitivamente expulsos da Amazônia em 1759. Quando de seu retorno à corte, seu irmão faz com que ele seja indicado ministro da Marinha e do Ultramar, na expectativa de que possa estender sua experiência às demais regiões do Império. Mas a questão amazônica segue para o ministro como tema predileto, tanto mais que o contexto geopolítico evolui rapidamente.

Com efeito, em 1761, as Coroas ibéricas assinam o tratado do Prado, que suspende o acordo de 1750 até que as "comissões de fronteiras" das duas Coroas tenham acabado de fazer seu trabalho de delimitação. Essa flexibilização do tratado de Madri é uma brecha pela qual imediatamente tentam se enfiar as outras potências européias, que não renunciaram a suas pretensões, especialmente nos ângulos mortos dessa região, como, por exemplo, o Cabo do Norte, ou seja, a Guiana brasileira[34]. A expedição de Kourou (organizada por Choiseul em 1763), mesmo que tenha tido um desfecho dramático, inquieta em nível máximo as autoridades portuguesas: a França, com efeito, enviara cerca de 15 mil povoadores para a Guiana Francesa. Nunca antes nenhuma potência européia enviara, de uma só vez, tão importante contingente de migrantes. Nesse mesmo ano, era publicada a obra de Jacques-Nicolas Bellin: *Description géographique de la Guiane*[35]. O autor reserva um capítulo inteiro à Guiana Portuguesa no qual, antes de passar a uma descrição exaustiva de cada uma das fortalezas e afluentes da margem norte do Amazonas, dirige uma advertência ao leitor:

> Os portugueses, durante muito tempo, não buscaram se estabelecer nessa parte da Guiana, que se localiza ao norte da margem das Amazonas e é delimitada pelo Cabo do Norte e pelo Rio Negro. Eles chegaram até mesmo a reconhecer no fim do último século e início deste que não tinham nenhum direito sobre essas vastas terras, cuja posse esteve com os france-

---

34. A esse respeito, cf. Emmanuel Lézy, *Guyane, Guyanes: une géographie "sauvage" de l'Orénoque à l'Amazone* (Paris, Belin, 2000), 347 p.
35. Jacques-Nicolas Bellin, *Description géographique de la Guiane* (Paris, Didot, 1763).

ses por mais de cem anos, como vimos na primeira parte desta obra; mas o tratado de Utrecht cedeu aos portugueses as terras da Guiana, situadas ao norte do rio das Amazonas até a altura do Cabo do Norte. É desse ponto de vista que vou considerar a Guiana Portuguesa.[36]

A ambição francesa pela grande Guiana é confirmada pelo aparato cartográfico relativamente completo divulgado com a obra: ali se encontra um mapa geral da Guiana, assim como um mapa da Guiana Portuguesa, demonstrando um grande conhecimento das realidades dessa região. Sem indicar onde exatamente estava a fronteira entre as possessões francesas e portuguesas, ele fazia recuar as possessões portuguesas para abaixo dos montes Tumucumac.

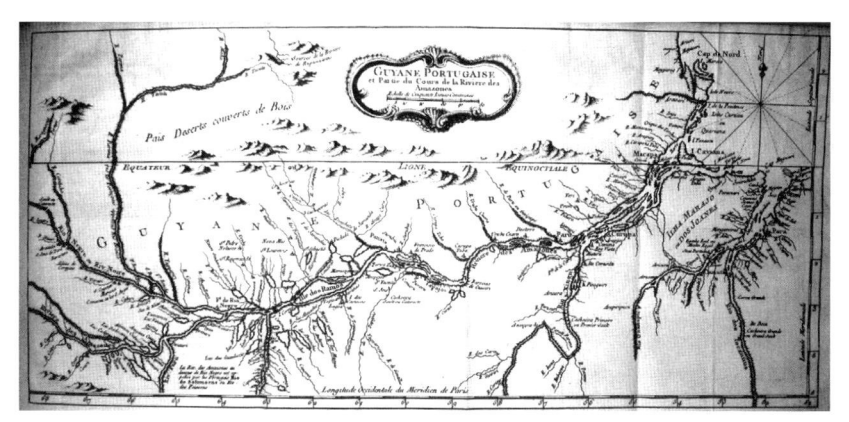

MAPA DA GUIANA PORTUGUESA, DE JACQUES-NICOLAS BELLIN (1763)

Essa advertência resume claramente as tensões em ação nessa região no decorrer dos anos 1760. É, portanto, nesse duplo contexto de incerteza jurídica e de cobiça internacional que se situa a decisão de adensar a presença portuguesa na parte norte da Amazônia. Mendonça Furtado propõe, inicialmente, redesenhar as fortificações de Macapá (a partir de 1764) e de retomar, de Macapá para cima, a política de implantação de vilas: Vila Vistoza é criada a partir de 1767, e a decisão de fundar a Vila Nova de Mazagão é tomada, como vimos, em março de 1769.

*

---
36. Ibid., p. 244.

É, portanto, apoiando-se em um conhecimento bem preciso do contexto amazônico que Mendonça Furtado dirige ao governador Ataíde e Teive instruções pormenorizadas acerca da posição da futura aldeia e da escolha do local:

> Entre os rios que vem por aquela parte buscar as Amazonas, lembra o Mutuacá, o qual tendo campos capazes de gado e creaçóes, parece o mais proprio, mas sempre será necessario que V. Sª mande explorar por pessoas capazes, que possam bem conhecer a terra, se he capaz de criaçoens, e de produzir frutos, para que os novos moradores vivam em abundancia, para se tirarem para sempre da mizeria, em que nasceram e se criaram.
> Se porem se náo acharem estas qualidades nas margens daquelle rio, os exploradores que V. Sª mandar aquella diligencia poderáo escolher outro qualquer que desagua nas ditas Amazonas por aquella margem septentrional que mais hé parecer para este utilissimo estabelecimento, contemplando porem muito a pureza dos Ares, por que acharidade e as pozitivas ordens de Sua Majestade recomendáo a saude destas mizeraveis gentes.[37]

A escolha do rio Mutuacá não é aleatória no contexto do norte da Amazônia e mais particularmente do maciço das Guianas. Se observarmos atentamente o mapa do bispado do Pará, feito por Galluzzi em 1759, aparece muito claramente que a foz desse afluente do Amazonas foi simplesmente esboçada e que as terras acima dela são, portanto, pouco conhecidas pelos portugueses[38], que esse braço do Amazonas se situa em um espaço no qual a malha paroquial é mais rala e que a paróquia de Fragoso, à qual pertence esse afluente, só foi criada em 1758 e não dispõe à sua frente de um lugar. Aliás, Mendonça Furtado tentara duas vezes instalar um núcleo de povoação às margens desse afluente. Em uma carta de julho de 1758, ele evoca sua aspiração de implantar "um novo

---
37. AHU – Cod. 595: "Livro de registro de ordens régias e avisos para o Maranhão, Grão-Pará e Piauí, da Secretaria de Estado da Marinha e Ultramar (1768–1771)", fl. 24v-25v (carta de 16 de março de 1769).
38. Na distribuição do espaço amazônico pelas ordens religiosas, a região do rio Mutuacá estava sob o controle dos capuchinhos de Santo Antônio.

núcleo agrícola e um agrupamento indígena às margens do rio Mutuacá, sabendo haver ali excelentes pastagens para a criação"[39]. Em outubro do mesmo ano, ele reitera sua aspiração de ver ali se estabelecer "uma aldeia tão grande quanto a da Vila de São José [de Macapá]"[40]. Ora, dez anos mais tarde, é de conhecimento público que nenhuma outra criação de vila foi realizada na capitania do Pará. Na época, ninguém duvida de que o mapa de Galluzzi que ele tem em mente, ou de cujo exemplar ele dispõe em seu gabinete de ministro no momento de sua decisão, também reflete a realidade do terreno em 1769.

Essa região também é conhecida por abrigar o povoado de Santa Anna, fundado por Francisco Portilho de Mello, cujas tribulações foram seguidas muito de perto por Mendonça Furtado. Esse caçador de homens conseguira capturar (resgatar[41]) quase quinhentos índios no início dos anos 1750 e solicitara na época, a Mendonça Furtado, autorização para fundar um povoado (abril de 1755). Tendo obtido a autorização, Portilho de Mello instala-se na ilha de Santa Anna, situada em frente de Macapá, na foz do rio Matapy. Mas a insalubridade força Portilho de Mello a solicitar a Mendonça Furtado autorização para deslocar seu povoado para um lugar melhor, às margens do rio Maracapucu (1756). Em 1762, Francisco Roberto Pimentel assume a direção do povoado, que conta na época com 383 habitantes, todos de origem indígena[42]. Mas, visto que a insalubridade provoca numerosas febres e doenças, Pimentel sente-se obrigado a buscar outro local. Ele sai então em reconhecimento do rio Mutuacá e solicita autorização ao governador Ataíde e Teive para deslocar outra vez seu povoado para esse afluente, cujas margens, segundo ele, apresentam boas condições sanitárias. A autorização é concedida

---

39. BNL – Pomb. 163, fl. 47, "Carta de Francisco Xavier de Mendonça Furtado ao desembargador João Ignacio de Brito e Abreu, juiz de fora do Pará" (24 de julho de 1758).
40. BNL – Pomb. 163, fl. 167v, "Carta de Francisco Xavier de Mendonça Furtado ao ajudante José de Barros Machado" (16 de outubro de 1758).
41. As tropas de resgate dos índios foram legalmente instituídas pelo padre jesuíta Antônio Vieira em 1655 (Ângela Domingues, *Quando os índios eram vassalos. Colonização e relações de poder no Norte do Brasil na segunda metade do século XVIII* [Lisboa, CNCDP, 2000], p. 29). Para além do aspecto da conversão religiosa, o real desafio dessa captura era suprir a carência de mão-de-obra na colônia.
42. "Município de Mazagão", *Annaes da Bibliotheca e Archivo público do Pará*, tomo IX, 1916, p. 397.

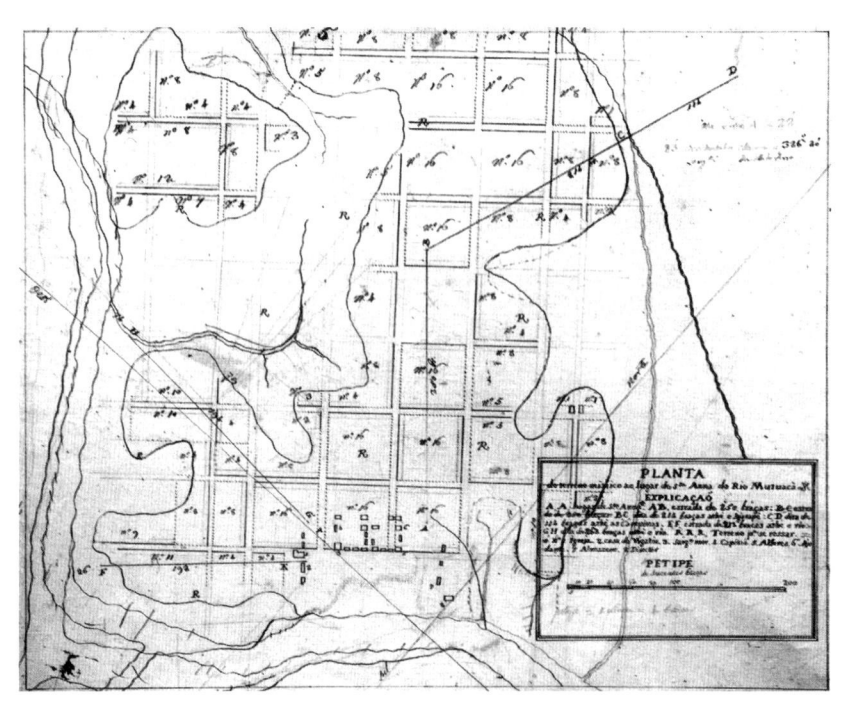

PLANO DO LUGAR DE SANTA ANNA DO RIO MUTUACÁ

em 1769: Santa Anna prepara-se, então, para viver seu terceiro deslocamento. Nesse mesmo ínterim, partia de Lisboa a ordem de instalar os mazaganenses "entre os afluentes que, nessa parte [da costa setentrional do Amazonas], deságuam no Amazonas".

Com efeito, o rio Mutuacá se lança no Amazonas, cerca de trinta léguas acima de Macapá: são necessárias duas marés para chegar de barco até esses dois pontos. Entre eles se lança o rio Anauarapucu, às margens do qual foi decidida, em 1767, a construção de Vila Vistoza da Madre de Deus. É esse o motivo de a construção de uma nova povoação às margens do rio Mutuacá permitir "se darem as maons com o Macapá e com a Villa Vistoza"[43]. Com efeito, ela se insere no dispositivo geopolítico de controle do litoral norte da Amazônia por parte da Coroa portuguesa. E Mendonça Furtado percebeu imediatamente a oportunidade de enviar

---

43. AHU – Cod. 595: "Livro de registro de ordens régias e avisos para o Maranhão, Grão-Pará e Piauí, da Secretaria de Estado da Marinha e Ultramar (1768–1771)", fl. 24v (carta de 16 de março de 1769).

para essa região os soldados da praça-forte de Mazagão – homens ociosos depois do abandono do presídio, mas afeitos ao manejo das armas e, portanto, capazes de se pôr, a qualquer instante, em ordem de batalha. Ao menos na opinião do ministro... Porque essa escolha revela aqui uma mera decisão de gabinete, quando alguns estrategistas dispõem as cidades como peões sobre um vasto tabuleiro. E os homens, pretensos habitantes, devem, bem entendido, dobrar-se às decisões.

Seguindo escrupulosamente as ordens de seu tio, o governador Ataíde e Teive nomeia, em setembro de 1769, uma comissão encarregada de verificar se as terras do rio Mutuacá são, segundo as recomendações de Lisboa, "apta[s] para as criações e a produção de frutos". Essa comissão é posta sob a direção do capitão Ignacio de Castro de Moraes Sarmento, que fora justamente o primeiro administrador de Bragança. E enquanto os mazaganenses atravessam o Atlântico, Moraes Sarmento sobe o rio Mutuacá e encontra Roberto Pimentel, antes de relatar os resultados de seus trabalhos ao governador. E o governador os comunica no dia 13 de janeiro de 1770 ao ministro Mendonça Furtado (falecido desde o dia 15 de novembro de 1769):

> Logo que recebi as Reaes Ordens de Sua Magestade para se crear a nova villa Mazagão mandei ver o sitio em que ella poderia edificarse, e sendo examinadas as margens dos rios que ficão na costa septentrional das Amazonas, depois de quatro mezes, considerasse por fim que o mais vantajoso [...] pareceria a Margem do *Mutuacá* a qual V.Ex^{ca} lembrou na ocasião de me dirigir os mesmos Reaes Ordens.
>
> Tendo porem principiado nelle huma *povoação* para os indios do lugar de Santa Anna [...] buscava hum terreno proporcionado afim de continuar a povoação dos indios mas dificuldado com a informação de Domingos Sabucete, Ajudante Engenheiro, e dos Praticos que o acompanharão, determiname a deferirla para hú sitio chamado do Principal Thomas Luis, que hoje não existe, dandose successivamente principio áo novo estabelecimento no *Mutuacá* do que encarreguei Ignacio de Castro de Moraes Sarmento.[44]

---

44. ANRJ – Cod. 99, vol. 2, fl. 143 (carta de Fernando da Costa de Ataíde e Teive ao rei, de 13 de janeiro de 1770).

A cidade colonial vai tomando forma pouco a pouco: ela dispunha de famílias de povoadores, doravante dispõe de uma localização no mapa da Amazônia e de um sítio claramente identificado. A mutação colonial conclui-se com a mudança do nome: desaparece *Praça de Mazagão*, dando lugar a *Vila Nova de Mazagão* (23 de janeiro de 1770). Mazagão perde seu status de praça-forte. E mesmo conservando o topônimo de Mazagão[45], uma espécie de traço de união entre o Marrocos e a Amazônia, ela perde o próprio status militar e torna-se uma vila nova colonial, mero peão no tabuleiro urbano da Amazônia, estabelecido pela família Pombal. Aliás, essa é exatamente a natureza da vila colonial, submetida às condições geopolíticas que lhe dão nascimento: posição, localização, forma urbana e forma social são, então, pressionadas por essa natureza colonial. Os topônimos também não escapam a essa razão colonial – ao contrário, são eles essenciais.

Belém, cidade de espera

Enquanto os trabalhos de marcação do local para a nova Mazagão seguem seu curso, a primeira esquadra com os mazaganenses penetra na foz do Amazonas, depois sobe o rio Guamá, de águas marrons carregadas de aluviões. Nesse universo líquido e horizontal, apenas as nuvens formam um relevo de dimensões altaneiras. É preciso que haja uma tempestade súbita – não esqueçamos que, no mês de novembro, as precipitações nessa região são cotidianas – para lembrar o quanto essas muralhas também são líquidas e que elas podem, de um instante para o outro, se dissolver e se abater violentamente contra o solo. Pouco a pouco, o rio Guamá alarga-se e abre-se em uma enseada de curvatura ampla e elegante, ao longo da qual os portugueses instalaram, em 1616, a

---

45. Já em 1755, Mendonça Furtado propunha mudar os nomes índios das aldeias jesuítas por nomes de Portugal, mantendo, se possível, um colorido indígena, a fim de evocar, em língua vernácula, os lugares de Portugal (cf. Renata Malcher de Araújo, op. cit., p. 122). Essa solução permitia inscrever as cidades no tempo (português) e no espaço (amazônico), argumento que os portugueses não deixarão de usar por ocasião da renegociação do Tratado de Madri, a fim de justificar a antigüidade da malha urbana amazônica.

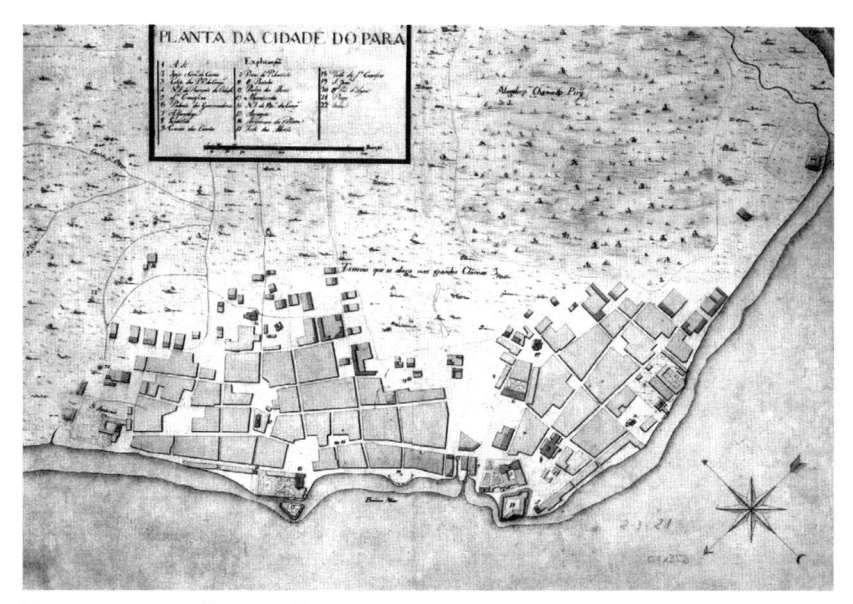

PLANO DA CIDADE DE BELÉM DO PARÁ

cidade de Belém. Suas formas se divisam ao longe: de início, são as torres da igreja do Carmo, edificada pelo arquiteto italiano António Land, que são divisadas pelos mazaganenses. Depois, penetrando no interior das águas fluviais, as formas guarnecidas do forte do Presépio impõem-se aos olhares. Sempre formas muito familiares para os habitantes de uma antiga praça-forte.

Mas havia sinais a indicar que essa semelhança não passava de uma impressão passageira. Os bastiões do forte não tinham a bela regularidade dos bastiões da terra de Dukkala. As reduzidas dimensões do forte não podiam rivalizar com a forma majestosa do presídio marroquino. A umidade do clima ou a presença dos urubus, voejando em torno de restos de peixe, vinham também lembrar a latitude tropical na qual está imersa essa ilha urbana, situada no coração de um universo aquático e vegetal.

*

A partir de sua chegada, a administração colonial deve se encarregar das famílias dos mazaganenses. Desse modo, ela se encontra diante do desafio de ter de acomodar e alimentar cerca de 2 mil pessoas em uma cidade que conta apenas com 10 mil habitantes. Para tanto, Mendonça

Furtado não hesita em dar alguns conselhos a seu sobrinho. Logo de início, ele lhe sugere organizar sem tardança os circuitos de abastecimento, de forma a que nunca venham a faltar alimentos em Belém; depois, na ausência de lugares específicos para hospedagem, que ele requisite cômodos nos domicílios dos habitantes de Belém[46]. Com efeito, o ministro não esperou as lições de Kourou para se dar conta de que era mais sensato instalar os futuros povoadores em Belém durante o tempo necessário para a construção de sua nova cidade e, dali, transferi-los pouco a pouco. Por fim, a chegada desemparelhada das duas esquadras permite às autoridades de Belém não se sobrecarregarem e, talvez, acolherem as famílias com mais tranqüilidade.

A qualidade do alojamento destinado a cada família difere nitidamente, segundo a posição social do chefe de família. Os relatórios das reclamações de proprietários entregues ao Tesouro Real trazem belos exemplos dessa situação. É assim que o médico de Mazagão, Bento Vieira Gomes, vê destinado a si, em 1º de dezembro de 1771, um alojamento com aluguel anual de 30 mil réis[47]. Por sua vez, dona Catarina de Oliveira Franca, proprietária de "huma casa unida as suas onde moraráo cazais de gente de Mazagáo desde o primeiro dia do seu dezembarque"[48], no dia 19 de novembro de 1769, aluga-a por um montante anual de 12 mil réis. Ao proprietário Bernardo Alves da Silva foram requeridos, por sua vez, dois cômodos situados na rua do Passinho para o alojamento de famílias, com uma estimativa de aluguel de 16 e de 24 mil réis anuais, respectivamente[49]. O governador designou, entre os membros de sua administração colonial, um "funcionário encarregado do alojamento dos mazaganenses", Bento Ribeiro de Souza[50].

---

46. Em novembro de 1752, Mendonça Furtado teve de assimilar a chegada de 430 povoadores em Belém, sem dispor de nenhum lugar de acolhida. Ele resolveu dividir esses povoadores entre os habitantes e, para dar o exemplo, decidiu abrigar em sua própria casa quarenta pessoas (Ernesto Cruz, *História do Pará* [Rio de Janeiro, Departamento da Imprensa Nacional, 1963], pp. 254-5).
47. TC – ER 4243: "Livro de registro de ordens, provisões e cartas expedidas para a capitania do Grão-Pará, Maranhão e Piauí (1767–1774)", fl. 324-326.
48. Ibid., fl. 321-324. O mesmo acontece com o alojamento de Francisco Correya de Aladinho, situado na rua das Flores e estimado em um aluguel anual de 12 mil réis (ibid., fl. 320-321).
49. Ibid., fl. 318-320.
50. Ibid., fl. 323.

Mas essas diferenças de tratamento não alteram a impressão de adiamento sentida pelos mazaganenses já em suas primeiras semanas em Belém: eles encontram alimentos em abundância, um hospital bem aparelhado e habitantes satisfeitos em alojá-los – como os cômodos que eles habitavam eram alugados à custa do Tesouro Real, a chegada dessas centenas de famílias apresenta-se como uma oportunidade financeira inesperada e rentável. As primeiras cartas dão testemunho ainda de um estado de espírito entusiasmado tanto por parte da administração como dos mazaganenses:

> A gente de Mazagão que sua Magestade foi servido mandar para este Estado tem feito esta cidade azamente populoza de sorte q' não pode ter inveja as do nosso Reino. Eles estão sumamente satisfeitos, achando aqui as mais promptas providencias que a efficaz vigilencia do meu amo e Illmo Exmo Senhor Fernando da Costa de Ataíde e Teive soube providenciar. Parece que neste estabelecimento a Providencia Divina teve uma grande parte por que chegou a mesma gente em occasião em que esta cidade se achava soccorida com seis sumacas carregadas de carne seca e a Provedoria super abundamente cheia de farinhas e peixe, de sorte que os mesmos Mazaganistas estão gostozamente agrados da boa vida que levão e da fortuna que experimentão tendo athé a singularidade de acharem hum magnifico hospital em que se recolhese os infermos assistidos de todo o necessário.[51]

O governador Ataíde e Teive confirma a impressão do ouvidor José Feijó de Melo e Albuquerque:

> Até agora só posso dizer a V.Ex[a] que se conservão os novos povoadores sem estoria, e satisfeitos por terem comprehendido o melhoramento da sua fortuna: recebem a ração diaria de farinha, e peixe seco, ou arroz e carne seca da Parnayba, porque havendo eu tratado este comercio com os homens de neg° daquella villa, consegui que viessem as sumacas a este porto, tendo chegado já cinco com vinte e duas mil arrobas. A introdução

---

51. AHU – Pará, Cx. 65, d. 5578: "Carta de José Feijó de Melo e Albuquerque, ouvidor, ao ministro da Marinha, Francisco Xavier de Mendonça Furtado" (9 de janeiro de 1770).

das referidas carnes tem posto a terra táo abundante sendo em dobro os Mazaganistas achariáo toda a providencia.⁵²

Uma carta do mestre-de-campo de Mazagão, Matheus Valente do Couto, dá testemunho de um espírito similar. Sua família, explica ele, beneficia-se de todas as atenções possíveis da parte do governador. O mesmo se dá com todos os mazaganenses, continua ele, dada "a prudente capacidade com que este Fidalgo sabe unir os dois imcompativeis termos do agrado com o respeito, com que faz contrahindo áos mais desilusos"⁵³.

Essas boas disposições da administração colonial para com os mazaganenses levam alguns a tomar iniciativas originais. Desse modo, o vigário capitular do bispado do Pará⁵⁴, Giraldo José de Abranches, escreve ao secretário de Estado da Marinha para informar que, seguindo as ordens da Coroa, ele "instituiu canonicamente"⁵⁵ o padre João Valente do Couto (filho do mestre-de-campo) como vigário da igreja e da paróquia de Nossa Senhora da Assumpção. Mas, continua o vigário:

> Considerando eu ser táo copioso o número de almas que vem para povoar a nova Villa; e que dezejariáo ter igreja, em que recebessem o pasto espiritual, e os Sanctos Sacramentos do seu proprio Pároco, em quanto náo transitassem para o seu perpetuo domicilio; depois de conferir com o Governador, e Capitáo General a esse respeito, lhes assinei logo esta igreja

---

52. BNL – Pomb, Cod. 616, carta n. 83, do governador Ataíde e Teive a Mendonça Furtado (14 de janeiro de 1770). Cf. ainda uma carta de 18 de setembro de 1770 que esse mesmo governador dirige a Pombal (AHU – Pará, Cx. 66, d. 5680), evocando o envio de sumacas para levar a Belém charque manufaturada na vila de Parnayba, distrito da capitania do Piauí.
53. AHU – Pará, Cx. 65, d. 5583: "Carta ao ministro da Marinha, Francisco Xavier de Mendonça Furtado"(11 de janeiro de 1770).
54. Giraldo José de Abranches foi nomeado vigário capitular do bispado do Pará em 1764, enquanto se esperava a nomeação de um novo bispo. Com efeito, o bispo anterior do Pará, João de S. José Queirós, nomeado por Pombal em 1759, foi chamado de volta a Lisboa em 1763 por motivo de fraudes e extorsões. Foi necessário esperar o mês de agosto de 1772 para que um novo bispo (João Evangelista Pereira) tomasse posse em Belém. Cf. Fortunato de Almeida, *História da Igreja em Portugal* (Porto/Lisboa, Civilização, 1970), vol. 3, p. 605.
55. AHU – Pará, Cx. 65, d. 5593 (12 de janeiro de 1770). No que se refere às ordens do rei, cf. AHU – Cod. 383: "Livro de registro de decretos da Secretaria de Estado da Marinha e Ultramar", fl. 144v-145 (carta de 1º de setembro de 1769).

de Santo Alexandre; e della e de quanto nella ha, se estáo servindo com grande consolação sua, e do ditto seu proprio Pároco, que assiste a os enfermos nas duas Freguezias desta cidade, em que os seus Parochianos estáo dispersos.[56]

Se tivesse podido ler essa carta, Mendonça Furtado teria percebido imediatamente toda a malícia dessa escolha. Porque se essa igreja estava desocupada em 1769, era simplesmente porque era propriedade dos jesuítas, expulsos em 1765. Ora, Mendonça Furtado, como governador, tomara parte ativa primeiro em sua marginalização e, posteriormente, em sua progressiva expulsão. E seu sobrinho percebe logo de saída todo o interesse que pode haver em reinvestir essa igreja: eis por que nosso vigário louva "o pio e exemplarissimo zelo do mesmo Governador e Capitão General mandado prover logo de quanto faltava nesta igreja, e fazer as obras necessarias para ser decentemente assistido, e acompanhado o Sanctissimo e Augustissimo Sacramento".

A decisão de criar uma paróquia destinada exclusivamente aos mazaganenses, que vinha se sobrepor às duas paróquias já existentes em Belém, dá testemunho do status de Mazagão para as autoridades coloniais: trata-se de uma cidade na cidade, de uma cidade à espera de muralhas. E não se podia dar prova melhor disso do que lhe atribuir uma paróquia sem circunscrição territorial! Aliás, essa paróquia leva o mesmo nome da paróquia da praça-forte marroquina. Uma decisão desse teor mostra como Portugal está atento, nesse deslocamento, à transferência dos topônimos: depois das imagens, são os nomes que têm a força de manter a coesão da comunidade que empreende a viagem e atravessa o Atlântico – Mazagão, Nossa Senhora da Assumpção. Pouco importa, desde então, que os mazaganenses estejam, diferentemente do que ocorria em Lisboa, dispersos por toda a cidade: a aparente liberdade de movimento de que eles acreditam poder desfrutar choca-se contra muralhas invisíveis. A essa ambição de melhor controlar as atividades dos mazaganenses acrescenta-se outro projeto: toda inserção na cidade real lhes é proibida *a priori*. A atribuição de uma paróquia pessoal permite impedir qualquer intercâmbio entre os habitantes de Belém e os egressos de Mazagão, vis-

---

56. AHU – Pará, Cx. 65, d. 5593 (12 de janeiro de 1770).

to que seus territórios não se situam no mesmo nível espacial. É, portanto, no papel de cidade "virtual" que Mazagão é acolhida em Belém. A existência de uma cidade colonial às vezes tem esse preço: depois de ter sido desmontada pedaço por pedaço, ei-la doravante como que apagada do espaço real. Seu território é alhures: ela não pode lançar raízes nos espaços que percorre em seu trânsito.

Eis talvez a explicação para a calorosa acolhida que as famílias recebem quando de sua chegada. Sua presença dinamiza a economia local e confere novo vigor ao cotidiano da capital amazônica. Mas, em Belém, toda pessoa tem clareza de que sua presença é apenas temporária – algumas semanas, alguns meses... Aliás, "as imagens, ornamentos, prata que foráo das Igrejas da Praça de Mazagáo" foram depositados nos entrepostos reais de Belém e não instalados na igreja de Santo Alexandro: "Em tempo, competente se lhes dará o destino que Sua Magestade ordena ficando agora em decente arrecadação"[57].

*

Contudo, toda essa bela organização parece vacilar entre os meses de janeiro e março de 1770. O clima de bom entendimento não resiste ao tempo de espera que vai se dilatando. Tudo começa no momento do pagamento dos soldos devidos aos mazaganenses. O governador e os membros da junta da Companhia Geral do Comércio do Grão-Pará e Maranhão recebem do secretariado de Estado da Marinha um livro contábil dos soldos que devem ser pagos aos mazaganenses em Belém.

Mendonça Furtado anexa a esse livro de contas uma carta dirigida ao provedor da Companhia Geral, Ignacio Pedro Quintela. Uma carta impressionante! O ministro lhe ordena pagar antecipadamente ao Tesouro Real a segunda parte dos soldos devidos aos mazaganenses: para tanto, ele ordena que lhes sejam pagos inicialmente 58.237,860 réis, quando o quadro indica um total de 72.111,457 réis! O que aconteceu com os 13.873,60 réis de diferença? Não sabemos. Mas certamente se trata de uma nova astúcia do ministro da Marinha, que assim prossegue:

---
57. ANRJ – Cod. 99, vol. 2 (Negócios de Portugal: correspondência original dos governadores do Pará com a Corte), carta de Fernando da Costa de Ataíde e Teive ao rei (13 de janeiro de 1770), fl. 135.

Pagamentos devidos aos egressos de Mazagão, embarcados para o Pará (em réis)

	Soma total	Pagamento na corte	Pagamento no Pará
Para o pagamento das tenças, alvarás e moradias às famílias classificadas de 1 a 371	103.468,183	45.111,837	58.468,183
Para 46 pessoas agregadas a essas famílias	4.168,553	$3.006,882_{1/2}$	$1.161,670_{1/2}$
Para 58 militares	3.531,858	2.744,842	787,016
Para 5 prisioneiros degredados	107,881	107,881	-
Para as viúvas, órfãos e herdeiros, classificados de 1 a 163	22.499,196	$10.804,608_{1/2}$	$11.694,587_{1/2}$
Para despesas extraordinárias	183,920	183,920	-

FONTE: AHU – COD. 1991: "LIVRO DE REGISTRO DO VENCIMENTO A FAZER NA CORTE E NO GRÃO-PARÁ ÀS FAMÍLIAS DE MAZAGÃO QUE VÃO SE ESTABELECER NESTA CAPITANIA" (14 DE SETEMBRO DE 1769).

Os pagamentos se lhe farão e escravos e fazendas, pelos preços comuns da terra, [...] de sorte que convertão o que lhe for entregue em utilidade propria, e do Estado, e não inserar em os vicios de que muitos dos ditos moradores se achão infectados.[58]

Essas recomendações põem a nu o verdadeiro estado de espírito da administração portuguesa. A transferência dessas famílias revela-se, no fim, um golpe de sorte: a Companhia Geral encontra, a custo quase zero, a oportunidade de desovar suas mercadorias, assim como os escravos que ela carrega da África. Quanto à Coroa, ela está convicta de que vai se livrar definitivamente dos mazaganenses, pagos *in natura*, eles se vêem como que acorrentados à terra amazônica, sem meio de regresso possível para a metrópole. Aliás, ela recomenda explicitamente a utilização dos escravos para as atividades agrícolas[59]: eis, pois, nossos mazaganen-

---
58. ANTT – Companhia Geral do Grão-Pará e Maranhão – AHMF 84, fl. 23 (12 de agosto de 1769).
59. ANRJ – Cod. 99, vol. 2, carta de Fernando da Costa de Ataíde e Teive ao rei (13 de janeiro de 1770), fl. 125.

ses transformados ainda um pouco mais em povoadores. E Mendonça Furtado compreendeu perfeitamente todas as vantagens que era possível auferir de uma estratégia como essa. É por isso que ele recomenda a Ignacio Pedro Quintela que mantenha "comtudo em segredo esta economica providencia, para evitar queixas e indecencias do comum"[60]!

Mas essa "economica providencia" não se esgota nisso: os mazaganenses só receberão os soldos que lhes são devidos em suaves parcelas. Em meados de janeiro, as famílias de Mazagão já receberam "a polvora, armas e osmais generos"[61]. A distribuição dos primeiros escravos parece ter sido feita algumas semanas depois: só em março de 1770 é que temos menção da chegada de corvetas da Companhia Geral com negros provenientes da África. A corveta *São Francisco Xavier* continha 225 negros e a corveta *São Pedro Gonçalves*, "cento noventa e quatro pretos que recebeu no porto de Bissau os quais se dividiráo pelas familias de Mazagáo"[62]. Ao final desse mês, as famílias receberam, da parte da Companhia Geral, em escravos, mercadoria e prata, a soma de $16.550,649^{1/2}$ réis[63]. "O segundo pagamento que por ordem de S. Magestade se manda fazer as familias vindas de Mazagáo" (de um montante de 24.582,129 réis) só será feito um ano mais tarde, em princípio de março de 1771[64].

Os mazaganenses não demoram a perceber o grau do desprezo com o qual a Corte os trata durante essa transferência. Chegou até nós uma queixa que indica exatamente a alteração do estado de espírito em meio à comunidade mazaganense: trata-se de uma carta do alferes Antônio Di-

---

60. ANTT – Companhia Geral do Grão-Pará e Maranhão – AHMF 84, fl. 23 (12 de agosto de 1769).
61. ANRJ – Cod. 99, vol. 2, carta de Fernando da Costa de Ataíde e Teive ao rei (13 de janeiro de 1770), fl. 136.
62. ANRJ – Cod. 99, vol. 2, carta de Fernando da Costa de Ataíde e Teive ao rei (29 de março de 1770), fl. 168. Pombal chamara a atenção do governador e do capitão-geral de Angola, em uma carta datada de 15 de dezembro de 1769, para uma grande expedição de mazaganenses ao Pará e de sua necessidade de escravos (Francisco d'Assis de Oliveira Martins, "A fundação de Vila Nova de Mazagão no Pará: subsídios para a história da colonização portuguesa no Brasil", *I Congresso da História da Expansão Portuguesa no Mundo*, Lisboa, 1938, p. 7).
63. ANRJ – Cod. 99, vol. 2, carta de Fernando da Costa de Ataíde e Teive ao rei (29 de março de 1770), fl. 170. Algumas famílias recebem grande número de escravos. É o caso do médico Amaro da Costa, que recebe 16 escravos.
64. AHU – Pará, Cx. 66, d. 5731 (2 de março de 1771).

nis do Couto⁶⁵. Fazendo-se porta-voz das famílias e apoiando-se no vácuo jurídico no qual o "transporte" foi organizado, ele dirige ao rei uma dupla reclamação. A primeira diz respeito ao conjunto das famílias: o autor dessa reivindicação solicita que sejam levados em conta, no pagamento dos soldos, os prejuízos sofridos. Dinis do Couto apóia-se no fato de que os monarcas dom João III e dom Pedro II tinham por hábito indenizar os habitantes das antigas praças portuguesas do Marrocos pelos prejuízos sofridos: ora, depois do abandono de Mazagão, Pombal convenceu dom José a se recusar a tal prática, contentando-se em pagar na forma de soldo o que era legalmente devido aos soldados, administradores e nobres da praça-forte. A segunda demanda refere-se mais particularmente aos proprietários de títulos e põe a Coroa diante da seguinte alternativa: ou as famílias são reenviadas à Corte, ou continuam a receber as tenças, moradias e praças que recebiam na praça-forte⁶⁶. Essa queixa obriga a Coroa a reagir. Um decreto datado de 25 de agosto de 1770 restabelece os mazaganenses em seus antigos direitos, para, em um segundo momento, poder suprimir, na data da publicação do decreto, os cargos, ofícios, empregos e embaixadas da Casa de Ceuta e Mazagão⁶⁷. O rei, então, oferece apenas aos proprietários dos títulos (e não às famílias como um todo) a opção de solicitar o provimento de um ofício similar ou de ser gratificados em dez anuidades, pagas pelo Tesouro Real. O governador do Grão-Pará e Maranhão terá, então, como tarefa enviar ao rei as demandas, acompanhadas das justificativas necessárias. Essa disposição, bem o sabemos, será puramente retórica: em 1801, o príncipe dom João reconhecerá oficialmente

> as vexaçóes, e extorçóes, que os seus Procuradores em Lisboa com elles athé agora tém praticado sobre a remessa da importancia que os sobreditos costumáo receber pelo vencimento de suas Tenças e Moradias com que Eu havia remunerado os serviços, que elles haviáo feito á minha Coroa. E conformando-Me áo parecer que vos Me dirigistes em carta de officio, datada em quatro de novembro do anno passado sobre a representação

---

65. Francisco d'Assis de Oliveira Martins, op. cit., p. 4.
66. Luís Maria do Couto de Albuquerque da Cunha, *Memórias para a história da Praça de Mazagão* (Lisboa, Typographia da Academia, 1864), p. 157.
67. Francisco d'Assis de Oliveira Martins, op. cit., pp. 11-2.

dos supplicantes: Desejando pois usar da Minha Real Clemencia para com elles, e querendo facilitar-lhes os meios para que mais promptamente possão cobrar, a gente de Mazagão, tudo quanto lhe for devido: Sou servido que pelo cofre da Junta da Fazenda daquella capitania Mandeis pagar em seus devidos tempos e vencimento as assistencias de Praças, Tenças e Moradias que athé agora se lhes costumaráo pagar, em comprimento das Minhas Reaes Ordens pelo Meu Real Erario em Lisboa. E devereis remetter logo áo dito Erario Regio huma folha exacta de todos os Individuos da Villa de Mazagão, que pelos cofres dessa capitania forem pagos, para que em conformidade della se foram as verbas necessarias em os livros dos seus respectivos assentamentos da Repartição por onde até agora se lhe pagaráo as ditas assistências de Praças, Tenças e Moradias.[68]

*

Como o tempo de espera em Belém já estava se dilatando, a administração precisou enfrentar as numerosas "queixas e indecências do vulgo". Mas mesmo que Mendonça Furtado tivesse previsto reclamações por parte dos egressos de Mazagão, ele estava longe de supor que as reclamações dos habitantes de Belém não tardariam a se acumular no gabinete do governador. Os locais vão pouco a pouco percebendo o quanto a Coroa busca tirar proveito de seu direito de requisição para alojar, a baixo custo, as famílias de Mazagão: com efeito, acumulam-se atrasos no pagamento dos aluguéis, que o Tesouro Real busca, toda vez, adiar. Dessa forma, em fins de agosto e início de setembro de 1772, várias reclamações acerca do pagamento dos aluguéis devidos a vários proprietários de quartos de moradia ou de alojamentos requeridos para a hospedagem das famílias são (por fim) analisadas pelo provedor das finanças reais, Francisco Xavier Ribeiro de Sampayo. Entre os inúmeros casos, citemos o de dona Catarina de Oliveira Franca, que consegue receber os 33.033 réis correspondentes a 33 meses e um dia de aluguel a 12 mil réis anuais, por ter alojado várias famílias desde 19 de novembro de 1769[69]. Francis-

---

68. BNRJ – Ms. II, 32, 16, 13: "Carta do príncipe a dom Francisco de Souza Coutinho" (Queluz, 2 de junho de 1801). Na realidade, são os fidalgos que ficaram em Lisboa que vão, de início, tirar proveito desse decreto.
69. TC – ER 4243: "Livro de registro de ordens, provisões e cartas expedidas para a capitania do Grão-Pará, Maranhão e Piauí (1767–1774)", fl. 321-324.

co Correya Aladinho recebe 32.132 réis por ter alojado uma família entre 21 de janeiro de 1770 e 24 de setembro de 1772[70]. Bernardo Alves da Silva consegue, por sua vez, receber 38.144 réis por ter abrigado duas famílias em dois cômodos requeridos pelo oficial Bento Ribeiro de Souza: uma entre 2 de outubro de 1771 e fins de agosto de 1772 e outra a partir de outubro de 1771[71].

Os administradores da Companhia Geral do Grão-Pará e Maranhão, por sua vez, foram cuidadosos ao encaminhar todos "os recibos devidamente preenchidos e assinados"[72], como exigem toda vez os oficiais do Tesouro Real, visto que os adiantamentos que fazem para pagamento dos soldos devidos aos mazaganenses só são reembolsados bem mais tarde. Por exemplo, é apenas em março de 1773 que eles conseguem ser reembolsados pela segunda parcela dos soldos pagos às famílias em março de 1771[73]. Outras reclamações acabam chegando às mãos do governador, como as dos pilotos das pirogas da casa das canoas. Necessitados de calçados e queixando-se de não poder pagar um sapateiro, nove entre eles lhe solicitam, em novembro de 1771, que tenha a bondade de acertar os pagamentos dos seis últimos meses (de 1º de maio a 31 de outubro), em um montante que se eleva a 113.792 réis[74]. Ora, acontece que as primeiras transferências de famílias se deram justamente a partir de maio de 1771. Até outubro de 1771, esses pilotos tomaram parte em sete transferências até a nova Mazagão: são 75 famílias e 288 pessoas que foram transportadas, sem que os pilotos das pirogas tivessem recebido, nesse meio tempo, um só pagamento[75].

Gradativamente, a Coroa vai percebendo o quanto essa transferência é um ralo de escoar dinheiro. O Tesouro Real encontra-se submerso em

---

70. Ibid., fl. 320-321.
71. Ibid., fl. 318-320.
72. ANTT – Companhia Geral do Grão-Pará e Maranhão – AHMF 84, fl. 23 (12 de agosto de 1769).
73. TC – ER 4243: "Livro de registro de ordens, provisões e cartas expedidas para a capitania do Grão-Pará, Maranhão e Piauí (1767–1774)", fl. 127. Esse endividamento do Estado com a Companhia Geral indica, ao menos, quão essencial é o papel que ela desempenha na política de valorização colonial da Amazônia. Ela suplementa e apóia financeiramente as ações do Estado, servindo-lhe, de certo modo, como braço armado.
74. Ibid., fl. 306-307.
75. APEPa – Diversos com governo – Cod. 208: "Famílias de Mazagão".

cobranças de pagamentos que não consegue honrar dentro dos prazos estabelecidos. Mazagão, cidade em trânsito, vive (ou melhor, sobrevive) a crédito! Mas se indenizar, transportar, alojar e alimentar os habitantes de uma cidade deslocada são encargos realistas para um Estado quando o prazo de transferência é relativamente curto, que fazer quando o tempo se prolonga? As primeiras partidas para Nova Mazagão só acontecem um ano e meio depois da chegada das famílias. A própria noção de "transporte" perde seu sentido, assim como as medidas de assistência às famílias transferidas. Não é difícil constatar que os habitantes de Belém, em 1774, queixam-se dos favores sempre concedidos às famílias de Mazagão[76]. Nesse ínterim de espera, que se alonga inexoravelmente, a própria idéia de *cidade colonial* se altera. E se a administração não percebe essa lenta desagregação em ato, alguns mazaganenses não deixam de constatar quantas oportunidades essa imprecisão do projeto político pode oferecer para extrair todas as vantagens possíveis da presença deles em uma cidade bem real, Belém. Doravante, virá o tempo de fazer entrar em cena o segundo ator desse tempo de espera, a *cidade vivida*.

Viver... esperando!

Os mazaganenses vão pouco a pouco percebendo que a espera em Belém não será da mesma ordem da espera que eles viveram em Lisboa: na capital do Império, eles rapidamente souberam que partiriam todos no mesmo dia – que estavam todos, de certa maneira, submetidos ao mesmo destino. Aqui, as famílias são inicialmente atomizadas em múltiplos alojamentos individuais, depois transportadas pouco a pouco para Nova Mazagão. Os vínculos da comunidade se afrouxam na medida em que se dão as partidas, que dispersam cada vez um pouco mais os mazaganenses entre Belém e Nova Mazagão. E a oscilação entre esses dois pólos magnéticos é muito lenta: no dia 1º de janeiro de 1777, são mais de trezentos os mazaganenses que ainda permanecem em Belém[77].

---

76. AHU – Pará, Cx. 72, d. 6111: "Ofício do governador João Pereira Caldas para o secretário de Estado da Marinha e Ultramar, Martinho de Melo e Castro" (2 de março de 1774).
77. AHU – Pará, Cx. 76, d. 6368: "Mappa de todos os habitantes e fogos que existem em todas e em cada húa das freguesias e povoações das capitanias do Estado do Grão-Pará ao 1º de janeiro de 1777".

Portanto, essa espera é ritmada pelas partidas das famílias e também pelos retornos de alguns, mas sobretudo pela vida que pouco a pouco se instila no edifício social que a administração pretendia que fosse amorfa. Mas eis que tudo se agita: os jovens não podem esperar. Aliás, esperar o quê? Muitos aprendem a viver e a amar em Belém. Se nos situarmos, agora, na perspectiva das famílias transportadas, perceberemos como uma espera que não estava ligada a um acontecimento de ordem escatológica resiste mal à ação do tempo. Nem tanto pelo esquecimento, mas pela própria vida, que ameaça o objeto da espera.

*

Quando as esquadras alcançam o porto de Belém do Pará, elas se encontram diante da cidade mais ao norte das possessões portuguesas no Novo Mundo. Instalada nas cercanias da foz do Amazonas, em 1616, essa cidade devia presidir o advento da "Feliz Lusitânia", nome que à época era atribuído ao espaço conquistado pelos portugueses na Amazônia[78]. Portugal sempre buscou distinguir o destino dessa região do destino do Brasil. Por sinal, desde 1624, o estado do Grão-Pará e Maranhão fora desmembrado do estado do Brasil: o governador, cuja sede ficava em São Luís do Maranhão, está em relação direta com a metrópole e só mantém laços muito tênues com o resto do Brasil. Lisboa entendeu que a conquista do deserto verde não podia ser posta no mesmo nível do grande negócio que ocupa então Portugal no Brasil: a exploração do açúcar. Na estratégia colonial portuguesa, Belém é concebida como uma porta de entrada para a Amazônia, abrindo-se para caminhos líquidos que avançam para o mais profundo da floresta. Construída ao redor de um forte, o Forte do Presépio, ela deve servir de ponto de fixação dos recursos militares portugueses na Amazônia. Isso explica por que nenhuma atenção específica foi dispensada às formas da cidade quando de sua fundação e também por que sua demografia é tão baixa: a freguesia da Sé compreende 5.201 habitantes em 1773 e a de Campina (freguesia de Nossa Senhora de Santa Anna de Campina), 5.271 habitantes[79]. Em

---
78. Lucinda Saragoça, *Da "Feliz Lusitânia" aos confins da Amazónia (1615–62)* (Lisboa, Cosmos, 2000).
79. AHU – Pará, Cx. 76, d. 6100: "Mappa de todos os habitantes e fogos que existem em todas e em cada húa das freguesias e povoações das capitanias do Estado do Grão-Pará ao 1º de julho de 1773".

1784, o naturalista Alexandre Rodrigues Ferreira descreve uma cidade de ruas areentas ou lamacentas e um *habitat* precário:

> A cidade em si se divide em dois bairros, o da cidade e o da Campina. A cidade em si he plana, as ruas mais estreitas do que largas, pela maior parte irregulares, todas por calçar, e como seu fundo he tijúco, com as águas no inverno fica todo um pantanal. A rua mais larga he a da Cadéia no bairro da Campina, mas essa mesma náo he tirada a cordáo [...] predomina neste bairro a aréia, por isso náo he táo pantanoso como o da cidade [...]. Só a rua que chamão da Paixáo he calçada, porem calçada de modo que antes o náo fora, pela mortificaçáo que sentem nos pés os que a passéiáo [...]. O comum das casas em hum e outro bairro he serem terreas; as que o náo sáo totalmente sáo quasi terreas, porque supposto se levantáo algumpouco do nivel da terra, poucas sáo assoalhadas, e muito poucas se guarnecem de parêdes de pedra e cal. A maior parte de paredes he de frontal e o methodo de as levantar consiste em levanterem esteyos que de ordinário sáo de uacapú ou sepipira cujas extremidades fincáo na terra com a cautela somente náo aguçarem; em vez de pregarem os caibros que atravessáo para fazerem o engrandamento, atáo-nos com o timbo-titica, e sem adubarem o tijuco nem mais vezes fazerem uzo da colher, e trolha mezmo á máo váo embuçando o frontal. Caya-se depois [...]. Muito poucos sáo no dia de hoje as casas cobertas de palha dentro da cidade: mas o commum das que tem têlha, he o serem de telha vaã, sendo a terra táo humida, como vê-se bem que em vez de levantarem as casas e resguardarem da humidade as paredes, e o cháo, os Mazombos as fazem baixas [...].[80]

Os mazombos, ou seja, os portugueses nascidos no Brasil, que deveriam servir de alicerce à sociedade urbana colonial, surgem aos olhos do naturalista como dotados de uma quase total incultura: eles não se integram com um meio ambiente cujos recursos, aliás, não sabem ler. Esmagados por um clima cujos riscos se contentam em suportar, eles não

---

80. BNRJ – Ms. 21, 1, 2: "Alexandre Rodrigues Ferreira: Miscellanea histórica para servir de explicação ao prospecto da cidade do Pará" (19 de setembro de 1784), fl. 16. Ferreira, quando muito, matiza suas intenções dando a perceber que "ha contudo bastantes moradas de casas levantadas, humas com hombreiras e mais romanatos nas portas, e janelas feitas de madeira pintada, outras de tijôlo coberto de aréia e cal que finge pedra".

parecem capazes de encarnar o mundo colonial português. Não obstante, é entre esses mazombos, em suas precárias casas de moradia, que os soldados da fé, os novos povoadores da nova Mazagão, terão de se alojar.

E, por outro lado, seria errôneo contentar-nos com as constatações acerbas de nosso naturalista. Em 1769, quando as famílias desembarcam, Belém está longe de ser uma cidade votada ao abandono. Com a transferência da sede da capital de São Luís para Belém, em 1751, e com a nomeação de Mendonça Furtado para governador do estado do Grão-Pará e Maranhão, a administração colonial tomou, pouco a pouco, consciência da importância de que podia se revestir o contexto urbanístico de Belém. Pombal encorajara seu irmão a fundar vilas para delas se servir como "povoaçoens civilizadoras"[81]: nessas condições, Belém deve encarnar os valores da urbanidade lusitana na Amazônia. Essa tarefa de refundação de Belém vai ser confiada ao arquiteto italiano Giuseppe António Landi, nascido em Bolonha em 1713 e chegado à Amazônia em 1753 como desenhista no grupo da comissão de demarcações[82]. É essencialmente durante o governo de Ataíde e Teive que se iniciam os grandes trabalhos de Landi: ele desenha os planos e dirige a construção do edifício da aduana (1757–8), da igreja paroquial de Santa Anna de Campina (1760–82), do hospital real (1762), da residência dos governadores (1767–72), da catedral (1771), bem como da ópera (1774–91). Ele chega a construir, diante do palácio do governador, uma praça real com a estátua eqüestre de dom José. Todas as suas intervenções modificam os volumes da cidade e contribuem para uma monumentalização do espaço urbano[83]. O estilo neoclássico utilizado na reconstrução de Lisboa serve de modelo para Landi, que pretende fazer de Belém uma espécie de réplica amazônica de Lisboa. Por ocasião de sua chegada a Belém, as famílias vão certamente descobrir uma cidade em reconstrução, mas uma cidade que encarna uma assombrosa modernidade arquitetônica. Dessa forma, os mazaganenses vêem-se confrontados com

---

81. AHU – Cod. 1275, fl. 358-359. "Ofício de dom José a Francisco Xavier de Mendonça Furtado" (3 de março de 1755).
82. Cf., a esse respeito, *Amazónia Felsínea: António José Landi, itinerário artístico e científico de um arquitecto bolonhes na Amazónia do Século XVIII* (Lisboa, Comissão Nacional para as Comemorações dos Descobrimentos Portugueses, 1999).
83. Renata Malcher de Araújo, op. cit., p. 231.

o seguinte contraste: modernidade dos edifícios e precariedade das casas de moradia.

Tal descompasso só faz reforçar entre eles a impressão de que vivem em um entremeio: entre dois mundos, entre duas cidades, entre duas culturas, entre duas temporalidades... Tudo contribui para confundir suas referências. Por exemplo, ei-los submetidos a um novo regime alimentar. Os barcos vindos para abastecê-los em Belém, provenientes de Parnayba, vinham carregados de farinha de mandioca, peixe seco, arroz e carne de sol[84]. Em Mazagão, sua alimentação comum era feita de pão (preparado com farinha de trigo), de um pouco de carne (cujo consumo dependia das provisões enviadas por Lisboa e das possibilidades de compra de rebanhos dos mouros), de peixe fresco e de frutas e legumes (cevada, fava) cultivados nos campos vizinhos. Em Lisboa, eles foram submetidos à alimentação típica do lisboeta: muito arroz, um pouco de carne, de peixe fresco e de frutas[85]. Tais mudanças só podem desestabilizar organismos já fragilizados. No ambiente amazônico, que é tão diferente daquilo que tinham conhecido até então, eles têm de aprender novos sabores e experimentar texturas alimentares desconhecidas.

A impressão de viver em um entremeio é reforçada pelo ritmo progressivo das partidas das famílias para Nova Mazagão. O primeiro transporte é organizado para 4 de abril de 1770: ele não envolve mais que uma família, a do ferreiro Lourenço Rodrigues. As primeiras partidas de verdade só vão começar, porém, um ano mais tarde, em maio de 1771: de início, seis famílias são enviadas em comboio para Nova Mazagão, no dia 23 de maio; um mês depois, em 24 de junho, são 12 famílias. No total, dez transportes vão ser organizados até 12 de maio de 1772, possibilitando a transferência de 114 famílias, o equivalente a 410 pessoas[86]. Esse movimento contribui para o lento despovoamento de Belém: os que ali permanecem vão tomando consciência da precariedade da própria situação, sabendo que podem, a qualquer instante, ser designados[87]

---

84. BNL – Pomb, Cod. 616, carta n. 83, do governador Ataíde e Teive para Mendonça Furtado (14 de janeiro de 1770).
85. Suzanne Chantal, *La vie quotidienne au Portugal après le tremblement de terre de Lisbonne de 1755* (Paris, Hachette, 1962), p. 225.
86. APEPa – Cod. 208: "Famílias de Mazagão".
87. Não encontramos documento algum acerca das formas de designação das famílias.

para tomar parte do próximo comboio. Nessa expectativa, é preciso que eles aprendam a viver no ritmo das partidas, de seus preparativos e das separações que elas provocam; viver igualmente à espera das raras notícias daqueles que já viajaram, e que são recolhidas de marinheiros e remadores. Não há dúvida de que eles devem, então, comentar as notícias quando se encontram para o ofício cotidianamente celebrado na igreja de Santo Alexandro. No átrio, as discussões devem tomar bom fôlego, e as fofocas também[88]. Foi assim que Francisco Xavier Tavares montou um ardil para deixar Nova Mazagão e voltar a se instalar em Belém, "publicando nessa Cidade áos que lá se achão ser esta villa incapaz de seabitar"[89]. Sabemos também que "na cidade [Belém], havia muitas pessoas desconfiadas"[90] quando o assunto abordado era Nova Mazagão. Mas infelizmente não dispomos de outros indícios para confirmar a importância dessas práticas. Não obstante, elas parecem mais que prováveis e, ainda por cima, estimuladas pela proximidade dos poderes civis, religiosos e militares: a igreja de Santo Alexandro, com efeito, está instalada nas proximidades de uma grande praça cercada pelos imponentes edifícios do Forte do Presépio (ou Santo Cristo) e da catedral construída por Landi. Contudo, as ruínas da residência dos governadores, reconstruída há pouco por Landi em uma praça anexa, lembram que é realmente nos edifícios que estão à sua frente que as decisões acerca de seu futuro são tomadas.

Os recenseamentos anuais promovidos a partir de julho de 1773 permitem perceber a lentidão da transferência dos mazaganenses. Uma administração escrupulosa e minuciosa pretende contabilizar do melhor modo possível a população de cada povoação livre e de cada aldeia indígena[91]. Dado que os mazaganenses dispõem de uma paróquia especí-

---

88. Arlette Farge mostrou, para a população de Paris no século XVIII, a importância da fofoca (*La vie fragile: violence, pouvoirs et solidarités à Paris au XVIIIe siècle* [Paris, Hachette, 1986], 354 p.) e insistiu no gosto daquele povo por comentar os assuntos políticos do momento (*Dire et mal dire: l'opinion publique au XVIIIe siècle* [Paris, Seuil, 1992]).
89. APEPa – Diversos com governo – Cod. 277, d. 47: "Carta de Matheus Valente do Couto" (16 de abril de 1774).
90. APEPa – Diversos com governo – Cod. 231, d. 44: "Carta de Matheus Valente do Couto ao Governador" (3 de dezembro de 1771).
91. AHU – Pará, Cx. 70, d. 6002. O recenseamento é realizado segundo modelos fornecidos pelo governador João Pereira Caldas, sob a responsabilidade dos governadores das capitanias subalternas e dos vigários das paróquias.

Os mazaganenses entre Belém e Vila Nova de Mazagão

Data do censo	Paróquia dos mazaganenses em Belém			Paróquia de Vila Nova de Mazagão			TOTAL	
	Habitantes	Escravos	Famílias	Habitantes	Escravos	Famílias	Habitantes	Famílias
1º de julho de 1773 (1)	1.325	218	-	543	115	141	**1.868**	-
1º de janeiro de 1775 (2)	842	163	146	1.149	344	183	**1.991**	329
1º de janeiro de 1776 (3)	343	75	79	1.538	397	259	**1.181**	338
1º de janeiro de 1777 (4)	308	75	68	1.768	526	282	**2.076**	350

TABELA MONTADA A PARTIR DE: (1) AHU – PARÁ – Cx. 72, D. 6100; (2) AHU – PARÁ – Cx. 74, D. 6252; (3) AHU – PARÁ – Cx. 74, D. 6256; (4) AHU – PARÁ – Cx. 76, D. 6368.

fica em Belém, eles podem ser recenseados à parte. Contudo, apesar do rigor administrativo que Pombal deseja instaurar, aparecem numerosas incoerências. Os resultados desses censos devem ser considerados com todas as reservas, porque são especialmente as tendências que é preciso levar em conta. Observamos aqui que, em três anos e meio (entre julho de 1773 e janeiro de 1777), cerca de mil mazaganenses deixam Belém e vão para Vila Nova de Mazagão, a qual, por sua vez, tem um crescimento de mais de 1.200 pessoas. Mas o principal testemunho dado por esses censos é a ampliação do tempo de espera para a maioria das famílias: em 1775, mais de cinco anos depois de sua chegada, 146 entre elas ainda esperam para ser transferidas; em 1777, 68 famílias continuam aguardando.

*

Pode-se ficar tantos anos à espera? Se a administração continua, quase imperturbavelmente, a manter suas listas atualizadas, as famílias estão longe de se manter como que congeladas no tempo. A vida insinua-se gradativamente e desmonta essa bela mecânica social, cientificamente montada por Mendonça Furtado. Um documento excepcional nos dá uma idéia desse jogo social em ação em Belém, no decorrer desse tempo suspenso. Trata-se, mais uma vez, de uma lista, estabelecida em dezembro de 1778 pelo capitão Severino Euzebio de Mattoz, para elencar o conjunto das famílias ainda presentes em Belém ou na região, indicando, em umas 15 linhas no máximo, os empregos de cada um dos membros, os casamentos ou recasamentos, assim como os deslocamentos – em resumo, todas as mudanças sociais ocorridas depois da chegada das famílias[92]. A leitura desses pedaços de vida é reveladora da multiplicidade de escolhas operadas pelas famílias, sejam elas forçadas pelas circunstâncias, voluntárias ou frutos parciais do acaso. Percebe-se nitidamente o quanto, nas situações de entremeio, a gama de possibilidades se amplia[93]. Para essas famílias provindas de um universo social relativamente restrito, de possibilidades de mobilidade social reduzidas, Belém oferece oportunidades novas, das quais alguns saberão tirar proveito. Arrumar um trabalho, mas também encontrar uma mulher ou um marido, quase sempre permite escapar do quadro comunitário estrito.

É claro que ponderamos o risco de uma leitura dessas mutações familiares em termos de intencionalidade ou de estratégia. Se atitudes assim existem, o historiador não pode postulá-las desde o início: ao contrário, ele deve partir da multiplicidade das formas sociais de ação para poder estabelecer as modalidades diferenciadas de presença dos homens do passado no mundo.

No caso que nos interessa aqui, é justamente o prolongamento da espera que parece estar na origem das decisões de ação social da maioria dos mazaganenses. Tomemos o exemplo de um entre eles, o fidalgo Manoel Simões: "Enquanto esperava em Belém que as casas para a acomodação dos habitantes fossem construídas, ele permaneceu em Santa Cruz de Cametá, onde se estabeleceu com casas, cacaueiros, campos e outras lavouras da terra"[94]. Nascido na praça-forte de Mazagão, tendo

---

92. AHU – Cod. 1790: "Rellação de todas as famillias e Pessôas de Mazagão ao primeiro de dezembro de 1778". O censo traz o seguinte resultado: 114 famílias de mazaganenses (ou seja, 415 pessoas e 188 escravos), divididas em três classes. Primeira classe: famílias e pessoas ainda em Belém ou na região: 104 famílias, 367 pessoas; segunda classe: famílias e pessoas preparadas para a transferência, tendo recebido instrumentos e rações, mas ainda em Belém por dispensa do governador: 4 famílias, 13 pessoas; terceira classe: famílias e pessoas instaladas na estrada Belém-Ourem: 6 famílias, 33 pessoas (fl. 24).
93. Cf., quanto a isso, Jean Duvignaud, *Hérésie et subversion: essai sur l'anomie* (Paris, La Découverte, 1986); François Hartog, *Régimes d'historicité: présentisme et expérience du temps* (Paris, Seuil, 2003).
94. AHU – Pará, Cx. 74, d. 6371: "Requerimento do cavaleiro fidalgo da Casa de Sua Majestade, Manuel Simões, para a Rainha" (31 de janeiro de 1776).

passado com mulher e dois filhos por Lisboa, é apenas com o mais novo dos filhos que embarca para Belém[95]: aos trinta anos, ali se casa em segundas núpcias com Barbara Valente. E é em 1772 que se instala em Cametá: com seus próprios recursos e mão-de-obra escrava[96], vai construir um vasto domínio agrícola, destinado à produção de frutas amazônicas. Pouco a pouco, vai conseguindo vender suas safras em Belém e em outras vilas do estado, chegando até mesmo a obter um monopólio real. Em 1776, quando recebe a ordem de se transferir como colono para Nova Mazagão, já é um comerciante respeitado que "percebe o grave prejuízo da perda de seu estabelecimento conquistado com tanto trabalho [...], encontrando-se sem meios para recomeçar outras lavouras em outras terras"[97]. Por isso solicitará expressamente à rainha dona Maria autorização para permanecer em Cametá.

A excepcionalidade desse caso (um nobre relativamente jovem e dinâmico que enriqueceu explorando e comercializando frutas amazônicas) não deve mascarar o essencial: foi enquanto permanecia "na cidade de mesmo estado emquento se-erigeráo cazas" que seu destino amazônico foi selado. Qual é a parte devida ao acaso, à escolha deliberada? Pouco importa. Belém, como cidade aberta e capital de um vasto estado, oferece possibilidades que uma praça-forte como Mazagão não podia oferecer. A maioria dos mazaganenses não alcançará o mesmo êxito de Manoel Simões: de início, muitos buscam sobreviver. A ração cotidiana que recebem da parte das autoridades coloniais não é suficiente, sobretudo porque, com o tempo, ela tende a diminuir em quantidade e porque a administração não leva em conta as crianças nascidas em Belém[98].

---

95. AHU – Cod. 1784 e AHU – Pará, Cx. 82, d. 6720. Infelizmente, não sabemos o que aconteceu a sua mulher e a sua filha mais nova. É bem provável, contudo, que elas tenham falecido.
96. Por sinal, ninguém duvida de que os primeiros escravos deviam ser aqueles que lhes foram atribuídos pela Companhia Geral de Comércio do Grão-Pará.
97. AHU – Pará, Cx. 74, d. 6271 (31 de janeiro de 1776).
98. O governador Pereira Caldas propõe, em 1773, mudar a unidade de medida das rações e adotar o alqueire, "para evitar os prejuízos sentidos na fazenda Real". Essa decisão provocou forte descontentamento entre os mazaganenses. Cf. AHU – Pará, Cx. 72, d. 6111 "Ofício do governador João Pereira Caldas para o secretário de Estado de Marinha e Ultramar, Martinho de Melo e Castro (2 de março de 1774).

Alguns reproduzem o esquema no qual sempre viveram, simplesmente se alistando como soldados: é o caso de José Leitão, filho do boticário João Baptista Neves, que se tornou tenente do regimento da praça de Belém. Os dois filhos da viúva Catarina Cótta são chefe de esquadra e soldado do regimento de Macapá: com seus magros soldos, eles sustentam a mãe, "pessoa ordinária, muito pobre"[99]. Os irmãos de Anna Custodia, Sebastião Rodrigues e Vicente Alvarez Faleiro, são soldados: o primeiro no regimento da cidade e o segundo, no de Macapá. E todos os dois, quando encontram ocasião, melhoram seus rendimentos trabalhando como carpinteiro (Sebastião Rodrigues) e como tecelão (Vicente Alvarez Faleiro), ofícios que estavam aprendendo[100]. Quanto a José Prestes, o filho de Roza Caetana Prestes, ele é porta-bandeira dos granadeiros do regimento de Belém[101].

Os mais jovens, que não têm nada para vender, exceto a própria força de trabalho, buscam se empregar como remadores nas canoas, pequenas embarcações que possibilitam o transporte de homens e de mercadorias pela bacia amazônica. É o caso de Álvaro Botelho da Silveira: "He homem velho, ordinr°, vive de andar remando em canôas"[102]. Dado que esse trabalho era tradicionalmente reservado a uma mão-de-obra indígena, pode-se compreender por que não permite facilmente a um indivíduo sustentar a própria família, como nos demonstra o caso de Narcizo José de Menezes: "Náo tem couza alguma de que viva, mais que táo somente de andar em huma canôa a negócio; porem este náo hé couza que o prive da pobrêza em que esta"[103]. Contudo, alguns entenderam que essas canoas serviam de verdadeiro traço de união em uma sociedade dispersa ao longo de múltiplos afluentes do Amazonas: eles tentam, então, lançar-se ao comércio, depois de ter vendido um ou vários escravos para adquirir uma embarcação. Essa atividade por vezes fornece, ao preço de algumas artimanhas, uma boa situação, como, por exemplo, a de Gaspar de

---

99. A situação de Catarina Cótta agravou-se depois da morte de seu terceiro filho: com efeito, pelo fato de ser agricultor, ele lhe trazia regularmente mantimentos. Cf. AHU – Cod. 1790, fl. 11.
100. AHU – Cod. 1790, fl. 15.
101. AHU – Cod. 1790, fl. 21.
102. AHU – Cod. 1790, fl. 1.
103. AHU – Cod. 1790, fl. 25.

Amorim Amora, que se instalou em Vila Nova de El Rey, onde é cabo de canoa, o equivalente a capitão de embarcação[104].

Mesmo assim, o capitão Severino Euzebio de Mattoz pinta um quadro muito triste da situação dos mazaganenses que permaneceram em Belém ou naquela região até 1778. Ele parece até bastante emocionado por ter de insistir regularmente no estado de grande pobreza dessas famílias, que afundam cada dia um pouco mais na miséria, tornando-se presas fáceis de todos os tipos de epidemias e de doenças. Os mais idosos, muitas vezes, não têm outro recurso além de ter de alugar os próprios escravos para fazer bicos, essencialmente como serventes de pedreiro: são os famosos escravos de ganho ou negros ganhadores, cujas tarifas de serviço se tornam objeto de um regulamento municipal[105]. Mas, mesmo assim, o magro pecúlio que eles fornecem a seus senhores não os tira da miséria, como nos prova o caso da viúva Brites Nunes, que "he pessoa de bem [...] quaze céga pela sua idade, chea de acháques, e vive muito pobre, pois se sustenta esta caza unicamente do que ganháo hum escravo que hé da viuva ehuma escrava do filho"[106]. E os idosos têm grande dificuldade de escapar a esse terrível destino: até mesmo um fidalgo como José Caetano da Silva vive na mais absoluta pobreza. E sua mulher, dona Maior Mendes, mesmo vivendo muito doente, tem de costurar para fora, porque aquilo que lhe é trazido por sua única escrava não é suficiente para alimentar a família: por isso, tentando se desvincular dessa miséria, eles enviaram à regente uma carta de reclamação, em vista de conseguir o pagamento de suas tenças[107]. Quanto à viúva Isabel Serêa, seu escravo mulato "lhe náo serve de utilidade, por ser vádio, e viver quaze sempre fora da caza da sua senhora: já teve outra escrava q' lhe morreo"[108]. Nessa época, alguns vivem de esmolas, como a família de João Anastá-

---

104. AHU – Cod. 1790, fl. 7. A atividade do cabo da canoa é regulamentada pelo *Diretório dos índios*, de 1757. Ele tem a seu cargo a responsabilidade das trocas comerciais de uma vila com outras povoações ou com a capital, Belém. Dirigindo uma equipe de remadores índios, ele é nomeado pelos membros da câmara em razão de suas qualidades de fidelidade e honra (Rita Heloísa de Almeida, op. cit., pp. 209-10).
105. Cf. Maria Beatriz Nizza da Silva, *Vida privada e quotidiano no Brasil na época de D. Maria e D. João VI* (Lisboa, Estampa, 1993), p. 267.
106. AHU – Cod. 1790, fl. 7.
107. AHU – Cod. 1790, fl. 19.
108. AHU – Cod. 1790, fl. 4.

cio, reduzida a tal extremo porque ele, que aparenta ganhar o suficiente para a vida, nada lhes dá: os filhos vêem-se reduzidos a ir pedir "muitas vezes esmolas pellas portas"[109]. Outros ainda se valem da assistência de uma família ou de ordens religiosas, como a de Santo Antônio, que socorre a família de José Rodrigues Maneta, "homem cégo aleijado [...] pois os maridos das filhas sáo quaze incapázes de grangear a vida; especialment um que hé velho; eos religiosos de Santo Antonio favorecem esta caza"[110].

As mulheres de todas as categorias são, quase sempre, forçadas a trabalhar. Elas desenvolvem basicamente a profissão de costureiras (é o caso das filhas de José Rodrigues Maneta) ou como serventes nas tavernas. Mas, quando se é mulher, não é fácil ganhar a vida, como é o caso da viúva Isabel Rodrigues: "Hé pessoa de bem, avançada em annos, e muito pobre, vive do soldo de seu filho e de alguma couza que cóze para fóra e sua Nóra pois tendo hum escravo, está nas galés por ladráo"[111]. Não obstante, algumas exceções indicam que Belém também é capaz de oferecer belas oportunidades àqueles que sabem aproveitá-las, como é o caso de Quitéria, que "foy escrava do refferido Luiz de Loureiro, forrou se nesta Cidade e hé cazada com hum preto escravo de António de Loureiro que está na Vila. Vive de negocear em couzas de Comêr; paça muito bem, e tem huma escrava"[112].

Porque é também isso que aparece na leitura dessas trajetórias: os jovens encontram nessa cidade aberta belas oportunidades de se apartarem de uma condição social pouco desejável. Sua presença parece até mesmo dinamizar uma sociedade urbana relativamente estratificada, basicamente estruturada em torno de atividades administrativas e militares. Eles não apenas despertam novas necessidades (não esqueçamos que a população de Belém aumentou 20% com a chegada dos mazaganenses), mas oferecem ainda uma gama de profissões aptas a responder a essas demandas. Inicialmente, é o setor do artesanato que se vê reforçado: muitos se tornam sapateiros, carpinteiros ou até mesmo alfaiates. Alguns ocupam também profissões mais especializadas: Feliciano Antônio

---

109. AHU – Cod. 1790, fl. 26.
110. AHU – Cod. 1790, fl. 9.
111. AHU – Cod. 1790, fl. 25.
112. AHU – Cod. 1790, fl. 4.

Lopes é ebanista[113], Jerônimo de França é mestre salteiro[114], José da Silva é ourives[115]. Podem-se encontrar mazaganenses ocupando todos os tipos de ofícios: Antônio Botelho (antigo cavaleiro em Mazagão, casado com Escolástica Maria) tornou-se fiscal dos entrepostos de víveres[116]; Manoel Ribeiro, intendente de propriedades[117]; Luís Pereira da Mota é empregado na casa de comércio de Pedro Ramos[118]; João Álvares de Carvalho é carcereiro da cadeia pública da cidade[119]... Para Belém e região, a chegada dos mazaganenses é, de certa forma, uma grande oportunidade: entre eles se encontram numerosas pessoas qualificadas e competentes, habilitadas a ocupar postos de confiança.

Encontramos oito mazaganenses como diretores de vilas ou de lugares. Impulsionada por Mendonça Furtado, a política de multiplicação de núcleos populacionais na Amazônia supõe, em contrapartida, um expressivo contingente de pessoal capaz de administrar do melhor modo possível essas novas unidades administrativas – os diretores eram nomeados para mandatos de um ano apenas. Domingos Cardoso, que era apenas um soldado raso de 26 anos quando de sua partida do Marrocos, é diretor da vila de Souzel[120]; Antônio Gonçalves Ledo, diretor do lugar de Benfica, era furriel na praça-forte de Mazagão, que ele deixara aos 27 anos[121]; Nuno Alves da Cunha era um soldado de trinta anos por ocasião de sua partida de Mazagão: nove anos depois, ele se encontra como diretor da vila de Faro[122]; Francisco Fernandes de Macedo era anadel em Mazagão: ele vai se tornar diretor da vila de Porto da Moz[123]. O domínio da escrita permite a alguns outros obter emprego de escrivães ou escreventes, como é o caso de Manoel Tavares da Silva, um simples soldado de 47 anos quando de sua partida do Marrocos, que se torna escrivão do juiz dos órfãos[124]; Ignácio José é

---

113. AHU – Cod. 1790, fl. 22.
114. AHU – Cod. 1790, fl. 22.
115. AHU – Cod. 1790, fl. 27.
116. AHU – Cod. 1784 e AHU – Cod. 1790, fl. 28.
117. AHU – Cod. 1790, fl. 29.
118. AHU – Cod. 1790, fl. 14.
119. AHU – Cod. 1790, fl. 24.
120. AHU – Cod. 1784 e AHU – Cod. 1790, fl. 26.
121. AHU – Cod. 1784 e AHU – Cod. 1790, fl. 26.
122. AHU – Cod. 1784 e AHU – Cod. 1790, fl. 30.
123. AHU – Cod. 1784 e AHU – Cod. 1790, fl. 13.
124. AHU – Cod. 1790, fl. 3.

escrivão da ouvidoria de Belém[125]; Sebastião José Prestes é escrevente no escritório de contabilidade da Junta da Fazenda[126].

*

Mas o meio mais seguro de os jovens escaparem ao destino traçado para suas famílias é fundar um novo lar: as 144 famílias dos mazaganenses recenseadas em dezembro de 1778 deram nascimento a 46 novas famílias. Certamente, existem alguns recasamentos, mas sobretudo muito mais primeiras núpcias. Belém, como as numerosas vilas da região, oferece múltiplas ocasiões de encontro entre homens e mulheres: os passatempos nas tavernas, os passeios pelas ruas, a promiscuidade dos alojamentos, assim como o isolamento, constituem outros tantos fatores capazes de pôr jovens solteiros em contato uns com os outros. Como escreve Arlette Farge a respeito da Paris do século XVIII, é claro que "nesse clima inseguro, a aliança entre o homem e a mulher é necessária para sobreviver: é a relação mínima que autoriza a esperança e constrói relativa estabilidade"[127]. Mas, para além desse aspecto, o estudo aprofundado dessas alianças indica a existência de verdadeiras estratégias matrimoniais, similares às que a burguesia tem o costume de praticar – contudo, o cenário é completamente diverso.

Convém, em primeiro lugar, destacar a fragilíssima representatividade das uniões intracomunitárias. Com efeito, ocorreram apenas quatro casamentos entre mazaganenses. Dois entre eles, no seio de famílias em que um dos membros é cavaleiro do Hábito de Cristo, como, por exemplo, José Tavares da Silva, filho de Francisco Fernandes de Macedo, casado com uma filha de Antônio Dinis do Couto, Francisca Margarida Rosa, que tinha 16 anos na época do abandono de Mazagão em 1769[128]. Quanto a Francisco Xavier de Pina, filho do fidalgo José Caetano da Silva, ele se casou com a filha de outra família nobre de Mazagão[129]. Todos os dois são, como explicita o redator do documento, "obrigados" a residir na nova Mazagão. Por outro lado, não é esse o caso de Antônia Valente, casada com Paulo Fernandes Bello, cavaleiro do Hábito de Cristo, segu-

---

125. AHU – Cod. 1784 e AHU – Cod. 1790, fl. 28.
126. AHU – Cod. 1790, fl. 21.
127. Arlette Farge, *La vie fragile...*, op. cit., p. 29.
128. AHU – Cod. 1790, fl. 13 e AHU – Cod. 1784.
129. AHU – Cod. 1790, fl. 19.

ramente originário de Mazagão, mas instalado no Pará desde antes do abandono da praça-forte e, por isso, "náo obrigado á Nova Vila"[130].

Antes de mais, o que parece motivar as uniões é escapar à obrigação de se instalar na nova Mazagão. Trinta e sete matrimônios ocorreram com pessoas provenientes do estado do Pará. E essas alianças oferecem aos mazaganenses uma esperança de contornar a lei e de permanecer vivendo em Belém ou em alguma vila já construída. É o que acontece com Manoel de Jesus da Piedade, que veio como filho de família e casou-se com uma habitante de Belém, que "vive de insignar aler eescrever no lugar de Santa Ana do Cajan"[131]. É evidente que só a pessoa que se casa é que pode teoricamente se beneficiar desse favor, mas se os parentes apóiam essas uniões não é por alimentar a secreta esperança de obter autorização real ou governamental para morar perto de seu filho ou filha? Freqüentemente, uma solicitação de derrogação segue-se ao casamento de um(a) filho(a).

Podem-se observar, por vezes, verdadeiros "arranjos familiares", como no caso de Maria da Conceição e seu irmão, José de Campos de Macedo, que se casaram, respectivamente, com Maximiano de Oliveira Pantoja e sua irmã[132]; ou ainda Marianna de Jesus e sua filha, Antónia Maria, que desposaram o tenente do regimento de Belém, Manoel de Abreo Coutinho, e o irmão dele, Francisco Manoel de Abreo[133]. E quando se torna impossível escapar da obrigação de se instalar na nova vila, alguns chefes de família viúvos não hesitam em contratar entre si uma união que lhes permita dobrar seu capital e, desse modo, enfrentar melhor as dificuldades da instalação. Tomemos o exemplo de Mathias Botelho, recasado em Belém, depois do falecimento de sua mulher, com Ana da Cunha, vinda de Lisboa como viúva chefe de família[134].

São principalmente as jovens ou as viúvas chefes de família que parecem estar em busca dessas uniões: 27 uniões referem-se a moças de Mazagão, contra 19 referentes a rapazes. Não esqueçamos que naquela sociedade amazônica essencialmente masculina, na qual predominam

---

130. AHU – Cod. 1790, fl. 16.
131. AHU – Cod. 1257, fl. 52.
132. AHU – Cod. 1790, fl. 10.
133. AHU – Cod. 1790, fl. 6.
134. AHU – Cod. 1257, fl. 246.

militares e administradores, a presença dessas mulheres "livres" deve ter parecido a muitos um dom do céu. E elas procuram, acima de tudo, um homem que já disponha de uma situação estável: militar, artesão, comerciante, diretor de vila... Essas moças sabem que, na idade em que se encontram, não podem mais depender de seus pais, geralmente às voltas com uma situação de miséria, e que sua nova família deverá um dia prover às necessidades desses mesmos genitores. Quanto às mães de família, que já tinham vindo viúvas ou perderam o marido em Belém, elas tomam consciência de que permanecer sozinhas só faz levar à miséria: é preciso encontrar um marido com um emprego decente, a fim de prover às necessidades da família. Em ambos os casos, o casamento permite, antes de mais, escapar da miséria ou, em todo caso, permite supor tal conclusão.

Infelizmente, nada sabemos – por falta de informações – dos sentimentos dos cônjuges. Talvez sejam poderosos os sentimentos que levam à união de João Raposo, "homem muito ordinário", com uma mulata, escrava do mestre-de-campo da vila de Cametá[135]? Uma aliança desse tipo é socialmente muito arriscada em uma sociedade colonial de ordens. Um pouco diferente é o caso de Francisco de Carvalho Ramos, que se casa com uma índia da vila de Vigia, filha de um cacique[136]. Com efeito, os autóctones obtiveram em 1755 a igualdade jurídica com os povoadores. Desse modo, os índios podiam aspirar a cargos eclesiásticos, postos militares, entrar nos seminários e colégios, no intento de "formar um grupo de indivíduos que fizessem a ligação entre as duas sociedades, a colonial e a indígena, tanto pelo nascimento quanto pela formação"[137].

*

Esse surpreendente jogo social não passa despercebido aos olhos das autoridades coloniais, que notam desde o início uma anormal mobilidade residencial dos mazaganenses em Belém, a ponto de, em julho de 1773, o governador Pereira Caldas solicitar que o ajudante Severino Euzebio de Mattos listasse o conjunto de casas de moradia onde estavam alojados os mazaganenses, pois havia várias mudanças não autorizadas pela administração. Ora, da parte de proprietários não relacionados, a administração

---
135. AHU – Cod. 1790, fl. 26.
136. AHU – Cod. 1790, fl. 27.
137. Ângela Domingues, op. cit., p. 40.

recebe solicitação de pagamentos de aluguéis[138]. A administração também não se deixa levar pelas artimanhas de vários mazaganenses, que revendem os escravos que lhes foram atribuídos pela Companhia Geral do Grão-Pará e Maranhão para comprar uma casa ou instalar um ponto comercial. Francisco Fernandes Lanhoso agiu de modo a poder comprar uma residência de 155 mil réis, na qual alugou dois cômodos[139]. Mas, sobretudo, o gabinete do governador vê-se inundado de solicitações de dispensas de pessoas que não querem ir para a nova Mazagão: umas, por estarem bem instaladas, solicitam autorização para permanecer em Belém; outras pedem permissão para regressar a Portugal, em vista de resolver assuntos familiares pendentes ou fazer tratamento médico...

Com o tempo, a administração colonial vê-se em uma situação ambígua. E são os próprios governadores que vivem essa experiência. É claro que eles devem continuar a desempenhar as tarefas que lhes foram confiadas pela Coroa: coordenar à distância os primeiros trabalhos de construção, acomodar e alimentar os mazaganenses em Belém, mas também preparar o transporte de novas famílias. Mas o que fazer com todos aqueles que ainda não se transferiram para a nova Mazagão e que estão bem instalados na sociedade amazônica e até mesmo prestando serviços ao Estado? Deve-se obrigar Jerônimo de França – um açoriano que se instalou livremente na praça-forte marroquina e que solicitou ao ministro Mendonça Furtado autorização para se integrar à expedição das famílias para a Amazônia – a se estabelecer na nova Mazagão, quando parece que ele, por fim, encontrou um pouco de alívio como colono instalado na estrada Belém–Ourem? A rainha dona Maria vai lhe conceder sua dispensa depois de ter lembrado (mas será que isso nunca foi estipulado?) que a ordem do "transporte" só se aplicava às pessoas originárias de Mazagão e não àquelas que tinham ido para lá voluntariamente[140]. Deve-se impedir Luís Fernandes Ribeiro, fidalgo, titular do Hábito de Cristo, de ir

---

138. AHU – Pará, Cx. 72, d. 6111: "Ofício do governador João Pereira Caldas para o secretário de Estado da Marinha e Ultramar, Martinho de Melo e Castro" (2 de março de 1774).
139. AHU – Cod. 1790, fl. 7.
140. AHU – Pará, Cx. 80, d. 6600: "Carta do governador e capitão-geral do Estado do Pará e Rio Negro, João Pereira Caldas, para a rainha Dona Maria I" (17 de julho de 1778).

se instalar em São Luís do Maranhão, onde alguém de suas relações quer ajudá-lo a montar um comércio[141]? Deve-se recusar a Manuel Pinto de Souza a autorização de ficar em Belém, onde é dono da única beneficiadora de arroz de todo o estado[142]?

Com o tempo, os governadores vêem-se obrigados a enviar a Lisboa solicitações cada vez mais prementes. O conhecimento que eles têm do contexto econômico e social das regiões amazônicas permite-lhes medir a perda que às vezes poderia representar, para a administração e para a economia regionais, a obediência cega às ordens da Coroa quanto à transferência dos mazaganenses para a nova Mazagão. E, tanto quanto sabemos, o primeiro que ousa duvidar da manutenção de uma postura inflexível é o governador João Pereira Caldas. Em 24 de dezembro de 1774, ele envia ao secretário de Estado da Marinha e do Ultramar, Martinho de Melo e Castro (o sucessor de Mendonça Furtado), o pedido de Inácio Freire da Fonseca. Esse fidalgo e cavaleiro da Ordem de Cristo afirma ser "impossebilitado pellos achaques que padece e adeantado em annos" e por isso pede autorização para permanecer na cidade de Belém[143]. Na época do abandono de Mazagão, ele era tenente de uma companhia de infantaria na praça-forte e tinha 49 anos[144]. O governador apóia a solicitação desse fidalgo, reconhecendo inicialmente que "ainda q' algums destes pertendentes diminuáo o numero dos habitantes da nova Villa de Mazagáo, nem por isso deixará ella de ficar bastantamente populoza". Mas o argumento financeiro é aquele que é realmente levado em conta, visto que "pertende o sup^te [Inácio Freire da Fonseca] estabelecerse nesta Cidade á sua custa". E o governador ainda se permite generalizar para o conjunto dos solicitantes capazes de responder financeiramente por si mesmos: "E por este modo pode a Real Fazenda diminuir o gasto, q' corresponde acada hum dos seus estabelecimentos,

---

141. AHU – Pará, Cx. 79, d. 6560: "Requerimento do assistente na cidade de Belém e natural da Praça de Mazagão, Luís Fernandes Ribeiro, para a rainha Dona Maria I" (3 de abril de 1778).
142. AHU – Pará, Cx. 78, d. 6461: "Requerimento de Manuel Pinto de Souza para a rainha Dona Maria I" (9 de outubro de 1777).
143. AHU – Pará, Cx. 73, d. 6171: "Ofício do governador João Pereira Caldas para o secretário de Estado da Marinha e Ultramar, Martinho de Melo e Castro" (24 de dezembro de 1774).
144. AHU – Cod. 1784.

suspensas as assistencias, q' percebem nesta Cidade, aonde tambem podem servir utilmente"[145].

O confronto entre a cidade colonial e a cidade vivida que, pouco a pouco, vai tomando forma em Belém nesse tempo que se estende não envolve exclusivamente os mazaganenses. A administração colonial também faz parte da experiência de desdobramento de Mazagão. Mas como ele vai se dar na nova Mazagão, cujas casas brotam pouco a pouco da terra a partir de 1770?

---

145. AHU – Pará, Cx. 73, d. 6171: "Ofício do governador João Pereira Caldas para o secretário de Estado da Marinha e Ultramar, Martinho de Melo e Castro" (24 de dezembro de 1774). Depois da autorização real, Inácio Freire da Fonseca parece ter adquirido uma saúde impressionante: em dezembro de 1778, ele possui uma casa na rua da Praia de Santo Antônio, 22 escravos e uma madeireira que provê às necessidades do Tesouro real. E consegue até mesmo uma autorização para ir a Lisboa (AHU – Cod. 1790, fl. 16).

4. NOVA MAZAGÃO,
A CIDADE PALIMPSESTO (1770-1778)

> *Mas eram possíveis todas essas possibilidades que não foram? Ou a única possibilidade era o que foi? Tece tecedor de vento.*
> JAMES JOYCE, Ulisses, 1921

Mazagão, cidade em deslocamento, deu nascimento a três cidades: a Coroa aproveitou o tempo do deslocamento para definir um projeto de *cidade colonial* (Nova Mazagão); no que diz respeito aos mazaganenses, eles oscilam entre a *cidade da memória* (a praça-forte marroquina) e a *cidade vivida* (Belém). Desse modo, a nova Mazagão, cidade do futuro, choca-se contra dois recifes: a cidade da lembrança, em torno da qual se encontram mazaganenses desorientados, como que perdidos no tempo, apoiados em um passado que eles, contudo, sabem ter ficado definitivamente para trás – o de uma fortaleza da qual nada resta mais "por memoria", a não ser "as ruinas da sua perdiçam"[1]; a cidade do presente, Belém, uma cidade de possibilidades abertas, que os mais jovens opõem ao projeto de cidade colonial e a seu modelo social restritivo. O tempo do deslocamento, no qual se imbricam as temporalidades do movimento, do trânsito e da espera, contribuiu para toldar a percepção de Mazagão. Na aurora de seu renascimento, Mazagão está como que dividida entre um futuro, um passado e um presente dificilmente compatíveis. A Coroa e seus súditos interpretam doravante de maneira divergente o presente e o destino de Mazagão. Em tais condições, o projeto de urbanismo para a nova Mazagão será capaz de reparar a ruptura do vínculo entre a administração colonial e os mazaganenses?

---

1. AUC – CCC, d. 164, estrofe 77.

Sobretudo porque, entre esses dois pólos, instala-se um novo ator cuja importância precisamos ponderar – a massa anônima de construtores de Nova Mazagão. É uma mão-de-obra indígena que constrói a nova cidade. É de mãos índias que renascem as muralhas da cidade deslocada. Muralhas doravante à espera de habitantes: com efeito, por conselho de Mendonça Furtado, decidiu-se adiantar a construção da cidade antes da chegada das famílias, que virão pouco a pouco, a fim de tomar posse de suas novas moradias. Que fazer então dos laços entre a cidade colonial e a "cidade indígena", durante esse tempo de construção?

Contudo, uma cidade não se reduz a uma simples disposição de homens no interior de muralhas. São as atividades em torno das quais esses homens se organizam, as trocas, os grupos e as identidades que elas vão gerar que darão forma à sociedade urbana. Qual pode ser, então, o efeito, sobre a estruturação da sociedade neomazaganense, da transformação de uma praça-forte militar em uma cidade colonial? A fundação da Nova Mazagão surge assim como um processo complexo, cujo conjunto de implicações precisamos tentar medir, retirando uma a uma as camadas com que se enfeita a cidade renascente.

As formas da cidade renascente

Dissemos que foi em setembro de 1769 que o capitão Inácio de Castro Moraes Sarmento foi encarregado pelo governador Ataíde e Teive de demarcar, às margens do rio Mutuacá, um sítio para a refundação de Mazagão, "capaz de criaçoens, e de produzir frutos"[2]. Antes de validar a escolha do sítio, exatamente onde está instalada a povoação de Santa Ana, o governador solicita ao engenheiro Domingos Sambucetti que vá ao local inspecionar as condições sanitárias do terreno escolhido. Esse italiano, de origem genovesa, chegou à Amazônia em 1760, com a comissão de fronteiras. Ele participou dos trabalhos de fortificação de Macapá, Belém, Santarém, Almeirim e Gurupá, quando teve oportunidade de traba-

---
2. AHU – Cod. 595, "Livro de registro de ordens régias e avisos para o Maranhão, Grão-Pará e Piauí, da Secretaria de Estado da Marinha e Ultramar (1768–1771)", fl. 24v-25v (carta de 16 de março de 1769).

lhar com Moraes Sarmento, na época administrador dessa vila[3]. Depois de uma viagem de 14 dias, ele chegou à povoação de Santa Ana (no dia 11 de março de 1770)[4]. Já na chegada, ele realiza dois relatórios: um plano da povoação de Santa Ana[5] e um carta topográfica do rio Mutuacá[6]. É, portanto, com sólido conhecimento das limitações do sistema orográfico e das modalidades de ocupação do espaço da povoação indígena que ele dá início ao estudo do sítio e a um primeiro plano de urbanismo para Mazagão[7]. Apesar das dificuldades encontradas durante sua estada, Sambucetti faz grandes avanços: em poucas semanas, ele valida o sítio e traça um plano de urbanismo para o novo assentamento.

Esse plano apresenta várias particularidades. Já de início, ele não visa à "refundação" de uma antiga missão para a constituição de uma vila, como foi o caso da maioria das vilas amazônicas, mas consiste em uma criação realmente original: "Embora se instale sobre uma estrutura urbana preexistente, o projecto de Mazagão define-se como uma fundação 'ex-novo'. O 'lugar de Santa Ana' é praticamente desprezado por Sambucetti, que desenha a malha da nova vila ignorando a da antiga povoação de índios"[8]. Tal escolha, como explica a historiadora Renata Araújo, é deliberada: trata-se de "uma atitude intencional de demarcação entre os dois momentos", o período indígena e o período colonial. É preciso dizer que a povoação original se constitui apenas de casas e edifícios de madeira, de tetos recobertos de palha, facilmente desmontáveis. Dessa forma, uma vez que seus habitantes tenham se deslocado, é muito fácil

---

3. Gurupá foi refundada em 1753 por João da Cruz Dinis Pinheiro, para suceder a uma fortaleza fundada em 1639, na margem sul do Amazonas, e abandonada no final do século XVII.
4. Palma Muniz, "Município de Mazagão", *Annaes da Bibliotheca e Archivo Público do Pará*, Belém, tomo IX, 1916, p. 404. Esse artigo foi retomado em 1918 pela revista do IHGB: "O estabelecimento de Mazagão no Grão-Pará", *Revista do IHGB*, Rio de Janeiro, t. 84, 1918, pp. 609-95.
5. "Planta do terreno místico ao lugar de Santana do rio Mutuacá" (depositada na Casa da Ínsua, Lisboa).
6. "Mappa topográfico dos rios Pretos, Mutuacá e seus repartimentos" (depositado na Casa da Ínsua, Lisboa).
7. Retomamos aqui as principais conclusões de Renata Malcher de Araújo, que dedica um capítulo inteiro à análise do plano de urbanismo de Nova Mazagão em sua obra *As cidades da Amazónia no século XVIII: Belém, Macapá e Mazagão* (Porto, FAUP, 1998), cap. 5, pp. 265-90.
8. Ibid., p. 280.

apagar qualquer pista da povoação original. Em decorrência disso, temos uma segunda particularidade: "O desenho urbano de Mazagão faz-se a partir de uma estrutura em malha recticulada [...] É um desenho simples, na medida em que a estrutura é visível e orienta todo o processo. A praça faz-se pela supressão de uma das quadras [...]. A metodologia básica de tel plano é a mesma que orientou a maioria das criações urbanas da América espanhola"[9]. As quadras são instaladas em um terreno previamente aplainado, em vista de apagar as irregularidades do terreno e de neutralizar o espaço que vai servir de encaixe à cidade nova. O sítio apresenta uma forma natural quase perfeita. Ele é delimitado por dois cursos d'água: o rio Mutuacá e um de seus afluentes, que desemboca na perpendicular, criando assim um ângulo reto ao qual a forma das quadras parece fazer eco[10]. Essas quadras têm, efetivamente, a forma de um quadrado perfeito (de 640 palmos de lado, ou seja, 140,8 metros) e são dispostas lado a lado, em impecável simetria. A maior parte dos lotes tem uma extensão de 15,4 metros (setenta palmos) de largura para um profundidade de 61,6 metros; alguns apresentam uma extensão de 22 metros (cem palmos). Esses tamanhos correspondem aos dois tipos de moradia padronizados, de quatro e seis cômodos, que serão diferentemente atribuídos segundo o tamanho de cada uma das famílias. Outra especificidade desse plano é que, de início, ele é concebido para acolher uma população de cerca de 2 mil pessoas, ou seja, as cerca de 371 famílias contadas pela administração na partida de Lisboa. Podemos, portanto, constatar que, mesmo apresentando uma forma aparentemente aberta, esse plano é, na realidade, fechado, assim como o era a praça-forte marroquina: o número de casas a construir é calculado desde o início, assim como o número de casas a ser distribuídas pelas quadras.

9. Ibid., pp. 277-80.
10. Para essas análises, só podemos nos basear no estudo dos planos de urbanismo da época. Ora, sabemos que existe, da parte dos autores, a intenção de acentuar as formas geométricas em vista de uma maior regularidade: o plano destina-se a ser difundido e comentado, a fim de estabelecer a prova de que os portugueses dominam perfeitamente seu território colonial, até mesmo em uma região tão hostil à presença humana quanto a Amazônia. Os relatórios que poderíamos produzir atualmente não conseguem dar conta dessa situação: com efeito, os leitos dos cursos fluviais amazônicos passaram por várias mudanças no decorrer dos séculos. Hoje, por exemplo, o afluente do Mutuacá simplesmente desapareceu.

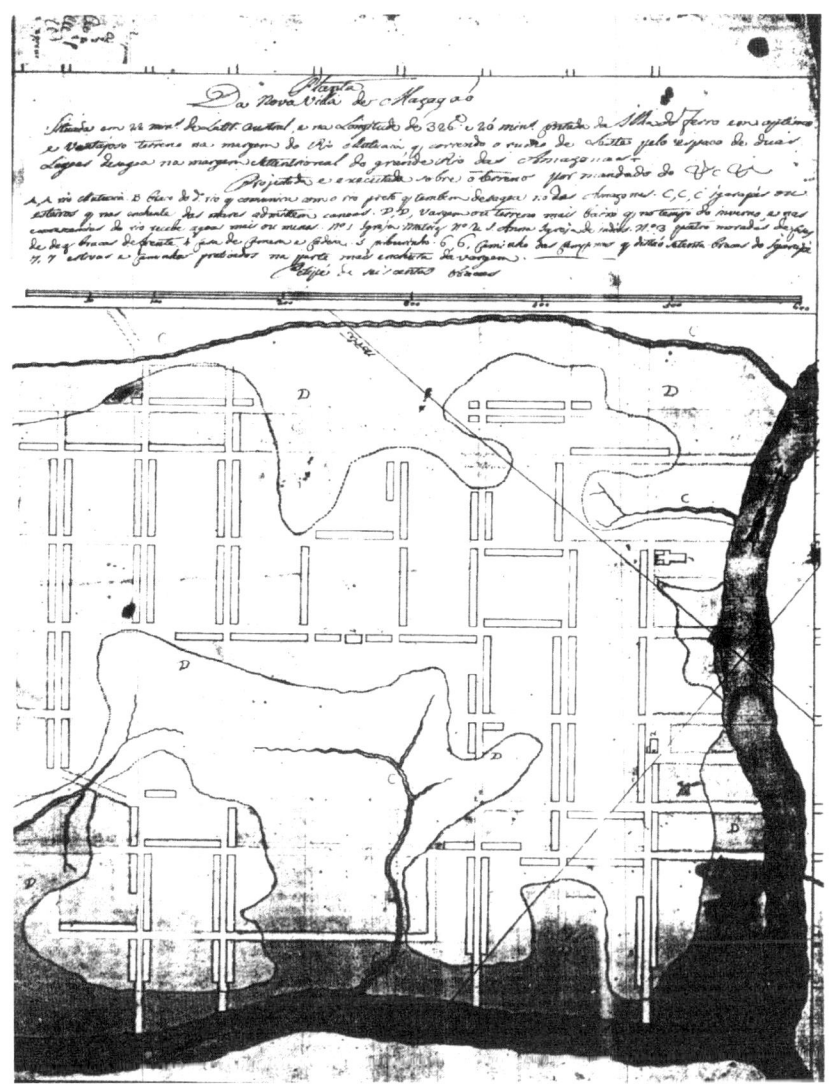

PLANO DE NOVA MAZAGÃO DESENHADO POR DOMINGOS SAMBUCETTI EM 1769

O plano de Nova Mazagão foi objeto de divulgação em larga escala. Várias cópias foram estabelecidas e, hoje, elas podem ser encontradas em vários depósitos de arquivos, tanto em Portugal como no Brasil. Trata-se, então, de uma operação excepcional, reconhecida e reivindicada como tal pela Coroa portuguesa, que buscou lhe dar a máxima projeção.

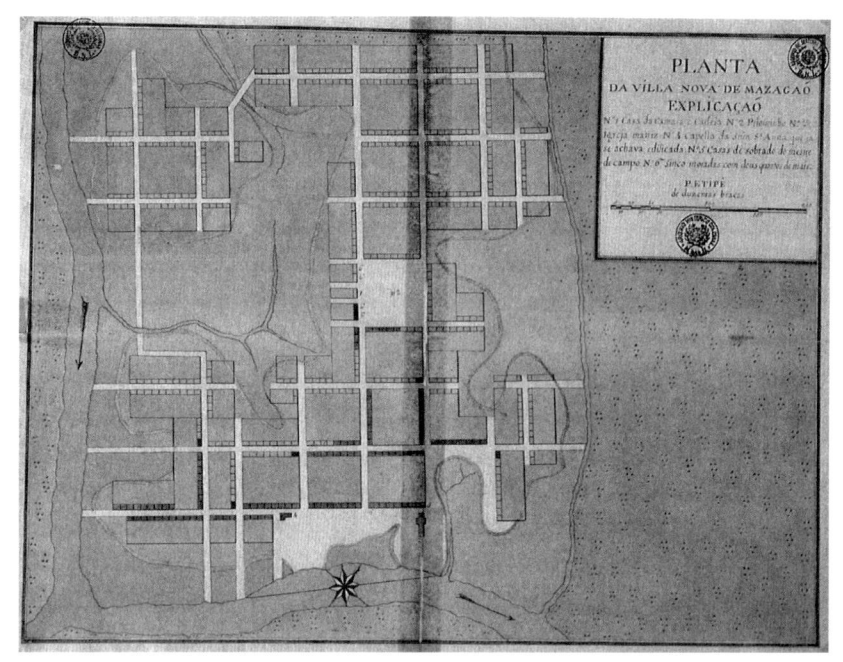

PLANO DE NOVA MAZAGÃO (1773)

Desse modo, a Coroa mostra a seus súditos e às outras potências marítimas européias perfeito controle de seu território colonial e capacidade de dominar um espaço tão hostil quanto a Amazônia. A imagem é, tanto quanto o homem, se não mais, um vetor da presença portuguesa na Amazônia. Nova Mazagão, *cidade-imagem*, apresenta-se como uma aposta em um futuro possível.

Nova Mazagão apresenta todas as características de uma cidade colonial de formas regulares, pronta para acolher uma sociedade que deve se encaixar sem dificuldades em uma malha predefinida. Mas se a natureza colonial de Nova Mazagão é amplamente demonstrada, o que acontece com o vínculo entre a praça-forte e a cidade colonial – vínculo sabidamente conservado pela manutenção do topônimo Mazagão? A diferença de forma salta aos olhos de qualquer observador. Não por acaso, nessa mesma época, é estabelecida uma "carta thopografica da circonfêrencia da Vila de Mazagam". Esse mapa apresenta a situação da cidade colonial, judiciosamente situada na curva de um dos afluentes do rio Ama-

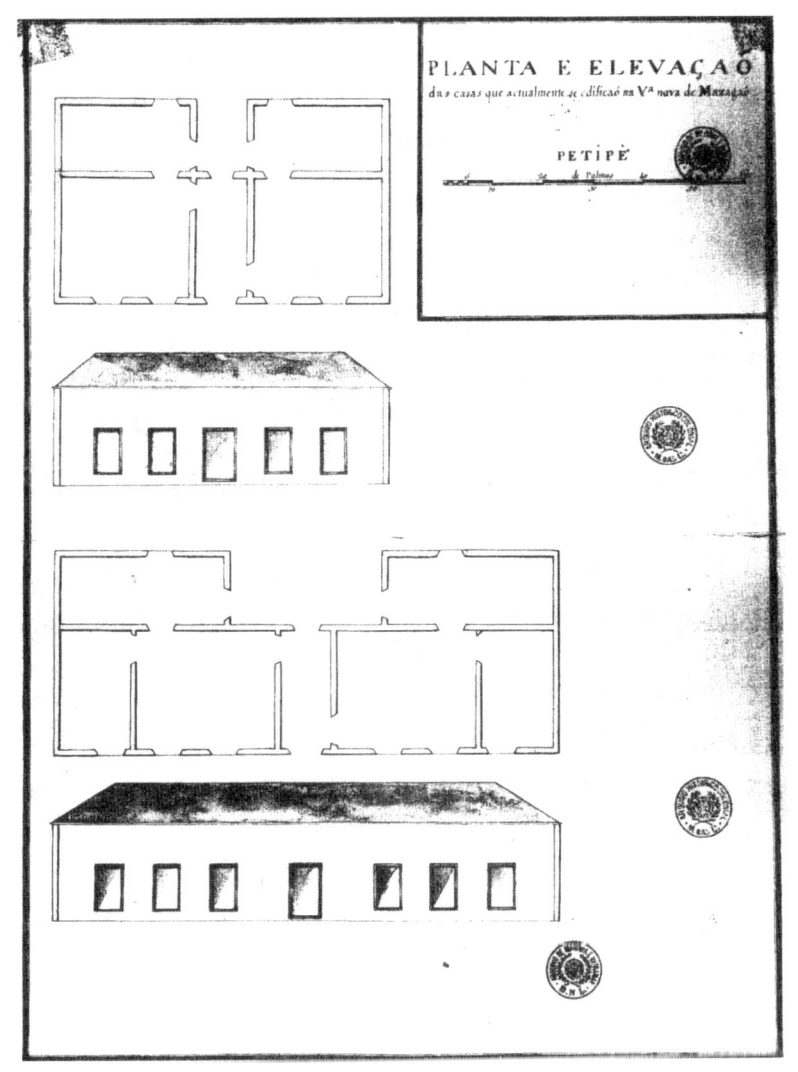

Plano das casas de Nova Mazagão

zonas e dando a impressão de reinar no núcleo de uma impressionante rede aquática. Mas, sobretudo, o autor desse mapa, cujo nome infelizmente desconhecemos, desenhou a cidade encerrada entre sólidas muralhas: um campanário e casas de tetos bem desenhados destacam-se acima das muralhas. A cidade encontra nessa representação cartográfica a forma original da praça-forte marroquina. Contrariamente aos outros planos, esse mapa não teve grande difusão – só subsiste hoje um único exemplar, no Rio de Janeiro. Esse dúplice tratamento iconográfico de Nova Mazagão e as distintas modalidades de difusão desses planos parecem indicar um duplo nível de discurso por parte da Coroa portuguesa. Num primeiro momento, ela propaga amplamente a imagem da cidade colonial, a fim de fazer a demonstração de seu domínio geopolítico sobre a região amazônica. Em seguida, passa a tentar difundir, de maneira mais restrita, a imagem da cidade fortificada, a fim de apresentar, a seus súditos, o deslocamento de Mazagão como uma simples translação espacial de uma fortaleza, de uma cidade encerrada entre suas muralhas. Depois de ter lutado heroicamente contra os infiéis, Mazagão vai se dedicar a civilizar os índios. No âmago do Império, o discurso colonial se desdobra, pois, em um discurso civilizador. Constatamos mais uma vez que, no deslocamento de Mazagão, a Coroa não deixa nada por conta do acaso, inclusive – talvez até mesmo sobretudo – a promoção desse gesto fora do comum.

Os construtores de Nova Mazagão ou os "sem-rosto" da Amazônia

Enquanto Lisboa se desdobra na promoção de Nova Mazagão, Moraes Sarmento e Sambucetti enfrentam, no local propriamente dito, outro desafio: fazer surgir em pouco tempo as muralhas da cidade, de modo a poder acolher, o mais rápido possível, seus primeiros habitantes. Uma tarefa dessa magnitude pressupõe, de início, levar uma mão-de-obra abundante. Na Amazônia, essa mão-de-obra é, antes de mais, indígena. Com efeito, a Coroa tomou consciência, tardiamente é verdade, de que a verdadeira riqueza da Amazônia não estava tanto na terra, mas muito mais na força de trabalho dos índios. Assim, o *Diretório dos índios*, promulgado em 1757, previa as modalidades de utilização da mão-de-obra indígena. Depois da expulsão dos jesuítas e da concessão da liberdade aos índios (1755), estes foram divididos em vilas (a maioria, já o dissemos, eram antigas missões) e postos sob a autoridade de um diretor. Trata-se, portanto, de uma liberdade particular, porque os índios não podem circular livremente, nem morar onde querem e podem ser transferidos para outra vila a qualquer momento. Aliás, eles estão submetidos a um regime de trabalho compulsório[11]. O diretor tem por missão especialmente dividir os índios em duas categorias: aqueles que são destinados ao trabalho comunitário e ao serviço da Coroa e os que são destinados aos trabalhos de particulares[12]. Só uma portaria, assinada pessoalmente pelo governador, pode autorizar a disponibilização de parte da mão-de-obra indígena de uma vila para o serviço de um particular ou do Estado. O tempo de requisição é de seis meses no máximo – os índios deviam, em seguida, retornar (escoltados) à vila de onde eram originários. Uma tabela de salários é fixada para todo o estado do Grão-Pará e Maranhão: os índios recebem quatrocentos réis mensais por um serviço manual; os pilotos de canoas, seiscentos réis; os artesãos especializados, cem réis por dia[13]. Contudo, nessa economia amazônica pouco monetarizada, os salários são freqüentemente pagos *in natura* – algodão, facas, cacau, aguardente e outros bens considerados pelos luso-brasileiros essenciais para os índios...

É nesse contexto que se requisita a mão-de-obra encarregada da construção de Nova Mazagão. Nos primeiros meses de 1770, mais de cem índios são conduzidos ao local para participar do desmatamento, da terraplenagem e, depois, da construção. Não dispomos de estatísticas precisas sobre seu número durante todos esses trabalhos, mas podemos constatar, a partir de informações fragmentadas, que seu efetivo evolui pouco nos primeiros anos de construção. Tais números, é importante frisar, só se referem aos índios trabalhadores (não qualificados), empregados nas tarefas manuais.

Um número desses de índios trabalhadores explica-se pelas recomendações do *Diretório dos índios*, que fixava em 150 o limite máximo de índios por vila[14]. Sabendo que a presença militar é tão inexpressiva nas vilas amazônicas, convém, com efeito, não criar concentrações muito grandes, a fim de poder controlar sempre esses novos súditos da Coroa.

---

11. A esse respeito, cf. Cecília Maria Chaves Brito, "Índios das 'corporações': trabalho compulsório no Grão-Pará no século XVIII", em Rosa Acevedo Marin (org.), *A escrita da história paraense* (Belém, NAEA/UFPA, 1998), pp. 114-37.
12. Ângela Domingues, *Quando os índios eram vassalos: colonização e relações de poder no Norte do Brasil na segunda metade do século XVIII* (Lisboa, CNCDP, 2000), p. 181.
13. Ibid., p. 182. Em 1773, a tabela será reavaliada.
14. Rita Heloísa de Almeida, *O Diretório dos índios: um projeto de civilização no Brasil do século XVIII* (Brasília, Editora da UnB, 1997), p. 217.

Evolução da mão-de-obra indígena em Nova Mazagão (1770–4)

Data	Quantidade
Maio de 1770 (a)	103
Agosto de 1772 (b)	135
Dezembro de 1772 (c)	122
Fevereiro de 1774 (d)	88

TABELA MONTADA A PARTIR DE: (A) APEPA, COD. 213, D. 20; (B) APEPA, COD. 242, D. 54; (C) APEPA, COD. 245, D. 1; (D) APEPA, COD. 277, D. 23.

Dessa forma, em dezembro de 1772, Nova Mazagão conta apenas, para 122 índios trabalhadores, com 14 soldados em exercício: um ajudante de infantaria, um chefe de esquadra e 12 soldados destacados[15]. Tal número pode fazer rir, quando se sabe que os mazaganenses são quase todos soldados. Mas a Coroa, sabedora de que, em caso de necessidade, poderá contar com a mobilização deles, doravante não quer ver nos mazaganenses nada além de povoadores! Voltaremos a isso.

Contudo, essa relativa estabilidade do número de operários durante a construção (cerca de uma centena) mascara uma grande mobilidade da mão-de-obra. Visto que o *Diretório dos índios* não permite a requisição de um índio por mais de seis meses, assiste-se a um importante movimento populacional entre Nova Mazagão e as vilas ao redor. A rede de vilas, pensada por Mendonça Furtado para o controle e a valorização da Amazônia, é assim posta plenamente à disposição da construção de Nova Mazagão. Essa fundação mobiliza quase 10% dos recursos regionais de mão-de-obra indígena da capitania do Pará. Com efeito, sabemos que em 1761, isto é, no fim do período de transformação das missões em vilas e de reagrupamento da mão-de-obra, a capitania do Pará dispunha de 1.152 índios trabalhadores[16].

Quem são, então, os construtores de Nova Mazagão? Temos muita dificuldade em determinar isso. Eles também são, de certa forma, "sem-rosto"[17]. Não sabemos a que etnia eles pertencem, nem se eram nôma-

---

15. APEPa – Cod. 245, d. 2: "Carta de Manoel da Gama Lobo" (18 de dezembro de 1772).
16. Ângela Domingues, op. cit., p. 185.
17. Patrick Cingolani, Arlette Farge, Jean-François Laé & Franck Magloire, *Sans visages: l'impossible regard sur le pauvre* (Paris, Bayard, 2004).

Artesãos e operários de Mazagão por vila de proveniência

	Vila de origem desconhecida	Habitantes de Mazagão	Oeyras	Melgaço	Montealegre	Almeirim	Espozende	Porto de Moz	Santarém	Alter do Chão	Bohim	Alenquer	Óbidos	Villa Franca	Lugar de Santa Anna	Total
Mestre carpinteiro	1															**1**
Oficial carpinteiro	25	8	2		1									2	1	**39**
Pedreiros	6	5		1	2											**14**
Ferreiros		2														**2**
Serradores			7		2		1		1	1	1	1			2	**16**
Carreadores	2														1	**3**
Índios trabalhadores			11	7	27	3	3	1	7	2	14	6	3	38		**122**
Total	34	15	20	8	32	3	4	1	8	3	15	7	3	40	4	**197**

FONTE: APEPA, COD. 45, D. 1.

des ou sedentários; muito menos qual era seu grupo lingüístico. Sua vila de origem nada nos revela de sua natureza. Com efeito, Mendonça Furtado planejara que cada vila não recebesse apenas uma etnia, mas várias, de modo a poder mais rapidamente aculturá-las e europeizá-las, e também, mais pragmaticamente, a fim de evitar qualquer acordo possível entre índios que pudesse redundar em alguma sublevação. Forçados a residir em casas unifamiliares, eles eram proibidos de falar outra língua que não fosse o português; seus nomes, aliás, eram sistematicamente lusitanizados. No plano de Mendonça Furtado, as vilas constituem um instrumento privilegiado para "proceder à anulação da identidade das comunidades ameríndias"[18]. É, portanto, a esses "sem-rosto" que o ministro Mendonça Furtado e seu sobrinho, o governador Ataíde e Teive, decidem confiar a tarefa de refundação de Mazagão. Como se muralhas de um passado tão glorioso só pudessem renascer de mãos anônimas...

O cotidiano desses construtores anônimos não causa inveja nenhuma: muitos deles sofrem de desnutrição, a maioria está enferma. Em 16 de maio de 1770, Moraes Sarmento anuncia que 103 índios trabalhadores

---

18. Ângela Domingues, op. cit., p. 81.

estão infectados pela malária. A administração de quinina permitiu melhorar o estado sanitário da maioria deles: apenas vinte deles tiveram recidiva, mas três morreram. No que diz respeito aos doentes mais graves, eles são transferidos para o hospital de Macapá[19]. Sua alimentação é composta essencialmente de farinha de peixe. Por dependerem de um abastecimento fornecido diretamente por Belém, a falta de farinha de peixe é freqüente: desse modo, quando é inviável abastecer-se nos estoques de Macapá e de Vila Madre de Deus, como faz o mestre-de-campo em março de 1773[20], é preciso diminuir as rações. Os roubos de alimentos feitos pelos índios são, na época, muito freqüentes. Lembremos, por exemplo, a tentativa, por sinal malograda, de três índios (Domingos da Costa, de Fragoso; João Caetano e José da Cruz, de Vila Franca) de penetrar, na noite de 19 de outubro de 1774, nos edifícios do armazém municipal para roubar farinha de peixe[21]. As fugas também não são raras. Em 28 de fevereiro de 1773, Francisco Humberto Pimentel, diretor dos trabalhos, anuncia que os índios destacados para a construção de Mazagão desertaram quase todos, tendo alguns se refugiado nas casas dos moradores e outros buscado guarida em outras povoações. Os trabalhos ficaram paralisados[22].

*

Não obstante isso, a administração colonial tem perfeita consciência de que esses índios trabalhadores devem ser utilizados por artesãos de reconhecida competência. Por causa do isolamento e da localização remota do sítio, os materiais para a construção de Nova Mazagão não podem ser diretamente levados para lá desde o exterior. Há necessidade de pessoal experiente para localizar, extrair e preparar esses materiais e depois juntá-los. É por esse motivo que Belém se apressa a enviar ao local serradores, carpinteiros, ferreiros e pedreiros.

As tarefas desses artesãos são objeto de uma detalhadíssima divisão. Cabe aos serradores que chegam a tarefa de localizar e cortar a madeira,

---

19. APEPa – Cod. 213, d. 20: "Carta do comandante Inácio de Castro Morais Sarmento" (16 de maio de 1770).
20. APEPa – Cod. 245, d. 31: "Carta de Matheus Valente do Couto" (23 de março de 1773).
21. APEPa – Cod. 264, d. 115: "Carta de Domingos Pinto da Fonseca" (1º de dezembro de 1774).
22. APEPa – Cod. 257, d. 30: "Carta de Francisco Humberto Pimentel" (28 de fevereiro de 1773).

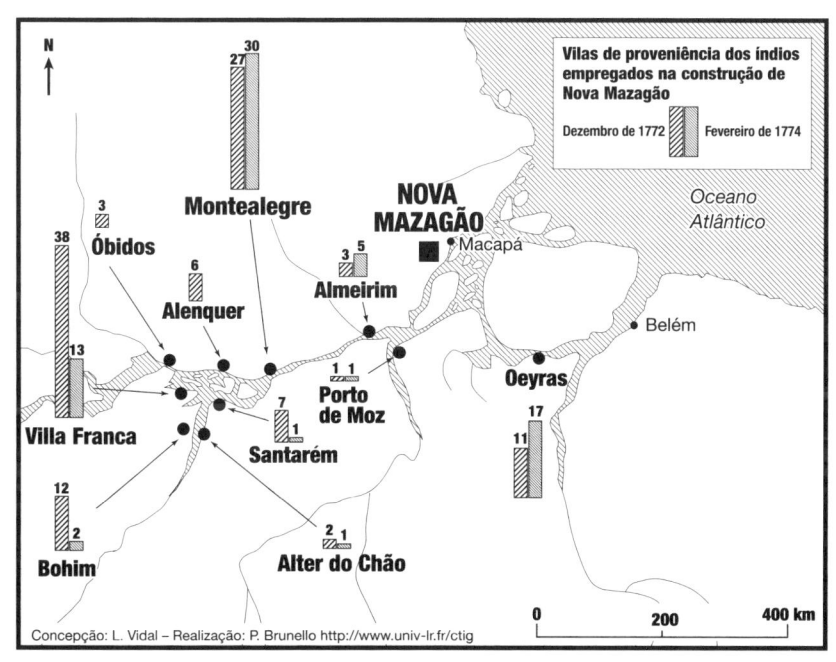

Os índios empregados na construção de Nova Mazagão

matéria-prima por excelência para a construção das casas. Em razão dos conhecimentos precisos dos recursos florestais que tal função exige, encontram-se muitos índios entre os serradores[23]. Em maio de 1770, o comandante Inácio de Castro Morais Sarmento anuncia ao governador que acaba de enviar um destacamento de quarenta índios (divididos em três canoas) para cortar lifuti no rio Mutuacá, "dado que não há mais lifuti nesse distrito"[24]. Com efeito, a madeira do lifuti, por causa de sua excelente resistência às intempéries, é freqüentemente utilizada na carpintaria externa. Quanto aos cavouqueiros, eles são utilizados na busca de pedras e sobretudo areia, que, misturada à cal, serve para a caiação das fachadas. Em 1772, por exemplo, Manoel da Gama Lobo solicita ao go-

---
23. A esse respeito, cf. Eliana Ramos Ferreira, "Estado e administração colonial: a vila de Mazagão", em Rosa Acevedo Marin (org.), op. cit., pp. 102-3.
24. APEPa – Cod. 213, d. 20: "Carta do comandante Inácio de Castro Morais Sarmento" (16 de maio de 1770).

vernador o envio de um novo cavouqueiro, "porque hum que d'aqui foy descubrir a pedra chamado Manoel del Rey está agora nessa Cidade"[25]. Os carreadores, condutores de carros de boi, assumem o transporte das pedras e da areia.

A coordenação da construção das casas é confiada aos carpinteiros e aos pedreiros. Os carpinteiros, utilizando-se de limas, serras, martelos e enxós enviados de Lisboa, preparam a madeira bruta trazida pelos serradores, cortam vigas, ripas e tábuas, depois sobem as paredes das fachadas. Os alicerces são sumários: as vigas são plantadas numa fundura de apenas cinqüenta centímetros, depois, em torno delas, é preparada uma treliça de ripas. Com a ajuda de tábuas, eles preparam portas e janelas. Quando a estrutura está de pé, vêm os pedreiros, que guarnecem com adobe (uma mistura de barro e palha ou capim seco) a armação de madeira das fachadas exteriores e interiores; depois, quando a montagem já secou, realizam a caiação das paredes externas. Os ferreiros se ocupam da instalação das fechaduras.

*

Tudo parece estar em ordem na cidade que renasce. Nesse canteiro vasto, cada pessoa se ocupa de uma função precisa, e a articulação de todas as engrenagens parece ter sido minuciosamente pensada. Contudo, não dá para deixar de notar a grande dependência dessa cidade colonial – que Lisboa queria apresentar como um florão da civilização européia no coração de uma Amazônia por civilizar – diante do mundo ameríndio. Para começar, sem a intervenção da mão-de-obra indígena, Mazagão não pode renascer: não são apenas trabalhadores braçais, mas também artesãos que participam da reconstrução de Mazagão. O quadro 11 indica claramente que, de 73 artesãos recenseados em maio de 1772 em Nova Mazagão, 26 são originários de uma vila que reúne a mão-de-obra indígena da Amazônia – contra 15 originários de Mazagão (entre os quais o ferreiro Lourenço Rodrigues, primeiro mazaganense instalado com sua família, no dia 4 de abril de 1770[26]), e 34 trabalhadores livres (entre os quais o mestre carpinteiro e os dois carreadores). Evocamos o caso dos serradores (os 16 são índios), mas não podemos esquecer também os

---

25. APEPa – Cod. 242, d. 14: "Carta de Manoel da Gama Lobo" (11 de março de 1772).
26. APEPa – Cod. 290: "Lista das famílias da Praça de Mazagão que vão para a Vila deste nome, tendo princípio em 4 de abril de 1770".

carpinteiros (seis em um total de 39), nem os pedreiros (três em um total de 14).

Aliás, a cidade renascente, mesmo construída *ex novo*, não apagou o núcleo de povoamento original (o Lugar de Santa Ana), a igreja indígena, sempre mencionada no plano de Sambucetti. Mesmo um pouco descentrada, podemos imaginar que ela tenha sido conservada para as necessidades do culto durante a reconstrução. Mais uma vez, porém, tal presença dá testemunho da pregnância indígena sobre Nova Mazagão.

Mas nessa fase de construção, talvez a dependência mais notável resida na adoção de técnicas indígenas de edificação. Até que um forno para cozer telhas seja construído (e isso ocorrerá apenas em 1776!)[27], os tetos serão feitos com a ajuda de folhas trançadas de uma palmeira chamada ubim – procedimento tradicional dos índios da Amazônia[28]. Até mesmo o comandante Moraes Sarmento fica inquieto, desde as primeiras semanas de construção, com a resistência dos carpinteiros a utilizar pregos para fixar caibros, traves e ripas, preferindo amarrá-los com fibra vegetal. Queixa-se ele ao governador, ao mesmo tempo que acusa o recebimento de 12 mil pregos de caibros, 5.100 pregos de meia-caverna, 2 mil pregos de caverna e 2.500 traves: "Fico serto que as cazas ham de ser pregas pois assim ham de ter durança"[29].

Que distância, a partir de então, entre as harmoniosas proporções das belas casas desenhadas pelo engenheiro genovês, Sambucetti, e a realidade amazônica desses barracos de adobe com amarras vegetais! Mas, já o dissemos, pouco importam à Coroa as dificuldades encontradas no local e as distorções sofridas pelo projeto no momento de sua realização: a imagem é que é o primordial! É verdade que uma impressão de solidez, de segurança, mas também de salubridade se desprende desses esboços. O rei e os membros de seu governo deviam olhar para os planos de Nova Mazagao na epoca com certa admiração: suas formas regulares, os

---

27. Em outubro de 1776, o primeiro forno para cozer telhas começou a funcionar. Cf. APEPa – Cod. 289, d. 92: "Carta de Domingos Pinto da Fonseca" (3 de outubro de 1776).
28. AHU – Pará – Cx. 595: "Carta de Mendonça Furtado" (26 de março de 1769), fl. 25v-26.v.
29. APEPa – Cod. 213, d. 25: "Carta do comandante Inácio de Castro Morais Sarmento" (3 de junho de 1770).

modelos uniformes das moradias, com aberturas simétricas que asseguravam uma boa ventilação. Não podia Lisboa se orgulhar de poder, mais uma vez, mostrar a capacidade da Coroa portuguesa de oferecer a seus súditos, mesmo àqueles que habitavam as regiões mais remotas, conforto e segurança? Dom José e Pombal podiam imaginar, então, que por baixo da cidade colonial em obras emergia uma outra cidade?

*

A organização da mão-de-obra, a preparação do terreno, a localização dos recursos naturais e a preparação dos materiais de construção ocupam os seis primeiros meses do ano de 1770. As primeiras casas são construídas apenas no decorrer do mês de julho. O comandante Moraes Sarmento endereça, então, ao governador, com notável regularidade, uma precisa prestação de contas do progresso das construções. Em 10 de julho de 1770, é com certo orgulho que anuncia que oito casas estão prontas, mas, apressa-se a acrescentar, "é melhor não enviar logo as famílias porque ainda falta acabar o trabalho de terraplenagem em volta das casas"[30]. Em 7 de agosto, são outras cinco casas que são terminadas, perfazendo um total de 13 casas[31]. Em 30 de agosto, 18 casas estão acabadas, com três ainda por cobrir[32]. Em 12 de setembro, são 22 casas, com 13 fechadas e seis já com portas[33]. E em 12 de dezembro, "estáo armadas cincoenta e duas moradas de cazas, trinta das dittas estão com portais e imbarradas, duze cobertas, neste numero emtráo as de segundo andar, que V. Ex.ª foy servido mandarme fazer"[34]. Esses sobrados, destinados ao mestre-de-campo, localizam-se nas proximidades do rio[35]. E assim decorrem os primeiros meses de construção de Nova Mazagão. Não localizei a ordem do mestre-de-campo, dando sinal verde para o envio das primeiras famílias: ela deve ter sido expedida entre março e abril

---

30. APEPa – Cod. 213, d. 32: "Carta do comandante Inácio de Castro Morais Sarmento" (10 de julho de 1770).
31. APEPa – Cod. 213, d. 36: "Carta do comandante Inácio de Castro Morais Sarmento" (7 de agosto de 1770).
32. APEPa – Cod. 213, d. 38: "Carta do comandante Inácio de Castro Morais Sarmento" (30 de agosto de 1770).
33. APEPa – Cod. 213, d. 45: "Carta do comandante Inácio de Castro Morais Sarmento" (12 de setembro de 1770).
34. APEPa – Cod. 213, d. 68: "Carta do comandante Inácio de Castro Morais Sarmento" (12 de dezembro de 1770).
35. APEPa – Cod. 213, d. 45: "Carta do comandante Inácio de Castro Morais Sarmento" (12 de setembro de 1770).

de 1771, porque é em maio que as primeiras famílias são enviadas para tomar posse de suas moradias.

Distante de todos os esquemas imaginados por Lisboa, Nova Mazagão renasce, de início, como uma cidade indígena: os construtores são índios, as técnicas de construção são indígenas e os primeiros ocupantes do sítio são majoritariamente índios. É, portanto, uma cidade indígena que se prepara para acolher os primeiros mazaganenses.

Terceiro movimento: a cidade rema no rumo de suas novas muralhas

Sigamos, então, o trajeto que os mazaganenses hão de tomar para chegar a Nova Mazagão. Desde o abandono da fortaleza, em março de 1769, esse é o terceiro deslocamento que essa cidade tem de encarar. Se, até então, era a cidade toda que era deslocada em bloco, dessa vez são suas unidades sociais de base (as famílias) que vão sendo gradualmente encaminhadas para seu lugar de destino. Mazagão, cidade em deslocamento, é doravante uma cidade deslocada, uma cidade atormentada entre dois pólos: Belém e Nova Mazagão. Durante sua transferência, os mazaganenses são como grãos de areia no gargalo de uma ampulheta – grãos que não pertencem mais à ampola de vidro que acabam de deixar, mas ainda não pertencem àquela para a qual se dirigem inevitavelmente. Eis por que, no entremeio desse grande caminho líquido no qual se sucedem as famílias, Mazagão apresenta-se como uma cidade descontínua.

*

A primeira expedição para a transferência das famílias parte de Belém no dia 23 de maio de 1771: ela abarca 29 pessoas e 11 escravos. Até a oitava viagem, datada de 16 de novembro de 1771, os transportes se sucedem no ritmo contínuo de cerca de uma expedição por mês. Se excetuarmos o primeiro transporte, de abril de 1770, constituído por apenas uma família, constataremos que em um ano (entre maio de 1771 e maio de 1772) são 113 famílias, isto é, 403 mazaganenses e 103 escravos, que são transferidas, o que equivale a apenas um terço das 371 famílias aportadas em Belém em novembro de 1769.

Infelizmente nenhum documento com a definição das modalidades da escolha das famílias a serem transportadas chegou até nós. Todavia,

Lista dos dez primeiros transportes de famílias para Mazagão
(abril de 1770 – maio de 1772)

	Data	Número de famílias	Número de pessoas	Escravos H	M
1	4 de abril de 1770	1	7	0	0
2	23 de maio de 1771	6	29	7	4
3	24 de junho de 1771	12	42	6	5
4	26 de julho de 1771	14	57	10	4
5	5 de setembro de 1771	1	5	1	1
6	11 de setembro de 1771	18	66	7	1
7	13 de outubro de 1771	23	82	14	8
8	16 de novembro de 1771	25	76	14	10
9	24 de fevereiro de 1772	8	26	5	4
10	13 de maio de 1772	6	20	3	0
TOTAL		114	410	67	37
Pessoas transportadas			514		

TABELA MONTADA A PARTIR DE APEPA, COD. 208, "FAMÍLIAS DE MAZAGÃO", E IHGB – BELÉM, COD. 2, D. 12, "RELLAÇÃO DOS ESCRAVOS DAS FAMÍLIAS QUE VÃO HINDO PARA A VILLA DE MAZAGÃO".

no que se refere aos primeiros transportes, é possível destacar algumas orientações que provavelmente guiaram a escolha da administração colonial. Em um primeiro momento, parece que o governador está claramente preocupado em mandar para o canteiro de obras artesãos e pessoal médico. Suas competências são consideradas úteis para a construção das casas e para os cuidados com os operários. Primeiro é encaminhado um ferreiro (1º transporte), logo seguido de um sangrador (2º transporte), posteriormente de sete carpinteiros, dois pedreiros, um barbeiro e um sapateiro (3º transporte). O cirurgião Amaro da Costa e um boticário também são transferidos (2º transporte). Mas logo uma nova lógica se impõe: o tempo da cidade em construção é sucedido pelo tempo da cidade a povoar, quando convém implantar o mais rapidamente possível as estruturas municipais. Desde então, o governador se concentra em transferir um pessoal administrativo competente. Por isso, ele convida João Fróes de Brito a tomar parte do 4º transporte: investido de uma carta de nomeação para o cargo de juiz ordinário, ele tem por tarefa formar o primeiro conselho municipal, o senado da câmara de Nova Mazagão. O fiel dos armazéns e provedor comissário, Domingos Pinto da Fonseca, é transferido em novembro de 1771 (6º transporte), e o escrivão da fazenda e do porto, Francisco Caldeira Coutinho, em outubro de 1771 (7º transporte).

Daí por diante, será apenas mediante solicitação do comandante de Nova Mazagão – em função do número de casas prontas para a acolhida – que o governador dará a ordem de um novo transporte. Dessa forma, entre maio de 1772 e julho de 1773, apenas 27 famílias serão transportadas[36]. Em contrapartida, a partir de julho de 1773, os encaminhamentos adquirirão um ritmo mais constante. No total, no fim do ano de 1776, 313 famílias fizeram o trajeto Belém–Nova Mazagão.

Transporte de famílias de Belém para Nova Mazagão
(julho de 1773 – dezembro de 1776)

Data de transporte	Famílias	Mazaganenses	Escravos
Jul.-nov. 1773 (a)	39	227	65
1774 (b)	51	227	38
1775 (c)	78	278	90
1776 (d)	4	15	0
Total	172	747	193

Tabela montada a partir de: (a) AHU Cx. 71, d. 6066; (b) AHU Cx. 73, d. 6195; (c) AHU Cx. 75, d. 6291; (d) AHU Cx. 76, d. 6392.

Parece também – mas raramente encontramos informações sobre essa questão – que alguns embarques se deram em clima de violência, a exemplo da partida de Antônia Fernandes, que, "por diligência do sargento, foi levada à piroga sem que tivesse tido tempo de declarar seus filhos"[37]. É difícil chegar a alguma conclusão definitiva a partir de um só exemplo, mas essa anotação no meio de uma correspondência administrativa dá testemunho da permanente desconfiança do poder colonial para com os mazaganenses, cuja "insolência"[38], "indecências"[39],

---

36. AHU – Cx. 71, d. 6066: "Ofício do governador João Pereira Caldas para Martinho de Melo e Castro" (8 de novembro de 1773).
37. APEPa – Diversos com governo – Cod. 73, d. 74: "Carta de Domingos Pinto da Fonseca para o governador" (11 de março de 1772).
38. AHU – Pará – Cx. 90, d. 7346 (3 de novembro de 1780).
39. ANTT – Companhia Geral do Grão-Pará e Maranhão – AHMF 84, fl. 23 (12 de agosto de 1769).

ou até mesmo "os vícios de que esses ditos habitantes se encontram infestados"[40] não cessa de denunciar.

*

Para assegurar o transporte de Belém a Nova Mazagão, não se requisitam mais galeões ou charruas, mas simples canoas – embarcações de origem indígena, utilizadas na navegação interior da Amazônia[41]. Esculpidas em um imenso tronco de árvore, sem dispor de quilha nem de leme, seu tamanho varia entre 11 e 17 metros de comprimento, por 1,10 a 1,65 metro de largura e, no máximo, de 1,10 metro de profundidade[42]. As canoas de maior capacidade podem transportar até quatrocentas arrobas (5.867,20 kg) de carga. Cada canoa é comandada por um piloto, postado na popa, e compreende oito remadores[43] (muito freqüentemente de origem indígena): eles utilizam pangaias, mas também varas, quan-

TIPO DE CANOA UTILIZADA NA NAVEGAÇÃO AMAZÔNICA

40. ANTT – Companhia Geral do Grão-Pará e Maranhão – AHMF 84, fl. 23 (12 de agosto de 1769). Tal desconfiança remete ainda aos arraigados e antigos preconceitos que a administração colonial alimenta em relação aos povoadores da América, ao considerar que uma estada muito longa no local leva a uma inevitável degenerescência.
41. Cf., a esse respeito, Roberta Marx Delson, "Inland navigation in Colonial Brazil: using canoes on the Amazon", *International Journal of Maritime History*, St. John's, vol. VII, n. 1, jun. 1995, pp. 1-28.
42. Carlos Francisco Moura, "Embarcações usadas pelos colonos em Mato Grosso nos séculos XVIII e XIX", *Studia*, Lisboa, n. 54/55, 1996, p. 128.
43. Os documentos relativos à navegação entre Belém e Nova Mazagão confirmam o número de nove homens por embarcação. Dessa forma, a canoa pilotada por Simão Rodrigues, ao fazer, em 16 de fevereiro de 1786, o percurso Nova Mazagão–Belém, levava nove membros em sua tripulação (IHGB – Belém, Cod. 1, d. 8: "Relação de huma canôa que say deste porto da villa de Mazagam" [16 de fevereiro de 1786]).

do se trata de remar a contracorrente. Para trajetos longos, as canoas dispõem de uma parte coberta para a proteção dos passageiros e das mercadorias.

Isso equivale a dizer que, com nove homens na tripulação, as pangaias e as varas, e ainda com a provisão para o trajeto, essas canoas parecem não poder transportar nada além de uns poucos passageiros e seus parcos bens. Não obstante, as informações de que dispomos acerca do transporte das famílias indicam, ao contrário, embarcações quase sempre superlotadas. É assim que, no dia 7 de outubro de 1771, o piloto Manoel Gomes atesta estar se preparando para transportar 12 famílias, ou seja, 53 pessoas... com armas e bagagens[44]. Em 16 de novembro, o piloto José Ferreira testemunha o transporte de 58 pessoas divididas em 12 famílias[45].

Amontoados nessas canoas, os mazaganenses têm de encarar uma nova prova: é preciso passar do sul para o norte da bacia amazônica. O principal obstáculo consiste em contornar a ilha de Marajó, vasta região de terras pantanosas, encaixada na foz do Amazonas. Apresentam-se, então, duas possibilidades aos pilotos: ir por dentro, pela rede fluvial do interior, ou por fora, atravessando o Amazonas justamente em sua foz, com o risco de enfrentar fortíssimos redemoinhos. Segundo o naturalista Alexandre Rodrigues Ferreira, que se encontra na região nos anos 1780, "o caminho mais freqüentado e mais seguro"[46] é o do interior: partindo do rio Guamá, é preciso alcançar o rio Noju, depois, em duas marés, chegar a "um canalzinho, vulgarmente chamado de igarapé-mirim, caminho estreito para as canoas". É preciso esperar a maré outra vez e atravessar a foz do rio Tocantins até o canal do Limoeiro; com uma nova maré, seguir esse canal até o rio Paracuuba e continuar até a fazenda Mestre de Campo; depois disso, tomar o canal do Tagipuru (na entrada do qual es-

---

44. IHGB – Belém, Cod. 2, d. 9: "Relação das famílias que vão na canôa do cabo do esquadra Manoel Gomes, feita em 7 de outubro de 1771".
45. IHGB – Belém, Cod. 2, d. 15: "Relação das famílias que vão na canôa do cabo de esquadra José Ferreira" (16 de novembro de 1771). Roberta Marx Delson esclarece que, por vezes, algumas canoas eram presas a mais duas ou quatro para formar uma embarcação híbrida chamada ajoujo ("Inland navigation in Colonial Brazil...", art. cit., p. 14). Esse sistema terá sido utilizado para o transporte das famílias?
46. BNRJ – Ms. 1, 2, 20: Alexandre Rodrigues Ferreira: "Roteiro da viagem da cidade do Pará e toda a sua capitania athé os confins do Rio Negro", fl. 4, s.d. (entre 1783 e 1792).

tão implantadas as vilas de Melgaço e Portel), canal que se sobe a contracorrente, seja qual for o estado das marés, até a foz do rio Amazonas; esperar uma maré vazante para atravessar o rio até Macapá e, na maré montante, chegar a Mazagão[47]. E o naturalista esclarece: "Para este lugar passarão os moradores da Praça de Mazagáo em Africa, depois de se largar esta áos Marroquienses por cujo motivo se eregio novamente em villa com o mesmo nome de Mazagáo"[48].

Por esse caminho, percorrem-se 98 léguas para alcançar Macapá e mais vinte léguas para chegar a Nova Mazagão. A viagem dura cerca de duas semanas, segundo o testemunho de Miguel Raposo, de 13 de maio de 1776, quando ele anuncia sua chegada a Nova Mazagão depois de 13 dias de travessia[49]. Nessa nova odisséia, nada é poupado às famílias, que devem muitas vezes desembarcar para esperar uma maré ou reembarcar nas canoas quando chegam as corredeiras e, toda noite, acampar no chão limpo. A isso se acrescentam as condições de clima, nada favoráveis: quando não é o sol reverberando na água, queimando a pele e desidratando, é a chuva, é a umidade que penetra por todos os poros. As condições de navegação só se amenizam quando se alcança o rio Amazonas.

Mas logo as canoas devem deixar esse rio amplo e majestoso para subir o rio Mutuacá, um afluente estreito, cujas margens não param de se aproximar, a ponto de os topos das árvores chegarem a se tocar, formando como que uma abóboda[50]. Algum dia será possível descrever o que sentiram os mazaganenses ao afundarem gradualmente nesse universo líquido e vegetal? Será que se sentiram aliviados por saber que, rio acima, encontra-se por fim sua nova Mazagão? Será que pensaram no fim de sua odisséia? Seu lento avançar é ritmado apenas pelo bater incessante das ondas no casco da canoa. Então, envolvidos em um silêncio pesado, sua atenção está completamente dominada por esse universo novo que muitos deles estão descobrindo pela primeira vez. De início, são

---

47. Segundo o governador Pereira Caldas, que esteve em Mazagão em novembro de 1773, uma única maré raramente era suficiente, em razão dos ventos contrários que as canoas precisam vencer (AHU – Cx. 69, d. 5933).
48. Ibid.
49. APEPa – Cod. 298, d. 107: "Carta de Miguel Raposo" (8 de maio de 1776).
50. Para tentar viver a experiência dessa última parte da viagem, subi de canoa (a motor!) o rio Mutuacá, depois o rio Amazonas, até Nova Mazagão (16 de julho de 2002).

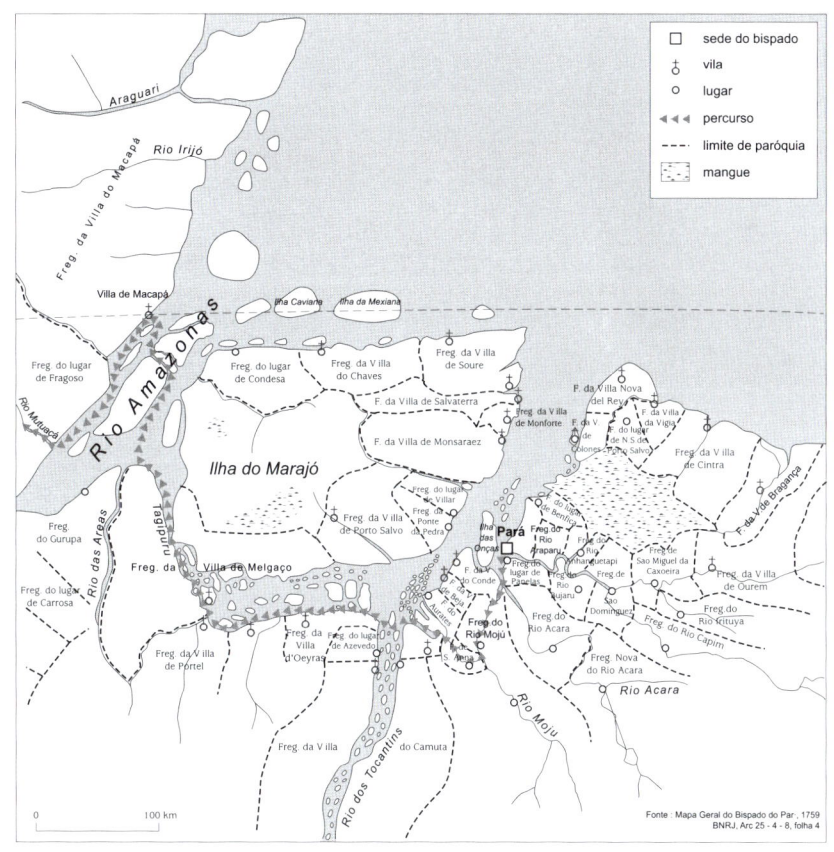

PERCURSO DAS CANOAS, ENTRE BELÉM E NOVA MAZAGÃO

sons estridentes que rompem brutalmente a aparente serenidade dos lugares: o grito dos papagaios, dos macacos gritadores... e até mesmo o coaxar das rãs, que não tem o mesmo timbre. E, de repente, apavorados pela passagem da canoa, os japins, pássaros delicados que vivem em ninhos suspensos, voam e formam algo semelhante a um enxame amarelo e preto que turbilhona acima da água. A vegetação densa também parece brincar com as formas para inventar figuras mais freqüentemente estranhas que familiares. Como não imaginar esses viajantes involuntários, angustiados, petrificados de medo diante desse novo mundo que, pouco a pouco, vai se abrindo diante deles? Nenhuma busca os atraiu para essas terras tão remotas... nem o ouro, nem a conversão dos índios. Conseqüentemente, nada pode atenuar o sentimento de medo, de angústia, de inquietude. É como se a grade da porta do mar voltasse a se fechar uma segunda vez atrás deles...

Mas, de repente, os barulhos da cidade em construção os alcançam, e na curva de uma angra eles podem divisar as primeiras edificações de sua nova Mazagão.

Entre a cidade de papel e a cidade real: administrar a cidade renascente

A cidade que acolhe os mazaganenses é uma cidade ainda em construção. A cidade colonial da qual eles vêm tomar posse também deverá coexistir temporariamente com a cidade ainda em canteiro. Portanto, é de novo uma situação intermediária que as primeiras famílias terão de enfrentar.

De início, esse entremeio se traduz por uma complicação da estrutura administrativa de Nova Mazagão: é necessário, ao mesmo tempo, acolher, acomodar e alimentar os povoadores, dar atenção à estruturação permanente da cidade colonial, mas também prosseguir a construção, coordenar e controlar a mão-de-obra. Essas diversas tarefas requerem competências que respondem a tutelas políticas distintas (a metrópole, a capitania, a municipalidade). As superposições e os encavalamentos de competências são numerosos na época e, não raro, dão origem a querelas e conflitos. Contudo, tanto quanto possível, a Coroa cuida para que sejam mazaganenses os que vêm a assumir os principais cargos, de modo a manifestar sempre um sentimento de continuidade com a praça-forte marroquina.

A peça-chave do dispositivo administrativo implantado em Nova Mazagão é a provedoria (superintendência) da Junta da Fazenda Real (conselho financeiro): ela "tinha sob sua alçada a guarda do Real erário na Vila com carácter de agência regenciadora dos recursos do Estado Colonial. A Fazenda Real de Mazagão fazia o controle de entrada, saída e distribuição de gêneros alimentícios, materiais em geral e dinheiro, da movimentação do Armazém Real onde se depositavam todos os fornecimentos enviados à vila. Não todas as vilas possuíam uma Provedoria.

A de Mazagão estava subordinada à Provedoria de Macapá, que por sua vez era vinculada à de Belém"[51]. O primeiro provedor comissário (superintendente) de Nova Mazagão é Domingos Pinto da Fonseca: ele já ocupava esse posto na praça-forte marroquina e fora oficialmente reconduzido a essa função por ocasião de sua estada em Lisboa, por um decreto assinado por Mendonça Furtado. Assistido por um escrivão da fazenda e do porto, todos os meses ele dá conta ao governador do estoque do entreposto real, da atribuição das casas e das rações alimentares distribuídas às famílias[52].

A vila é posta sob a responsabilidade de um comandante, nomeado pelo governador do estado do Grão-Pará. De formação militar, o comandante dispõe de uma dupla competência: ele não só dirige administrativamente a vila, transmite e faz aplicar as ordens do governador, como também toma a si o comando do destacamento militar responsável por garantir a segurança no interior da vila. A título de exemplo, em dezembro de 1772, o destacamento de Nova Mazagão compreende um ajudante de infantaria, um chefe de esquadra e 12 soldados[53]. Moraes Sarmento foi o primeiro a assumir o comando, até sua partida, em 1770. Bernardo Toscano de Vasconcelos é quem o sucede, em janeiro de 1771[54]. Mas o primeiro mazaganense a assumir o posto de comandante de Nova Mazagão é o sargento-mor de infantaria, Manoel da Gama Lobo, em outubro de 1771[55]. Seu nome fora sugerido ao governador pelo próprio Mendonça Furtado, já em setembro de 1769, em razão de sua ação de destaque durante o cerco de Mazagão, que lhe valera o respeito de todos os habitantes. Em uma carta oficial, datada de 12 de setembro de 1769, o secretário de Estado da Marinha escreve a seu sobrinho, Ataíde e Teive, que o rei o nomeou governador da Praça de Macapá e que "ordena o mesmo Senhor que V. Ex.ª quando lhe parecer a proposito empregalo em Nova

---

51. Eliana Ramos Ferreira, "Estado e administração colonial: a vila de Mazagão", em Rosa Acevedo Marin (org.), op. cit., p. 109.
52. APEPa – Diversos com governo – Cod. 173, d. 61: "Carta de Domingos Pinto da Fonseca" (4 de dezembro de 1771).
53. APEPa – Diversos com governo – Cod. 245, d. 1: "Carta de Manoel da Gama Lobo" (15 de dezembro de 1772).
54. Palma Muniz, art. cit., p. 406.
55. Sobre a obra de Manoel da Gama Lobo na Amazônia, cf. Arthur Cezar Ferreira Reis, *Lobo d'Almada: um estadista colonial* (Manaus, [s. n.], 1940).

Mazagão pelo conhecimento que tem das familias"⁵⁶. E ainda o instrui mais claramente em uma carta pessoal, do mesmo 12 de setembro:

> Resolveo o mesmo Senhor que por hora sem embargo do emprego que vai destinado, fosse ajudar este grande estabelecimento e pacificar alguns destes *rusticos, absolutos, e ignorantissimos Homems*; achandose entre elles este Moço áo qual tem respeito e veneração por náo serem entregues de repente a gente toda estranha para elles (pondo os nos termos de se precipitarem, e fazerem alguma desordem que nos tem abituado).⁵⁷

É, portanto, em outubro de 1771 que Gama Lobo recebe uma ordem do governador Ataíde e Teive para que se dirija a Nova Mazagão: "Estimarei ouvir que VM.ᶜᵉ se emprega em pacificar esses novos povoadores, entre os quaes tem havido algumas desordens, q.ᵉ dezejo sejão por VM.ᶜᵉ atalhadas"⁵⁸. Gama Lobo ocupará o posto de comandante até janeiro de 1773.

Ao lado do comandante da vila, encontra-se um outro responsável que dispõe de competências militares: o mestre-de-campo. Como Nova Mazagão fora implantada para "se dar as maons" com Macapá em caso de ataque, o rei dom José nomeou, no dia 1º de setembro de 1769, um mestre-de-campo das tropas auxiliares: trata-se de Matheus Valente do Couto, antigo sargento-mor de infantaria da Praça de Mazagão⁵⁹. Contudo, ele só foi transferido para Nova Mazagão em fevereiro de 1773. Ora, ele se vê na obrigação, desde o dia seguinte ao de sua chegada, de ocupar o cargo de comandante da vila, em conseqüência do apelo de Gama Lobo, que está em Macapá. Apesar disso, Matheus Valente vai se dedicar à restauração das tropas auxiliares. Dessa forma, em novembro de 1773, ele anuncia ao governador a chegada de cinco canoas que transportam mazaganenses capazes de pegar em armas, que ele repartiu em

---
56. AHU – Pará – Cx. 64, d. 5575.
57. AHU – Pará – Cx. 6, d. 5575: "Carta (pessoal) de Francisco Xavier de Furtado Mendonça a Fernando da Costa de Ataíde" (12 de setembro de 1769). Grifo nosso.
58. Arthur Cezar Ferreira Reis, *Lobo d'Almada...*, op. cit., p. 53.
59. AHU – Pará – Cx. 64, d. 5560: "Decreto do rei D. José I, provendo o sargento-mor de Infantaria da extinta Praça de Mazagão, Matheus Valente do Couto, no posto de mestre-de-campo dos Auxiliares da vila de Nova Mazagão" (1º de setembro de 1769).

seis companhias: ele cede, então, seu cargo de mestre-de-campo ao sargento-mor Izidoro José da Fonseca[60]. Por ocasião de sua morte, o mesmo Izidoro José da Fonseca o sucederá como comandante.

A cidade colonial não dispõe somente de representações das instituições metropolitanas, ela compreende ainda instituições locais para a defesa dos interesses dos habitantes. Esse poder municipal toma a forma de um senado da câmara. Essa câmara municipal reúne três conselheiros (vereadores), bem como os oficiais da municipalidade: os dois juízes municipais (juízes ordinários) e o procurador. Os membros do senado são todos eleitos a cada três anos pelos homens bons (notáveis) da vila. Os oficiais (os dois juízes ordinários e o procurador) são designados, todo ano, pelos membros do senado[61]. A câmara reúne-se duas vezes por semana para resolver os problemas relacionados ao cotidiano das populações: ela tem por atribuição a vigilância das condições de vida, isto é, a salubridade, a higiene e o abastecimento das vilas. A primeira câmara de Nova Mazagão é oficialmente constituída no dia 23 de setembro de 1771. De sua composição, conhecemos apenas um nome: o do juiz ordinário, João Fróes de Brito[62], que excepcionalmente foi nomeado pelo governador, em vez de eleito pelos homens bons.

Conflitos entre os membros do senado e os representantes da Coroa (comandante da vila, superintendente...) não faltam. Desse modo, pouco tempo depois de sua chegada, Fróes de Brito tem uma altercação violenta com o coletor Rodrigo da Veiga: os dois homens saem no braço, na casa do vigário, frei Francisco[63]. Fróes de Brito também se indispõe com o comandante Bernardo Toscano de Vasconcelos, o que precipitará o envio de Gama Lobo àquela localidade para pacificar a situação social[64].

----

60. APEPa – Cod. 13, d. 56: "Carta de Matheus Valente do Couto" (10 de novembro de 1773).
61. Ronaldo Vainfas (org.), *Dicionário do Brasil Colonial (1500-1808)* (Rio de Janeiro, Objetiva, 2000), pp. 88-90.
62. APEPa – Diversos com governo – Cod. 236, d. 26 (8 de setembro de 1771) e Palma Muniz, art. cit., p. 409.
63. APEPa – Diversos com governo – Cod. 72, d. 95.
64. APEPa – Diversos com governo – Cod. 73, d. 66: "Carta de Domingos Pinto da Fonseca" (14 de janeiro de 1772). Gama Lobo não terá tempo de tomar nem uma só decisão: Fróes de Brito morre em 21 de dezembro de 1771. Será sucedido em seu posto, em janeiro de 1772, por Matheus Valente do Couto, filho do mestre-de-campo.

Em 1776, quando Izidoro José da Fonseca ocupa o posto de comandante da vila, os magistrados municipais se opõem violentamente a ele: Diogo Dias da Costa o critica publicamente, desconsiderando sua função e sua ação. O comandante manda prendê-lo e o põe a ferros. Os outros magistrados intervêm, alegando abuso de competências e de autoridade por parte do comandante contra um representante da coletividade. O governador intervém, já tardiamente, para destituir Diogo Dias da Costa, e para recomendar ao comandante que, doravante, respeite o poder municipal. As relações entre essas duas autoridades permanecerão tensas por vários anos depois desse episódio[65].

Quanto à cidade em construção, ela está inicialmente sujeita ao regime jurídico do *Diretório dos índios*, que regulamenta a atribuição, o recenseamento e a remuneração da mão-de-obra indígena. Até 1772, um diretor dos índios, Francisco Roberto Pimentel[66], vela pelo respeito às normas jurídicas no que se refere ao emprego da mão-de-obra: dia de repouso, prazo de disponibilidade, solicitação de novos operários, controle dos pagamentos... Um diretor de trabalhos (esse posto é ocupado pelo ajudante-engenheiro Alexandre José de Souza a partir de 1772) e um inspetor de trabalhos (trata-se, em 1774, de Manoel da Costa Vidal[67]) são os responsáveis por coordenar a evolução dos trabalhos, estabelecer as necessidades concretas de mão-de-obra etc.: eles gozam de relativa autonomia em face do Estado e dedicam-se a resolver problemas do dia-a-dia sem se reportar nem ao comandante da vila nem ao governador. Dado que não são particulares que requisitam índios trabalhadores, mas a própria Coroa, o controle administrativo dessas tarefas é posto sob a responsabilidade do superintendente da Fazenda Real, que presta contas diretamente ao governador das necessidades, do avanço dos trabalhos e do pagamento dos salários. Malgrado essa admirável arquitetônica administrativa, o dia-a-dia do canteiro de obras dá ocasião a várias disputas entre o comandante da vila, o superintendente e o diretor dos trabalhos. Essa coexistência da cidade colonial com a cidade em construção só faz reforçar as tensões entre representantes das instituições metro-

---

65. Palma Muniz, art. cit., p. 421.
66. Ibid., p. 412.
67. APEPa – Diversos com governo – Cod. 277, d. 24: "Carta de Matheus Valente do Couto" (8 de fevereiro de 1774).

politanas e municipais: cada qual reivindica uma autonomia de decisão própria, e o governador é freqüentemente chamado a resolver conflitos de competências.

*

É nesse clima tenso que as famílias são recebidas. A responsabilidade por elas (atribuição de casas de moradia e de rações alimentares) freqüentemente as situa no núcleo dos conflitos. Se a administração colonial cuida da atribuição de um lote ao chefe de cada família recenseada no momento da partida de Lisboa, os habitantes sempre reivindicam uma adaptação da regra para que se possam levar realmente em conta as evoluções pelas quais a sociedade mazaganense passou desde sua partida.

Tomemos o exemplo de Matheus Valente do Couto, um cabo de 32 anos no momento da partida de Marrocos que servira nas milícias reais[68] e que fora transferido com sua mulher, Júlia da Fonseca, e seus filhos por ocasião do transporte de 13 de outubro de 1771. Poucas semanas depois de sua chegada, ele escreve ao governador para se queixar dos inúmeros aborrecimentos que teve de enfrentar quando tentava conseguir uma casa digna de sua posição, como o governador lhe prometera em Belém. Na realidade, ele esperava receber uma casa de oito janelas, "e que os mais moradores fossem ficando a dois"[69] [isto é, fossem alojados em casas com duas janelas]. Na época da chegada de Valente do Couto, Nova Mazagão estava sob o comando de Bernardo Toscano de Vasconcelos, o capitão de infantaria nomeado pelo governador, que não tinha vínculos com Mazagão, e tinha como juiz municipal João Fróes de Brito, oficial do Santo Ofício de 51 anos, originário da praça-forte marroquina, onde se distinguiu, em muitas ocasiões, por ações de bravura. Os freqüentes conflitos entre esses dois homens "produziram fructos de desordens continuas nas ruas, entre o pessoal sob o commando de Toscano de Vasconcelos e os amigos e servos de João Fróes de Britto, que de alguma sorte havia aproveitado para sua supremacia da falta de energia docidida daquelle"[70]. De onde a decisão do governador, em 25 de outubro de 1771, de retirar o comando de Toscano de Vasconcelos e atribuí-lo ao sar-

68. AHU – Cod. 1784.
69. APEPa – Diversos com governo – Cod. 231, d. 44: "Carta de Matheus Valente do Couto" (3 de dezembro de 1771).
70. Palma Muniz, art. cit., p. 411.

gento-mor Manoel da Gama Lobo de Almada, jovem oficial, respeitado por todos os mazaganenses. Então, é bem provável que Valente do Couto tenha assistido à transmissão de poder no comando da vila:

> Chegado que fui a esta Villa, me quis Bernardo Tuscano acomodar nas cazas de meu avô, o que eu duvidei dizendo a ordem que trasia e querendome dar humas cazas áo pé da taverna, e o repugnei dizendo q' V.Exª por grandeza Sua me mandava fazer elleição em humas que se achavão sem moradores.
>
> Emfim Senhor vim ser acomodado nas cazas que estavão para o filho do Froes, no emquanto se não acabavão humas para mim, que o Tuscano me disse havião ser as primeiras, e de tudo isto hé fiel testemunho o dito Tuscano.
>
> Chegou Manoel da Gama, expuslhe tudo já dito e elle me disse que não tinha duvida e que se eu quizesse a suas em que morava promptamente as largaria.
>
> Pella recomandação q' V.Exª me fez sobre a quietação e conservação com todos assim o ezecutei tratando e acompanhado tanto com o Froes, como com o Gama, athe que em converssa o Froes disse que lhe mandasse caiar as cazas, para quando seu filho viesse, o Gama lhe disse e prometeo que sim.
>
> Esta resposta me obrigou a procurar ocazião de lhe pedir que quizesse, com brevidade mandar preparar humas que o Tuscano dizia áo pé de meu avô, o outras que o Ajudante dizia herrão melhores.
>
> Não sei a cauza, que eu desse para me responder que na Cidade havião muitos disconfiados, e assim que se não havia largar o trabalho de huma parte para outra, pois todos havião querer o mesmo.
>
> Esta foi a cauza de eu discomfiar, e com todo respeito disse se preferia á ordem de Bernardo Tuscano, a de V.Exª pois via que a o Ajudante se fazião humas cazas e com mais distenção do que as dos moradores e tambem tinha reparado que das dos moradores se passava para as ditas do Ajudante a trabalhar quando hera preciso.
>
> [...] tambem me respondeo q' V.Exª lhe não dezia nada a meu respeito e que todos se havião acomodar juntos.[71]

Essa queixa nos mostra que, apesar de todos os planos para a reinstalação progressiva e controlada das famílias, nada acontece realmente

---

71. APEPa – Diversos com governo – Cod. 231, d. 44: "Carta de Matheus Valente do Couto" (3 de dezembro de 1771).

como fora previsto: as casas raramente estão prontas, as que se esperava receber já estão ocupadas ou reservadas para outros... Mas parece, sobretudo, que há um profundo conflito de interesses quanto às modalidades de atribuição das casas entre o comandante, que busca defender o interesse dos mazaganenses presentes em Nova Mazagão, e o governador – logo depois substituído pelo superintendente das finanças, Domingos Pinto da Fonseca –, que vela pelo escrupuloso respeito às ordens definidas em Lisboa quando da partida das famílias.

E, na verdade, são as famosas listas estabelecidas em Lisboa que vão permitir distribuir as casas, as rações e os instrumentos. Decidiu-se que cada família, devidamente indicada na partida de Lisboa, receberia em sua chegada uma casa, instrumentos e, durante o primeiro ano de residência, uma ração mensal de farinha de mandioca. As casas e os instrumentos[72] são exclusivamente atribuídos aos chefes de família recenseados em Lisboa; quanto às rações, elas são calculadas em função do número de pessoas declaradas na partida de Lisboa em cada família[73]. Essa rigidez de procedimentos administrativos não permitirá responder às expectativas e às necessidades das famílias que, a partir de março de 1769, passaram por várias reconfigurações: casamentos, falecimentos, nascimentos. A maior parte dos problemas vai surgir da inadequação entre a realidade social da cidade deslocada e aquela reportada pelas listas, que, não obstante, tinham sido estabelecidas para pintar um retrato fiel da cidade no momento de seu traslado.

Domingos Pinto da Fonseca não hesita em se reportar ao governador, toda vez que encontra uma situação em dissonância com as listas. É assim que ele anuncia a chegada de Antonia Fernandes, viúva de Eusébio Cordeiro, cuja filha, Anna Josefa, e os três filhos, José Joaquim, Francisco

---

72. Trata-se, evidentemente, de instrumentos que devem servir para os povoadores prepararem e cultivarem suas terras: um machado, um serrote, uma travadeira, um martelo, um facão, formões, uma enxada, uma lima, uma verruma, uma faca-de-mato e um fuzil (AHU – Cod. 1257, fl. 1).

73. Um método de atribuição bastante restrito foi posto em ação: homens e mulheres recebem mensalmente "3/4 de ração" de farinha, os jovens de 6 a 12 anos, "3/8", e as crianças de menos de 6 anos, "$1^{1/2}/8$" (IHGB – Belém, Cod. 2, d. 14: "Methodo pelo qual se devem regular as rações de farinha que hão de receber as famílias que vão povoar a nova vila de Mazagão").

Sebastiano e José Antônio, não foram declarados na lista de famílias. E não hesita em perguntar ao governador se deve atribuir a essas crianças não-declaradas uma ração alimentar[74]. Mas as dificuldades mais árduas referem-se à instalação das famílias. Parece que, nos primeiros meses marcados pelas desavenças entre Fróes de Brito e Toscano de Vasconcelos, algumas famílias (tenham vindo elas de Lisboa, sido agregadas a outra família ou sejam novas famílias fundadas em Belém) se aproveitaram de um controle administrativo menos rígido para reivindicar a atribuição de uma casa. Com efeito, os agregados perturbam o plano de reinstalação das famílias ao reivindicarem o direito a uma casa, e isso mesmo quando não vem "dessa Cidade [Belém] a cabeça de família"[75]. Posto a par dessa situação anormal, em 28 de junho de 1772, o governador acabará aceitando que lhes possa ser atribuída uma casa. Contudo, em seu papel de servidor público zeloso, Pinto da Fonseca inquieta-se diante das perturbações que a aplicação de uma ordem desse teor certamente irá provocar: ela obriga a modificar o plano de urbanização da vila, previsto exclusivamente a partir do número de famílias listadas na partida e, sobretudo, adia ainda mais a perspectiva do término da construção da cidade. Eis a razão de nosso servidor público jamais acatar a ordem, permanecendo à espreita da menor incoerência, perseguindo fraudadores e aproveitadores. E assim, no dia 12 de maio de 1776, ele procura o governador para lhe submeter o caso de Manoel de Jesus de Couto, que "veyo da Corte no navio Nossa Senhora da Conceição em numero 12. Cazou nessa cidade do Pará e quando se apresentou nesta Vª lhe derão huma morada de cazas em que existe, e como da Corte veyo só em relação e nesta não tem familias alguma, espero que V. Exª determine se odito povoador tem ou não cazas nesta vila"[76]. A casa de Manoel de Jesus de Couto será, por fim, tomada de volta. E somos informados de que, em 1778, aos 45 anos, ele está viúvo e "tem algumas funçoens de Igreja" para sobreviver[77].

---

74. APEPa – Diversos com governo – Cod. 173, d. 66: "Carta de Domingos Pinto da Fonseca" (14 de janeiro de 1772).
75. APEPa – Diversos com governo – Cod. 173, d. 93: "Carta de Domingos Pinto da Fonseca" (23 de agosto de 1772).
76. APEPa – Diversos com governo – Cod. 289, d. 72: "Carta de Domingos Pinto da Fonseca" (12 de maio de 1776).
77. AHU – Cod. 1257.

A reação do comandante é, em todos os aspectos, oposta a essa. Diferentemente do provedor comissário, Gama Lobo fez a esse povo "profição de ser seu Pay"[78]. Por isso é que ele sugere ao governador, de modo pragmático, que "as cazas que se foram acabando devem darse as famílias que seacháo nesta Vila que preferem as que vierem vindo depois"[79]. Não tendo sido ouvido, ele transmite ao governador, no dia 23 de agosto de 1772, uma reclamação dos habitantes, dando testemunho da impossibilidade de se manter fiel às listas, por causa das injustiças que um gesto desses pode gerar:

> Vi as listas que VEx^a remeteu áo Provedor Comiçario, e na primeira occaziáo direi a VEx^a o que este mizeravel povo mepede lhe reprezente na triste consternação de se verem muitos cazaes que de Mazagáo sahiráo com dor de filhos e de trabalhos e cheyos de serviços sem huma caza propria sendo impoçivel acomodarence em quatro vinte e huma pessoas como hade susseder aalguns segundo a referida lista.[80]

E então explica ao governador os problemas que a estrita aplicação de suas ordens para o alojamento das famílias em Mazagão vai provocar: se as casas forem atribuídas exclusivamente às famílias que têm esse direito registrado nas listas oficiais, isso obriga 27 famílias já instaladas a sair de suas casas; ora, esses habitantes, "aindaque vivendo pobremente", também já fizeram algumas reformas e se tiverem de abandonar suas casas, perderão o montante de suas despesas, que certamente não lhes seria reembolsado.

---

78. APEPa – Diversos com governo – Cod. 242, d. 55: "Carta de Manoel da Gama Lobo" (8 de setembro de 1772).
79. APEPa – Diversos com governo – Cod. 242, d. 15: "Carta de Manoel da Gama Lobo" (11 de março de 1772).
80. APEPa – Diversos com governo – Cod. 242, d. 54: "Carta de Manoel da Gama Lobo" (23 de agosto de 1772). Um mês antes, vendo que tudo ia se compor em torno das listas, ele solicita ao governador uma cópia desses documentos: "Tendo comprinindo a hordem de VEx^a arespeito da equivocação que até agora tem havido nas pessoas que sejulgaváo Cabesas de Familia lhe náo posso contudo dar ja aquella execuçáo que eu respeito nas detreminações de VEx^a por que hé impoçivel saber eu de serto quem são os cazaes em que tem cahido a referida equivocação sem que venha acopia das listas que VEx^a me dis quer remeter ao Provedor Comissario" (APEPa – Diversos com governo – Cod. 242, d. 39: "Carta de Manoel da Gama Lobo" [13 de julho de 1772]).

> [Mas] a sua maior queicha aindaque pondo toda aculpa á sua disgraça, e a ninguem maes, dizendo que selhe náo dáo cazas, eque selhe tiráo depoes de dadas, para alguns cabeças de familias em Mazagáo; decuja Praça sahiráo já com molher e filhos, vindos outros cazados de Lixboa; alem dealgumas veuvas que com os seus filhos, eos grandes servissos de seus maridos defuntos, motiváo dor, e fazem huma representaçáo bem tocante [...]. Eu em atençáo atodas estes clamores que chamáo pela Compacháo, aninguem tenho feito mudar das cazas que lhe estaváo dadas.[81]

Na queda-de-braço em que se enfrentam Pinto da Fonseca e Gama Lobo, cada qual reivindica uma definição da cidade em deslocamento. Mas o que pode a compaixão de um, diante de tantos sofrimentos e lágrimas, contra o respeito do direito e das normas por trás das quais se protege o outro[82]? "As listas ou a vida!": esse é, em última instância, o desafio do drama que se desenrola na cidade renascente.

Pouco a pouco, Gama Lobo tem de ceder e decidir que as 27 casas "dadas por engano" possam receber novas famílias[83]. Ele tentará reagir mais duas vezes: primeiro, impedindo que Pinto da Fonseca abra um entreposto em uma casa perto do porto[84]; depois, denunciando que estão sendo atribuídas casas a soldados que estão servindo em destacamentos[85]. Mas o governador não cede: Mazagão deve renascer exatamente da forma como era na partida de Lisboa e pouco importa se a cidade de 1772 não se parece em nada com a de 1769!

Diante disso, Gama Lobo solicita ao governador seu remanejamento para Macapá. E logo antes de sua partida, programada para fevereiro de 1773, ele faz um relatório da construção, indicando claramente a

---

81. APEPa – Diversos com governo – Cod. 242, d. 55: "Carta de Manoel da Gama Lobo" (8 de setembro de 1772).
82. Pinto da Fonseca não hesitará em declarar ao governador: "Estou siente daqueles que devem ter caza por serem Cabeças de familias" (APEPa – Diversos com governo – Cod. 173, d. 93: "Carta de Domingos Pinto da Fonseca" [23 de agosto de 1772]).
83. APEPa – Diversos com governo – Cod. 242, d. 62: "Carta de Manoel da Gama Lobo" (10 de outubro de 1772).
84. APEPa – Diversos com governo – Cod. 173, d. 92: "Carta de Domingos Pinto da Fonseca" (23 de agosto de 1772).
85. APEPa – Diversos com governo – Cod. 173, d. 101: "Carta de Domingos Pinto da Fonseca" (31 de outubro de 1772).

lentidão e as falhas do processo. Existem, na época, 134 casas na vila, com apenas 56 completas; 36 estão sem caiar, 25 ainda não estão guarnecidas de adobe e 17 estão em início de construção. Aliás, 27 são "habitadas por moradores, em que ha duvida se lhes pertencem cazas"[86]. E também nomeia cada um dos proprietários irregulares: Francisca Costa Marquez, Simão de Souza, Francisco Caldeira Coutinho, Bernardino da Fonseca... Não sem malícia, ele anota logo no princípio da lista o caso de Francisco Caldeira Coutinho, que é justamente o escrivão de Pinto da Fonseca. Mas ele depõe definitivamente as armas no dia 31 de janeiro de 1773: "Fica bem entendido que, emquanto Vossa Excellencia náo mandar ocontrario, se devem dar cazas só as familias numeradas e as que trouxerem o titulo de familias agregadas nas referidas listas"[87].

A partida de Gama Lobo deixa mais espaço para o governador poder decidir os casos de alguns agregados. Tomemos o exemplo do sapateiro José da Costa, que tem o título de família agregada à de Pedro Correa da Silva: "Espero que V Exª determine se o mesmo José da Costa deve ter Caza porque prezentemente fica asistindo com o mesmo Pedro Correa da Silva"[88], pergunta Pinto da Fonseca. A resposta do governador demonstra que, por vezes, é possível transigir com a lei: "Na forma da ordem da V Exª se comserva o sapateiro Józé da Costa com Pedro Correa da Silva"[89]. O novo comandante, o mestre-de-campo Matheus Valente do Couto, transferido em fevereiro de 1773, não terá, ele próprio, nenhuma resistência quando se tratar de expulsar de seis casas famílias de agregados para acomodar os recém-chegados[90]. Tal questionamento dos direitos dos agregados obriga os oficiais da municipalidade a apelar para o governador acerca dos compromissos assumidos, a fim de que cada família agregada tenha direito a uma casa própria: "Náo se devendo

---

86. APEPa – Diversos com governo – Cod. 245, d. 2: "Carta de Manoel da Gama Lobo" (18 de dezembro de 1772).
87. APEPa – Diversos com governo – Cod. 245, d. 19: "Carta de Manoel da Gama Lobo" (31 de janeiro de 1773).
88. APEPa – Diversos com governo – Cod. 264, d. 54: "Carta de Domingos Pinto da Fonseca" (11 de novembro de 1773).
89. APEPa – Diversos com governo – Cod. 264, d. 62: "Carta de Domingos Pinto da Fonseca" (14 de dezembro de 1773).
90. APEPa – Diversos com governo – Cod. 136, d. 60: "Carta de Matheus Valente do Couto" (15 de dezembro de 1773).

comtudo alterar ainda áordem das acomodaçoens da forma que prezentemente sepratica"[91]. Mas nada adianta: só valem as listas! Dessa forma, Pinto da Fonseca não hesitará em questionar o governador, depois da chegada do novo comandante: "Como náo receby relaçáo do transporte destas familias espero que V Exª me determine se odito Mestre de Campo, seus filhos; a mesma veuva e filhos desta devem perceber raçáo de farinha por tempo de hum anno"[92]. Sempre as listas!

No momento em que os mazaganenses vêm tomar posse de suas muralhas, uma vez mais, eles se vêem reféns de uma administração minuciosa, empenhada no escrupuloso respeito às listas estabelecidas durante o trânsito de Lisboa. Vários anos se passaram desde a redação dessas listas, durante os quais a vida fissurou o belo ordenamento social sonhado por Mendonça Furtado. Casamentos deram à luz novas famílias (especialmente entre os agregados), os nascimentos aumentaram o número de bocas a alimentar, chefes de família morreram, deixando a administração das finanças na maior perplexidade, sem saber se devia atribuir ou não uma residência ao restante da família. Em suma, o renascimento de Mazagão como cidade colonial, gesto querido e financiado pelo Estado, supõe a reprodução idêntica da cidade, tal qual fora dividida em Lisboa: 340 famílias. Mas uma cidade pode ser congelada no tempo? É possível isolar entre parênteses uma sociedade para trasladá-la e fazê-la esperar, sem que nem o tempo nem o espaço atravessado modifiquem as próprias estruturas dessa sociedade? Enquanto o comandante toma a defesa de uma sociedade viva, fluida, o provedor comissário, aliás, com o apoio do governador, opta pela sociedade congelada nas listas manuscritas. E ali está Mazagão, no momento de seu renascimento, ameaçada por uma cidade de papel que o Estado colonial lhe esfrega na cara.

*

Contudo, essa cidade de papel tem exigências às quais as autoridades encarregadas da reconstrução de Mazagão também devem se submeter. A primeira delas é que ela deve ser inteiramente construída: o canteiro de obras durará enquanto o número de lotes inicialmente previsto não ti-

---

91. APEPa – Diversos com governo – Cod. 211, d. 65: "Carta de Francisco Pinto de Castilho e outros oficiais da câmara de Mazagão" (16 de abril de 1774).
92. APEPa – Diversos com governo – Cod. 264, d. 11: "Carta de Domingos Pinto da Fonseca" (28 de fevereiro de 1773).

ver sido alcançado e enquanto as marcas do poder (civil, judiciário e religioso) não tiverem sido inscritas no espaço – casa da câmara, prisão, igreja, pelourinho. Porque a coexistência da cidade em construção com a cidade colonial não é propícia a um desenvolvimento tranqüilo desse núcleo de colonização. Importa, portanto, apagar o mais cedo possível os estigmas do canteiro de obras: o futuro de Nova Mazagão cobra esse preço. Aliás, o juiz municipal, João Fróes de Brito, por compreender isso muito bem, anota em sua chegada a Nova Mazagão: "Ficando completa he melhor que a cidade do Pará, as casas sam mais fortes e bem repartidas, se assim forem até o fim se pode chamar cidade"[93].

Se assim forem até o fim! Eis a razão pela qual os problemas encontrados para o alojamento das famílias não devem alterar o ritmo da construção.

Se há uma construção que deve ser feita com a máxima urgência, trata-se exatamente da igreja. A fim de poder se ocupar o mais rápido possível do estado espiritual dos habitantes, decidiu-se utilizar "a Igreja que há nesta vila"[94], a saber, a igreja dos índios que não fora derrubada após a supressão do lugar de Santa Ana. Os objetos do culto e os ornamentos da igreja da praça-forte marroquina foram ali instalados[95]. Mas essa situação provisória não é nada satisfatória para o vigário, porque os habitantes e os operários, que "fazem já hum bom numero", não vêm mais à igreja e "deichão muitos de ouvir Missa"[96]. É preciso, o mais rápido possível, lançar-se na construção da igreja de pedra prevista no plano de Sambucetti[97]. Mas Gama Lobo adverte o governador, depois de receber o projeto da nova igreja:

───────────────

93. Palma Muniz, art. cit., p. 408.
94. APEPa – Diversos com governo – Cod. 242, d. 15: "Carta de Manoel da Gama Lobo" (11 de março de 1772).
95. É entre maio e julho de 1772 que esses objetos são transportados: várias listas dão testemunho disso! (APEPa – Diversos com governo – Cod. 173, d. 90; Cod. 242, d. 29: "Carta de Manoel da Gama Lobo" [4 de maio de 1772]).
96. APEPa – Diversos com governo – Cod. 242, d. 15: "Carta de Manoel da Gama Lobo" (11 de março de 1772). O vigário ainda se queixa da falta de hóstias (APEPa – Diversos com governo – Cod. 214, d. 47: "Carta do capitão Inácio de Castro Moraes Sarmento" [21/4/1770]); ele também solicita que o óleo para a lâmpada do Santíssimo Sacramento seja fornecido pela Fazenda Real (APEPa – Diversos com governo – Cod. 242, d. 29: "Carta de Manoel da Gama Lobo" [4 de maio de 1772]).
97. APEPa – Diversos com governo – Cod. 257, d. 30: "Carta de Francisco Humberto Pimentel" (28 de fevereiro de 1773).

> Hé preciso maes que tudo Indios; por que com os que temos devem parar de todo as cazas, ou náo ha de ter principio a Igreja: pedreiros sáo táo bem precizos alguns [...]; digo isto tudo por que o devo por na prezença de VE; e ou se ha de fazer huma couza ou outra ou devem vir operarios para se continuarem ambas.[98]

Os trabalhos de construção da igreja atravessam todo o ano de 1772 e são concluídos em fevereiro de 1773[99]. Mas como o governador não pôde aumentar o número de operários e de artesãos, ela teve de ser construída em madeira, em vez de pedra!

Paralelamente, são construídos dois outros edifícios civis: um para abrigar a casa da câmara, que também compreende no subsolo a prisão, e outro onde funcionará o hospital[100]. Pouco a pouco, a vila vai tomando forma – ruas, casas de moradia, edifícios públicos e religiosos vão desenhando o novo rosto de Mazagão. Em visita ao local em agosto de 1773, logo depois de ter passado por Macapá e Vila Vistoza, o governador mostra-se encantado:

> Este estabelecimento sim, q' leva mais solidos fundamentos porq' as cazas ainda q' de madeira, e cobertas de palha, promettem outra duração e vão dispostas para receberem a telha, a todo o tempo, q' lha quizerem pôr; e os seus moradores tambem he outro qualidade de gente, e de maiores esperanças pª o seu augmento.[101]

E ele cuida de "recommendar tambem muito tudo o possivel adiantamento na construcção das cazas", a fim de encaminhar o mais rapidamente possível os últimos egressos de Mazagão que ainda esperam em Belém. Mas a presença de um alto dignitário do Estado responde a um

---

98. APEPa – Diversos com governo – Cod. 242, d. 14: "Carta de Manoel da Gama Lobo" (11 de março de 1772).
99. APEPa – Diversos com governo – Cod. 257, d. 30: "Carta de Francisco Humberto Pimentel" (28 de fevereiro de 1773).
100. APEPa – Diversos com governo – Cod. 270, d. 83: "Carta de Matheus Valente do Couto" (29 de maio de 1773).
101. AHU – Pará – Cx. 71, d. 6066: "Ofício do governador e capitão-geral do Estado do Pará e Rio Negro, João Pereira Caldas, para o secretário de Estado da Marinha e Ultramar, Martinho de Melo e Castro" (8 de agosto de 1773).

desafio muito mais fundamental para a perenidade de Nova Mazagão. Ao se assegurar de que tanto os edifícios como a população apresentam todos os requisitos de durabilidade, ele pode então confirmar oficialmente as instituições coloniais: "No mesmo estabelecimento de Mazagáo fundei agora a Villa q' S. Mag^e determinou e lhe constitui as Justiças, Posturas, e todas as provedencias, q' em similhantes creaçoens se costumam"[102].

Tais providências e medidas referem-se principalmente à delimitação territorial da jurisdição da vila (termo) e do patrimônio imobiliário da câmara (rossio)[103]. Todavia, só no dia 14 de maio de 1777 é que o pelourinho, símbolo desse núcleo jurisdicional, será erigido no meio da praça[104]. A vinda do governador tinha, pois, como circunstância a passagem da cidade de papel para a cidade real: dotada de instituições e de um espaço jurisdicional, nada mais permite distingui-la de qualquer outra vila amazônica. A cidade de papel desempenhou seu papel. Ela devia servir de guia para um deslocamento eficiente; e como ele está quase concluído, ela deve, então, se apagar para que a Nova Mazagão possa se inserir plenamente em seu ambiente.

Tornar-se neomazaganense: uma identidade à prova da terra

Com a cidade amazônica instalada, instituída e delimitada, é necessário que seus habitantes de um modo ou de outro "se aclimatem", a fim de que eles também possam se fundir em seu meio natural. Em Lisboa, os mazaganenses mudaram de natureza jurídica, passando do estatuto de soldados para o de povoadores, como conseqüência da mutação ope-

---

102. Ibid.
103. Segundo Cláudia Damasceno Fonseca, "uma parte dessas terras municipais é destinada às pastagens, às plantações comunais e constitui ainda uma reserva de madeira. A outra parte pode ser dividida em parcelas concedidas aos habitantes, de acordo com contratos enfitêuticos, os aforamentos" (*Des terres aux villes de l'or: pouvoirs et territoires urbains au Minas Gerais (Brésil, XVIIIe siècle)* (Paris, Centre Culturel Calouste Gulbenkian, 2003), pp. 451-2.
104. O pelourinho é uma coluna de ferro ou de madeira que servia para prender as pessoas desobedientes ou os criminosos, antes de serem chicoteadas ou enforcadas (APEPa – Diversos com governo – Cod. 315, d. 89: "Carta do senado da câmara" [19 de junho de 1777]).

rada pelas autoridades coloniais. Em Nova Mazagão, eles devem pôr em prática a nova identidade de *colonus*, de soldado-agricultor[105]. Mendonça Furtado prevenira o governador Ataíde e Teive da importância que devia ser dada a essa etapa, partilhando com ele a própria experiência na construção de Macapá: "Quando no principio do Anno de 1752, me encarregaram do estabelecimento dos primeiros povoadores, que foram para o Macapá, [...] mandei algumas pessoas para aquelle sitio, a fazer quarteis", cuidando da progressiva instalação dos habitantes, "até que no anno de 1756 fuy como vos constaria pelos livros da *Camara* establecer o commercio, a economia e agricultura daquellas gentes"[106]. As autoridades coloniais tomam, então, consciência dessa nova etapa que as espera: após o tempo da acomodação, vem o tempo da integração no tecido econômico regional. É em 1774 que encontramos, pela primeira vez, menção a essa preocupação: o comandante Matheus Valente do Couto anuncia ter anotado claramente a solicitação do governador "de ordenar aos habitantes de Mazagão que plantassem arroz"[107].

Não esqueçamos que essa política também se insere no projeto português, estabelecido desde meados do século XVIII por Mendonça Furtado, de constituir um celeiro agrícola no delta do Amazonas[108]. Para esse fim, a maior parte das novas vilas do estado do Grão-Pará e Maranhão se cobrem de pequenas explorações onde os povoadores cultivam café, tabaco, milho, feijão, algodão, mandioca e, às vezes, arroz. Alguns raros excedentes entram no circuito de comercialização e de exportação da Companhia Geral do Comércio do Grão-Pará e Maranhão. Mas esses magros resultados não são suficientes para resolver o déficit cerealista de que sofre Portugal, onde a escassez de arroz – um produto muito procu-

---

105. Encontramo-nos aqui diante de uma situação bastante diversa da que conheceram muitas das cidades transladadas para a América espanhola. Segundo Alain Musset, essa perda de identidade da cidade deslocada era então considerada um risco que era necessário afastar: é "a alma da cidade que o traslado amea[ça] de fazer desaparecer" (*Villes nomades du Nouveau Monde* [Paris, Éditions de l'EHESS, 2002], p. 204). Aqui, ao contrário, o deslocamento deve contribuir para essa perda de identidade.
106. AHU – Pará – Cod. 595: "Carta pessoal de Mendonça Furtado a Ataíde e Teive" (26 de março de 1769), fl. 25v-26v.
107. APEPa – Diversos com governo – Cod. 270, d. 72: "Carta de Matheus Valente do Couto" (30 de novembro de 1774).
108. Retomamos aqui as principais conclusões de Rosa Elizabeth de Acevedo Marin, "Agricultura no delta do Amazonas", em Rosa Acevedo Marin (org.), op. cit., pp. 53-91.

rado na época, porque entra na alimentação diária dos habitantes do reino e também serve para o pagamento dos soldados – se faz sentir muito agudamente. Ora, esse arroz provém exclusivamente do Brasil – das capitanias do Maranhão, do Rio de Janeiro e do Grão-Pará. Pelo fato de conhecer a fertilidade das terras situadas ao norte do delta do Amazonas, Mendonça Furtado decide, no que diz respeito a essa região, substituir o modelo da policultura de subsistência pelo da monocultura rizicultora de exportação. É no tempo da fundação de Macapá que ele efetua essa mudança, valendo-se também da nova natureza dos povoadores: não se trata mais de famílias açorianas sem grande experiência, mas de soldados afeitos à disciplina e que ele reputa capazes de todo o rigor exigido pela rizicultura. Essa política se faz acompanhar de um conjunto de medidas: fornecimento de mudas de arroz[109], isenção de impostos... aos mazaganenses, soldados-agricultores, será proposto esse mesmo modelo de desenvolvimento agrícola.

Infelizmente, as fontes que nos foi possível consultar não nos dizem muita coisa sobre o modo como essa cultura foi implantada a partir de 1774. Tentemos, então, reunir as escassas informações de que dispomos. A alimentação das famílias é subsidiada durante seu primeiro ano em Nova Mazagão. O abastecimento é assegurado por Belém, às vezes, por Macapá, e as provisões são estocadas no armazém de Nova Mazagão. Portanto, é somente a partir de 1772 que as primeiras famílias instaladas na vila têm a obrigação de ganhar o próprio pão. Para tanto, o governador ordena que os escravos africanos, entregues a cada família em paga de soldos e pensões, sejam utilizados exclusivamente nos trabalhos agrícolas[110] (e não nos trabalhos de arrumação das casas, que eram reservados aos índios). Ora, esses escravos foram especialmente trazidos da África (do "porto de Bissau"[111]) pela Companhia Geral do Grão-Pará e Maranhão. Quando chegam a Belém, em março de 1770, não conhecem nada dessa região do mundo: nem o clima, nem as potencialidades agrícolas das

---

109. No Maranhão e no Grão-Pará, Portugal cultiva arroz do tipo "carolina", vindo do litoral da Carolina do Sul, EUA (ibid., p. 61).
110. ANRJ – Cod. 99, vol. 2, fl. 125: "Carta de Fernando da Costa de Ataíde e Teive ao rei" (13 de janeiro de 1770).
111. ANRJ – Cod. 99, vol. 2, fl. 168: "Carta de Fernando da Costa de Ataíde e Teive ao rei" (29 de março de 1770).

terras amazônicas... Dois anos mais tarde, seu conhecimento prático da Amazônia estaria a tal ponto aperfeiçoado que poderiam se encarregar da exploração agrícola das terras de Nova Mazagão? Temos de duvidar disso, tanto mais que os mazaganenses, tão pouco experimentados e estranhos a essa terra quanto os escravos, devem ter grande dificuldade para lhes dar as orientações necessárias em vista de aumentar as próprias colheitas. Gama Lobo, desde o mês de março de 1772, precavê o governador das dificuldades que os mazaganenses hão de enfrentar no que diz respeito à resolução de suas próprias necessidades: "Eu bem sei que em huma terra criada de novo náo sepodem dar as mesmas comodidades de qualquer outra que se acha há muito estabelecida; mas táo bem devo dizer V.E que estes moradores estão padecendo grandes fomes"[112]. Em 1776, os membros do senado da câmara escrevem ao governador que se os habitantes de sua vila conhecem uma grande miséria, isso se deve primeiramente ao fato de que são "ignorantes das facilidades com que se devem portar nas suas lavouras"[113]. Essas dificuldades também podem ser explicadas pela má qualidade das terras: contrariamente ao que Mendonça Furtado pensava, as terras dos arredores de Nova Mazagão são "improdutivas", segundo o coletor do dízimo, Rodrigo da Veiga Leitão[114]. No final das contas, os únicos em Nova Mazagão que poderiam ter sido de algum auxílio em questões agrícolas são os índios – mas, na época da construção, eles estavam proibidos de desenvolver essa atividade!

É nesse contexto, no qual os mazaganenses e seus escravos têm grande dificuldade em tirar o melhor proveito da terra, que é dada a ordem de plantar arroz – e certamente algodão também, mas não encontramos registro dessa orientação. Visto a partir de Lisboa, o arroz parece ser um produto perfeitamente adaptado a essa região de várzea. Como se deu a distribuição das mudas? Como as terras foram divididas? Não sabemos. O que podemos constatar simplesmente é que, só depois da vinda do governador em agosto de 1773 e da instalação oficial da vila, com seu ter-

---

112. APEPa – Diversos com governo – Cod. 242, d. 15: "Carta de Manoel da Gama Lobo" (11 de março de 1772).
113. APEPa – Diversos com governo – Cod. 292, d. 30: "Carta do senado da câmara" (8 de fevereiro de 1776).
114. AHU – Pará – Cx. 82, d. 6720: "Carta de Rodrigo da Veiga Leitão" (19 de abril de 1779).

mo (limites territoriais) e seu rossio (patrimônio imobiliário), é que deve ter se dado a divisão das terras rizícolas[115]. Sabemos também que os terrenos deviam ser desmatados pelos mazaganenses antes de ser cultivados. Foi desse modo que Francisco José de Loureiro teve a perna quebrada pela queda de uma árvore, enquanto preparava seu campo[116].

A primeira colheita de arroz, de 1775, não foi comercializada. Com efeito, contrariamente às ordens do governador, o comandante da praça, Izidoro José da Fonseca, recusou-se a enviar a produção para Belém[117]. Esse mesmo comandante decide, em 1776, mandar construir dois moinhos para descascar o arroz. Ele assume os custos financeiros de cinco índios trabalhadores, que põe a serviço do carpinteiro Francisco de Souza Estrela. Em contrapartida, ele exigirá que cada usuário do moinho pague "hum vintem per cada hum alqr^e"[118]. No que se refere ao ano de 1777, dispomos de um primeiro balanço da produção agrícola de Nova Mazagão: 789 alqueires de arroz e 870 arrobas de algodão[119]. Nesse mesmo ano, Macapá chega a uma produção de 7.522 alqueires de arroz, produção considerada baixa pelo comandante da praça, Manoel da Gama Lobo[120]. No ano seguinte, a produção de arroz em Nova Mazagão atinge 5.050 alqueires[121]. Será que podemos deduzir dessa surpreendente progressão que a introdução do arroz em Nova Mazagão realmente deu certo? Nada menos certo que isso. Se auscultarmos, para além das estatísticas de produção, a situação de cada uma das famílias, é completamente outra a impressão que daí deriva.

---

115. Como a divisão foi realizada pelas autoridades da vila, as escrituras oficiais tiveram de ser conservadas pela câmara de Nova Mazagão, cujos arquivos atualmente estão todos perdidos. Essa perda é tanto mais lamentável porque o conhecimento da estrutura das propriedades territoriais em Nova Mazagão nos traria informações sobre as estruturas sociais geradas pela cidade colonial.
116. AHU – Cod. 1257, fl. 280.
117. APEPa – Diversos com governo – Cod. 289, d. 35: "Carta de Domingos Pinto da Fonseca" (22 de agosto de 1775).
118. No Pará, um alqueire equivale a uma medida de capacidade de 30 quilos (APEPa – Diversos com governo – Cod. 289, d. 76: "Carta de Domingos Pinto da Fonseca" [8 de junho de 1776]).
119. APEPa – Diversos com governo – Cod. 313, d. 53: "Carta de Izidoro José da Fonseca" (25 de março de 1777).
120. APEPa – Diversos com governo – Cod. 326, d. 42: "Carta de Manoel da Gama Lobo" (24 de março de 1778).
121. AHU – Pará – Cx. 82, d. 6720: "Carta de Rodrigo da Veiga Leitão" (19 de abril de 1779).

Há um documento que nos permite fazer tal pesquisa: a "Relação dos Mazaganistas estabelecidos na Vila de Nova Mazagão e suas vizinhas, por Manoel da Gama Lobo de Almada", na época governador de Macapá (relação datada de 31 de dezembro de 1778)[122]. O autor relaciona 1.775 pessoas, entre as quais 405 escravos, divididas em 371 residências, e dá algumas indicações da situação econômica e social de cada família. De início, podemos destacar que, com raríssimas exceções, quase todas as famílias vivem dos recursos agrícolas que cultiva: nessa perspectiva, poderíamos concluir que obteve sucesso a política colonial tal qual definida por Lisboa.

Aliás, há vários grandes plantadores em Nova Mazagão. Tomemos o caso de Felipe de Souza, de 53 anos, que possui 11 escravos e "a mais consideravel lavoura que até góra tem havido na Villa nova de Mazagáo"[123]. Ao mesmo tempo que administra seus escravos e suas propriedades, ele ainda exerce o ofício de alfaiate com seu filho. Para formar sua lavoura, ele precisou tomar um empréstimo à Companhia Geral do Grão-Pará e Maranhão: em 1778, ele precisa pagar (em quatro anos) 105.355 réis[124]. Ora, no presídio marroquino, Felipe de Souza era artilheiro e médico[125]. Sua instalação em Nova Mazagão terá sido, portanto, ocasião de uma verdadeira reconversão, exatamente no sentido desejado pela Coroa. Francisco Pinho de Castilho, por sua vez, é tido como "o mayor lavrador que tem a Villa nova de Mazagáo"[126]. Aos 39 anos, possuidor de cinco escravos, ele é cavaleiro do Hábito de Cristo e alferes de auxiliares: no presídio marroquino, ele era tenente da 1ª companhia de infantaria[127]. Ele também precisou pedir um empréstimo de 113.281 réis à Companhia Geral do Grão-Pará e Maranhão[128]. Gama Lobo insiste nessas histórias de sucesso, antes de concluir, meio convencido, meio em dúvida: "O muito que elle seapplica aagricultura, e amemoria que ahinda há dos bons ser-

---

122. AHU – Cod. 1257: "Relação dos Mazaganistas estabelecidos na Vila de Nova Mazagão e suas vizinhas, por Manoel da Gama Lobo de Almada" (1778).
123. AHU – Cod. 1257, fl. 283.
124. APEPa – Cod. 332.
125. AHU – Cod. 1784 e TC – ER 4239.
126. AHU – Cod. 1257, fl. 42.
127. AHU – Cod. 1784.
128. APEPa – Cod. 332.

vicios que elle rendeu na guerra de Mazagão contra os infieis, tudo devia fazer crer áos Abitantes da Villa nova que náo hé imcompativel com ser soldado o ser lavrador"[129]. Outros casos de sucesso poderiam ser evocados, como o do jovem Matheus Valente do Couto (neto do mestre-de-campo) ou de Francisco Luís da Fonseca: toda vez ressaltaríamos uma correlação entre uma posição social relativamente elevada no presídio e o sucesso econômico em Nova Mazagão. Essas pessoas dinâmicas, conhecendo as engrenagens do Estado, não hesitaram em tomar empréstimos à Companhia Geral do Grão-Pará e Maranhão para financiar sua reconversão: em 1778, 69 chefes de família estão endividados, com somas que vão de 1.500 a 960.000 réis (no caso do comandante Ignácio Luís da Fonseca Zuzarte)[130]. Todos eles, evidentemente, sem atingir o mesmo êxito.

Apenas dois casos nos parecem contrastar com esse modelo. Primeiramente, o de José Martins, 45 anos, que era soldado raso no Marrocos, mas que possui seis escravos em Nova Mazagão[131], onde cultiva arroz e mandioca. Sua "grande disposição para a agricultura" logo desperta a atenção de Gama Lobo, que registra: "Homem de huma condição muito obscura mas merece ser portegido, por que se podia fazer delle hum grande lavrador"[132]. Com efeito, ele encarna o exato modelo do *colonus*: simples soldado e agricultor meritório. A esse exemplo, podemos acrescentar o de Maria da Cunha, o único caso de sucesso de uma mulher vinda de Lisboa como chefe de família. Seu marido era um nobre, o fidalgo cavaleiro Lourenço de Arrais Couto, um capitão de cavalaria morto em combate. Tendo vindo do Marrocos viúva, ela soube, já com mais de cinqüenta anos, fazer frutificar o trabalho de seus cinco escravos para constituir um bom empreendimento agrícola[133] – para tanto, aliás, ela não hesitou em tomar um empréstimo de 200 mil réis à Companhia Geral do Grão-Pará e Maranhão[134].

---

129. AHU – Cod. 1257, fl. 42.
130. APEPa – Cod. 332.
131. É certo que ele precisou comprar boa parte deles, mas não encontramos indício de empréstimo tomado à Companhia Geral do Grão-Pará e Maranhão.
132. AHU – Cod. 1257, fl. 7.
133. AHU – Cod. 1257, fl. 108.
134. APEPa – Cod. 332.

Essas ilhotas de prosperidade não devem, porém, mascarar a realidade: o enxerto agrícola bate-se com grandes dificuldades em Nova Mazagão, mesmo entre os indivíduos que demonstram boas capacidades. É o caso de Sylveiro Gonçalves, que é um "homem de trabalho pratico na cultura das terras e se adiantaria muito pela aggricultura se lhe distribuissem escravos"[135]. E, com efeito, sem escravos, é difícil, se não impossível, querer se tornar agricultor: os trabalhos de preparação dos campos são penosos e exaustivos, o sol e a umidade esgotam as constituições físicas mais robustas. Francisco de Loureiro Neves, "hum dos milhores lavradores da Villa", possui apenas dois escravos, sem poder, portanto, ampliar suas plantações[136]. Quanto a Francisco Seguer, que veio com seus parentes e casou-se com outra mazaganense, ele não recebeu nem casa, nem utensílios, nem escravos: sua família subsiste do fraco comércio que ele empreende com algumas mercadorias que compra nas aldeias vizinhas para revendê-las na vila, "pois náo tendo nem hum unico escravo bem se ve que náo hé pocivel applicarse a lavoura em terras aonde não ha jornaleiros a que se pague para semelhente trabalho"[137].

Por isso é que a maior parte das famílias sobrevive com dificuldade com "lavouras pouco consideraveis" – expressão que volta, como um *leitmotiv*, à pena de Gama Lobo. Trata-se de famílias cujos escravos morreram[138], ou cujo chefe é incapaz de dirigir uma plantação com mão-de-obra escrava, a exemplo de Salvador do Amaral, de 47 anos, cavaleiro e intérprete no Marrocos: "Como tem huma total negaçáo para administrar escravos deficultozamente seestabelecerá nestas partes aonde sem elles ninguem pode fazer estabelecimento formal"[139]. E Gama Lobo enfatiza os casos dos gloriosos soldados que se revelaram agricultores medíocres, como, por exemplo, Pedro Alves de Macedo[140] e Pedro da Cunha Botelho: "Áo mesmo tempo que seria hum bom guerreiro, será sempre hum máo lavrador, ainda que na vila em que está só da aggricultura pode

---

135. AHU – Cod. 1257, fl. 77.
136. AHU – Cod. 1257, fl. 113.
137. AHU – Cod. 1257, fl. 14.
138. Entre 1771 e 1778, 177 escravos morreram em Nova Mazagão (AHU – Cx. 82, d. 6720 [5 de fevereiro de 1779]).
139. AHU – Cod. 1257, fl. 13.
140. AHU – Cod. 1257, fl. 268.

viver"[141]. Alguns se deixam vencer pela preguiça, como Pedro Valente do Couto, filho do mestre-de-campo[142]. Mas é obrigatório constatar que a transferência fragilizou a maioria das famílias. Os mais idosos, como José Simões (de 68 anos), tiveram grande dificuldade para se subtrair à pobreza: apesar de possuir um escravo e de plantar arroz e algodão, sua família é uma das mais pobres da vila[143]. As mulheres também são muito vulneráveis, especialmente quando, sozinhas, têm de prover às necessidades de sua família, como é o caso da viúva Antonia Gonçalves, que "sustenta-se do jornal que lhe ganha o escravo que tem quando há quem lhe pague hum tostão ou sete vinteis pordia e fia algun bocado de algodáo"[144].

Mais uma vez, é o que constatamos, os planos de Lisboa parecem falhar na determinação do modelo social de Nova Mazagão. A cidade de papel não pode dominar com facilidade a cidade real. Mesmo sendo muitos os agricultores em Nova Mazagão, eles não são grandes plantadores de arroz ou de algodão, mas essencialmente simples pequenos agricultores. Contrariamente aos projetos iniciais, os moradores da vila se vêem na situação dos moradores de outras vilas da capitania do Grão-Pará, que vivem em um modelo de policultura de subsistência. Por isso, em 1797, Nova Mazagão não produz mais que 1.833 alqueires de arroz e 3.701 arrobas de algodão, aos quais é preciso acrescentar cem alqueires de farinha de mandioca e 1.482 alqueires de milho, sem contar uns poucos animais de criação[145]. Nessa época, a balança da produção agrícola de Nova Mazagão representa 4.858 réis, para 10.969 de Macapá e 366.623 de toda a capitania do Grão-Pará.

*

Avancemos, pois, na elucidação da natureza da identidade neomazaganense: essa sociedade, que se adapta tão mediocremente à agricultura, chega a formar um organismo urbano? A pergunta não é retórica: com efeito, trata-se de saber se Mazagão, depois de sua transferência e de sua reinscrição em um espaço claramente delimitado, manteve ou recuperou seu status urbano. De certa forma, a Coroa portuguesa, ao lhe

141. AHU – Cod. 1257, fl. 176.
142. AHU – Cod. 1257, fl. 65.
143. AHU – Cod. 1257, fl. 95.
144. AHU – Cod. 1257, fl. 62.
145. ANRJ – Capitania do Pará, Cx. 747, pct. 01, fl. 138.

atribuir o título de vila antes mesmo de sua reconstrução, já confere a Nova Mazagão um estatuto portador de urbanidade: esse título lhe permite constituir uma milícia, eleger uma câmara comum (o senado da câmara), erguer o pelourinho, construir a casa da câmara, a prisão, bem como a igreja matriz... A existência de uma vila remete, pois, a certo número de funções a cumprir, o que supõe a criação de cargos administrativos e militares, bem como a presença de edifícios e de monumentos para acolhê-los ou simbolizá-los[146].

Desse modo, toda vila deve participar, em caso de necessidade, da defesa da região, mobilizando os habitantes organizados em milícias. Já dissemos que existem em Nova Mazagão seis companhias de milícia, postas sob a direção de um mestre-de-campo, três capitães de tropas auxiliares (Ignacio Luís da Fonseca, Pedro Valente do Couto e Manoel Ferreira da Fonseca) e 14 alferes. Com semelhante estrutura, Nova Mazagão pode se distinguir do restante dos povoamentos circundantes e se instalar quase em pé de igualdade com Macapá e Vila Vistoza para formar um dos eixos da rede territorial da região do Cabo do Norte. Ao lado dessas milícias, um pequeno número de soldados, posto sob a responsabilidade do capitão de infantaria Manoel Gonçalves da Costa[147], garante a manutenção da ordem no cotidiano: listamos 32 mazaganenses nessa tropa regular. A isso se acrescentam ainda postos de trabalho no serviço público do estado ou da vila. Entre os cargos pagos pelo estado do Grão-Pará, citemos o de provedor comissário (superintendente das finanças), de contratador de dízimos (em 1778, Rodrigo da Veiga Leitão ocupava esse cargo[148]), de escrivão da fazenda e do porto, de fiel dos armazéns, mas também de cirurgião, de boticário e de sangrador. A vila paga com recursos próprios as funções de cabo de canoa[149] (há cinco pilotos para as ca-

---
146. Acerca das competências da vila, cf. as análises realizadas com exatidão por Cláudia Damasceno Fonseca, op. cit.
147. AHU – Cod. 1257.
148. AHU – Cod. 1257, fl. 109. A cobrança do dízimo é terceirizada, por licitação que seleciona a maior oferta: os contratos de licitação são trienais.
149. Essa função está prevista pelas ordenações do *Diretório dos índios* (§ 53). O cabo de canoa é nomeado pela câmara por suas "reconhecidas qualidades de fidelidade, integridade, honra e probidade". Ele assegura o transporte oficial dos produtos da vila para Belém (cf. Rita Heloísa de Almeida, op. cit., pp. 209-10).

noas de comércio da vila), de porteiro da câmara (o porteiro Antônio do Rego, antigo escravo mouro que comprara a própria liberdade[150]), assim como o pagamento dos juízes ordinários.

Toda essa atividade militar-administrativa, gerada pelo próprio status de vila, provoca um início de diversificação das atividades no seio do povoado, o que poderia também dar testemunho de uma urbanidade nascente. Apesar de persistir sempre uma impressão de indigência quando se lêem as situações familiares em 1778, é forçoso constatar que a reconstrução de Mazagão "em uma terra criada de novo"[151] suscita necessidades específicas. De início, é preciso resolver a questão do vestuário dessas famílias, quase sempre desprovidas, instaladas em um ambiente inteiramente novo: pudemos notar a presença de quatro alfaiates. Que produziam eles? Não sabemos exatamente: esse aspecto da vida cotidiana não mereceu a atenção das autoridades. Pode-se imaginar que se tratasse de roupas e de calçados: com efeito, se os índios, os mestiços e os negros andavam de pés descalços no Brasil, esse não era o caso dos brancos[152], como demonstra esta petição dos sapateiros da vila para a instalação de um curtume:

> Hé este Povo criado, e sempre costumado a andar calçado, por esta cauza fazem grande gasto no mesmo cabedal e pela falta que muitas vezes do mesmo há, estão tempos sem sahirem fora, faltando náo só as obrigaçoes da Religiáo, como tambem áos exercicios militares por náo terem calçado.[153]

Não é despropósito supor que esses artesãos participassem igualmente da fabricação de redes para a acomodação dos índios, se não de sua pró-

---

150. AHU – Cod. 1257, fl. 229.
151. APEPa – Diversos com governo – Cod. 242, d. 15: "Carta de Manoel da Gama Lobo" (11 de março de 1772).
152. Maria Beatriz Nizza da Silva, *Vida privada e quotidiano no Brasil na época de D. Maria e D. João VI* (Lisboa, Estampa, 1993), p. 233.
153. "Todos os mestres e officiaes de sapateiro desta villa estão continuadamente passando a villa Vistoza a preverçe de algum cabedal deste genero, e sendo pocas as posses que cada hum tem sendo quaze sempre que por hum o dois meyos de solla, fazem huma viagem de sinco dias e mais congastos de mentimentos e companheiros para remarem na canoa e muitas vezes sevoltam sem este, pello náo haver sendolhe perciso hirem segunda vez, com a voltada despeza para tão limitado emprego" (IHGB – Belém, Cod. 1, d. 1 [4 de agosto de 1779]).

pria família. Não faltam na vila tecidos de algodão, dado que se pode notar a presença de 15 tecelões que instalaram em casa ao menos um tear. É o caso de Eugênia Maria, a viúva de Lourenço Rodrigues, o primeiro chefe de família instalado em Nova Mazagão. Ela possui um tear: com sua nora e um de seus filhos, ela fabrica tecidos de algodão[154]. Entre os tecelões, podemos citar também o caso de Teresa Roza, mulher de Domingos João Dias, que é, por sua vez, cabo de canoa e calafate[155]; e o caso de Joaquim Antônio, soldado raso no Marrocos, que possui doravante três teares em casa[156]. Para os trabalhos de tecelagem, a mão-de-obra é essencialmente feminina, assim como para a fiação do algodão (48 pessoas se dedicam a essa atividade).

Depois do problema do vestuário, vem o do abastecimento. Uma incipiente atividade comercial se estabelece na vila. Alguns chefes de família compraram ou mandaram construir uma pequena canoa, como José Macedo, "em que vai as Aldeyas resgatar algun generos para vender na Villa"[157]. Pelo menos 15 pessoas se dedicam a esse tipo de comércio local – o que comprova, uma vez mais, a inserção real de Nova Mazagão em sua região. João Antônio de Siqueira, por sua vez, vai "comprando na Cidade [Belém] alguns generos que vende na Vila"[158]. Alguns proprietários de canoas recorrem até mesmo a um terceiro para esse tipo de comércio, a quem pagam "um tostão por dia": é caso de Thomé Barreto[159]. Certamente, circula pouco dinheiro em Nova Mazagão, e o comércio funciona segundo o modo de troca; contudo, descobertas arqueológicas recentes comprovaram a presença de moedas portuguesas. Para completar o quadro da vida comercial, acrescentemos que a vila possui uma mercearia (propriedade de José Ferreira[160]) e uma taverna, mantida por Felipe Rodrigues[161], e que Francisco Vieira fabrica pão de arroz e o vende na vila[162]. Todas essas inexpressivas atividades comerciais esboçam uma vida econômica muito limitada, para não dizer rudimentar.

154. AHU – Cod. 1257, fl. 362.
155. AHU – Cod. 1257, fl. 201.
156. AHU – Cod. 1257, fl. 159.
157. AHU – Cod. 1257, fl. 163.
158. AHU – Cod. 1257, fl. 329.
159. AHU – Cod. 1257, fl. 328.
160. AHU – Cod. 1257, fl. 45.
161. AHU – Cod. 1257, fl. 81.
162. AHU – Cod. 1257, fl. 167.

Não esqueçamos também que a cidade em construção ainda continua (mas por quanto tempo mais?) a fornecer empregos de artesãos ou de pedreiros: podemos contar dez carpinteiros, dois ferreiros, um pedreiro e um cavouqueiro, Manoel Dias, vindo de Belém e acerca de quem Gama Lobo se inquieta ao prever que logo mais não haverá mais trabalho para ele[163].

Nova Mazagão parece dispor, em 1778, dos atributos de uma vila amazônica: mesmo apresentando uma constituição bastante reduzida, ela é portadora de urbanidade – tanto para seus habitantes como para os moradores da região – e anima uma pequena rede de comércio local[164]. Isso implica, então, que ela dificilmente suporta a comparação com outras cidades coloniais brasileiras? Por ora, o que se percebe são simplesmente os frêmitos de uma vila que poderia vir a se tornar plenamente urbana se a diversificação das atividades e as trocas locais tivessem tido continuidade.

*

Resolver a questão da identidade dos neomazaganenses não é fácil: mesmo sendo eles principalmente agricultores, mesmo que a sociedade que eles formam seja portadora de urbanidade, eles são também fruto de uma mestiçagem. Ora, essa dimensão mestiça de Nova Mazagão não recebeu a mínima atenção dos contemporâneos, conseqüentemente foi ocultada, enfiada nos pântanos da indiferença. Contudo, raramente uma fundação urbana deu ocasião à coexistência de tantos grupos culturais: portugueses da metrópole, dos Açores e do Marrocos, escravos da África, índios da Amazônia, mouros e mazombos (os portugueses nascidos no Brasil) vêem-se ombro a ombro no cotidiano dessa cidade dos confins.

A bem dizer, um processo de mestiçagem cultural já havia tomado forma na fortaleza marroquina, onde já se encontravam cerca de setenta escravos africanos, onde circulavam em tempos de paz comerciantes mouros e onde tiveram lugar conversões ao cristianismo. Aliás, alguns

---
163. AHU – Cod. 1257, fl. 319.
164. A recente campanha de escavações, empreendida em Mazagão Velho sob a responsabilidade do arqueólogo Marcos Albuquerque (da Universidade Federal de Pernambuco, Recife, PE), possibilitou trazer a lume várias moedas: algumas datadas de 1778, com a efígie de Josephus I, outras datadas de 1790, com a efígie de dona Maria I, e outras, por fim, com a efígie de dom Pedro II. Sua presença supõe uma atividade de trocas econômicas, mesmo que embrionária.

convertidos fizeram a viagem para a Amazônia, como o jovem José de Deos, que tinha vinte anos na partida de Lisboa e cuja presença é indicada por Domingos Pinto da Fonseca: "Nas obras desta villa fica trabalhando hum rapaz, *Mouro de nação e reduzido a fé católica*, por nome Jozé de Deos, que veyo no transporte das famílias de Mazagão agregadoa João Lourenço de Medeiros"[165]. Há ainda o caso do porteiro da câmara, Antônio do Rego, e de sua mulher, Antônia de Penha de França: esses jovens mouros foram vendidos por correligionários a dona Maria dos Santos e, em seguida, compraram a liberdade em sua chegada ao Brasil. Aliás, eles se instalaram na casa de sua antiga dona e tiveram um filho, Antônio de Mello[166]. Os mazaganenses também foram marcados por esse contato com os mouros: estamos pensando, bem entendido, nos prisioneiros, alguns dos quais se tornaram intérpretes. Mas há também outros destinos, como o do armeiro de Nova Mazagão, Francisco de Souza Correia, que foi capturado pelos "Moros e conduzido para a Berberia aonde esteve des annos ahí aprender o officio que exercita"[167].

Na Amazônia, disso não se pode duvidar, deram-se novos cruzamentos culturais originais. De princípio, é preciso levar em conta o papel do isolamento e da promiscuidade: os escravos africanos (que eram 405 em 1778) também dormem na casa de seus donos. Também não se pode negligenciar o poder que os índios foram conquistando sobre o cotidiano da vila. São eles que vão transmitir os rudimentos da vida amazônica aos neomazaganenses, como ensinar a pescar e a consumir as tainhas e os peixes-bois. Em março de 1772, Domingos Pinto da Fonseca lista 12 índios pescadores na vila. O estudo das listas mensais das reservas do armazém mostra claramente como, no decorrer dos meses, os estoques de farinha e de carne seca diminuem, enquanto crescem os estoques de tainha e de peixe-boi. Enquanto 5.773 tainhas foram pescadas e consumidas em outubro de 1773, no início do mês de janeiro de 1774 foram armazenadas não menos que 27.154 tainhas graúdas e 12.348

---

165. APEPa – Diversos com governo – Cod. 173, d. 95: "Carta de Domingos Pinto da Fonseca" (8 de setembro de 1772). Grifo nosso.
166. AHU – Cod. 1257, fl. 229.
167. AHU – Cod. 1257, fl. 51.

tainhas miúdas: uma parte será transformada em farinha e o resto será distribuído aos índios trabalhadores e aos habitantes[168]. É apenas em 1776 que o governador decide enviar ao lugar cinqüenta "Indios para a aggricultura"[169]. A partir de sua chegada, eles vão ensinar os neomazaganenses a utilizar os recursos da floresta. Domingos Pinto da Fonseca evoca o caso de um índio ("hum boy de serviço") que o faz experimentar um fruto da floresta que estanca imediatamente a sede. Ele ficou tão impressionado que ordenou que esse fruto fosse distribuído a todos os operários[170].

Evidentemente, essa adaptação alimentar é apenas uma das dimensões da mestiçagem em curso, dimensão que é para nós a mais fácil de medir. Mas é claro que outros mecanismos devem ser levados em conta. Dessa forma, seria muito instrutivo saber como esses povoadores do Novo Mundo se instalavam em suas casas. Tinham eles enxergas ou sobretudo redes de armar, como os índios? A atividade de fiação e de tecelagem indicaria sobretudo, justamente, a presença de redes – o que seria coerente com a situação das outras vilas amazônicas. É eloqüente o silêncio das fontes sobre esse aspecto da vida cotidiana[171].

*

O renascimento de Mazagão não chega, portanto, a ser uma reprodução idêntica da antiga fortaleza. Mesmo inscrevendo-se numa espécie de continuidade, Nova Mazagão é muito diferente dela e aparece como o resultado de um processo original. Assim, é a cidade palimpsesto: na cidade

---

168. Cf. APEPa – Diversos com governo – Cod. 264, d. 55 (11 de novembro de 1773) e d. 68 (1º de janeiro de 1774). Nova Mazagão conta então, em fins de novembro de 1773, com pouco mais de seiscentos habitantes.
169. APEPa – Diversos com governo – Cod. 292, d. 45: "Carta do senado da câmara" (22 de abril de 1776).
170. APEPa – Diversos com governo – Cod. 289, d. 71: "Carta de Domingos Pinto da Fonseca" (28 de abril de 1776)
171. O arqueólogo Marcos Albuquerque, com quem pude discutir e trocar correspondência, também se inclina pela utilização de redes, tradicionais nas vilas amazônicas. Por ocasião da nova campanha de escavações empreendida a partir de junho de 2005, ele buscou pesquisar especialmente a presença de armadores para pendurar as redes. Por outro lado, os resultados das primeiras escavações indicam a presença de louça portuguesa do século XVIII, de confecção muito sumária em comparação com a louça que ele pôde encontrar no forte de Macapá, por exemplo. Tudo isso reforça a impressão de um cotidiano de privações para os habitantes de Nova Mazagão.

de papel, enxertam-se a cidade em construção, a cidade indígena, a cidade colonial e a cidade mestiça dos neomazaganenses. Todas essas cidades, reais ou imaginárias, formais ou informais, se superpõem, se imbricam, mas também entram em conflito. Resta saber como esses estratos que formam a cidade palimpsesto podem dar vida a um organismo social durável, capaz de resistir à prova do tempo.

5. A CIDADE MESTIÇA
NO "PURGATÓRIO" AMAZÔNICO (1771-1833)

> *Desabava*
> *Fugir não adianta   desabava*
> *por toda parte   minas   torres*
> *edif*
> *   ícios*
> *   princípios*
> *   l*
> *   ó*
> *   \.*
> *   s*
> *[...]*
> *desabadesabadesabadavam*
> *As ruínas formaram*
> *outra cidade em ordem definitiva.*
> Carlos Drummond de Andrade, "Desabar", 1973

Jerônimo Pereira da Nóbrega acaba de ser nomeado diretor do lugar de Fragoso. Estamos em janeiro de 1778. Ele então dirige seus agradecimentos por escrito ao governador e pede-lhe autorização para "resgatar a minha familia deste purgatorio em que vivemos"[1]. As palavras são cruas, violentas, e o tom, quase imperativo: é toda a aflição dos neomazaganenses em sua cidade amazônica que, inesperadamente, se exprime no retorno do malote oficial.

Purgatório... "Lugar ou estado de suplício onde as almas dos justos ainda não de todo purificadas acabam de purgar suas faltas para alcançar o paraíso." "Sentido figurado: todo lugar onde se sofre" (*Larousse du XXe siècle*). É exatamente nessa dupla acepção que convém entender a

---

1. APEPa – Diversos com governo – Cod. 326, d. 11.

aflição de Nóbrega: sua família sofre cotidianamente as maiores dificuldades e, não obstante, esse sofrimento não atenua em nada a esperança, a busca de um lugar de repouso, de paz e de tranqüilidade. Fragoso seria esse lugar? Para ele e sua família, talvez. Mas e para as outras famílias de Nova Mazagão?

Doravante é necessário nos dedicar a uma nova leitura dos primeiros anos de Nova Mazagão. Até agora, insistimos mais particularmente nas intenções da Coroa no momento da refundação. Do ponto de vista oficial, a transferência – apesar de demorada e cara – foi bem-sucedida: em 1778, as famílias estão reinstaladas em sua maioria, uma atividade econômica toma forma e uma sociedade colonial portuguesa de urbanidade está em vias de constituição. É claro que o tempo modificou o projeto inicial (a fortaleza trasladada deu à luz uma cidade mestiça), mas pelo menos, vista de Belém ou Lisboa, a vila é autônoma, ocupa um lugar estratégico no mapa das possessões portuguesas e dispõe de um importante exército de reserva. Contudo, será que esses critérios administrativos constituem mesmo testemunhos definitivos do pleno êxito do projeto? Já é tempo de dar a palavra aos mazaganenses, a fim de perceber melhor de que modo eles sentem a própria reinstalação na vila amazônica.

Para eles, a cidade que devia renascer já dispunha de uma forma e de muralhas bem mais sólidas que aquelas que podiam ser construídas pela Coroa (as muralhas da memória): como poderiam eles, então, se instalar entre as muralhas amazônicas e suas muralhas imaginárias? Do mesmo modo, entre a cidade mestiça e todas as cidades que eles inventaram ou praticaram durante sua transferência (a cidade da memória e a cidade vivida), junto de qual delas buscam eles se encontrar, exprimir seu desejo de cidade, para reformar a própria comunidade? Reconheçamos, contudo, aqui também, nossa relativa ignorância a respeito dessa dimensão da vida cotidiana em Nova Mazagão: como dar conta da multiplicidade das experiências vividas com o pouco de escritos de que dispomos? É a partir de tênues indícios que devemos responder a essa pergunta essencial: do ponto de vista dos habitantes, o enxerto de Mazagão no equador amazônico foi tolerado ou, ao contrário, rejeitado?

A degradação da vila

Desde a chegada das primeiras famílias, em maio de 1771, as queixas ao comandante da vila e ao provedor comissário aumentam. De início, trata-se, como vimos, da questão da distribuição das casas, que mobiliza as energias. Pouco a pouco, outras reivindicações vão surgindo, e Gama Lobo resume muito bem seu conteúdo: "Sei perfeitamente que, em uma terra criada de novo, não se podem oferecer as mesmas comodidades que em uma outra há muito estabelecida; mas também devo dizer a Vossa Excelência que os habitantes padecem grande fome"[2]. Um cotidiano de privações, um sentimento de confinamento em um universo arquitetônico precário e sem termo de comparação com o da fortaleza conduzem à degradação do clima social: intrigas, violências, alcoolismo, roubos, fugas... são apenas algumas das conseqüências da reconstrução de Mazagão em terras tão distantes.

A leitura da correspondência entre as diversas autoridades da vila e o governador revela claramente que a condição sanitária dos neomazaganenses passou por uma súbita degradação. O terreno pantanoso no qual a vila está instalada mantém um clima permanentemente úmido que dificulta a conservação dos alimentos: desse modo, a colheita de arroz de 1776 foi quase completamente perdida[3], e não é incomum que as reservas de farinha de peixe apodreçam no prazo de algumas semanas. Na estação das chuvas, as ruas e o solo de terra batida das casas ficam tão encharcados que se torna impossível manter os corpos secos: com os pés quase sempre descalços, é preciso encarar a lama para ir ao campo ou caçar algo. Em tais condições, nenhuma família pode ter a expectativa de ter o mínimo de sossego em seu próprio lar: a promiscuidade e a precariedade das condições de vida as tornam ainda mais vulneráveis. Sem falar nos mosquitos, que pululam num lugar como esse e favorecem a proliferação da malária: se os índios e os escravos são os mais duramente atingidos[4], os neomazaganenses não são poupados. Mas enquanto os índios são "tra-

---
2. APEPa – Diversos com governo – Cod. 242, d. 15: "Carta de Manoel da Gama Lobo" (11 de março de 1772).
3. APEPa – Diversos com governo – Cod. 292, d. 31: "Carta do Senado da Câmara" (1776).
4. São 177 os escravos mortos entre maio de 1771 e janeiro de 1779 (AHU – Pará – Cx. 82, d. 6720).

tados" no hospital de Mazagão, os neomazaganenses são transferidos para o hospital de Macapá. Realmente, os estoques de quinina são limitados na vila: mesmo reclamando freqüentemente mais remédios, o médico e o cirurgião não são facilmente atendidos. Gama Lobo não hesita em interpelar o governador acerca dessa nova provação "a que veyo reduzidos os pobres mizeraveis que adoeçem"[5]: deixar sua família e sua terra para poder se tratar. Completamente absorvido no controle da conformidade das listas e no bom desenvolvimento do plano da transferência, o governador dá uma atenção no mínimo distraída a essas queixas.

Tendo sido várias vezes avisado, ele poderia ter sido capaz de avaliar o quanto o estado de saúde ia se degradando, agravado pela fome – companheira de desgraça dos habitantes – que debilita os organismos. O mestre-de-campo, Matheus Valente, chega até a solicitar que se baixem os preços da carne para aquele povo a quem faltam gêneros alimentícios[6], sem que isso de nada adiante. São os membros do senado da câmara que decidem, em 1776, promover uma distribuição gratuita de carne para as famílias mais pobres da vila[7].

Só no final de 1778 é que o governador parece se dar conta da situação, alertado por uma petição do povo de Mazagão, dirigida pelos membros do senado da câmara:

> Mas ainda acrece sobre tudo o ponderado a grande prizão de liberdade que experimentão privados de sahirem da sua habitação, o que cauza muitas perdas de vida; porque padecendo quazi todos o mal de obstroção originado de fazerem a cultura após molhados, e pertendendo curarem-ce, alem de lhes ser precizo huma viagem de quinze dias, o não podem fazer sem licença, a qual demorando-ce mezes por cauza de algumas informaçoens a que se manda proceder quando chegão, ou estão mortos, ou já sem remedio.[8]

----

5. APEPa – Diversos com governo – Cod. 242, d. 1: "Carta de Manoel da Gama Lobo" (13 de janeiro de 1772).
6. APEPa – Diversos com governo – Cod. 136, d. 53: "Carta de Matheus Valente do Couto" (15 de outubro de 1773).
7. APEPa – Diversos com governo – Cod. 292, d. 31: "Carta do Senado da Câmara" (13 de fevereiro de 1776).
8. AHU – Pará – Cx. 80, d. 6639 (8 de outubro de 1778). Grifo nosso.

O médico da praça-forte de Macapá confirma o diagnóstico:

> Certifico áos senhores, que apresente virem, que annualmente estáo vindo doentes da Villa de Mazagáo curar-se a esta Praça de obstrucçoens nas viceras do ventre e muitos já corompidos o inxados por todo o corpo; cujas molestias tem o seu principio no uso de mantimentos indigestos edemã qualidade e ainda mesmo na penuria o falta deles; pois a experiença demais de vinte esinco annos que tenho de curar os habitantes que vivem debaixo deste seo metem feito observar seriamente que só os pobres sáo sugeitos a similhantes infirmidades.[9]

É de admirar, então, o avanço do alcoolismo? Flagelo bem conhecido entre os índios, aos quais se paga parte do trabalho com aguardente (que lhes é distribuída "duas vezes ao dia"[10]), ele começa a afetar os neomazaganenses. Várias vezes, as arruaças causadas por homens embriagados obrigaram as autoridades a reportá-las ao governador. É o caso do coletor Rodrigo da Veiga[11], ou mesmo de Manoel de Jesus, que "descompoz de nomes injuriozos a mulher de Francisco de Penha de França, e a filha de Euzebio de Moraes Cordeiro e a outras mulheres vizinhas, sendo por continuação sugeito a estes disturbios"[12]. Gama Lobo indica ainda, no recenseamento que promove em 1778, o caso de Antônio José de Oliveira, barbeiro e sangrador: ele não ajuda em nada a própria família, dado seu estado de permanente embriaguez[13]. Quanto a Pedro da Silva da Fonseca, filho de Luís da Fonseca, sargento-mor da artilharia do presídio marroquino, ele simplesmente arruinou sua família para se entregar à bebida: "Sempre embriagado e destetuindose de tudo que pode adcquirir para encher o seu vicio; agora anda auzente da Villa mas consta estar pelo Pará"[14], deixando a própria família ao abandono.

---

9. AHU – Para – Cx. 82, d. 6720: "Atestação do médico de Macapá" (20 de dezembro de 1778).
10. APEPa – Diversos com governo – Cod. 245, d. 27: "Carta de Matheus Valente do Couto" (23 de março de 1773).
11. APEPa – Diversos com governo – Cod. 72, d. 95: "Carta de João Froes de Brito" (1773).
12. APEPa – Diversos com governo – Cod. 292, d. 19: "Carta do Senado da Câmara" (1º de outubro de 1775).
13. AHU – Cod. 1257, fl. 143.
14. AHU – Cod. 1257, fl. 107.

Feridas do tempo, chagas do confinamento, devastações da malária e do alcoolismo... a vida em Nova Mazagão parece corroída de dentro. Que ninguém se admire, então, com o estabelecimento de um clima social deletério, que não deixa de evocar a situação da fortaleza marroquina. Desse modo, quando os soldados vão "fazendo a suadas a porta de huma mulher", é necessário que o comandante Fróes de Brito em pessoa intervenha para expulsá-los com "hum páo m^{to} grande"[15]. Gama Lobo, muito inquieto com essa situação, aliás, não hesita em recomendar o envio de mais padres, pois assim "se remediaria este dano que cauza o isolamento", pois seria então necessário celebrarem-se "duas missas por dia"[16]. Em maio de 1774, o comandante Matheus Valente manda prender os carpinteiros Theodozio Rodrigues e Bento Antônio. Este difundia boatos difamatórios a respeito do mestre carpinteiro Rodrigues, que havia desviado material de construção dos armazéns da Fazenda Real[17]. Em fevereiro de 1776, o comandante das tropas auxiliares, Izidoro José da Fonseca, alerta o governador: as "muitas desordens que em esta vila tem succedido e continuaráo em succeder com os indios, e pretos, dando facadas e outros disturbios, me determinaráo a obrigar huma ronda nos domingos e dias santos". E evoca um dos acontecimentos mais recentes: "Hindo a referida ronda detras de hum preto que tinha obrigado este, se meteo pella caza de seu servidor o qual sahio com a espada na máo"[18]! É possível crer que esse episódio tenha inquietado muito a população para que os membros do senado se dessem ao trabalho de assegurar ao governador: "Náo há de aver intrigues neste povo pois toda a nossa mente hé observar as leis do nosso soberano, e as ordéns de V^a. Exª"[19]. O provedor comissário, Domingos Pinto da Fonseca, e o comandante, Izidoro José da Fonseca, resistem com dificuldade a essa tensão. Pinto da Fonseca solicita, em novembro

---

15. APEPa – Diversos com governo – Cod. 242, d. 4: "Carta de Manoel da Gama Lobo" (14 de janeiro de 1772).
16. APEPa – Diversos com governo – Cod. 242, d. 15: "Carta de Manoel da Gama Lobo" (11 de março de 1772).
17. APEPa – Diversos com governo – Cod. 277, d. 68: "Carta de Matheus Valente do Couto" (13 de maio de 1774).
18. APEPa – Diversos com governo – Cod. 299, d. 15: "Carta de Izidoro José da Fonseca" (11 de fevereiro de 1776).
19. APEPa – Diversos com governo – Cod. 292, d. 42: "Carta do Senado da Câmara" (22 de abril de 1776).

de 1777, autorização para regressar a Portugal com sua esposa, a fim de se instalar em Caldas da Rainha, onde iria se tratar[20]. Quanto a Izidoro da Fonseca, esgotado, ele solicita ao governador a autorização de retornar à metrópole, "pois eu ja náo posso aturar esta gente"[21]: "Nesta Vila há huns tais intrigues, discomcordias e animos malinos"[22].

Uma queixa, datada de 1781, dá testemunho desse clima particular. Os habitantes de Nova Mazagão enviam uma petição ao governador, na qual se queixam de seu pároco, o vigário João Valente do Couto. Desde a morte do padre Brás João Romeiro, reclamam eles, o novo pároco só celebra a missa uma vez por dia e, sobretudo, adquiriu o hábito de se instalar "num altar lateral", onde ninguém consegue vê-lo nem ouvi-lo. E o povo de Mazagão pede um pouco mais de compaixão por parte do padre. Os membros do senado, que transmitiram a solicitação, apressaram-se a denunciá-la como provinda da iniciativa de "tres, athé quatro de q' se compoem os genios orgulhosos e revultosos, e outros tantos q' se acháo nessa Cidade, deste mesmo Povo, os quaes como os seus genios náo hé terem domicilio serto, e andarem vagabundos náo cuidáo mais do q' em quererem perturbar o socego publico, com cartas e ditos huns avultos, e satisfazemse com dezemquietar os socegados querendosse fazer os mayores do Povo quando o sáo nas dezordens"[23].

Todos esses estorvos, essas lutas intestinas, esses ciúmes e rivalidades revelam um estreitamento do universo mental dos neomazaganenses. Eles não são mais os soldados da cristandade em luta contra os infiéis, mas pobres agricultores tentando sobreviver em um universo hostil. A luta contra os elementos naturais não tem nada de comparável com a defesa da cruz!

*

Essa lenta, mas manifesta, decomposição do tecido social é ainda mais agravada pelas numerosas fugas: índios, negros e neomazaganenses procuram, cada um de seu lado, fugir desse destino pouco desejável.

---

20. AHU – Pará – Cx. 78, d. 6484: "Requerimento de Domingos Pinto da Fonseca para a Rainha" (15 de novembro de 1777).
21. APEPa – Diversos com governo – Cod. 350, d. 4 (10 de fevereiro de 1779). Contudo, ele continuará no posto até 1791!
22. APEPa – Diversos com governo – Cod. 350, d. 12 (19 de maio de 1779). Suas solicitações permanecerão letra morta: em 1783, ele continua no posto.
23. IHGB – Belém – Cod. 2, d. 5 (24 de agosto de 1781).

Primeiro são os índios que mostram o caminho. O comandante Matheus Valente ainda é surpreendido, quando de sua chegada em fevereiro de 1773, pela reação dos índios, que empreenderam fuga quando se deram conta de que ele não trazia consigo recursos com os quais pagá-los[24]. Uma semana mais tarde, o "diretor" dos índios, Humberto Pimentel, anuncia que os índios vinculados ao serviço de construção de Nova Mazagão desertaram quase todos e se refugiaram nas casas dos moradores ou até mesmo em outras povoações dos arredores: os trabalhos quase pararam[25]. E mesmo com o governador insistindo em que o pagamento seria feito no melhor prazo possível, Matheus Valente constata, no mês de dezembro, que 59 índios fugiram desde o mês de agosto[26]. Esse movimento é ininterrupto: em outubro de 1776, Domingos Pinto da Fonseca anuncia a fuga de 41 índios[27]. Em contrapartida, mais raras parecem ser as fugas de escravos: é necessário dizer que a floresta amazônica é para eles um universo estranho e que eles não podem ter a expectativa de se integrar em alguma povoação dos arredores sem ser rapidamente denunciados. Encontramos uma única informação, de 1781, proveniente do comandante Izidoro José da Fonseca, que anuncia sem grandes pormenores que negros fugiram pela floresta[28].

De modo que podemos considerar que, para os índios, a decisão da fuga decorre de uma estratégia coletiva de sobrevivência, ao passo que para os povoadores parece que a escolha da *fuga* decorre mais de uma decisão individual, pela qual o *fujão* não hesita em deixar a própria família no lugar. Notemos aqui que os termos "fuga" e "fujão" são os mesmos usados pela administração. Porque, para os povoadores, os verdadeiros casos de fuga são raros. Conseguimos identificar a de Martinho Antunes, que fugiu na noite de 25 de maio de 1779, em companhia de dois povo-

---

24. APEPa – Diversos com governo – Cod. 235, d. 31: "Carta de Matheus Valente do Couto" (17 de dezembro de 1773).
25. APEPa – Diversos com governo – Cod. 257, d. 30: "Carta de Francisco Humberto Pimentel" (28 de fevereiro de 1773).
26. APEPa – Diversos com governo – Cod. 136, d. 61: "Carta de Matheus Valente do Couto" (23 de março de 1773).
27. APEPa – Diversos com governo – Cod. 289, d. 93: "Carta de Domingos Pinto da Fonseca" (29 de outubro de 1776).
28. APEPa – Diversos com governo – Cod. 350, d. 64: "Carta de Izidoro José da Fonseca" (12 de fevereiro de 1781).

adores e de um carpinteiro, para se juntar a sua mulher, que vendia bugigangas nas ruas de Belém[29]. Mas, na maioria das vezes, o candidato a partir redige um requerimento oficial, em vista de obter do mestre-de-campo a autorização temporária para ir a Belém a fim de se tratar ou resolver um negócio qualquer; ao fim do prazo, o indivíduo ali permanece ou se instala na região. Vejamos o caso de Miguel dos Santos, um guarda que, durante 12 anos, foi prisioneiro dos mouros e veio como agregado à família de Francisco Barriga de Torres. Depois de se casar em Belém com Maria Monteira, viúva de Luís Ribeiro (que certamente morrera em Lisboa), ele parte com toda a sua família para se radicar em Nova Mazagão. Em agosto de 1775, o mestre-de-campo anuncia que o prazo de sua licença para ficar em Belém expirara havia dois meses e que ele não voltara. Em 1778, ele ainda é indicado como ausente: sua família, abandonada, vive pobremente com as magras colheitas de um pequeno campo[30]. Quer dizer, os neomazaganenses inventam todos os tipos de artimanha para deixar Nova Mazagão e se reinstalar em Belém. O pintor Francisco Xavier Tavares obtave autorização de ir a Belém, a fim de fazer "preparos para o seu officio": ora, dá-se conta o comandante (evidentemente tarde demais) de que o dito indivíduo vendeu a metade de sua casa antes de partir[31]. Mas tais práticas não são obrigatoriamente exclusivas dos homens. Temos o caso de Francisco Martins, que pediu ao comandante para solicitar ao governador que fizesse o favor de "recolher sua mulher que a perto de hum anno em que se acha nesa cidade, com licença de V ª Ex ª, a Chamada D. Joanna de Aragáo, pela grande falta que fas a seu marido e a hú filho que tem, e para tambem a de se imaginar por que dizem que as que de ca váo la náo tornáo"[32].

Essas fugas e outros expedientes para instalar-se em Belém parecem ter sido o cotidiano da vila nos anos 1770. Em maio de 1780, Izidoro José da Fonseca anuncia que os trabalhos de construção das casas estão

---

29. APEPa – Diversos com governo – Cod. 350, d. 19: "Carta de Izidoro José da Fonseca" (30 de junho de 1779).
30. AHU – Cod. 1257, fl. 147 e 148; APEPa – Diversos com governo – Cod. 239, d. 27: "Carta de Matheus Valente do Couto" (22 de agosto de 1775).
31. APEPa – Diversos com governo – Cod. 277, d. 47: "Carta de Matheus Valente do Couto" (16 de abril de 1774).
32. APEPa – Diversos com governo – Cod. 350, d. 13: "Carta de Izidoro José da Fonseca" (19 de maio de 1779).

de novo parados, dessa vez por causa da partida dos pedreiros. O último deles, José Pinto, que mandara seu filho ao encontro de sua mulher, instalada em Belém, acaba de fugir. Mas não é tanto a paralisia dos trabalhos que incomoda o comandante, e sim as fugas incessantes, que põem em risco a situação material da vila: "Ponho na prezença da V^a Exª que se acháo com licenças exsedidas nessa cidade perto de 200 pessoas entre escravos e varias familias e outras pessoas; de sorte que ha rua com vinte propriedades de cazas que se váo demoloindo todas por falta de seus donos"[33]. Com efeito, ao mesmo tempo que a vida social parece se desagregar, as construções passam por um processo de degradação acelerada: paredes caem, tetos desmoronam...

A partir de 1774, o senado da câmara dirige uma petição ao governador, solicitando-lhe uma demonstração de compaixão diante da "aruhina das (suas) casas"[34]. Essa situação alcança tal grau de gravidade que, em dezembro de 1778, Francisco da Souza Estrela, mestre carpinteiro, e Joaquim Antônio, mestre pedreiro, encarregados dos trabalhos da vila, redigem uma declaração para explicar essa ruína prematura:

> Atestamos e certificamos que todas as propriedades de cazas que setem edificado e estão ainda constroindo nesta Villa, sam formadas de madeira e cobertas de palha cuja cobertura só dura quando muito o tempo de quatro annos, as paredes seformalizam de tera com a mesma madeira, e ultimamente são rebocadas e cayadas, que seavista das ditas propriedades, áo exterior quando seacabáo de constroir, aumentase aduração, esta seria mais continuada por largos annos, porem como a mesma obra sómente conciste em semelhante aparensia, sem duvida que quando humas Propriedades seráo concluindo o tempo tem aruinado outras, que se acháo acabadas por que as muitas trovoadas que nos emvernos se experementáo de rigorozos ventos e continuadas chuvas hé que as fazem demolir e pella cobertura

---

33. APEPa – Diversos com governo – Cod. 350, d. 55: "Carta de Izidoro José da Fonseca" (25 de maio de 1780).
34. APEPa – Diversos com governo – Cod. 211, d. 65: "Carta dos oficiais da câmara" (16 de abril de 1774). Aliás, essa situação não é exclusiva de Nova Mazagão: Vila Vistoza passa por situação de semelhante descalabro. O governador João Pereira Caldas, aliás, já tinha notificado o ministro Martinho de Melo e Castro em janeiro de 1773 (AHU – Pará – Cx. 69, d. 5938: "Ofício de João Pereira Caldas" [5 de janeiro de 1773]).

náo ser duravel searuináo as paredes e estas já a mayor parte da sobreditas cazas, seacháo cahidas [...] e pelas muitas agoas que oterreno conserva, apodrecem as madeiras que formáo os alicerces.³⁵

E, de fato, tudo se deteriora... até os materiais de construção³⁶: "O estabelecimento dessa vila perece um pouco mais a cada dia", constata amargamente Izidoro José da Fonseca em setembro de 1779³⁷. Porque, depois das casas, são as construções oficiais, públicas ou religiosas, que caem aos pedaços: a primeira igreja ameaça desmoronar e é preciso trasladar o altar com a máxima urgência para a nova igreja de pedra, ainda em construção³⁸ – que não tardará a conhecer o mesmo destino (parte dela desmorona em 1787). Alguns anos mais tarde, em 1786, o edifício da casa da câmara e da prisão desmorona, seguido, pouco tempo depois, pelo pelourinho³⁹.

A cidade mestiça está a ponto de apodrecer no pé! Observando a transferência a partir de Nova Mazagão, não podemos confirmar a análise da Coroa: não, a Amazônia não tolerou o enxerto de uma cidade colonial debaixo de seu céu. Nova Mazagão é uma *cidade frágil*, não apenas do ponto de vista político-econômico (visto que depende de financiamentos públicos ou semipúblicos), mas também social e fisicamente: a obsolescência cumpre sua função antes mesmo de a cidade estar plenamente reinstalada. A ruína ameaça até mesmo os alicerces da cidade e da sociedade. É uma "dramaturgia do comum"⁴⁰ a vida em Nova Mazagão no fim do século XVIII.

A "linguagem perdida" de Mazagão

Por uma estranha ironia da história, vimos instalar-se na cidade colonial um clima tão deletério quanto o que havia no forte marroquino. Se

---

35. AHU – Pará – Cx. 82, d. 6720: "Attestação do mestre carpinteiro e do mestre pedreiro" (19 de dezembro de 1778).
36. APEPa – Diversos com governo – Cod. 350, d. 9: "Carta de Izidoro José da Fonseca" (19 de abril de 1779).
37. APEPa – Diversos com governo – Cod. 350, d. 27: "Carta de Izidoro José da Fonseca" (19 de setembro de 1779).
38. Ibid.
39. IHGB – Belém – Cod. 02, d. 2 e 3.
40. Arlette Farge, *La chambre à deux lits et le cordonnier de Tel-Aviv: essai* (Paris, Seuil, 2000), p. 72.

prosseguirmos com a comparação, constataremos que os neomazaganenses, assim como o faziam no Marrocos em tempos de assédio, quando uma espécie de febre obsidional os levava a esquecer suas discórdias para se dispor em ordem de batalha, sabem se unir quando se trata de defender interesses vitais. Em várias ocasiões, o povo de Nova Mazagão toma a palavra e dirige, por intermédio do senado da câmara, uma petição ao governador, quando não à rainha Maria I (1777-1816). Com efeito, as instituições portuguesas facultam aos "oficiais municipais, à nobreza e ao povo" de uma vila procurar a Coroa ou seus representantes para expor uma dificuldade, uma reivindicação.

Num primeiro momento, as solicitações concentram-se em questões mais precisas, relativas à situação da comunidade ou a seu futuro no curto prazo – e são dirigidas ao governador. Desse modo, uma das primeiras petições refere-se à ausência, em Nova Mazagão, de um "mestre para o emsino dos rapazes, de ler, escrever, e tantos como tambem de gramatica"[41]: os moradores pedem que o mestre seja José de Carvalho Gomes Caixa, vindo de Portugal com as famílias de Mazagão, mas ainda em Belém à espera de ser transferido. Essa solicitação é enviada exatamente um ano depois que as primeiras famílias instaladas fizeram a experiência de seu novo status de colonas, tentando viver de suas próprias colheitas, e no momento em que os primeiros sinais de desmoronamento da vila surgem: a educação das crianças, sobretudo as das famílias nobres, é então considerada um recurso essencial para manter o status social das famílias. Qual não é o espanto, então, de todos esses cavaleiros fidalgos ao se verem obrigados a recolher o dízimo, como qualquer outro colono comum: esse é o motivo pelo qual eles enviam ao governador uma nova petição para requisitar a suspensão do pagamento do dízimo (agosto de 1774)[42]. Dois anos mais tarde, em fevereiro de 1776, é outra vez a sorte dos jovens que dá motivo a nova petição: dessa vez, a questão é o recrutamento dos rapazes para os regimentos do Estado. Mencionando "repetidos e multiplicados incomodos q' desde o anno de 1769, emq' sahiráo da sua Patria, até o presente tem experimentado; sendo o

---

41. APEPa – Diversos com governo – Cod. 211, d. 51: "Carta dos officiais da câmara de Mazagão" (14 de outubro de 1773).
42. APEPa – Diversos com governo – Cod. 211, d. 70: "Carta dos officiais da câmara de Mazagão" (24 de agosto de 1774).

primeiro a decadencia de saude em que os pays de familias estão, pellos vigorozos golpes que receberão dos Innimigos da Nossa Santa Fé", mas também a miséria, a doença e sua ignorância das "facilidades que devem levar a suas lavouras", os moradores pedem que seja "mais moderada a fatura dos soldados que, nessa vila, deverão ser recrutados"[43].

Será necessário surpreender-se outra vez com essa demanda? Dessa vez, não é tanto a posição de soldado à qual eles dão primazia, mas a de colono, diante da necessidade de todos os braços vigorosos que possam participar das atividades agrícolas. É preciso dizer ainda que os soldados do regimento do Pará não servem a nenhuma "grande" causa: como poderiam eles se sentir herdeiros de seus ancestrais, os soldados da fé? Observamos, desse modo, a espantosa capacidade dos neomazaganenses de mobilizar os diversos recursos simbólicos de que dispõem, de acordo com as circunstâncias e as necessidades. Uma atitude dessas dá testemunho de uma leitura acurada da própria situação social, em contraste, sem ser por isso contraditória, com a impressão de degenerescência da vida material e social em Nova Mazagão. Essa é justamente a complexidade dessa cidade renascente, cujos contornos estaríamos equivocados em simplesmente tentar esboçar em grandes traços.

Com o passar dos anos e o agravamento da situação sanitária e social, passam a ser formuladas solicitações de um teor bem superior. Ao se darem conta da inação do governador diante de suas múltiplas demandas, os moradores de Nova Mazagão decidem, a partir de 1778, dirigir-se diretamente à rainha. As reivindicações passam a se concentrar doravante em um único objetivo: obter uma mudança de localização – inicialmente "no reino do Algarve" e, depois, ao compreenderem a inexeqüibilidade de tal demanda, em qualquer outra região do estado do Grão-Pará[44]. Como não obtém resposta rápida, a população requisita que a Coroa envie, de Lisboa, "hum ministro de sam consciencia, temente a Deos e livre de lizonjas do mundo" para "examinar não so o exterior mas táobem

---

43. APEPa – Diversos com governo – Cod. 292, d. 30: "Carta dos officiais da câmara de Mazagão" (8 de fevereiro de 1776).
44. A primeira petição é enviada em julho de 1778 (AHU – Pará – Cx. 82, d. 6720); a segunda, em agosto de 1779 (AHU – Pará – Cx. 90, d. 7346); a terceira, em 1780 (IHGB – Belém – Cod. 01, d. 2), e a quarta, em março de 1783 (AHU – Pará – Cx. 90, d. 7346).

todo o interior daquelle mesmo estabelecimento, e achandose náo ser verdades as reprezentaçóes e suplicas daquelle Povo, aque aeste respeito implorou e implora a V^a.Mag^e, se offereciáo a todo a castigo que tal culpa merecer"[45]. É dessa forma que, aos poucos, Lisboa vai tomar consciência da gravidade da situação.

Enquanto o clima cotidiano se degrada e os atos de desobediência aumentam, os neomazaganenses multiplicam, em suas reivindicações e em suas ações coletivas, os sinais de unidade, mas também de legalidade e de fidelidade à Coroa. Como explicar, então, tais atitudes e que sentido atribuir a esses gestos coletivos? Trata-se de uma nova dimensão da identidade neo-mazaganense que é aqui desvelada e que é preciso detalhar. Para melhor compreender as facetas dessa identidade e as modalidades de pertinência para a comunidade, convém estudar mais detidamente as petições: não tanto as exigências, mas a forma com que elas são argumentadas e justificadas. Já em Lisboa, havíamos destacado que um dos meios de resistência dos mazaganenses ao estabelecimento da *cidade colonial* fora a invenção de uma *cidade da memória*, que oferecia um quadro confortador e permitia manter a unidade de um grupo em curso de desestruturação. Também notáramos que, desde sua chegada a Nova Mazagão, os representantes desse povo tinham pleiteado que a administração levasse em conta as mutações ocorridas no decorrer do translado e reconhecesse as transformações como inerentes ao processo de deslocamento: toda a energia dos habitantes estava, na época, mobilizada para a instalação (em uma casa decente e apropriada) e para a sobrevivência (obtenção de alimento, exploração agrícola de um campo, desenvolvimento de uma atividade). Contudo, a idéia de uma cidade em movimento (a *cidade vivida*) não resistiu às doenças, à fome e à miséria. Na segunda metade da década de 1770, a comunidade, enfraquecida e desunida, tenta se reencontrar então em torno de uma reivindicação comum: deixar essa "prisão da liberdade"[46] para regressar à Europa. O que tais petições nos permitem ler é aquilo que Jean Duvignaud chama, com muita justeza, de a "linguagem perdida de uma sociedade morta"[47],

---

45. AHU – Pará – Cx. 90, d. 7346: "Reprezentação aprezentada pelos oficiais da câmara de Mazagão" (26 de agosto de 1779).
46. AHU – Pará – Cx. 80, d. 6639: "Requerimento dos moradores da extinta praça de Mazagão" (julho de 1778).
47. Jean Duvignaud, *Genèse des passions dans la vie sociale* (Paris, PUF, 1990), p. 96.

de uma sociedade que tenta se reinventar a partir de seu passado – mas de um passado que talvez jamais tenha existido e que poderia ser ele mesmo o fruto de uma recriação imaginária.

*

Tudo parece se juntar em torno de um modo comum de se apresentar e de se identificar diante das autoridades coloniais ou metropolitanas. Nas reivindicações individuais (em vista de obter a autorização de ir para Belém), nas reclamações coletivas ao governador, ou até mesmo nas petições dirigidas à rainha, os neomazaganenses se definem como "procedentes da extincta Praça de Mazagão". Pouco a pouco também, na correspondência do senado da câmara com o governador, o nome da vila, Nova Mazagão, é substituído pelo de Mazagão. Esse retorno de Mazagão ao primeiro plano permite significar uma recusa, tanto individual quanto coletiva, de sua nova identidade amazônica. Parece que se inicia então, na segunda metade dos anos 1770, um movimento de recuo, de crispação numa identidade perdida.

Esse novo tom é dado desde as primeiras linhas da primeira petição à rainha, uma carta bastante longa, datada de julho de 1778:

> O fim que aquelle Povo infelis se propoem é o de alegar para merecer [a escuta da rainha]; mas remetendo áo silencio os relevantes serviços de seus progenetores, pellos quaes merecerão acrecentados premios e sangue que deramarão emquanto aquellas Praça foy vivo Theatro de viva guerra; e o perderem na evacoação della tudo quanto possuião, elle passa a expor a Vª Magestade os pezados trabalhos que tem sofrido desde a infeliz epoca da sua memoravel extinção.[48]

Em vista de destacar ainda mais a linha de ruptura representada pelo momento do abandono, os vereadores de Nova Mazagão lançam mão de registros lexicológicos muito nitidamente distintos para evocar os períodos do presídio, do abandono e da estada em Lisboa e, enfim, da vila amazônica. No presídio, seus ancestrais cuidaram "em todas as ocaziões da defença da Santa Fé Catolica contra os Barbaros e Inimigos della e da

---

48. AHU – Pará – Cx. 80, d. 6639: "Requerimento dos moradores da extinta praça de Mazagão" (julho de 1778).

Real Coroa de V ͣ Magestade". E para dar mais peso a esse argumento, os membros do senado anexam até mesmo as cópias de duas cartas (datadas de janeiro e março de 1641) de dom João IV ao governador da praça, Martim Correa da Silva, que evocam a coragem e a fidelidade de seus vassalos de Mazagão. Por ocasião do último cerco, na qualidade de "vassalos fieis" (à Coroa e a seus antepassados), os mazaganenses não hesitaram em dar a própria vida para defender a fortaleza, tratando mil "ferimentos de guerra" e "passando fome", a ponto de acusarem em Lisboa a "perda de quinhentas pessoas". Fidelidade, lealdade, devotamento, glória e virtudes guerreiras caracterizam, portanto, o tempo do presídio.

Tudo muda na chegada à corte: para os sobreviventes, "reliquias de táo horrorozo catastrophe, julgaváo por termo áo seu cruel destino se lhe preparou no desterro novos meyos de padecerem. Divulgouçe serem destinados áo estabelecimento do Pará e sentiráo logo repugnancia áo tranporte para hum clima táo distante". Foi lá que eles tomaram consciência do "dezejo da total extinção daquelle Povo que athé foy porhibido de entrar no Passo aonde se dirigiráo algumas vezes, afim de representarem no Augusto Throno". Coube aos autores da petição insistir na violência desse momento: a decisão de destinação para o Pará é apresentada como uma "dispoziçáo violenta"; do mesmo modo, os mazaganenses foram "transportados violentamente áo referido Estado do Pará" como reles criminosos que, "para fogirem áo castigo meressido por seus atrozes crimes se oferecem a povoar novos descobertos e colonias". Violência, injustiça e desgraça caracterizam o tempo do abandono e do trânsito em Lisboa.

Eis a razão pela qual, em Nova Mazagão, essa "epoca infeliz" deu surgimento aos "mais infelizes dos vassalos", reduzidos a uma "ultima e fatal ruina". E eles concluem:

> Tal foy, Soberana Rainha, e Senhora Nossa, o aperto com que no referido do estado foy aquelle infeliz Povo mandado a estabelecer; que nem podem descriver-se na Real prezença de V ͣ Magestade com inteireza muitas particularidades da mizeria que o acompanha, como sáo o faltarem as obrigações de Catolicos, huns pella indecencia dos trages, e outros pella desnudez e outras muitas que fariáo denegar a narractiva infastidiosa.

206

Miséria, sofrimento, desgraça e ruína são os termos que melhor sintetizam o tempo da cidade amazônica.

Os autores dessa petição, imbuídos de uma dignidade solene, fazem um uso muito sutil da retórica: é evidente que eles certamente pesaram cada uma das palavras, cada um dos argumentos, para construir um discurso de eficácia tremenda. Sua carta está construída sobre um esquema ternário: à glória e ao devotamento dos soldados (tempo do presídio), sucedem-se a violência da decisão e do gesto régio (tempo do abandono e da transferência), depois a infelicidade, o sofrimento, a miséria e a ruína dos povoadores (tempo da vila). Como é que a rainha (que acaba de subir ao trono) não se dava conta desse impiedoso mecanismo, em ação desde 1769, que tinha por finalidade apenas "a extinção deste Povo"? Ora, qual foi, desde a decisão do abandono, a atitude da Coroa? Ao banimento de todo um povo, a seus sofrimentos e a suas reiteradas queixas, Lisboa opôs apenas a política do silêncio – o "silêncio" estendido tanto sobre seu passado heróico como sobre sua miséria presente.

A ruptura entre a Coroa e os neomazaganenses se amplia um pouco mais, porque, ao que tudo indica, doravante eles não partilham a mesma linguagem. Se os neomazaganenses se reconhecem sempre nos propósitos de dom João IV, o fundador da dinastia dos Bragança, que reconheceu a bravura de seus ancestrais, livrou Portugal da dominação castelhana (1640) e subtraiu o Brasil aos holandeses (1654), eles rejeitam os de dom José I, o rei que assinou a ordem de sua transferência para a Amazônia. É, portanto, em torno de uma linguagem própria que os neomazaganenses se reúnem coletivamente, uma linguagem que dispõe de uma gramática específica – a "linguagem perdida" de Mazagão.

*

O tempo só fez avivar as feridas do abandono e do traslado. As chagas parecem se reabrir. Aliás, não deixa de haver motivo para o governador se irritar: ele indica que, enquanto esperavam uma resposta da rainha a sua requisição de mudança de local, os habitantes simplesmente decidiram deixar de cultivar seus campos[49]. A miséria, a decadência e as ruínas que os cercam venceram seus esforços: ao final dos anos 1770, não

---

49. AHU – Pará – Cx. 82, d. 6720: "Ofício do governador João Pereira Caldas para o secretário de Estado, Martinho de Melo e Castro" (5 de fevereiro de 1779).

são mais povoadores, mas os "procedentes da extincta Praça de Mazagão" que habitam a vila amazônica.

Eles esperam... esperam... esperam. Esperam um sinal, uma resposta, um gesto. Sua expectativa tem agora uma finalidade: o retorno. Estranha impressão de uma circunvolução em curso de conclusão: e se tudo voltasse a seu lugar? Depois do abandono da vila, eles fariam o caminho em sentido inverso... Teriam eles se esquecido até mesmo da ação do tempo, do movimento da vida, dos que morreram a caminho ou dos que nele nasceram? Vidas e amores tiveram início, outros chegaram ao fim. Nas dobras dessa vida em trânsito, alojaram-se experiências que, doravante, nada pode abolir. Entre um impossível retorno e uma impossível manutenção, entre os pedaços de uma história que passou para sempre e as ruínas de uma cidade precária, é preciso que eles inventem, individual e coletivamente, um cotidiano à sua medida. Nova Mazagão não é exatamente nem uma cidade em ruína da qual tudo se faz para escapar, nem uma cidade unida e mobilizada para interpelar a rainha: essas duas naturezas da cidade simplesmente "fazem história juntas, ainda que isso capengue um pouco"[50].

Um dos contemporâneos que talvez tenha mais bem percebido a complexidade da situação social em Nova Mazagão é Manoel da Gama Lobo. No inventário da situação das famílias que ele estabelece em 1778, ele destaca, como vimos, o sucesso de todos os que souberam implantar uma atividade durável na cidade (seja ela agrícola, comercial ou artesanal), capaz de permitir a sua família viver dignamente, mas também de gerar algum lucro. Por isso ele não hesita em ressaltar a prosperidade de pessoas de "condição muito obscura", como José Martins[51], para os quais o traslado foi proveitoso. Gama Lobo insiste em dar seu testemunho: em escala individual, a implantação na Amazônia não levou sistemática e irredutivelmente à miséria ou ao declínio. Mas ele não pretende minimizar os fracassos, a miséria e os sofrimentos pelos quais passaram e passam várias famílias, desde o traslado e a instalação na vila. Ele tenta reabilitá-las em sua dignidade, indicando seus títulos (cavaleiro fidalgo e cavaleiro do Hábito de Cristo) e suas façanhas de armas na época do presídio marroquino. Tal identidade, que não foi recoberta por nenhuma pele nova, é

---
50. Arlette Farge, op. cit., p. 89.
51. AHU – Cod. 1257, fl. 7.

como uma ferida viva. Enquanto a Coroa não der atenção a essa situação, não poderá resolver a questão de Nova Mazagão, que supõe um tratamento ao mesmo tempo individual e coletivo. Com efeito, a vila abriga uma estrutura social dupla: uma muito precária, que a cidade colonial contribui para criar, e outra bem presente, que a cidade da memória carrega em si. Ora, dado que essa última dimensão foi ignorada pela Coroa, que chegou até a tentar apagá-la, Gama Lobo aplica-se com minúcia a descrever a situação de cada um dos principais personagens do forte e a exumar seus feitos passados.

Manoel Gonçalves Thomé, cavaleiro fidalgo de 56 anos, é viúvo. Ele vive em tamanha precariedade com suas duas filhas e seu único escravo, "que faz a todos compacháo" por sua infelicidade:

> Adivirtase que o sobre ditto Manoel Góz Thomé hé homem de táo relevantes servicos, que náo averá expreçoens que acabem de louvalo. Este homem foi em Mazagáo na guerra contra os Infieis o primeiro de todos os Soldados em valor em disposiçáo em obediencia e em honra. Hé homem de que se náo conhecem de feitos apartado de todo os vicios [...]; com tudo magoa que as mesmas maons que em honra da Coroa Portugueza empunharáo tantas vezes aespada sejáo hoje percizadas apegar numa enchada. Hun táo grande guerreiro foi até captivo dos Mouros tres annos para finalmente acabar de provar a sua industria; fugindo de hum rigoroso cativeiro pelos meyos mais adimiraveis que podiáo ocorrer; evindo deste modo aresgatarse com diferença dos mais captivos, pois nem costou a Sª.Magᵉ os 800$000 que deu porcada hum dos mais nem Sª.Magᵉ Marroquina veyo aser quem lhe deu a liberdade.⁵²

Salvador Rodrigues do Couto é irmão do mestre-de-campo, Matheus Valente do Couto. Esse cavaleiro fidalgo, de 53 anos, é alferes das tropas auxiliares. Como sua mulher faleceu em Lisboa, ele vive com seus quatro filhos: "Esta família hé dehuma consideravel recomendação porque sendo huma das mais distintas que saliráo da istinta Praça de Mazagáo hé hoje das mais pobres que se acháo na Villa nova"⁵³. Gama Lobo tenta não deixar ninguém

---
52. AHU – Cod. 1257, fl. 304.
53. AHU – Cod. 1257, fl. 272.

à beira do caminho, especialmente as viúvas, como Anna Margarida. Ela vive só e possui uma escrava que, com dificuldade, arruma-lhe do que sobreviver. "Esta viuva foi cazada com Joáo de Medina Barreto que por Patente do General da istinta Praça de Mazagáo foi almocadem da Cavaleiria daquelle Prezidio. O referido official teve serviços que devem fazer recomendavel sua mulher"[54]. Domingas Valente "foi cazada com Antonio Guedes que tinha sido Almocadem de Cavalaria [...]. O referido Official servio sempre com distinçáo e valor na guerra daquelle Prezidio aonde recebeu bastantes feridas que eráo outros tantos testemunhos que acreditando o seu merecimento deviáo proccorer huma situaçáo mais feliz a sua mulher"[55].

Os títulos militares, mas também a coragem ("na guerra de Mazagáo foi soldado de boms serviços"[56]) e o dom de si (o cativeiro, as feridas ou a morte em combate) definem as qualidades do *grande soldado*. A recuperaçáo dessa figura social esquecida (é também essa a "linguagem perdida" de Mazagáo) permite situar ao lado do *grande agricultor* e do *grande comerciante* (cujo êxito é valorizado pela Coroa) o devotamento do *grande soldado* (dado que sua miséria atual náo empana em nada suas qualidades). Essa é a dupla natureza de Nova Mazagáo, que carrega em si uma identidade que ela herdou e que ainda náo desapareceu por completo, e uma outra, que ela tenta gerar, mas que demora a aparecer. Desse modo, vai tomando forma uma imagem da cidade de entremeio – meio urbana e meio rural, meio fortaleza marroquina e meio vila amazônica, leal e insolente, devotada e insubordinada, cujas muralhas da memória estáo mais que nunca de pé, ao passo que as muralhas de argamassa caem aos pedaços.

Essa ambivalência explica o uso circunstancial de uma ou outra das identidades da cidade palimpsesto, em funçáo das necessidades e dos desafios dos neomazaganenses, que estáo aprendendo a brincar com as potencialidades dessa situaçáo intermediária. Tomemos um exemplo: por ocasiáo da construçáo da primeira igreja, em 1773, o "diretor" dos índios, Francisco Humberto Pimentel, anuncia ao governador: "Esó lhe faltaráo portas e janellas por terem ficado na igreja e casa de residencia da Praça de Mazagam de donde despovoaráo estes moradores". Ele entáo solicita ao governador que ordene ao comandante que mande preparar no-

---

54. AHU – Cod. 1257, fl. 266.
55. AHU – Cod. 1257, fl. 327.
56. AHU – Cod. 1257, fl. 227.

vas, "quando náo restituir as próprias"⁵⁷. Com efeito, estava estipulado nos termos da restituição do forte ao mulá Mohamed que Portugal poderia resgatar os sinos, os altares, bem como as portas e janelas das igrejas. Mas a explosão de parte das muralhas (que matou vários soldados mouros e berberes quando eles entraram na praça), assim como a descoberta de várias depredações voluntárias no interior do presídio, levaram o mulá Mohamed a decidir fechar a fortaleza e, em um primeiro momento, não dar seqüência ao acordo firmado com a Coroa portuguesa. Dessa forma, por vários meses, a igreja permanece incompleta, também ela à espera... de novas portas e janelas ou das antigas (que jamais virão). Em geral é exatamente nos objetos que manipulamos ou contemplamos que se aloja o que sobreviveu dos traços e dos gestos de um passado encerrado. A igreja, a exemplo da vila, encontra-se em uma situação intermediária: herdeira da igreja paroquial da praça-forte (todos os objetos de culto provenientes do presídio foram depositados em Nova Mazagão em 1772), ela é construída com materiais amazônicos. Coberta com um teto simples de palha, logo vai sofrer os caprichos do clima: em 1775, as paredes ameaçam ruir, e a celebração do culto deve ser suspensa⁵⁸. É quando se decide construir uma nova igreja (1779). Mas o comandante Izidoro José da Fonseca explica ao governador que o sino é muito pequeno e que suas badaladas não podem ser ouvidas por toda a vila. Como há apenas um padre para toda a paróquia, nem todos os habitantes podem assistir aos ofícios: "Si tinha um sino grande e forte"⁵⁹..., lamenta ele. Um sino de dimensões decentes será finalmente instalado na igreja de Nova Mazagão pelo diretor da vila de Souzel, em maio de 1781⁶⁰. Que significa essa querela dos sinos? Parece que os neomazaganenses esperam que as badaladas dos sinos possam não apenas ritmar sua vida, como no presídio, mas também marcar simbolicamente a fronteira entre o espaço sagrado e o espaço profano. Ora, como o sino é muito pequeno, essa fronteira passa pelo

---

57. APEPa – Diversos com governo – Cod. 257, d. 30; "Carta de Francisco Humberto Pimentel" (28 de fevereiro de 1773).
58. AHU – Diversos com governo – Cod. 289, d. 49: "Carta de Domingos Pinto da Fonseca" (13 de novembro de 1775).
59. AHU – Diversos com governo – Cod. 350, d. 29: "Carta de Izidoro José da Fonseca" (janeiro de 1780) e Cod. 350, d. 65: "Carta de Izidoro José da Fonseca" (16 de maio de 1781).
60. AHU – Diversos com governo – Cod. 350, d. 65: "Carta de Izidoro José da Fonseca" (27 de maio de 1781).

próprio interior da vila, que desse modo se encontra artificialmente dividida. Aqui, não é a origem do objeto que dá uma idéia de unidade passada, mas sua dimensão: o sino vindo de Souzel permitirá, pelo simples fato de suas potencialidades acústicas, manter a unidade da comunidade, envolvendo-a em um espaço sonoro comum.

*

A "linguagem perdida" de Mazagão não é, porém, uma mera linguagem de negociação e de reivindicação, com a qual os neomazaganenses negociam ao sabor de suas necessidades. Ela também intervém na hora de escolher os vereadores da cidade nova: o status adquirido no Marrocos (títulos militares e nobiliárquicos, façanhas gloriosas) importa bem mais que o status alcançado na vila, quando se trata de designar os membros do senado da câmara, especialmente os juízes ordinários.

Os vereadores de Nova Mazagão (1771-9)

Data	Juízes ordinários do senado	Situação no Marrocos	Título	Situação em Nova Mazagão
Setembro de 1771 – janeiro de 1772	João Fróes de Brito	Capitão de infantaria (almocadem), 55 anos	Cavaleiro fidalgo e cavaleiro do Hábito de Cristo	Oito escravos
Janeiro de 1772 – dezembro de 1773	Matheus Valente do Couto	Chefe de esquadra (cabo), 32 anos	Cavaleiro fidalgo e cavaleiro do Hábito de Cristo	Excelente agricultor; três escravos
Janeiro de 1774 – dezembro de 1774	Luiz Valente do Couto	Chefe de esquadra (cabo), 40 anos	Cavaleiro fidalgo e cavaleiro do Hábito de Cristo	Péssimo agricultor; herdou cinco escravos de sua mãe falecida e meia casa
	Francisco Pinto de Castilho	Tenente da 1ª companhia de infantaria, 39 anos	Cavaleiro fidalgo e cavaleiro do Hábito de Cristo	O maior agricultor de Nova Mazagão; cinco escravos; alferes das tropas auxiliares
Janeiro de 1775 – dezembro de 1775	Manoel Fróes de Abreu	Subtenente (alferes) de cavalaria, nomeado pelo governador, 27 anos	Cavaleiro fidalgo e cavaleiro do Hábito de Cristo	Agricultor; sete escravos; uma canoa

Data	Juízes ordinários do senado	Situação no Marrocos	Título	Situação em Nova Mazagão
Janeiro de 1775 – dezembro de 1775	Diogo Raposo	Cabo de esquadra, 43 anos	Cavaleiro fidalgo	Cinco escravos (um dos quais do Marrocos); alferes das tropas auxiliares
Janeiro de 1776 – dezembro de 1776	Thomé Barreto de Almeida Coutinho	Alferes de cavalaria: possui dois escravos, 40 anos	Cavaleiro fidalgo	Um escravo; uma canoa para negociar; alferes das tropas auxiliares
	João Monteiro da Costa	Cavaleiro, 36 anos	-	Mau agricultor; um escravo
Janeiro de 1777 – dezembro de 1777	Pedro da Cunha Botelho	Alferes de cavalaria, nomeado pelo governador, 23 anos	Cavaleiro fidalgo	Mau agricultor; não tem casa; um escravo; alferes das tropas auxiliares
	Simão Marques Leitão	-	Cavaleiro fidalgo e cavaleiro do Hábito de Cristo	Mestre de capela
Janeiro de 1778 – dezembro de 1778	Manoel da Fonseca Gil	Alferes de cavalaria, nomeado pelo governador, 54 anos	Cavaleiro fidalgo e cavaleiro do Hábito de Cristo	Pequeno agricultor; dois escravos; alferes das tropas auxiliares
	Manoel José Gomes Varela	Cabo, 32 anos	-	Bom agricultor
Janeiro de 1779 – dezembro de 1779	Thomé Barreto de Almeida	Alferes de cavalaria, nomeado pelo governador, 40 anos	Cavaleiro fidalgo	Um escravo; uma canoa para negociar; alferes das tropas auxiliares
	Matheus Valente do Couto	Cabo, 32 anos	Cavaleiro fidalgo e cavaleiro do Hábito de Cristo	Excelente agricultor; três escravos

TABELA MONTADA A PARTIR DE: AHU – COD. 1784; AHU – COD. 1257; AHU – PARÁ – COD. 90, D. 7346; APEPA – DIVERSOS COM GOVERNO; PALMA MUNIZ, "MUNICÍPIO DE MAZAGÃO", ANNAES DA BIBLIOTECA E ARCHIVO PÚBLICO DO PARÁ, TOMO IX, 1916.

Uma primeira análise desse quadro (infelizmente incompleto) indica que esses vereadores provêm essencialmente da mesma arma: a cavalaria. A maioria deles são nobres: levantamos 12 cavaleiros fidalgos entre os 14 membros. Notemos contudo que, como estamos trabalhando a partir de uma lista da nobreza estabelecida em Nova Mazagão em 1779[61], é claro que aqueles que já tinham morrido antes não foram mencionados (eis a razão pela qual a ausência de informação acerca de alguns dos membros do senado não significa automaticamente que eles não fossem cavaleiros fidalgos). Se nos basearmos nessa lista, podemos notar que, em 1779, 26 chefes de família, de um total de quase 350 instalados na vila, são titulares do Hábito de Cristo. No núcleo do senado, a proporção é amplamente superior, porque oito dos 14 membros eleitos entre 1771 e 1779 levam esse título. Portanto, a municipalidade valoriza essa distinção, que, no Marrocos, recompensava a ação heróica na luta contra os infiéis, ou o especial devotamento de um membro da nobreza[62].

Mas introduzamos aqui uma observação: essa constatação é especialmente válida para o período anterior a 1775. Nos anos 1771-5, cinco dos seis membros identificados são cavaleiros do Hábito de Cristo. No período 1776-9, eles são apenas quatro dos oito membros identificados. Parece, portanto, que se produz uma mudança nos anos 1775-6. Em um primeiro momento, são os nobres que dispõem de uma posição elevada na hierarquia militar e são reconhecidos por sua lealdade no combate pela defesa da cruz que se adonam os postos de responsabilidade no seio da municipalidade. De certo modo, assistimos a uma reprodução do modelo hierárquico da fortaleza. Citemos o caso do primeiro juiz ordinário, Manoel Fróes de Brito, de quem Gama Lobo diz ter vindo "a morrer inutilmente na Villa nova de Mazagão sem que podesse deichar a sua mulher e a seus filhos quaize outros bens mais de que os exemplos de honra e valor com que tantas vezes expoza sua vida e derramou o seu sangue no Real Serviço de S. Mag^e F contra os Inimigos da Fé"[63].

---

61. AHU – Pará – Cx. 90, d. 7346: "Relação das pessoas que se achão nos Estados do Gram Pará, naturaes da extinta Praça de Mazagão, que são cavaleiros fidalgos da Caza de Sua Magestade e juntamente são professos da ordem de Christo" (13 de setembro de 1779).
62. As escavações arqueológicas empreendidas por Marcos Albuquerque em torno da igreja de Nova Mazagão permitiram desenterrar a ossada de um indivíduo que trazia no pescoço uma corrente com uma cruz de Malta.
63. AHU – Cod. 1257, fl. 25.

Na seqüência, se sempre houve uma maioria de oficiais e de nobres que ascende ao poder (dez de um total de 18), outros, simples soldados da infantaria ou da cavalaria, também são eleitos, apesar de tudo. Seria isso uma demonstração de seu êxito na vila? Nada prova isso. Outros critérios entram em jogo, especialmente o poder simbólico que a responsabilidade de uma companhia de milícia representa: Pedro da Cunha Botelho, Thomé Barreto de Almeida e Manoel da Fonseca Gil dirigem, cada um deles, uma companhia das tropas auxiliares na vila. Não é tanto seu sucesso econômico na vila que os levou a essa função, mas a herança da qual são portadores: eles eram alferes de infantaria ou de cavalaria no Marrocos. Quanto a Manoel José Gomes Varella, chefe de esquadra no Marrocos, mas sem título de nobreza, ele é um dos raros neomazaganenses a ter tido êxito na vila. Certamente, deve seu lugar no seio do poder municipal ao fato de que "não hé dos moradores de Mazagão que paçáo mais mal"[64].

Contudo, esse último exemplo só vem a confirmar a tendência observada: nos anos 1770, a estrutura edilícia de Nova Mazagão é bem pouco receptiva às novas elites da vila. Isso é comprovado pelo retorno ao poder, em 1779, de Matheus Valente do Couto e Thomé Barreto de Almeida. O sucesso nas novas atividades econômicas parece valer muito pouco na hora da escolha: temos maus agricultores (como Luís Valente do Couto e João Monteiro da Costa) ou indivíduos em situação de indigência, como Pedro da Cunha Botelho, que passam fome e vivem da esmola de algum parente. Se, sobretudo a partir de 1775, eles foram levados a essas funções é porque encarnam certa idéia das virtudes e dos valores militares em ação no presídio – "os gestos perdidos" de Mazagão.

O retorno à ribalta da cidade da memória

Acabamos de observar uma inflexão no discurso dos neomazaganenses, os quais, com o passar dos anos, reúnem-se em torno de uma linguagem identitária comum – a linguagem perdida de Mazagão. Até agora, atribuímos essa inflexão às crescentes dificuldades encontradas na Ama-

---
64. AHU – Cod. 1257, fl. 156.

zônia e à lenta degradação da vila. Mas não levamos em conta elementos mais circunstanciais, que teriam podido desequilibrar os comportamentos e dar forma a esses discursos. Ora, existiu um elemento desses. E, involuntariamente, a Coroa bem pode ter estado na origem dessa reação: com efeito, em 1777, em conseqüência da morte de dom José I, Lisboa ordena que cada região do Império organize uma festa para "celebrar com aplauzo a aclamação da Raynha N. S. e Casamento do Nosso Serenissimo Principe"[65]. O governador transmite a ordem ao senado da câmara de Nova Mazagão no começo do mês de setembro. Serão organizados oito dias de festa, entre 16 de novembro e 1º de dezembro: seis dias serão financiados pelo senado da câmara e dois, pelo comandante[66]. Na ausência de instruções específicas do governador para o roteiro da festa, podemos agora afirmar que as escolhas cenográficas ficam sob a inteira responsabilidade dos vereadores da vila. Aliás, é graças ao comandante, que se responsabilizou pelo roteiro da "festividade" e pelo conteúdo de certos poemas em um longo documento dirigido ao governador, que chegamos ao conhecimento dos pormenores dessa manifestação. Sua leitura impressiona, chega a intrigar: a exuberância dessa festa destoa do cotidiano acinzentado da vila, da indigência de seus habitantes, de sua miséria. Detalhemo-la, antes de avançar nessa reflexão.

As cerimônias são abertas por duas celebrações religiosas, ressaltando dessa forma a dimensão sagrada da aclamação: "No dia 16 de Novembro mandou o Senado da Camara cantar huã Missa solemne e no mesmo dia a noute mandou cantar o Tedeum, depois do qual subiráo alguns fogos"[67].

Ao final de seis dias dedicados aos preparativos e às preces, podem-se iniciar as festividades propriamente ditas:

> A funçáo celebrada pelo commandante da Villa e corpo de Officiaes a qual teve seu principio no sabado a noite 22, na fórma seguinte. Depois

---

65. APEPa – Diversos com governo – Cod. 313, d. 70: "Carta de Izidoro José da Fonseca" (22 de setembro de 1777).
66. APEPa – Diversos com governo – Cod. 313, d. 82: "Carta do senado da câmara" (30 de setembro de 1777). A câmara gastou 37.040 réis.
67. APEPa – Diversos com governo – Cod. 313, d. 87: "Notícia da festividade que se celebrou na Villa de Mazagão nas festas Reaes, em aplauso da Aclamação da Rainha Nossa Senhora e Desposorios do Sereníssimo Príncipe Nosso Senhor" (3 de dezembro de 1777).

de acezas as luminarias e ter o commandante huma bem vistosa, sahio da Praça hum bem vistozo carro Triumfante goarnecido com 20 figuras bem compostas e asseadas de Meninas, que cantaváo; seguiase abacho os que tocaváo instrumentos que se compunháo de tres Rebecas e tres violas, no corpo do carro dez mascaras de dançarino que formaváo huã bem vistosa contradança e no meyo do Carro hum Mascara que recitava varios epilogos e Obras Poeticas, em aplauzo da mesma funcçáo. Diante deste Carro hiáo duas Alas de Mascaras com Alabardas, cujas Alas eráo tiradas por hu Mascara bem preparado com espada na máo.

No meyo das Alas hia um Anjo a cavallo muito bem ataviado o qual levava na máo huã Bandeira com as Armas Reaes.

Nesta ordem se foi conduzido tocando Marchas até a Porta do Commandante donde se deo Principio com os epilogos, Danças, Cantos e outras Praticas, tudo com muito gosto de todo o povo; Depois foi seguindo esta funçáo por todas as ruas, e a cada porta de Official se repetiáo as Danças, e mais aplauzos.[68]

Crianças e adultos participam em uníssono dessa cerimônia, na qual se fundem os gestos sagrados e profanos. Desse modo, ela oferece à comunidade mazaganense a oportunidade de estreitar seus vínculos geracionais e integrar os mais jovens, que não obrigatoriamente conheceram a fortaleza marroquina – em contrapartida, tudo indica que ela deixa de lado negros e índios, que, não obstante, são tão úteis para prover às necessidades da vida cotidiana na Amazônia: não é a cidade mestiça que se põe em cena, mas a cidade da memória. O desfile do cortejo[69], em "todas as ruas", permite abarcar em uma mesma comunhão todo o espaço da vila e oferece ocasião para a sacralização desse espaço, cujo estandarte real os moradores se dizem sempre prontos a defender de armas em punho. O fausto da ornamentação do carro, a riqueza das vestimentas, a variedade das cenas (cantadas, dançadas, recitadas) dão testemunho do vigor quase juvenil dessa cidade da memória, enquanto a cidade mestiça

---
68. Ibid.
69. Esses desfiles de carros alegóricos eram muito freqüentes no Brasil do século XVIII: testemunhando a exuberância barroca, eles serviam para a encenação simbólica do poder religioso ou real. Cf. José Ramos Tinhorão, *As festas no Brasil colonial* (São Paulo, Editora 34, 2000).

está quase moribunda. Os poemas e os cantos, recitados diante da porta de cada personalidade, são ocasião de manifestar a lealdade dos habitantes dessa vila amazônica ao trono de Portugal e à Igreja:

> Quem da a Portugal a Luz? Alleluia Jezus
> Quem sustente a Monarquia? Alleluia, Maria
> Quem Nossa Esparança hé? Alleluia, Jozé.
>
> Por isso, bendita seja
> Nossa glória tão fatal
> Dominem Portugal
> Jesus, Maria, José.

Quem, então, domina Portugal? Jesus, José, o carpinteiro de Nazaré, e Maria? Ou antes Jesus, a rainha Maria e o defunto rei José? Os autores do epílogo não esclarecem a dúvida, especialmente sobre a identidade de "José", visto que foi o rei que deu a ordem de abandonar o forte e assinou o envio de seus habitantes à Amazônia. Lembremos como a écloga, redigida durante o tempo de trânsito para Lisboa, já dava testemunho da desconfiança dos mazaganenses contra o rei, culpado de traição, não apenas a eles, soldados da fé, mas ao próprio Deus. Como então interpretar o sentido desse "epílogo": testemunho de lealdade ou marca de desconfiança para com a monarquia?

> Viva o Reyno, a Patria viva,
> Viva apezar da enveja,
> Viva a nossa Santa Igreja,
> Ahú viva siga outro viva.
>
> A voz sonora, e altiva,
> Sublimando esta função
> Diga Com muita razão
> Em aplauzo táo Real,
> Viva todo Portugal,
> Viva o Nosso Mazagáo.[70]

---

70. Ibid.

Esses poemas e cantos, em um total de dez, foram compostos em poucas semanas. O que os inspirou? Não sabemos. Notemos simplesmente que, apesar do estilo pomposo (que é, aliás, perfeitamente conveniente a esse tipo de cerimônia), os autores souberam, mediante perfeito domínio dos procedimentos retóricos, encontrar equilíbrio entre o elogio a Portugal e o elogio a Mazagão. Suas glórias são postas no mesmo plano, e o autor reserva ao ouvinte ou ao leitor o cuidado de tirar as conclusões que decorrem: ele evoca com dor "a glória táo fatal" de Mazagão. Se, quando se trata de celebrar "o Reino", "a Pátria", a "Santa Igreja" ou até mesmo "Mazagão", os qualificativos são precisos, os termos são mais ambíguos quando se trata de glorificar a monarquia: o autor evoca apenas uma "celebração real" e mantém a dúvida quanto à identidade de José. Nos escombros da cidade em decadência, homens encontraram a força, o tempo e a inspiração para preparar esses textos. Trata-se de uma outra dimensão da natureza de Nova Mazagão, que encontra aqui um meio de expressão – uma cidade digna, orgulhosa, altaneira.

Depois do desfile do carro pelas ruas da cidade, a festa continua: "Finalisado isto sabiráo huã Náo de Guerra, e hum Corsario, os quaes se encontraráo com hu grande Chavelo de Mouros, que depois de hum bem vistoso combate se rendeo"[71].

Essas encenações são clássicas no Brasil do século XVIII. As mouriscas [dança de origem árabe com grande difusão na Europa a partir do século XVI] estão em grande voga nos anos 1760: na Bahia, por ocasião das bodas de dona Maria, artesãos se fantasiam de mouros; no Rio, para as bodas de dom João e dona Carlota, surge um carro alegórico com mouros; em Ilhéus, representam-se combates a cavalo entre cristãos e mouros[72]. Essas manifestações mantêm a chama do cristianismo, bem como o sentimento de dominação sobre o povo vencido. Contudo, a inserção de um combate naval durante essa cerimônia causa surpresa: com efeito, nunca houve combate marítimo diante de Mazagão. Os piratas de Salé, os únicos mouros que dispunham de uma frota de verdade, às vezes vinham ameaçar os navios de comércio que abasteciam Maza-

---

71. Ibid.
72. Luís da Câmara Cascudo, *Dicionário do folclore brasileiro* (2. ed., Rio de Janeiro, Instituto Nacional do Livro, 1962).

gão, mas jamais desafiaram a fortaleza, sabendo-se muito vulneráveis para resistir a uma reação da frota portuguesa. Por isso, é melhor ver aí um procedimento simplesmente teatral, para conferir mais relevo à luta entre cristãos e mouros – na qual Mazagão foi, para a Coroa portuguesa, o derradeiro porta-estandarte.

Ao dar a palavra à cidade da memória, essa festa criou "a ilusão de superar o obstáculo que separa entre eles os tipos de sociedade"[73]. Ela contribui para dar uma idéia da "duração imemorial" de Mazagão: se a cidade real não resiste às intempéries, a cidade da memória as enfrenta e as atravessa sem um arranhão, ganhando, ao contrário, até consistência depois de cada nova provação.

*

Contudo, a celebração, depois dessas justas navais, estava longe de terminar. Seguramente, é ali que começa a parte mais singular, mais surpreendente, mas também a mais rica em símbolos e em significações:

> No Domingo 23 a noute se ezecutou com toda a perfeição a opera de Demonfonte em tracia; que se repetio segunda vez e terceira; Logo se ezecutou a de Dido desprezada, destruição de Carthago que se repetio segunda vez, e ultimamente Eneas em Getulia segunda parte de Dido que se ezecutou uma só vez. Finalizada esta funcção das Operas que foi o dia 1º dia de Dezembro por ter havido dois dias de descanso; no dia 3 se ezecutou por conta do Commandante a Peça intitulada o mais heroico segredo, ou artaxerze; com que se deo fim. E no mesmo dia se comessarão mais tres dias de luminarias por nova direcção feita pelo Commandante.[74]

Entre 23 de novembro e 3 de dezembro, sete encenações de três óperas diferentes foram feitas em Nova Mazagão. Compreendemos que essas cerimônias tenham sido "muito commentadas em Belém"[75]. E confessamos que seu fausto, completamente inesperado diante da situação material da vila, deve ter surpreendido o governador, cujo gabinete não pára de receber reclamações ou reivindicações enviadas pelos neomaza-

---

73. Jean Duvignaud, op. cit, p. 91.
74. APEPa – Diversos com governo – Cod. 313, d. 87.
75. Palma Muniz, "Município de Mazagão", *Annaes da Biblioteca e Archivo Público do Pará*, Belém, tomo IX, 1916, p. 424.

ganenses! Com efeito, só podemos nos admirar de um programa desses: como é que esse povo, tão vulnerável, miserável, encontra energia para tamanha proeza física? Enquanto tudo aponta para a mais absoluta indigência, o desenvolvimento de tais manifestações significa que alguns moradores dispõem dos libretos e das partituras e, sobretudo, conhecem os papéis e as músicas para poder encená-los poucas semanas depois de receberem a ordem do governador.

Tentemos, de início, saber como essas três óperas podiam ser conhecidas pelos moradores de Nova Mazagão. Inicialmente, todos elas apresentam um ponto comum, pois têm todas o mesmo libretista, o poeta italiano Pietro Antonio Domenico Bonaventura Trapassi (1698–1782), chamado Metastasio[76]. Metastasio escreve sua primeira tragédia, *Justino*, em 1712. Em 1722, escreve uma cantata, *Os jardins das Hespérides*, e a cantora Marianna Bulgarelli (a Romanina) apaixona-se pelo poeta. Para ela, ele escreve seu primeiro melodrama, *Dido abandonada* (1724). Chamado a Viena em 1730, será o poeta oficial da corte até sua morte. Nesse mesmo ano, escreve *Artaxerxes*. Em 1733, será a vez de *Demofonte, rei da Trácia*. Metastasio se destaca no melodrama (drama musical), gênero perfeitamente conveniente à boa sociedade do século XVIII. Ele é o teórico da *opera seria*, construída a partir de um enredo mitológico ou histórico, muito freqüentemente composto de três atos precedidos de uma abertura instrumental. Essa forma de ópera se caracteriza por uma alternância muito codificada de diálogos em *recitativo seco* (ou *parlando*) e árias. A ausência do coro é a regra. Em Metastasio, o enredo é simples (ele reduz os personagens ao número ideal de seis), as paixões para as quais ele apela, plenas de nobreza, freqüentemente permitem um desenlace feliz. É isso o que explica a imensa aceitação que desfrutou junto a seus contemporâneos. Muitos compositores musicam os libretos de Metastasio, contribuindo assim para a difusão de seus textos em toda a Europa: Albinoni, Vinci, Gluck e, sobretudo, Hasse, que musica cerca de trinta de seus libretos (*Demofonte* foi objeto de 18 composições musicais diferentes até 1769; *Artaxerxes*, de 24; e *Dido abandonada*, de 23). Eis o que também explicaria o fato de alguns neo-

---

76. Cf. Marc Honneger, *Dictionnaire usuel de la musique* (Paris, Bordas, 1970); Gustave Kobbé, *Tout l'opéra: de Monteverdi à nos jours* (Paris, Robert Laffont, 1976).

mazaganenses conhecerem as óperas de Metastasio: com efeito, não esqueçamos que 142 chefes de família de Nova Mazagão declararam solenemente, em 1779, possuir o título nobiliárquico de cavaleiro fidalgo[77] – o que significa que alguns entre eles receberam uma educação na qual a arte da guerra e a arte musical tinham o mesmo peso. E realmente a ópera é objeto de grande entusiasmo no Portugal de dom José. Por sinal, dom José mandou construir perto de seu palácio a Ópera do Tejo, inaugurada com uma obra de Metastasio: *Alexandre na Índia*[78]. Os maiores *castrati* italianos viajam a Lisboa. Os diplomatas e outros estrangeiros reconhecem a qualidade do *ensemble* musical da corte portuguesa, mas, por outro lado, queixam-se das vultosas despesas que esse fervor da corte pela ópera lhes impõe: durante a temporada, encenações são levadas duas vezes por semana. O povo de Lisboa também parece partilhar desse entusiasmo: durante mais de trinta anos, o boticário João Gomes Varela organiza espetáculos voltados para esse público. No Brasil-Colônia do fim do século XVIII, a ópera também desfruta de um grande entusiasmo: "É manifestação teatral destinada com maior regularidade à celebração política e civil"[79]. Salas são construídas para esse fim: na Bahia, em 1760; em Vila Rica, em 1769; e em Belém, em 1775 (António Landi é aqui o arquiteto). E, ainda por cima, são de Metastasio os libretos mais estimados pelo público.

Claro que a descrição proposta pelo comandante Izidoro José da Fonseca ainda deixa suspensas várias perguntas: foi formada uma orquestra? Isso não é impossível: já sabemos que em Mazagão havia violas e rabecas. Mas quantos eram os músicos? E quem os regia? Algum dia saberemos quem foram os cantores dessas óperas, as cantoras, os tenores? Assim como seria importante saber se foi improvisado um cenário para essas representações. E qual era o público dessas encenações?

---

77. AHU – Pará – Cx. 90, d. 7346: "Relação das pessoas que se achão nos Estados do Gram Pará, naturaes da extinta Praça de Mazagão, que são cavaleiros fidalgos da Caza de Sua Magestade e juntamente são professos da ordem de Christo" (13 de setembro de 1779).
78. Suzanne Chantal, *La vie quotidienne au Portugal après le tremblement de terre de Lisbonne de 1755* (Paris, Hachette, 1962), p. 246. Cf. também Manoel Carlos Brito, *Opera in Portugal in Eighteenth Century* (Cambridge, Cambridge University Press, 1989).
79. Lorenzo Mammi, "Teatro em música no Brasil monárquico", em István Jancsó & Iris Kantor (orgs.), *Festa: cultura e sociabilidade na América portuguesa* (São Paulo, Hucitec/Edusp, 2001), vol. 1, p. 40.

Resumo das três óperas encenadas em Nova Mazagão
(novembro–dezembro de 1777)[80]

Demofonte na Trácia: ópera em três atos, musicada pela primeira vez por Duni Egidio Romoaldo, a partir de um libreto de Metastasio (1733). Todo ano, Demofonte, rei de Quersoneso da Trácia, deve sacrificar uma jovem virgem de seu povo. Ele pergunta ao oráculo de Apolo quando tão cruel exigência terá fim: "Quando o inocente usurpador de um trono conhecer a si mesmo". A seqüência da ópera dá a chave do enigma. Demofonte tem filhas, mas manda que sejam criadas em um lugar seguro, a fim de escaparem ao sacrifício. Seu ministro, Matúsio, que também tem uma filha, Dircéia, quer fazer o mesmo, mas o rei condena a jovem. Ele não sabe que Dircéia se casou secretamente com seu próprio filho, Timanto, herdeiro do trono, ao qual ele destina Creusa. Mas quem ama Creusa é o filho caçula do rei, Querinto. Creusa, magoada com o desprezo de Timanto, quer ir embora e rejeita Querinto. É quando Demofonte descobre o casamento secreto de Timanto e Dircéia. Ele os condena à morte e, depois, os anistia. Mas Matúsio fica sabendo, por uma carta deixada por sua mulher defunta, que Dircéia não é sua filha, mas a filha do rei: ela é, portanto, irmã de Timanto. Felizmente, Timanto, por sua vez, fica sabendo, por meio de um documento deixado por sua mãe, que ele não é filho do rei, mas de Matúsio. Portanto, ele pode amar Dircéia sem obstáculo, e a profecia se realiza: ele era usurpador sem saber, e o sacrifício das virgens pode cessar. Demofonte então dá Creusa como esposa a Querinto, seu único herdeiro legítimo.

Dido abandonada: ópera em três atos, musicada pela primeira vez por Domenico Sarro (1724). Metastasio, o libretista, pôs em cena Dido e Enéias, duas figuras da *Eneida* de Virgílio. Enéias, já decidido a abandonar Cartago, ainda não comunicou seus projetos à rainha. Sem saber de nada, Dido está feliz. Sua irmã, Selenéia, secretamente apaixonada por Enéias, sabe ao contrário, o que ameaça Dido; gostaria de contar a ela, mas não ousa, hesita. Contudo, o rei dos mouros, Jarbas, disfarçado de seu próprio embai-

---

80. Retiramos essas informações do *Dictionnaire des oeuvres de tous les temps et de tous les pays* (Paris, Laffont/Bompiani & SEDE, 1953) e do *Le Dictionnaire chronologique de l'opéra: de 1957 à nos jours* (Paris, LGF, 1994).

xador e sob o nome de Arbace, confronta Dido com a escolha: o casamento ou a guerra. Quando a rainha é informada dos preparativos de Enéias, a situação se lhe apresenta como de desespero: ela manda chamar Enéias e finge aceitar o pedido de casamento do rei dos mouros. Diante da reação de Enéias, ela confessa ter mentido e recua da promessa. Jarbas jura vingança. Enéias prepara-se para partir quando é alcançado por Jarbas e uma tropa de mouros. Dá-se, então, uma batalha entre troianos e mouros, enquanto Enéias e Jarbas se enfrentam em duelo. Jarbas, desarmado, é poupado por Enéias, que, completamente concentrado em sua busca de glória, vai-se embora, abandonando Cartago em chamas. Dido, abandonada por seu amante, ameaçada por seu inimigo, lamentada por sua irmã, cercada por familiares inseguros e cortesãos cruéis, suicida-se na fogueira. O drama acaba com a aparição do deus Netuno.

Artaxerxes: drama de Metastasio em três atos, musicado pela primeira vez por Vinci (1730). Artabão (ministro de Xerxes, rei persa aquemênida) é o pai de Arbace. Arbace queria desposar Mandane, a filha do rei – que lhe recusa a mão da filha e o manda para o exílio. Mas enquanto Arbace regressa em segredo para ver sua prometida, Artabão mata Xerxes e entrega a espada ensangüentada a Arbace, ordenando-lhe fugir. Artaxerxes, filho de Xerxes, acha que o assassino é seu irmão, Dario, e isso é confirmado por Artabão, que se apressa em mandar assassinar Dario. Artaxerxes é coroado rei. Nesse ínterim, vem-se a saber que o verdadeiro assassino de Xerxes é Arbace, com o qual se encontrou uma espada ensangüentada. Ele deverá se inocentar da acusação que pesa sobre ele, mas não poderá denunciar o próprio pai. Artaxerxes encarrega o pai de julgar o próprio filho, na secreta esperança de que ele conseguirá inocentá-lo. Seguem-se o julgamento e a condenação de Arbace: Artabão tenta salvá-lo fazendo-o fugir (mas Arbace se recusa), movendo uma rebelião que o aclama como rei (mas Arbace chega a tempo de acalmar a turba), preparando uma taça de veneno para Artaxerxes (mas Arbace, libertado pelo rei, chega quase a bebê-la em seu lugar). Nesse momento, Artabão se trai e confessa todos os seus crimes. Ele é condenado à morte pelo rei, mas se revolta e o ataca. Artabão se entrega e Arbace quer morrer em seu lugar; como o pai se opõe a isso, Arbace implora piedade para ele. Artaxerxes então o condena ao exílio, casa Semíramis e dá a mão de Mandane a Arbace.

Comecemos por destacar os temas em jogo em cada uma dessas óperas, para entender as razões de sua escolha e saber em que elas podem se aplicar à situação dos neomazaganenses. *Demofonte na Trácia* encena o combate de um rei contra um castigo injusto (o sacrifício de uma jovem virgem), que só terá fim quando o "usurpador de um trono" for desmascarado. A fundação de Nova Mazagão não seria o fruto de um castigo injusto? Mas quem é o usurpador que deve ser denunciado para que o castigo cesse? O rei dom José? Ou Pombal e seu irmão, Mendonça Furtado, pela ascendência que têm sobre o monarca? A ópera foi encenada três vezes, o que atesta uma preocupação pedagógica na transmissão de uma mensagem ou de uma moral.

Dido abandonada é uma reflexão em torno dos temas do abandono e do sacrifício. Enquanto Dido sacrifica a própria vida ao amor, Enéias sacrifica seu amor para cumprir seu destino, abandonando Dido no centro de uma cidade assediada. Dom José não abandonara Mazagão em estado de sítio, sacrificando a fortaleza em nome dos interesses superiores da monarquia e do Império? A íntegra da ópera (*Dido abandonada: a destruição de Cartago*) foi objeto de duas récitas, e o segundo ato ("Enéias em Getúlia"), de uma nova encenação. Essas indicações, fornecidas pelo comandante Izidoro José da Fonseca, não figuram no libreto de Metastasio. Por que essas indicações então, senão para reforçar a mensagem? Mas, nesse contexto, o que tem a ver a referência à Getúlia? É certo que Virgílio evoca na *Eneida*, na qual Metastasio se inspirou para compor seu libreto, as Sirtes getúlicas, dois golfos próximos de Cartago, por onde Enéias teria passado. Mas a Getúlia também é a denominação latina da região situada ao sul do Atlas, limitada a oriente pela terra dos Garamantes e, ao ocidente, pelo Atlântico. Ela se estende do sul da Argélia ao sul do Marrocos, ou seja, a região onde foi, na seqüência, implantada a fortaleza de Mazagão. Por isso a referência à Getúlia permite localizar geograficamente o lugar da *destruição* = Mazagão.

Com *Artaxerxes*, é o tema do amor filial que é abordado: o pai mata pelo filho, e o filho (com risco da própria vida) recusa-se a denunciar o pai. Trata-se aqui de evocar a lealdade, apesar da afronta, dos neomazaganenses para com Portugal? É uma possibilidade. Mas precisamos levar em conta uma particularidade: a ópera teve apenas uma récita. Isso significa que talvez não seja tanto a mensagem que importa, mas a referência a Artaxerxes. Esse rei persa (465–425 a.C.), célebre por sua bondade e generosidade, é conhecido por ter permitido aos judeus que permaneceram na Babilônia depois do édito de Ciro regressar a Jerusalém. Com *Artaxerxes* é, portanto, um gesto que é posto em cena: a autorização do regresso. E é com esse gesto (de bom augúrio?) que se encerram o ciclo de óperas e as festividades. Quanto ao monarca generoso e bom, não poderia se tratar da nova rainha, dona Maria? É em suas mãos que doravante repousam todas as esperanças de retorno dos neomazaganenses.

A escolha dessas três óperas e sua seqüência não se deram por acaso. Suas histórias se encaixam quase perfeitamente. Seu encadeamento e sua repetição produzem um sentido que, isoladamente, nenhuma delas possui. É evidente que a decisão por essa montagem exige uma familiaridade real com os libretos de Metastasio: foi Izidoro José da Fonseca que concebeu, sozinho, essa organização? Jamais o saberemos? Consideremos, sobretudo, que na Amazônia de fins do século XVIII, nos confins do Império português, uma comunidade de joelhos tenta encontrar certa dignidade. Ela dirige, na forma de um discurso codificado, uma mensagem à Coroa: *a injustiça de uma decisão (o abandono) deve ser revelada para que o castigo possa ter fim e assim se abrir o caminho do regresso.*

Pouco nos importa que essas representações tenham ou não ocorrido na íntegra, pouco importa o modo como talvez tenham sido encenadas, pouco importa também que tenha ou não havido público: os neomazaganenses enviam uma advertência[81]. Eis por que, doravante, eles vão se aplicar a denunciar a injustiça de que foram vítimas, dirigindo-se diretamente à rainha. Dessa forma, a mensagem dessas óperas prefigura o léxico da "linguagem perdida" que os neomazaganenses vão utilizar para se apresentar, se descrever, em suma, se representar em suas petições.

---

81. Resta saber por que os membros do senado, por sua vez, simplesmente relataram uma festa com "aplausos". Parece-me que essa disparidade pode ser explicada. Se houve um desacordo entre o comandante e a câmara em 1776 (ver capítulo 4), resta daquele confronto uma desconfiança da municipalidade para com o governador: não esqueçamos que ele não hesitou em destituir um de seus representantes e em confirmar sua pena de prisão. Apenas o comandante se sente livre o suficiente para ousar enfrentar o governador.

Abandono ou regeneração?

Diante da mobilização de toda uma comunidade, a Coroa, preocupada, ordena ao governador que faça um relatório completo da situação da vila: progresso da transferência, situação das famílias, estado sanitário[82]... O governador encarrega Manoel da Gama Lobo de Almada, comandante da praça de Macapá, de coordenar a operação. Ele faz, então, novas listas: uma das famílias ainda em Belém, uma das famílias instaladas em Nova Mazagão ou arredores, uma das pessoas a serviço do rei que deixaram a fortaleza de Mazagão, uma das viúvas e dos órfãos vindos do presídio e, finalmente, uma dos cavaleiros fidalgos que ainda estão em Mazagão. Esse retorno das listas administrativas à boca de cena é de bom augúrio para os neomazaganenses? Lembremos o modo como elas permitiram, no início da transferência, congelar a sociedade para melhor controlá-la. Como filho de Mazagão, Gama Lobo deseja que elas possam, ao contrário, dar testemunho das mudanças sociais e da multiplicidade das experiências familiares na Amazônia.

Em fevereiro de 1779, o governador João Pereira Caldas envia os resultados da pesquisa ao ministro Martinho de Melo e Castro[83]. Uma longa carta acompanha a remessa — como exemplo da razão de Estado em ação no Império. Antes de qualquer comentário, o governador deseja lembrar alguns elementos desse relatório. O principal desafio da implantação de Nova Mazagão era assegurar "a defesa e segurança da Barreira do Macapá contra os vezinhos Francezes". Desse imperativo decorre sua posição geográfica, mas ele reconhece que a escolha do local foi das mais infelizes: por ser "pantanozo [...], se difficulta a communicação por terra para o Macapá", de modo que "não podem aquelles moradores tão promptamente socorrer a Praça do Macapá". Nem falemos da via fluvial, que os ventos contrarios não tornam propriamente a mais rápida. Ele chama a atenção para o alto custo dessa transferência: além do transporte de Lisboa a Belém e de Belém a Nova Mazagão, do fornecimento

---

82. Carta datada de 26 de junho de 1778 (AHU – Cx. 82, d. 6720: "Ofício do governador para o secretário de Estado da Marinha e Ultramar" [5 de fevereiro de 1779]).
83. AHU – Cx. 82, d. 6720: "Ofício do governador para o secretário de Estado da Marinha e Ultramar" (5 de fevereiro de 1779).

de material, do alojamento, dos cuidados com a saúde e da alimentação, não se pode esquecer o custo da construção das casas ("as duzentas sessenta e cinco, que alli se acháo erectas e de que cadahuma importa á Fazenda Real em couza de duzentos mil reis decusto"). Só depois de ter exposto esses argumentos geopolíticos e financeiros, ele aborda a situação dos neomazaganenses:

> Esta gente ainda que viva e muito propria para o exercicio das Armas em que foy criada o náo he para a lavoura, assim pela dita razão de ser outra a sua creaçáo, como porque sendo huma grande parte daquellas Familias de qualidade distincta e delicada, nem a seria pertender e a esperar que, porsi mesmas, se sujeitassem áos laboriozos e pesados serviços aque a lavoura neste Paiz obriga.

E o que conquistam aqueles que têm êxito? "Muito inferior qualidade de Povoadores." Contudo, o governador se furta a qualquer miserabilidade: é em garantia dos recursos financeiros do Estado e da coerência de suas decisões políticas que ele constrói sua argumentação. Pois, mesmo reconhecendo a miséria na qual vivem os neomazaganenses, ele também não esquece que as quantias em jogo são demasiado importantes para que a Coroa se permita recuar. E adverte o ministro das reais intenções dos provenientes de Mazagão: "De os mandar Sua Magestade deste Estado reexportar para esse Continente". Isso prova que o governador decifrou perfeitamente a mensagem que os neomazaganenses enviaram à monarquia portuguesa.

É, portanto, exclusivamente sobre essas considerações racionais que Pereira Caldas se baseia para sugerir ao ministro duas soluções para o problema de Mazagão. Em primeiro lugar, ele propõe que "se desse Liberdade ás Familias que pertendenssem de se estabelecer dentro dos limites desta capitania, por donde bem, o melhor lhe conviesse; porque sempre o Estado ficara com aquelles Povoadores". E no que se refere às famílias instaladas na vila, sabendo que "sem a competente força de braços que náo he hum ou dois escravos, se náo pode nada fazer", ele considera a possibilidade de a Coroa conceder a cada uma seis escravos (quatro homens e duas mulheres), pelos quais só pedirá reembolso ao término de quatro anos. Ainda seria conveniente que se desse uma ração de farinha durante um ano suplementar a cada família, o tempo de suas plantações começarem a produzir.

Essas propostas tiveram pouco efeito. O governador recebe a ordem de distribuir alguns índios para a agricultura, mas esse gesto não parece contentar as famílias: os pedidos de autorização de regresso a Belém não cessam de chegar, as *fugas* e os atos de desobediência se multiplicam.

A situação se agrava a partir de 1780, quando uma epidemia de malária se abate sobre a região, atingindo Macapá, Vila Vistoza e Nova Mazagão. O cirurgião Amaro da Costa e os membros do senado da câmara avisam rapidamente o novo governador, Tello de Menezes, de que "algumas familias deste povo vay contaminando hum contagio de sizoens, e destas algumas tem malinado por cauza da sua má qualidade"[84]. Não obstante, as autoridades levam meses para esboçar reação. Com efeito, o novo governador não é tão conciliatório quanto seu predecessor: segundo ele, os neomazaganenses são "oportunistas", "enganadores" que teriam feito melhor se "[...] se houvessem applicado com a efficacia, que deveráo áo beneficio da Agricultura"[85]. Ele evoca sua "insolência", para concluir: "Julgo de nenhum momento, para o fim pertendido". Tanto quanto sabemos, só em dezembro de 1782 é que o governador avisa Lisboa da gravidade da situação, relatando numerosas mortes que a malária já causou e a nova solicitação dos neomazaganenses para se instalarem em Belém, ao menos durante dois anos, o tempo necessário para que o terreno infeccioso fique limpo[86].

Enquanto a posição das autoridades de Belém se endurece, a da Coroa começa a mudar. Depois de ter descoberto a presença de 142 cavaleiros fidalgos (26 dos quais pertencentes à Ordem de Cristo), ela começa a se sentir claramente incomodada. Pouco a pouco, a idéia de admitir um deslocamento vai se firmando. Em 1783, o Conselho Ultramarino reage à nova petição do senado da câmara, pedindo o envio ao local de um minis

---

84. IHGB – Belém – Cod. 1, d. 5 (12 de novembro de 1780); d. 6 (8 de dezembro de 1780).
85. AHU – Pará – Cx. 90, d. 7346 (3 de novembro de 1780).
86. AHU – Pará – Cx. 90, d. 7346 (30 de dezembro de 1780). Escavações recentes, coordenadas pelo arqueólogo Marcos Albuquerque, permitiram confirmar a presença, nas proximidades da igreja, de uma vala comum, onde 23 cadáveres foram enterrados, todos vítimas de malária (cf., a esse respeito, o *site* http://www.magmarqueologia.pro.br).

tro imparcial. Os membros do Conselho decidem consultar o procurador da Fazenda, que reconhece o fracasso da instalação da nova vila[87]. Eles foram transferidos para a Amazônia, explica ele, "para viverem em abundancia", em uma vila "que selhe dera em prêmio dos Serviços que tinháo feito". Ora, eles estão passando por "huma indigência irremediável" e consideram-se "degredados". Por sinal, esses vassalos leais e fiéis estão "privados daquella liberdade que tem todos os Vassalos, e deque só os priva algum delito que estes náo cometeráo". O governador, igualmente consultado, rejeita a idéia de um retorno para a Europa: "A necessidade e a miséria igualmente os acompanhariam". Contudo, ele admite que se lhes pode dar a liberdade de se instalar no interior do estado, porque o local é impróprio e eles o "habitaváo com repugnancia" e "com grande violência".

Depois de ter reunido esses pareceres e numerosas outras informações, o Conselho Ultramarino reconhece: "Estes benemeritos e mizeraveis Vassalos se fazem muito dignos da Real Piedade de Vª Magestade". Mais de 15 anos depois da decisão da transferência dos mazaganenses para a Amazônia, a Coroa toma enfim consciência do fracasso da operação e concede aos moradores da vila a liberdade de se instalar no interior das fronteiras do estado do Pará. Mas a decisão deve ter sido bastante custosa! O ministro Martinho de Melo e Castro, que transmite a decisão da rainha ao novo governador, Martinho de Souza e Albuquerque, nota "as grandes despezas q' a Fazenda Real tem feito com as Familias [...] tem embaraçado atégora a rezolução de abandonar aquele estabelecimento"[88]. Contudo, ele ainda ordena ao governador que faça com que algumas famílias permaneçam no local, a fim de que não se abandone o estabelecimento, visto que "náo deixa de ser util a sua conservação nesta margem do Amazonas".

Não podemos esquecer que há outras razões que podem ter entrado no cálculo dessa mudança de política: os novos dados da geopolítica européia devem ter pesado no momento das discussões. A guerra de independência dos Estados Unidos inquieta profundamente as potências coloniais, que doravante medem os riscos que pesam sobre a estabilidade de suas

---

87. AHU – Pará – Cx. 90, d. 7346: "Consulta do Conselho Ultramarino para a Rainha sobre a representação apresentada pelos oficiais da câmara, Nobreza e povo da extinta praça de Mazagão, e residindo actualmente na vila com o mesmo nome no estado do Pará,queixando-se da precariedade das suas vidas" (19 de setembro de 1783).
88. AHU – Pará – Cx. 90, d. 7346 (29 de julho de 1783).

colônias. Os neomazaganenses, que ainda se dizem fiéis vassalos, não poderiam seguir o exemplo americano e desafiar ainda mais radicalmente a Coroa? A decisão da Coroa portuguesa é tomada no momento da resolução do conflito, entre o tratado preliminar assinado pelos beligerantes, em 30 de novembro de 1782, e o tratado de Versalhes, que legaliza a independência dos Estados Unidos da América (3 de setembro de 1783). No lado português, a geopolítica da Amazônia passa a seguir uma nova orientação, com a fundação de vilas e de fortes ao longo da fronteira oeste do Brasil, especialmente na capitania do Mato Grosso: forte de Coimbra (1775), forte Príncipe da Beira (1776). Essas criações mobilizam os recursos financeiros da Coroa, que não pode mais contar com a subvenção da Companhia Geral do Grão-Pará e Maranhão, dissolvida em 1778. Soou a hora das decisões. O muitas vezes constatado fracasso de Nova Mazagão não anima a continuar financiando um assentamento de tão pouca utilidade.

Contudo, não sabemos se a rainha deu atenção a uma sugestão do Conselho que propunha distinguir duas categorias no interior da vila: "Os que tem o foro e são professos na Ordem de Christo e naturaes de Mazagão; e outros dos que estavão no tempo da evacuação e tinhão hido de diversas partes deste Reyno"[89]. Essa divisão permite prever dois tratamentos diferentes. No que diz respeito à segunda categoria, "entende o Concelho que só lhe devem fazer as ventajes de povoarem, dandose-lhe sempre a escolha do sítio sem de nenhuma forma serem castigados nenhum nem outros, visto não terem cometido crime que os obrigue a sujeição involuntaria". Quanto aos primeiros, "por lhe não ser constante as com que forão atendidos os suplicantes quando se mandarão para o Pará, que podia ser a intrançia nos offícios publicos [...] ou darlhe a cada hum daquelles que os precizassem dez escravos e que por tempo de dez annos não fossem obrigados a pagamento algum".

*

Depois do término da assistência aos mazaganenses ainda instalados em Belem (decidido em 1776), eis que se sinaliza o fim da ajuda dada aos que já se instalaram em Nova Mazagão. Porque e também esse o sentido dessa decisão: a liberdade concedida não consegue mascarar a intenção da Coroa de se retirar. O ano de 1783 marca também o término institucional do traslado e da refundação de Mazagão na Amazônia.

---

89. AHU – Pará – Cx. 90, d. 7346: "Consulta do Conselho Ultramarino para a Rainha" (19 de setembro de 1783).

Mesmo assim, essa decisão não põe um termo à existência da vila. O que acontece, então, com seus habitantes? Mazagão nos escapa bruscamente. Desaparecendo de um dia para o outro das preocupações da Coroa, ela some sem deixar pistas[90]. Diante do repentino silêncio dos arquivos, o historiador se vê desguarnecido, sem saber como interpretar essa impressão de sonolência da vila. Não obstante, seria útil saber como foi recebida a notícia; seria útil mensurar o comportamento das famílias depois da decisão. Assistiríamos a inúmeras partidas? E como seriam elas organizadas?

Mesmo tendo hesitado tanto tempo antes de tomar sua decisão, Lisboa não deixou de transmiti-la de maneira puramente administrativa, como um último gesto de violência. Seu desinteresse pelo futuro dessas famílias é flagrante. O silêncio dos arquivos dá testemunho ao menos disso. Como eles poderiam deixar a vila? Os candidatos a partir estão totalmente desguarnecidos e não contam com nenhuma ajuda material ou financeira para uma nova instalação. E se tentassem pôr seus bens à venda antes de partir, quem iria querer comprar uma casa ou um pedaço de terra em uma vila considerada insalubre? Isso equivale a dizer que, longe de aliviá-los, essa decisão põe os neomazaganenses diante de uma nova provação. Eles agora são livres, ou estão um pouco mais desamparados, entregues a si mesmos? Aqueles que têm família em Belém ou nos arredores podem se arranjar mais facilmente. Os arquivos ultramarinos de Lisboa contêm algumas solicitações de mazaganenses instalados no estado do Pará, que tentam obter a autorização de voltar para o reino – quase sempre em vão. O cirurgião Amaro da Costa, por sua vez, reivindica um lugar no asilo dos pobres de Belém, como recompensa pelos serviços prestados em Nova Mazagão[91] – e até isso lhe será negado. Ele tentará de novo em 1787[92].

Mas o que aconteceu com todos os demais? Sabemos que a vila não foi abandonada. O comandante Izidoro José da Fonseca se mantém a

---

90. Depois de 1783, os acervos do Arquivo Histórico Ultramarino (Lisboa) e do Arquivo Público do Estado do Pará (Belém) quase não têm mais documentos relativos a Mazagão. As fontes se calam de repente e Nova Mazagão desaparece, fugindo assim ao olhar do historiador.
91. AHU – Pará – Cx. 94, d. 7491: "Ofício do Bispo do Pará, para Martinho de Melo e Castro, sobre o requerimento do cirurgião Amaro da Costa, solicitando autorização para trabalhar no Hospital dos pobres, em recompensa pelos serviços prestados na Vila Nova de Mazagão" (3 de abril de 1785).
92. IHGB – Belém – Cod. 1, d. 9 (10 de abril de 1787).

postos[93]. Por ocasião de sua visita pastoral a Nova Mazagão em julho de 1785, frei Caetano Brandão registra a presença de novecentas pessoas (incluídos os escravos): "Os mais tem sahido para a cidade do Pará, e para o Reino, e outros morrido por ser terra mui sujeita áo mal de sesoóes: áo tempo, que nella me achei, todas as casas tinháo dois, tres, e mais enfermos"[94]. E a vida continua a vegetar. Nosso bispo destaca a "descortesia" da população, mesmo sendo "civilisada, como a da Corte", e fica indignado com a "preguiça, ou (talvez) incapacidade da parte dos moradores" para a agricultura. Ao fim das contas, essas críticas aos neomazaganenses são uma grande banalidade. Belo indício, que indica justamente que o cotidiano da vila, depois do sobressalto de 1783, parece ter retomado seu curso – o da vida comum de uma vila amazônica, de história pouco comum.

Mas o caso Mazagão continua, durante anos, a envenenar a vida da Coroa. Em 1801, o príncipe dom João precisa responder a uma nova petição da nobreza de Mazagão, que reivindica o pagamento de suas tenças e moradias[95]. Reconhecendo as "vexaçóes e extorçóes" de que eles foram vítimas em Lisboa, ele ordena que "pelo cofre da Junta da Fazenda daquella capitania Mandeis pagar em seus devidos tempos e vincemento as assistencias de Praças, Tenças e Moradias que athé agora se lhes costumaráo pagar". Mesmo quando a estabilidade colonial está ameaçada e os primeiros movimentos autonomistas e independentistas emergem, as reclamações continuam. Em setembro de 1821, Felizardo Antônio da Silva Miranda, neto de Felisardo José de Miranda[96], escreve ao rei comunicando que recebeu de seu pai defunto uma "escriptura de renuncia e cessáo de todos os serviços e officio de seu falecido Avô paterno, o capitáo Felisardo Jose de Miranda"[97]. E então reivindica que lhes sejam pagos

---
93. Apenas em 1791, ele solicitará autorização para se instalar na estação termal de Caldas da Rainha, em Portugal (AHU – Pará – Cx. 100, d. 7966: "Requerimento do sargento-mor do Regimento Auxiliar da Nova Vila de Mazagão, Izidoro José da Fonseca Cabral Mesquita para a rainha [D. Maria I], solicitando licença para ir ao Reino com a mulher e filhos, para se recompor nas águas das Caldas" [5 de abril de 1791]).
94. Luís A. de Oliveira Ramos, *Diárias das visitas pastorais no Pará de D. Fr. Caetano Brandão* (Porto, INIC, 1991), p. 46.
95. BNRJ – Ms. II, 32, 16, 13: "Carta do Príncipe a Dom Francisco de Souza Coutinho" (2 de junho de 1801).
96. AHU – Cod. 1257, fl. 135.
97. BNRJ – Ms. C 550-8: "Requerimento de Felizardo Antonio da Silva Miranda a Sua Majestade (18 de setembro de 1821), cavaleiro da Ordem de São Bento de Aviz e Capitão tenente da armada real".

os soldos devidos a seu avô, reclama a obtenção do hábito da ordem da "conceição" e uma tença de 30 mil réis.

Quanto aos moradores da vila, de tempos em tempos um sobressalto os põe sob o clarão da atualidade e, por um instante, sua vida se torna acessível a nós. Mas nada de particular parece balançar essa vida precária e pesada, ameaçada pela ruína e pela decadência. A vila atravessa a fase da independência recebendo apenas um eco longínquo dos acontecimentos. A primeira câmara municipal, presidida pelo juiz-presidente Thomaz Escobar Brandão, presta juramento ao imperador em 1823[98].

Depois, a obscuridade volta a dominar...

... até o ano de 1833, quando os moradores da vila recebem uma notificação do presidente da província do Pará. Em consonância com a lei de 18 de outubro de 1828, que refez a organização municipal do Império, uma nova divisão administrativa da província foi adotada em maio: "O Termo de que he cabeça a Villa de Macapá compreende a mesma Villa, e a de Mazagáo (suprimido o predicamento de Villa e o titulo de Mazagáo, sendo substituido pelo de Regeneração), e com os seus actuais limites"[99].

E assim Mazagão desaparece. Por não estar em conformidade com os novos critérios administrativos (não havia na vila nem ao menos quarenta pessoas que soubessem ler e escrever[100]), ela é pura e simplesmente riscada do mapa. Uma decisão desse teor serve também à determinação das elites do Brasil recém-independente de mostrar sua vontade de dar as costas a Portugal. Doravante, o povoado é uma simples paróquia e passa a ser juridicamente dependente de Macapá. O mesmo ato de gabinete que levou à escolha de sua posição em 1769 preside seu desaparecimento, sua segunda morte. E o que propõem os membros do conselho provincial? Renomear a povoação com o nome de "Regeneração". Como entender a escolha de um topônimo desses? Trata-se de cobrir de ridículo uma povoação moribunda com um nome depreciador e desdenhoso – Regeneração? Ou da vontade de insuflar um sopro e uma esperança novos?

---

98. Palma Muniz, art. cit., p. 434. A respeito de Thomas de Escobar Brandão, cf. AHU – Cod. 1257, fl. 277.
99. Pará (Província). Presidente Machado d'Oliveira. "Relatório do 3 de dezembro de 1833" (http://brazil.crl.edu/bsd/u986/000001.html; *site* visitado em 18 de junho de 2003).
100. Palma Muniz, art. cit., p. 437. Cf. também: Pará (Província). Presidente Machado d'Oliveira. "Discurso 1838" (http://brazil.crl.edu/bsd/u987/000039.html; *site* visitado em 20 de maio de 2003).

6. O DESTINO DE MAZAGÃO, DE UM LADO E DO OUTRO DO ATLÂNTICO (SÉCULOS XIX-XXI)

> *Eutrópia, não uma, mas todas as cidades*
> Italo Calvino, As cidades invisíveis, 1972

Não concluamos apressadamente pelo fracasso da transferência de Mazagão. Enfatizamos várias vezes: no decorrer de seu deslocamento, Mazagão se impregna de potencialidades e de significações que não visam tanto assegurar a eficácia do traslado, mas mobilizar o Estado e a sociedade. Os mazaganenses compreenderam isso desde sua passagem por Lisboa, ao inventarem um instrumento de reivindicação, de negociação e de luta – a cidade da memória. Como a experiência amazônica da cidade colonial foi um fracasso e suas muralhas apodreceram nos solos movediços da Amazônia, a Coroa portuguesa reavalia a força identitária e a capacidade mobilizadora da cidade da memória.

Pouco a pouco, Mazagão se multiplica em cidade de pedra e cidade de papel. Seu mero nome suscita um conjunto de discursos e de representações simbólicas que servem de suporte, de um lado e do outro do Atlântico, a todos os tipos de construções imaginárias. Em Portugal, a cidade de papel parece um refúgio mais sólido do que nunca para um poder político em busca de legitimidade. Quanto à cidade de pedra, mesmo vacilante e de joelhos por terra, ela continua a respirar. Depois de longos anos de letargia, tanto no Marrocos como na Amazônia, tal qual uma fênix, Mazagão renasce dos próprios escombros.

Para acompanhar as peregrinações dessa cidade de destinos múltiplos, precisamos refazer o trajeto de Mazagão: instalar-nos de novo entre as costas portuguesas e marroquinas para, em seguida, atravessar o Atlântico e chegar à Amazônia. Não devemos mais contar sua história em semanas e meses, mas em décadas e em séculos, pois até mesmo nas terras quentes da atualidade, a memória de Mazagão ainda faz vibrar e tremer.

De papel e de pedra: as facetas de uma cidade ressuscitada

Depois de se dar conta do fracasso do enxerto amazônico, Portugal busca por todos os meios fazer renascer a lenda de Mazagão, da praça-forte que resistiu aos assaltos das tropas infiéis. Assistimos então a um desdobramento do discurso oficial. O discurso que é sustentado diante dos mazaganenses está fortemente impregnado de realismo: a Coroa busca, tal qual Calipso, fazer esses guerreiros perdidos no coração da Amazônia esquecerem o passado. O discurso que é dirigido ao conjunto da população ressalta o heroísmo dos soldados da praça-forte marroquina. Esse renascimento imaginário (cujo discurso não é novo, pois está inscrito no prolongamento dos discursos que foram construídos depois de cada assédio) preenche uma função essencial no Portugal da virada do século: com efeito, uma ameaça respeitável pesa sobre esse pequeno país – a da Revolução Francesa e das guerras napoleônicas.

Como Portugal aderiu, em 1793, à coalizão contra a República montanhesa, a assinatura pela Espanha de um tratado bilateral com a França o leva a uma situação de isolamento: alinhado à Grã-Bretanha, Portugal é o único país europeu a não fazer as pazes com o Diretório. Em maio de 1801, as tropas espanholas, auxiliadas pelo exército francês, invadem Portugal: em poucos dias, as províncias de Olivença e de Juromenha se rendem ao primeiro-ministro espanhol, Manuel Godoy Álvarez de Faria. Já em território português, ele envia à rainha um ramo de laranjeira. Esse gesto dará nome a esse conflito – a "Guerra das Laranjas" (20 de maio a 6 de junho de 1801). A paz de Badajoz obriga então Portugal, diplomática e militarmente enfraquecido, a reconhecer a possessão da Espanha sobre "a Praça de Olivença, seu território e sua população"[1].

---

1. Até hoje Portugal reivindica esse território à Espanha (cf. um *site* oficial dedicado a essa questão: http://www.geocities.com/capitolhill/2382/fundirpf.htm; *site* acessado em 30 de julho de 2004).

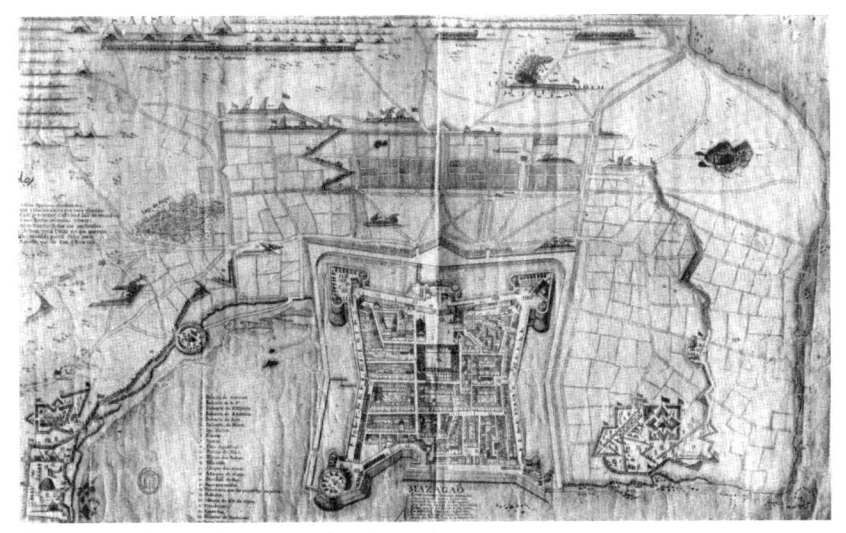

Mazagão, por Inácio Antônio da Silva (1802)

Vê-se assim que não é por acaso que, em 1802, o poeta e desenhista Inácio Antônio da Silva propõe uma impressionante gravura do cerco de Mazagão em 1769, acompanhada de dois sonetos patrióticos[2].

Essa representação em cores, de tamanho médio (560 x 915 mm), é intitulada simplesmente "Mazagão". O autor joga com os contrastes, as oposições e os contrários. Ele põe em cena uma cidade-fortaleza perfeita em sua disposição, com ruas bem alinhadas, soldados disciplinados, instalados em seus postos sobre as muralhas, em síntese, uma encarnação da ordem. Sua ação benfazeja se prolonga para o exterior, dado que ela conseguiu modificar o espaço que a circunda: campos cultivados, estradas e trincheiras de defesa. Diante dela, em uma natureza bruta (porque nao ha mais campos e quase nenhum caminho), o acampamento dos soldados mouros. As tendas, apesar de perfeitamente alinhadas, são de lona: sua fragilidade contrasta com a solidez das pedras do forte e põe em destaque o nomadismo dessas tribos. Quanto aos soldados da infantaria moura, tudo indica que eles estão instalados na maior desordem. O que está a ponto de se desenrolar em Mazagão é justamente a cena clás-

---

2. BNL – Iconografia, D 68 R.

sica que põe em confronto a cultura e a natureza, a civilização e a barbárie, os sedentários e os nômades.

Os dois sonetos vêm reforçar essa oposição. No primeiro, o autor se dirige diretamente aos infiéis, denuncia o sectarismo e os "costumes perversos" desses "brutos indomados":

> Insidos Agarenos furibundos
> Que o cháopizais e o ceu tanto ofendeis
> Com perversos costumes táo immundos
> Como brutos indomitos viveis
> [...]

O segundo soneto se dirige diretamente aos portugueses e a Portugal. Depois do desafio dirigido aos "agarenos", é a pátria que o autor convoca ao testemunho. Essa ruptura no discurso serve de suporte para uma mudança de tom:

> Eroes valentes homems afamados
> Aqui viveráo annos numerosos
> Obraráo, feitos altos sublimados,
> Áos Mouros dando Cortes Espantosos
> Desses, que foráo fortes e aletados
> De espíritos eroicos e briosos
> De quem a fama sempre foi notória
> Aqui da Pátria jaz só a memória.

O autor lamenta, até ele, o abandono da fortaleza, evocando sua "fama" e sua "memória". Mas ele convoca os portugueses, sobretudo, a medir o quanto o abandono da fortaleza contribuiu para o recuo da civilização católica diante da barbárie "maometana". É justamente isso o que está em vias de acontecer no início do século XIX na Europa: o recuo da civilização católica e monárquica diante da barbárie napoleônica. O poeta também apela para uma reação nacional. Portugal não pode mais recuar. Ele soube lutar valentemente contra os infiéis; há de saber fazê-lo outra vez.

Duas outras gravuras, infelizmente sem data e sem assinatura, encenam igualmente o cerco de 1769. Elas merecem ser destacadas porque sua intenção parece semelhante à de Inácio Antônio da Silva. A primeira

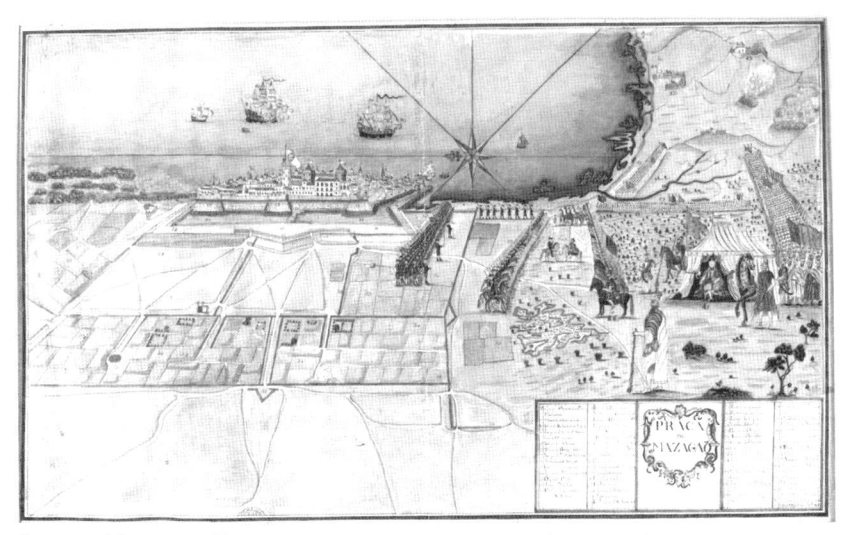

Cerco de Mazagão – Visão panorâmica do enfrentamento (imaginário) das tropas portuguesas com as tropas mouras

é uma visão panorâmica, desenhada a partir do interior do continente, do enfrentamento entre o exército português e o exército mouro. Dois mensageiros, munidos cada qual de uma bandeira branca, trocam mensagens: deve se tratar ou do ultimato do sultão, ou do pedido de trégua da parte do governador. Dessa vez, constata-se dos dois lados o mesmo rigor de disposição tática³. Mas há um desequilíbrio flagrante entre as tropas de infantaria portuguesas, de efetivos muito reduzidos, e as dos mouros, cujo número é tão expressivo que o autor só os indica por pontos que se estendem ao infinito. Contudo, essa desproporção não parece muito inquietante: a gravura dá a impressão de que os portugueses são os únicos senhores da terra e dos mares. Suas tropas estão em um terreno que conhecem bem, pelo fato de tê-lo cultivado e preparado para sofrer um cerco. Se os portugueses recuarem, serão protegidos por duas linhas de fortificações. Sua cidade, de construções maciças que ultrapassam de muito as muralhas, domina amplamente seu ambiente, dan-

---
3. Segundo Rafael Moreira, essa gravura representaria um estudo de tática à Vauban (*A praça de Mazagão: cartas inéditas, 1541–1542* [Lisboa, Ministério da Cultura, 2001], p. 190).

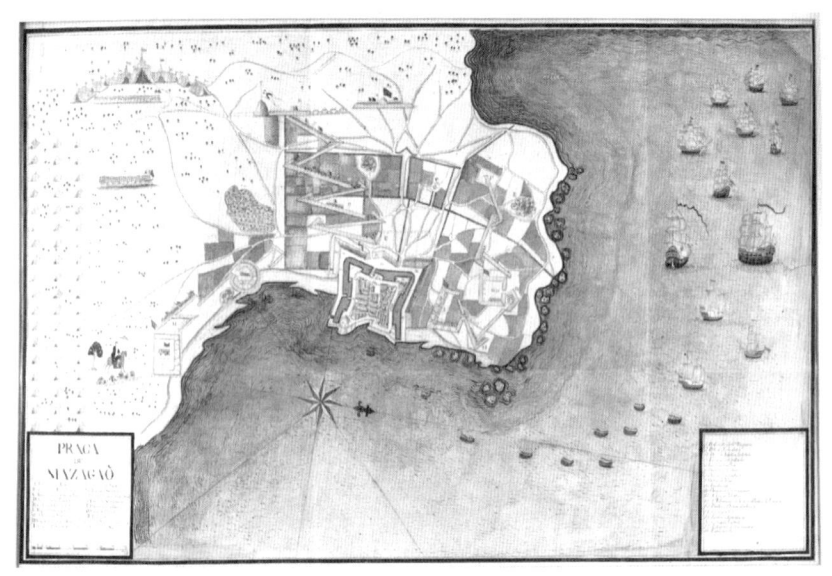

CERCO DE MAZAGÃO – VISÃO PANORÂMICA DO ABANDONO DA FORTALEZA PELOS PORTUGUESES, SOB O OLHAR DO SULTÃO

do testemunho da potência portuguesa. Se o sultão (em primeiro plano) está protegido apenas por sua tenda, o governador está muito bem abrigado por trás de altas muralhas. Quanto aos imponentes navios ancorados ao largo, eles também são portugueses. Portanto, trata-se de uma mensagem de esperança enviada a Portugal: sua fragilidade militar (e diplomática) não deve levá-lo ao desespero. Em outras circunstâncias, ele soube fazer frente.

A segunda representação é também uma visão panorâmica, mas dessa vez desenhada a partir do oceano. Ela representa o momento do abandono. A fortaleza, as trincheiras e os campos em redor ainda estão intactos: as tropas infiéis os respeitaram e ainda não franquearam as primeiras linhas de defesa. Sob o olhar impotente do sultão, montado a cavalo e levando um guarda-sol, as chalupas deixam a fortaleza pela porta do mar. Carregadas de homens e mulheres, elas se dirigem para os navios ancorados ao largo. Diante de nós, percebemos o navio-capitão comandado por Bernardo Rodrigues Esquivel, no qual embarcam o governador e seus conselheiros, de onde se pode depreender que eles compõem a carga da última chalupa, nas proximidades imediatas da porta

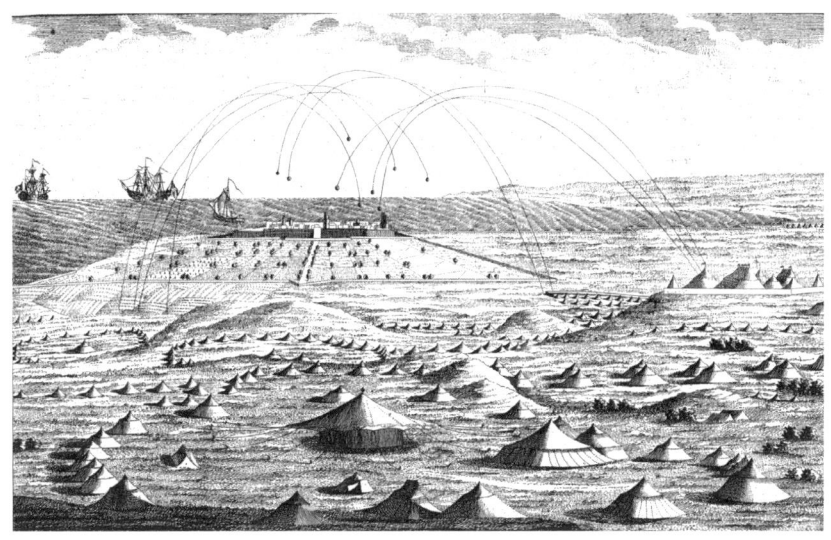

CERCO DE MAZAGÃO VISTO POR UM DINAMARQUÊS (1781)

do mar (ver capítulo 2). Não se trata, portanto, de uma debandada, mas de uma retirada organizada. Essa gravura também pode ser lida como uma mensagem de esperança: mesmo na derrota, é preciso permanecer digno e disciplinado – essa é a última afronta que se pode fazer ao adversário.

Não obstante todas essas mensagens de esperança, Portugal passa por um período longo de perturbações políticas e de guerras civis. As invasões napoleônicas e, depois, a independência do Brasil perturbaram longamente a vida econômica e a estabilidade do país, que doravante duvida de suas capacidades, hesita diante de suas escolhas e das reformas a implementar em vista de seu futuro.

Por isso a memória de Mazagão não se apaga do Portugal do século XIX. É o que vemos em uma obra escrita por Luís Maria do Couto de Albuquerque da Cunha, *Memórias para a história da praça de Mazagão*. Publicada em 1864 pela Academia Real das Ciências de Lisboa, sua redação data de 1856 (a introdução é datada de 27 de setembro). Portugal acaba de passar por uma ruptura política essencial em sua história: a revolta militar, que levou o duque de Saldanha ao poder em 1851, abre o período chamado de "regeneração" (1851-68). Os liberais no poder querem romper com a impressão de decadência e inserir o país na economia capitalista moderna, na expectativa de restaurar seu esplendor passado. Esse é exatamente o sentido da "regeneração"; esse é também o sentido da oportuna evocação da história da "ultima Praça nas partes d'Africa, abandonada áos infieis"[4]:

> A falta de um trabalho especial sobre a praça de Mazagam, obrigou-me a arduas investigações no intuito de a supprir, porque era triste que tantas proezas praticadas pelos filhos de Portugal em duzentos e sessenta annos de continuadas acçóes heróicas, n'uma praça sustentada á custa do melhor sangue d'esta nação, viessem a ficar esquecidas depois de haverem sido o assombro da Europa e o terror da Mauritania.[5]

O autor, indica-nos a capa, é um "associado provincial" da Academia Real das Ciências de Lisboa. Nascido em Lisboa em 1828, filho de um tenente-coronel de infantaria, é fidalgo da casa real. Em 1857, foi nomeado diretor da aduana da ilha de São Tomé, onde virá a falecer em 1860. Ele redigiu a obra antes de sua partida para a colônia de São Tomé e Príncipe, mas, ao que parece, não procurou – ou não terá encontrado? – editor ainda em vida. A Academia toma, então, a iniciativa de uma publicação póstuma, "revista pelo socio effectivo Levy Maria Jordão".

> As fortalezas, que possuimos em Africa, foram as escólas onde aprenderam esses grandes capitáes que assombraram o mundo com a sua intrepidez. Os nossos antigos, mais avesados á espada do que á penna, sabiam conquistar e defender imperios e provincias, mas não nos legaram pela imprensa a narração de tantos rasgos de heroismo.[6]

O autor se propõe, portanto, a "arrancar do esquecimento" as proezas dos habitantes dessa fortaleza, alguns dos quais foram mortos por ter defendido a cruz: "Desde o berço haviam adorado, honrando com taes mortes a terra do seu nascimento, e não affrontando as cinzas de seus

---
4. Luís Maria do Couto de Albuquerque da Cunha, *Memórias para a história da Praça de Mazagão* (Lisboa, Typographia da Academia, 1864), p. II.
5. Ibid., p. I.
6. Ibid., p. II.

avós". Trata-se, aqui também, de uma mensagem dirigida ao Portugal dos anos 1850, que tenta reerguer a cabeça? É verdade que ele tem alguns motivos de orgulho, podendo, dessa forma, rivalizar com qualquer um dos países europeus.

Pouco a pouco, a heróica resistência da praça de Mazagão se impõe entre os mitos fundadores da identidade nacional portuguesa. A praça dá testemunho do devotamento, da coragem, da audácia, das conquistas e da defesa do catolicismo... todos valores em torno dos quais se pretende construir a nação[7]. Eis por que a chama de Mazagão jamais se extingue e chega até mesmo a adquirir novo vigor nos tempos de recuo identitário e de reação conservadora.

Desse modo, alguns anos depois do golpe de estado de Salazar e da fundação do Estado Novo (1926-74), os estudos sobre "a esfinge marroquina"[8] florescem. Eles integram, a partir de então, trabalhos mais amplos consagrados às relações entre Portugal e Marrocos. Em 1937, o historiador e erudito Oliveira Martins explica, no prefácio de sua obra, que o último cerco a Mazagão doravante está bem documentado: "E, assim, da história do último cêrco de Mazagão, projectada, passei à história de Portugal e Marrocos no século XVIII"[9]. No ano seguinte, ele publicará um pequeno artigo dedicado à fundação de Nova Mazagão[10]: com raros documentos de arquivos, é especialmente a dimensão da epopéia que atrai a atenção do autor... no momento em que Salazar planeja reforçar a presença de Portugal em suas colônias africanas. E o brigadeiro-general Vasco de Carvalho, por sua vez, publica em 1942 *La domination portugaise au Maroc, 1415-1769*, obra que é a reescrita de uma conferência pronunciada em 19 de fevereiro de 1934 a "seus camaradas da Escola de Guerra". Ele pretende, a partir dessa exposição, "fazer um gesto

---

7. Em Portugal, dois lugares levam o nome Mazagão: na paróquia de Avellada (comarca de Braga) e na paróquia de Alte (comarca de Loulé) (Américo Costa, *Diccionario chrorographico de Portugal* [Vila do Conde, Typographia Privativa do Diccionário Chrorographico, vol. VII, 1940]). Infelizmente, não podemos identificar as datas de criação deles.
8. Francisco d'Assis Oliveira Martins, *Portugal e Marrocos no século XVIII* (Lisboa, Parceria António Maria Pereira, 1937), p. 196.
9. Ibid., preâmbulo.
10. Id., "A fundação de Vila Nova de Mazagão no Pará: subsídios para a história da colonização portuguesa no Brasil", I *Congresso da História da Expansão Portuguesa no Mundo*, Lisboa, 1938.

patriótico"[11] e se valer do caso marroquino para ilustrar a "gênese, poderio e declínio – grandeza e decadência – de um império"[12].

*

Voltemos ao Marrocos, onde uma outra história de Mazagão nos espera.

Tínhamos deixado a fortaleza em 11 de março de 1769, quando uma explosão provocava o desmoronamento de parte das muralhas, especialmente nas proximidades da porta do Governador. As tropas do sultão Mohammed, presentes no interior da fortaleza na hora da explosão, sofreram grandes baixas, avaliadas em centenas de homens. "Esse fim trágico", explica um diplomata português em julho de 1769, pode ser atribuído unicamente à vaidade dos próprios muçulmanos: as minas tinham sido enterradas para explodir em 11 de março, ou seja, no primeiro dos três dias de trégua, a fim de, "desse modo, poupar o sangue e as vidas de seus próprios inimigos". Ora, as tropas inimigas romperam a trégua "desde o primeiro dia, de repente, e o fogo se ateou no mesmo momento da entrada daqueles que fizeram o atentado contra a referida trégua; eles foram vítimas de sua própria má-fé, com vários deles indo pelos ares ao pisar nas minas"[13].

Dali por diante, o acesso à fortaleza por via terrestre fica fechado. O sultão interdita as outras portas, proíbe definitivamente o acesso à fortaleza e lhe atribui um novo nome, *El Madhuma* (a destruída). Durante mais de meio século, ela ficará desocupada, abandonada a sua triste sorte.

Por volta de 1821 (no ano 1240 da Hégira), o xerife Sidi Mohammed ben Ettayeb, nomeado governador de Dukkala, decide "reconstruir os muros da fortificação e restaurar as ruínas da cidade. Deu-lhe o nome de Eljedida e ameaçou com graves penas quem quer que a chamasse

---

11. Brigadeiro-general Vasco de Carvalho, *La domination portugaise au Maroc, 1415–1769: causerie faite le 19 février 1934 à l'École supérieure de guerre* (Lisboa, SPN, 1942), p. 6.
12. No concerto de louvores à glória da epopéia portuguesa em Mazagão, é preciso esperar até 1970 para que um primeiro trabalho universitário seja publicado. O historiador Antônio Dias Farinha estuda a história de Mazagão no século XVII (*História de Mazagão durante o período filipino* [Lisboa, Centro de Estudos Históricos Ultramarinos, 1970]).
13. AHU – Cod. 522: "Abrégé du siège et de l'abandon de Mazagan" (texto em francês de Manoel de Figueiredo, 18 de julho de 1769), fl. 313v-314.

por qualquer outro nome"[14]. Uma colônia judaica e duas tribos berberes, a dos Ulad Duib e a dos Ulad Hassine, foram autorizadas a se instalar em El Jadida ("a renovada")[15]. A partir de 1827, algumas famílias européias (sobretudo espanholas) foram autorizadas a residir na fortaleza, com a condição de "usar as vestimentas israelitas, a fim de não excitar a animosidade dos autóctones, que tinham guardado uma lembrança sangrenta da dominação portuguesa"[16]. Ergue-se até uma mesquita na cidade: os arquitetos utilizam a torre do Rebate para fazer seu minarete – sua forma pentagonal faz dele, até hoje, o único minarete de cinco faces no mundo.

Com o protetorado francês (1912), a fortaleza passa a viver uma nova era de ouro. Ela recupera seu nome original, que é simplesmente afrancesado. Mazagan apresenta, aos olhos dos franceses, duas características principais. Primeiramente, ela abriga um importante porto comercial, especializado na exportação de ovos, cujo volume de negócios a situa em segundo lugar entre os portos marroquinos[17]. Mas ela representa, sobretudo, "um capital turístico de primeira importância", com a "charmosa cidade portuguesa"[18] e "uma praia incomparável, única no Marrocos, tanto por sua beleza como por sua segurança absoluta. Todos os veranistas que a viram, que ali residiram, são unânimes em exaltar seus encantos. Em uma extensão de mais de dois quilômetros, estende-se uma praia de areia fina, onde vêm se quebrar mansamente as ondas atlânticas. Muito freqüentada durante a temporada de banhos de mar (15 de junho – 15 de setembro), a praia de Mazagan é um ponto de encontro de veranistas que ali erguem suas tendas ou cabanas [...]. É, portanto, com justa razão, que Mazagan foi denominada a Deauville marroquina"[19].

---

14. Ahmed Ben Khaled En-Naçiri Es-Slaoui, "Kitab el Istikca", *Archives Marocaines*, vol. X, 1907, p. 117.
15. Rómon Faraché & Mustapha Jmahri, *Tout savoir sur El Jadida et sa region* (Toulon, Les Presses du Midi, 2001), p. 19.
16. *Mazagan, reine des plages du Maroc* (Imprimerie Française, 1922), pp. 4-5. Cf. também Joseph Goulven, "L'établissement des premiers européens à Mazagan au cours du XIXe siècle", *Revue de l'Histoire des Colonies Françaises*, 4. trimestre, 1918.
17. Cem milhões do total de 120 milhões de ovos exportados do Marrocos para França, Inglaterra e Espanha transitam pelo porto de Mazagan. Ibid., p. 3.
18. Ibid., p. 3.
19. Ibid., p. 8.

Essa dimensão turística de Mazagan vai orientar a política do protetorado em duas direções. Em primeiro lugar, a construção de uma nova cidade fora das muralhas é decidida em 1916: "A cidade nova forma um amplo semicírculo em torno da aglomeração autóctone e estende-se particularmente para leste, ao longo da magnífica praia de areia, numa extensão de vários quilômetros, que faz o encanto e a grande atração de Mazagan"[20].

A segunda grande obra francesa consiste na restauração da fortaleza:

> A visita à cidade portuguesa oferece ao turista que passa por Mazagan e ao veranista que está ali em temporada um atrativo todo especial. Nada no Marrocos lhe é comparável; a antiga cidade portuguesa é seguramente um capital turístico de primeiríssima grandeza. Les Amis du "Vieux Mazagan", grupo filiado ao Syndicat d'Initiative et de Tourisme, ocupam-se ativamente da conservação e da manutenção da cidade portuguesa com a colaboração

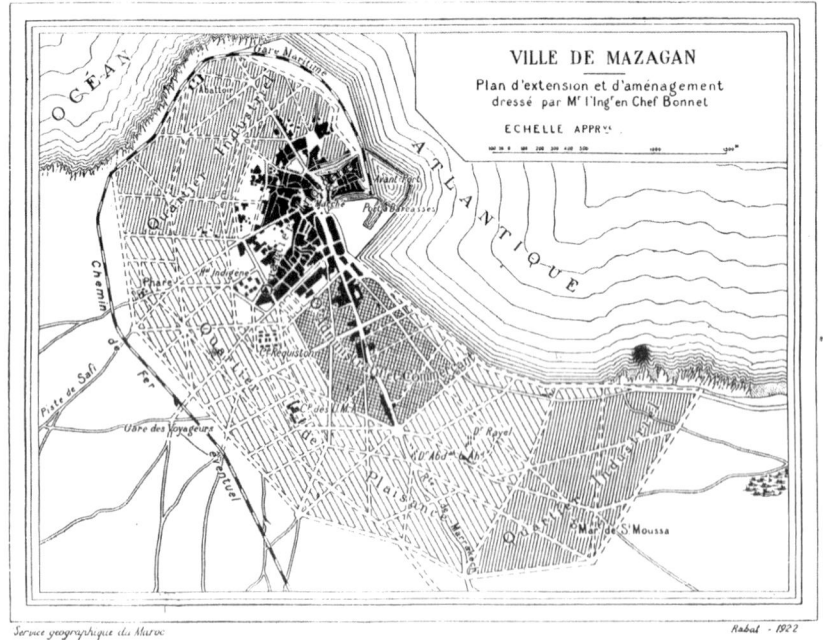

PLANO DA CIDADE NOVA DE MAZAGAN (1922)

20. Ibid., p. 5.

do Service des Beaux-Arts. Os principais monumentos da época portuguesa foram recentemente classificados como monumentos históricos: são eles as muralhas, a fortaleza, a igreja da Assunção.[21]

O doutor Weisgerber, controlador civil em Mazagan, coordena a restauração dos edifícios e a organização das escavações arqueológicas. Mas é especialmente Joseph Goulven, doutor em direito e adido junto ao chefe dos serviços municipais de Mazagan (o administrador Toupenay), que é o principal agente desse grande empreendimento. Por sinal, ele publicará em 1917 um belo volume ilustrado (*La Place de Mazagan sous la domination portugaise, 1502-1769*), resultado de suas numerosas pesquisas em bibliotecas. Para levar esse trabalho a bom termo, Goulven também se apoiou nos primeiros resultados da grande pesquisa organizada pela Section Historique du Maroc, fundada em 1902 pelo duque de Castries. Com efeito, esse organismo se atribuiu como missão identificar, nos arquivos e nas bibliotecas da França e do exterior, todos os documentos relativos à História do Marrocos: é a famosa coleção de "fontes inéditas da história do Marrocos". A despeito do rigor absolutamente positivista empregado na preparação de sua obra, Goulven não esconde que seu livro é especificamente destinado aos turistas: "Achamos que um livro escrito com simplicidade, ilustrado com cuidado e editado em um formato prático poderia ser um companheiro útil nesse passeio"[22].

Essa "recuperação" da memória da fortaleza pela administração colonial francesa se vale do benevolente apoio de Portugal. Dessa forma, o arqueólogo Affonso de Dornelas, autor de vários artigos sobre Mazagão[23], é convocado como conselheiro da administração colonial francesa, que deseja recuperar os topônimos portugueses das ruas e das praças da fortaleza[24]. Oliveira Martins pode então se orgulhar de tal gesto: "Assim, Ma-

---

21. Ibid., p. 11.
22. Joseph Goulven, *La Place de Mazagan sous la domination portugaise (1502-1769)* (Paris, Émile-Larose, 1917).
23. Affonso de Dornelas, "A Praça de Mazagão", em *História e genealogia* (Lisboa, Casa Portuguesa, 1913), vol. 1, pp. 23-5; "Mazagão – breves notícias", em *História e genealogia* (Lisboa, Casa Portuguesa, 1914), vol. 2, pp. 193-200.
24. Ele publicará o resultado de suas pesquisas em um artigo datado de 1932: "Edifícios e ruas de Mazagão", *Boletim de Segunda Classe da Academia das Ciências de Lisboa*, Lisboa, vol. XVIII.

zagão, embora esteja debaixo do domínio da França, é uma cidade que continua portuguesa"[25]. O brigadeiro Vasco de Carvalho, na conferência que pronuncia em 1934, diante de um público francês, também não consegue disfarçar sua admiração:

> Agora que o Marrocos é para os portugueses apenas um lugar de peregrinação patriótica, é com imensa satisfação que constatamos o zelo que a administração francesa aplica à conservação dos monumentos que evocam o tempo da dominação portuguesa.
> A obra admirável que vós, os franceses, ali já realizastes não vos levou a esquecer aqueles que vos precederam.
> Crede, nós vos somos imensamente agradecidos, porque aquelas vetustas pedras são para nós lembranças gloriosas, relíquias sagradas.[26]

Para além dessas decisões coloniais, é evidente que o conhecimento "científico" da história da cidade portuguesa deve muito aos trabalhos dos pesquisadores franceses que, nos anos 1930-50, participam do projeto das "fontes inéditas da história do Marrocos". Citemos o exemplo de Robert Ricard, diretor de estudos do Institut des Hautes Études Marocaines: entre 1932 e 1962, ele dedica numerosos artigos e livros a Mazagan, e seus trabalhos são, ainda hoje, autoridade no assunto[27]. Ele chegará até a redigir algumas páginas sobre "o transporte para o Brasil da cidade portuguesa de Mazagan"[28].

Com a independência em 1956, a cidade recupera seu nome de El Jadida, mas pena para recuperar seu esplendor de outrora. Só recentemente a cidade portuguesa foi objeto de preciosa atenção por parte das

---

25. Francisco d'Assis de Oliveira Martins, *Portugal e Marrocos no século XVIII...*, op. cit., p. 194.
26. Brigadeiro-general Vasco de Carvalho, op. cit, p. 78.
27. *Un document portugais sur la Place de Mazagan au début du XVIIe siècle* (Paris, Paul Geuthner, 1932); *Les inscriptions portugaises de Mazagan* (Coimbra, Coimbra Editora, 1935); "Sur la chronologie des fortifications portugaises d'Azemmour, Mazagan et Safi", *Congresso do Mundo Português*, Lisboa, vol. III, tomo 1, 1940; "Un opuscule rare sur la Place portugaise de Mazagan em 1752", *Hespéris*, t. XXVIII, 1941, pp. 81-3; *Mazagan et le Maroc sous le règne du sultan Moulay Zidan (1608-1627)* (Paris, Paul Geuthner, 1956); *La Place luso-marocaine de Mazagan vers 1660* (Paris, Maisonneuve et Larose, 1962).
28. "Le transport au Brésil de la ville portugaise de Mazagan", *Hespéris*, t. XXIV, 1937, pp. 139-42.

A FORTALEZA DE MAZAGÃO HOJE

autoridades marroquinas, que chegaram a solicitar à Unesco seu tombamento como patrimônio da humanidade. Em 2 de julho de 2004, essa honraria lhes é concedida. O comitê da Unesco, para justificar a decisão, enfatiza "o valor excepcional do sítio, testemunho da troca de influências entre as culturas européias e a cultura marroquina"[29]. Por sinal, o embaixador do Marrocos no Brasil foi à Amazônia em julho de 2001, em busca de pistas de Nova Mazagão...

E também na Amazônia, Mazagão tenta renascer de suas cinzas – e é certamente, quando comparada a sua irmã de pedra no Marrocos e a suas irmãs de papel em Portugal, a que passa pelo processo mais lento e menos visível.

---

29. Como deixar de notar aqui a oposição feita entre "as" culturas européias e "a" cultura marroquina? Como se os mouros e berberes não tivessem, juntos ou cada qual de seu lado, mantido relações com a fortaleza. O segundo critério considerado é relativo à especificidade arquitetônica: "A cidade fortificada portuguesa de Mazagan é um exemplo excepcional e um dos primeiros da realização dos ideais do Renascimento, integrados às técnicas portuguesas de construção" (http://whc.unesco.org./pg.cfm?cid = 31&id_site = 1058&i = fr; *site* acessado em 4 de agosto de 2004).

No início do século XIX, a antiga vila amazônica não passa de um ponto cego da história brasileira. O presidente da nova província do Pará, que não queria carregar o peso de sua tragédia, respondeu com o mais profundo desprezo ao protesto solene que os moradores da paróquia da Regeneração lhe dirigiram em julho de 1833, depois da perda do status de vila e do nome Mazagão[30].

Contudo, esse novo tempo da antiga Mazagão é bem pouco documentado. Faltam fontes ao historiador, que se vê cada vez mais desamparado diante desse vazio. Mesmo assim, vem se apoiar sobre esse silêncio dos textos um novo imaginário em torno do qual uma comunidade amazônica de laços desfeitos busca se reconstruir. A reivindicação do retorno não está mais, há muito tempo, na ordem do dia: aqueles que lá estão foram obrigados, de bom ou mau grado, a aceitar seu destino. Mas assim como seus ancestrais reivindicavam uma fidelidade absoluta à Coroa, eles também vão, muitas vezes, buscar dar testemunho de sua lealdade para com o Império brasileiro. Surge um novo discurso que, doravante, visa dar forma ao imaginário de uma comunidade legalista e legitimista. O historiador deve, então, compor o vazio dos textos com a abundância das representações imaginárias. Aliás, essa relação mereceria um estudo mais aprofundado, a partir do caso da Mazagão do século XIX – mas esse não é nosso propósito. Por isso nos contentaremos em ressaltar, em grandes traços, alguns feitos marcantes que dão testemunho das especificidades do renascimento (tanto imaginário quanto material) de Mazagão depois de 1833.

A perda do nome certamente provocou um importante trauma entre os mazaganenses: é simplesmente sua razão de ser que desaparece de repente, varrida por uma nova imposição administrativa. O contexto agitado da independência na Amazônia vai lhes dar uma oportunidade de voltar às boas graças das autoridades provinciais. Com efeito, o Pará só irá aderir ao Império em 15 de agosto de 1823, ou seja, um ano depois da declaração da independência do Brasil (7 de setembro de 1822). A junta de governo do Pará, estabelecida em 1821, aderiu, assim como a da Bahia, ao projeto de "regeneração portuguesa" conduzido pelas Cortes [assembléia constituinte] de Lisboa. A mobilização das camadas po-

---
30. Palma Muniz, art. cit., p. 436.

pulares por parte dos liberais radicais e o apoio militar de mercenários ingleses enviados por dom Pedro I finalmente convencem a junta de governo, que declara a união da província do Pará ao Império. Mas depois de alcançada a independência, o poder passa às mãos de políticos vinculados ao grande comércio português. Durante mais de dez anos, eles vão promover uma violenta repressão contra os setores populares engajados no movimento independentista. É no núcleo desse período instável que vai ser assinada a sentença de morte de Mazagão: a assembléia provincial, que se reúne em maio de 1833, vota pela perda do status e do nome Mazagão.

Em dezembro de 1833, um novo presidente de província é nomeado (Bernardo Lobo de Souza). Ele anuncia o desejo de buscar a conciliação entre os adversários do passado. Na realidade, essa política mascara um enriquecimento do poder provincial, que manda assassinar, em novembro de 1834, um dos dirigentes do movimento de oposição, Manuel Vinagre, e prender vários outros responsáveis. Em 6 de janeiro de 1835, uma tropa de 2 mil homens armados, composta de negros, mestiços e índios (que são chamados de cabanos), invade as ruas de Belém, mata o presidente e declara a independência do estado do Pará. Belém ficará nas mãos dos insurgentes até maio de 1836. Após a retomada da capital por parte das tropas imperiais, alguns cabanos vão organizar focos de resistência no interior da Amazônia, convocando mestiços, índios e negros a apoiá-los.

É nesse momento que os neomazaganenses entram em cena, porque eles decidem, ao lado dos moradores de Macapá, organizar a resistência contra os cabanos. O capitão João Ferreira Nóbrega e o juiz Manoel Gomes da Penha compõem, em Regeneração, uma força de quatrocentos homens. Com o auxílio das milícias de Macapá, eles vão atacar um núcleo de cabanos, refugiados na ilha de Santana[31]. Como sua expedição alcança a vitória, os mazaganenses decidem postar um navio na entrada do rio Mutuacá: homens armados, protegidos por trás de fardos de algodão, inspiram temor nos insurretos, impedindo-lhes qualquer acesso

---

31. Fernando Rodrigues dos Santos (org.), *História do Amapá* (Macapá, [s. n.], 1994), p. 29.

a Regeneração[32]. Essa resistência dará resultado: em 1840, os últimos focos de rebelião são exterminados pelas tropas legalistas[33]. E os moradores recebem, algum tempo depois, a notícia da restauração da vila de Mazagão (decreto nº 86 de 30 de abril de 1841) – Regeneração viveu, Mazagão pode reviver. Ela parece simplesmente ter perdido sua ortografia, porque é chamada tanto "Mazagão" como "Masagão" no mesmo documento oficial[34].

A lenda de Mazagão pretende, pois, que a restituição de seu nome e de seu título seja o resultado direto de seu engajamento ao lado dos legalistas[35]. Mas não há nada que permita negar ou confirmar essa crença. A vila terá prosperado tanto depois de 1833, a ponto de sua situação merecer ter sido reavaliada? Isso é bem pouco provável. Dispomos de um importante documento sobre a situação da vila nessa época[36]. Em 1842, o tenente de infantaria, Antônio Ladislau Monteiro Baena, é enviado pelo presidente da província para verificar a pertinência da construção de um canal entre Macapá e Mazagão. Ao chegar à vila, ele registra a presença de 1.961 moradores livres e 317 escravos, divididos em 206 casas e 395 famílias[37]. Sua opinião sobre o estado da vila é irrevogável:

---

32. Palma Muniz, art. cit., p. 446.
33. Calcula-se que cerca de 30 mil pessoas, ou seja, 20% da população da província, tenham encontrado a morte durante a cabanagem.
34. "Discurso recitado pelo Exmº Senhor Doutor Bernardo de Souza Franco, Vice-Prezidente da província do Pará, na abertura da assembléia legislativa provincial no dia 14 de abril de 1842", p. 26 (http://brazil.crl.edu/bsd/bsd/501/000026.html; *site* acessado em 21 de junho de 2003) e p. 60 (http://brazil.crl.edu/bsd/bsd/501/000060.html; *site* acessado em 21 de junho de 2003). Em 16 de fevereiro de 1842, a nova câmara é solenemente instalada.
35. Até hoje, persiste a crença de que as águas rasas do rio Mutuacá são o resultado de uma barragem instalada rio acima pelos cabanos para secar o rio, como represália contra os mazaganenses (entrevista com seu Vavá – Washington Elias dos Santos – Mazagão Velho, 16 de julho de 2002).
36. BNRJ – Ms. 7, 2, 30: "Antônio Ladislau Monteiro Baena, *Breve descripção da villa de Mazagão*, 21 de agosto de 1842", 14 fl.
37. Baena esclarece que cerca de 150 pessoas havia pouco tempo tinham morrido de febres, em razão de uma contaminação trazida pelos guardas policiais vindos da ilha de Bailique. Em 1839, em uma obra sobre a província do Pará, o próprio Baena afirmava: "Tem presentemente esta villa 498 brancos de ambos os sexos, 325 escravos, 181 mestiços e 148 indianos: cujos numeros unidos assomão á totalidade de 1.152 moradores" (Antônio Ladislau Monteiro Baena, *Ensaio corografico sobre a provincia do Pará* [Pará, Typographia de Santos e menor, 1839], p. 312).

> Ella tem 80 annos de existencia civil: neste periodo a sua população não ha tido incremento sensivel: a sua lavoura é escassa: a sua repartição mui circumscripta: os seus prédios umas palhoças branqueadas: homens dinheirosos apenas um que se lhe presume o cabedal ocioso de 5 000,00 reis, e que se sabe não estar na classe dos devedôres: entre os mais ha alguns que em seus testamentos manumittem os escravos em damno dos seus herdeiros os quais ficão a pedir esmola, e tambem os mesmos manumittadas: não se sabe o que é educação, existem sem costumes, e sem conhecimentos: até ignorão o que lhes convém para a manutenção da saude: o mesmo contagio das febres faria menos estrago se nelles não estivesse implantado o costume de beber aguardente, e usar de cameres que robarão a molestia.[38]

Baena não se dá nem mesmo ao trabalho de levar a termo os preparativos preliminares para a construção de um canal: o estado moral desse povo não merece o mínimo gasto da parte do governo provincial, conclui ele. Ele sugere apenas: "O meu parecer é que se transplante a villa para outro sitio mais proficuo a ella e á causa publica: ou que passe a encorporar-se com a villa de Macapá onde huns e outros moradôres reunidos constituirão uma villa mais aparente e não dous esqueletos de povoação". Teria ele evocado essa possibilidade aos vereadores de Mazagão? Baena nota que "os Mazaganistas estranham ou se queixam da mudança de localidade". E essa posição não seria ditada por nenhum antecedente histórico do sítio, mas sobretudo pelo "amôr do costume". Se dermos crédito a Baena, parece que os mazaganenses tinham esquecido até mesmo suas raízes e passado a viver "sem costumes e sem conhecimento"[39]...

É, sem dúvida, uma nova história que começa para eles: *a história brasileira de uma cidade amazonica*. A municipalidade é objeto de rivalidades entre "liberais" e "conservadores". Estes últimos, agrupados atrás

---

38. BNRJ – Ms. 7, 2, 30.
39. Ele destacava, em 1839, o estranho costume "de sangrarem-se os homens e as mulheres todos os annos na vespera de São João Baptista com o fito de dar estabelidade a saude" (Antônio Ladislau Monteiro Baena, op. cit., p. 312). Por sinal, Palma Muniz considera que é entre 1833 e 1841 que os arquivos de Mazagão, até então conservados no edifício da câmara, teriam sido perdidos (Palma Muniz, art. cit., p. 451).

da família Flexa, reinam quase sem alternância sobre Mazagão: para começar, o pai, o coronel Matheus Valente Flexa, entre 1842 e 1875; depois o filho, Manoel Valente Flexa, até 1914. A rivalidade entre "liberais" e "conservadores" é tamanha que uma guerra civil latente degenerava a vida de Mazagão: em 1885 e em 1892, duas câmaras rivais elegerão, cada uma, um presidente[40]. Essa vida política agitada, mas, no final das contas, banal no Brasil das pequenas povoações do fim do Império e do início da República[41], não impedirá Mazagão de obter o título de cidade em 19 de abril de 1888, para grande orgulho de seus moradores[42]. Mazagão adere à República (proclamada em 15 de novembro de 1889), em honra da qual manda celebrar um *Te Deum laudamus*[43]. Não obstante, a alteração de regime não põe fim às lutas fratricidas nessa pequena povoação isolada. Muito pelo contrário. É assim que, em 1912, o proprietário rural Camilo da Luz invade Mazagão à frente de uma tropa de homens armados, com a intenção de depor o intendente Manoel Valente Flexa. O confronto sangrento só chega ao fim com a intervenção de tropas federais vindas de Belém.

Mas a vida de Mazagão na segunda metade do século XIX é marcada por outro fenômeno, muito mais perturbador, jamais reconhecido e menos ainda documentado: a instalação de muitos quilombolas, certamente atraídos pelo isolamento da povoação. Vários historiadores e antropólogos evocam a presença de um quilombo nas cercanias de Mazagão, ou seja, uma comunidade de escravos fugidos[44]. Tratar-se-ia até de um dos mais importantes da província do Pará. Mas nenhum cronista da época relatou sua presença. E essa recusa de testemunhar gerou a possibilidade

---

40. Palma Muniz, art. cit., pp. 485-6.
41. Cf., a esse respeito, Richard Graham, *Patronage and politics in Nineteenth-Century Brazil* (Stanford, Stanford University Press, 1990).
42. É nessa ocasião que os vereadores da cidade se preocupam em traçar os limites municipais de Mazagão. Cf., a esse respeito, Manoel Valente da Flexa, *Memorial sobre os limites do município de Mazagão apresentado ao Exmº Sr. Dr. Augusto Montenegro, governador do Estado* (Belém, [s.n.], 1905). Essas propostas servirão de base à lei nº 1.021 de 28 de abril de 1907.
43. Palma Muniz, art. cit., p. 501.
44. Cf. José Maia Bezerra Neto, *Escravidão negra no Grão-Pará (séc. XVII-XVIII)* (Belém, Paka-Tatu, 2001), p. 130.

do esquecimento: hoje, em Mazagão, a memória do quilombo desapareceu ou foi recalcada, porque seguramente não estava em conformidade com o ideal de comunidade legalista e legitimista[45].

A instabilidade política e social, a insalubridade do sítio, o isolamento da cidade e a precariedade da atividade econômica[46] levam à partida de muitos moradores: uns vão se instalar em Macapá; alguns vão mais para oeste, para a foz do rio Jari; outros, por fim, vão para a pequenina povoação situada a vinte quilômetros dali, a meio caminho de Macapá, para a Vila Nova de Anauerapucu. Casas abandonadas e em ruína formam o novo aspecto de Mazagão. Na intenção de acabar com aquele foco infeccioso e insurrecional, o governo do Pará pretende transferir seus moradores para Macapá, uma solução radical, que permitiria apagar essa cidade definitivamente do mapa. As autoridades municipais de Mazagão, com o intendente Alfredo Valente Pinto à frente, também estão convencidas da necessidade de abandonar o sítio. Mas, temerosas de perder sua autonomia e seu nome, elas decidem (lei municipal de 9 de julho de 1915) instalar os moradores de Mazagão na Vila Nova de Anauerapucu, na ocasião rebatizada de Mazaganópolis. No dia 14 de outubro de 1915, o estado do Pará aprova a transferência: a cidade é oficialmente instalada em 15 de novembro de 1915[47].

A nova transferência não põe fim à existência da "histórica" vila nova de Mazagão. Algumas famílias continuam a habitá-la: reduzida à posição de vila, ela passa a ser chamada de Mazagão Velho.

---

45. Contudo, tal esquecimento não constitui nenhuma originalidade no Brasil. Cf., a esse respeito, Jean-François Véran, *L'esclavage en héritage (Brésil): le droit à la terre des descendants de marrons* (Paris, Karthala, 2003).
46. Muitas vezes, os vereadores, conservadores ou liberais, pleitearam uma parada dos barcos a vapor da Amazônia na foz do rio Mutuacá.
47. Fernando Rodrigues dos Santos (org.), op. cit., p. 58; Jurandir Dias Morais & Paulo Dias de Morais, *O Amapá em perspectiva* (Macapá, Valcan), pp. 79-80. A cidade de Mazaganópolis terá conhecido, em conseqüência das melhores condições sanitárias de sua localização, um desenvolvimento mais espetacular que o de Mazagão Velho? Não se pode afirmar isso. O recenseamento de 1950 registra apenas 601 habitantes em Mazaganópolis (IBGE, *Enciclopédia dos municípios brasileiros* [Rio de Janeiro, IBGE, 1957], vol. 10, p. 38) e 1.865 em 1960 (*Dicionário geográfico brasileiro* [Porto Alegre, Globo, 1967]). A história dessa transferência ainda está por ser escrita. Aqui, o antropólogo poderia se juntar ao historiador.

O ano de 1915 dá surgimento a um novo desdobramento[48] de Mazagão, desdobramento que não é mais atlântico, mas simplesmente amazônico: de um lado, Mazaganópolis, ou Mazagão Novo (que herda o título de cidade na qualidade de sede do município); de outro, Mazagão Velho.

Mazagão ou a história de uma cidade dotada do dom da ubiqüidade.

O destino de uma cidade e de um nome: Mazagão

Marrocos	Brasil	
Mazagão (1514)		
El Madhuma (a destruída – 1769)		
	Nova Mazagão (1770)	
El Jadida (a renovada – 1821)		
	Regeneração (1833)	
	Marzagão ou Mazagão (1841)	
	Mazagão Velho (1915)	Mazaganópolis ou Mazagão Novo (1915)
Mazagan (1912)		
El Jadida (1956)		

Uma comunidade diante da própria memória: a festa de São Tiago

Doravante, Mazagão Velho vegeta à beira do rio. Seus moradores mais idosos evocam, com os olhos cheios de saudade, os tempos de outrora, quando até mesmo barcos a vapor chegavam à sua cidade: hoje, resta apenas uma pequena ponta de rio percorrida apenas por raras canoas e onde vêm se divertir os meninos da povoação. Aos olhos de seus habitantes, até mesmo a cidade parece ter encolhido.

É verdade que ela fora instalada às margens do rio Mutuacá e de um de seus afluentes. Depois, o rio Mutuacá desapareceu: apenas um magro

---

48. Descobrimos uma cidade brasileira que tem um nome que poderia ter provindo diretamente de Mazagão: a vila de Ipu Mazagão no município de Itapipoca, no Ceará. Quanto à cidade de Marzagão, em Goiás, ela nasceu do adensamento de moradias em torno da fazenda da família Marzagão (1916). Cf., a esse respeito, http://www.marzagao.go.gov.br.

filete de água tenta manter a ilusão de um passado fluvial. As casas instaladas ao longo do Mutuacá foram, pouco a pouco, abandonadas, e seus moradores se refugiaram ao longo do afluente – hoje chamado de rio Mazagão. Daí vem essa desconcertante impressão: antes de penetrar no próprio interior de Mazagão Velho, o viajante que vem pela estrada[49] descobre à esquerda as ruínas da igreja do século XVIII. Ao final do caminho cheio de mato, no meio das moitas, erguem-se orgulhosamente dois pedaços de paredes. Sua verticalidade destoa desse universo florestal, onde se entrelaçam ramos, cipós e troncos tortuosos. Essas ruínas abandonadas, testemunhas únicas da epopéia da construção, são um pouco a acrópole de Mazagão Velho: todo mundo as conhece e respeita, mas a vida doravante se desviou delas. A entrada da cidade fica a centenas de metros dali, assinalada por um pórtico majestoso: "Bem-vindo em Mazagão Velho, terra de São Tiago". Atualmente, apenas quinhentos habitantes ali residem.

Lá estive pela primeira vez em julho de 2002. Eu tinha a intenção de conhecer o local onde Mazagão fora reconstruída e de me deixar impregnar pelo espírito do lugar. Eu já ouvira falar, durante minhas pesquisas nos arquivos públicos de Belém, de uma festa que se celebra em meados de julho, evocando as lutas entre os cristãos e os mouros: a festa de São Tiago. Esse tipo de festa, cuja origem remonta à época colonial, é muito difundido na América Latina: não esqueçamos que a conquista da América estava deliberadamente inscrita pelas coroas ibéricas no prolongamento da Reconquista[50]. As figuras de São Tiago e de São Jorge são particularmente veneradas nessas cerimônias: com efeito, é sob a invocação de São Tiago (de Compostela) que os soldados ibéricos saíam em combate contra os infiéis; quanto a São Jorge, santo padroeiro da cavalaria, ele é aquele que leva o estandarte dos cruzados, uma cruz vermelha sobre um fundo branco.

Mesmo assim, parecia-me evidente que essa festa de São Tiago não apresentaria grande originalidade, quando comparada com outras mani-

---

49. A famosa ligação por terra desde Macapá só foi aberta em 1950: mesmo assim, é preciso percorrer cinqüenta quilômetros de picadas e tomar emprestadas duas barcaças para atravessar braços de rio, antes de alcançar a povoação, que nem sempre é fácil de descobrir.
50. Cf. Jérôme Baschet, *La civilisation féodale: de l'an mil à la colonisation de l'Amérique* (Paris, Aubier, 2004).

festações, como a cavalhada de Pirenópolis, em Goiás, ou a festa do Divino de Parati, no Rio de Janeiro, ou de São Luís de Paraitinga, no estado de São Paulo[51]. Por outro lado, sabendo que Mazagão Velho assume e reivindica a herança direta da fortaleza de Mazagão, instalada no coração das terras infiéis, interessava-me saber como a memória do traslado fora integrada a essa manifestação.

*

Mal atravesso o pórtico de entrada e descubro uma povoação tomada por uma atividade febril, em que cada pessoa se apressa a finalizar os últimos preparativos para a novena que vai começar naquele mesmo dia: uns repintam seus frontões, outros esticam bandeirolas de uma árvore a outra, as mulheres preparam a igreja de São Tiago (fundada em 1935) e vestem as imagens de São Jorge e de São Tiago com galões azuis, vermelhos, amarelos, verdes... Com a proximidade da festa, Mazagão se enfeita com suas cores mais belas. Do lado de fora, alguns jovens preparam o salão onde será o baile à noite: alto-falantes gigantes difundem música *techno*. Mais acima, diante da capelinha que servirá de ponto de partida da primeira procissão (círio), outros alto-falantes são instalados e difundem cantos e sermões de Pe. Marcelo, o padre católico que tomou a frente da cruzada da renovação carismática no Brasil. Mais para baixo, um grupo de jovens, à mesa de um bar, tamborila em garrafas de cerveja, improvisa sambas, inventa rimas e zomba do lado beato da festa. Eles me abordam, querendo saber meu nome e cantar um verso em minha homenagem: "É Laurent, que está fotografando o dia todo a terra de São Tiago e que fez um passeio de barco". Minha presença não passou despercebida, nem mesmo minha escapadela de canoa, para descer o rio Mazagão até o Amazonas. Aqui, sagrado e profano se misturam: *techno*, samba, música religiosa... tudo faz parte da festa. Essas manifestações religiosas não são integralmente apoia-

---

51. O nome varia, de acordo com as regiões do Brasil: são as cheganças, as cavalhadas, as mouriscas (ou mouriscadas), os cristãos e mouros... Na América espanhola, as festas do tipo *moros y cristianos* também são muito difundidas. Elas encenam combates (quase sempre a cavalo) entre cristãos e mouros e servem para manter no Novo Mundo a chama da civilização cristã, dominadora e vitoriosa contra os infiéis. Cf., a esse respeito, István Jancsó & Iris Kantor (orgs.), *Festa: cultura e sociabilidade na América portuguesa* (São Paulo, Hucitec-Edusp, 2001), 2 vols.

das pela Igreja Católica[52], como vai me confirmar o vigário da paróquia, padre Enrico Bertazzoli, que sabiamente evitou estar em Mazagão Velho naquele dia: "Isso tudo é meio pagão!".

De repente, ali pelas seis e meia da tarde, enquanto Mazagão se instala na penumbra, três disparos de fuzil ecoam na entrada da capela. É o início da cerimônia. Os moradores se apressam e vêm se recolher diante das imagens, beijar as fitas ou trazer outras.

A procissão começa: dois rapazes, vestidos de túnicas brancas, entram a cavalo na capela para buscar as estátuas de São Tiago e de são Jorge. A família desses dois jovens, que são primos, já há vários anos pagou uma promessa à comissão de organização da festa a fim de eles dois poderem um dia encarnar as figuras desses dois santos. Então o cortejo se forma. Cercados por crianças que levam luminárias azuis, verdes e vermelhas, pulam, gritam e manifestam com altos brados sua felicidade de ali estar, os cavaleiros tomam seus lugares. À esquerda, encontram-se quatro cavaleiros mouros, vestidos com uma casaca vermelha e uma touca; à direita, quatro cavaleiros cristãos, todos vestidos de branco. No centro, abrindo o cortejo, um mouro leva um estandarte vermelho com duas cimitarras entrecruzadas. Em seguida, vêm a cavalo São Jorge, depois são Tiago, trazendo suas estátuas nas mãos. Por fim, seguem a pé os dignitários da vila, que levam outras imagens adornadas de fitas. Precedendo esse cortejo, vários jovens soltam fogos de artifício e rojões.

A chuva cai de repente: a neblina dá rapidamente lugar a trombas d'água. O cortejo se desloca e todo mundo se refugia na igreja. As imagens são depositadas uma a uma no altar, enquadradas por São Tiago e São Jorge. Nenhum padre presente. É quando se ergue uma voz feminina na assistência: "Ave, Maria", dando o sinal da primeira oração, depois de alguns cantos: "Glorioso São Tiago defensor da Santa Fé". E enquanto essa liturgia incomum prossegue, os jovens continuam a lançar rojões.

---

52. Cf., a esse respeito, Maria do Socorro dos Santos Oliveira, "Religiosidade popular em comunidades estuarinas amazônicas: um estudo preliminar do Marabaixo no Amapá", *Scripta Nova: Revista eletronica de geografía y ciencias sociales,* Barcelona, Universidade de Barcelona, vol. 45, n. 49, 1º de agosto de 1999 (http://www.ub.es/geocrit/sn-45-49.htm; *site* acessado em 3 de setembro de 2002). A autora explica que a maioria das festas populares e católicas no Amapá são realizadas sem a intervenção do catolicismo oficial.

Plano de Mazagão Velho em julho de 2003

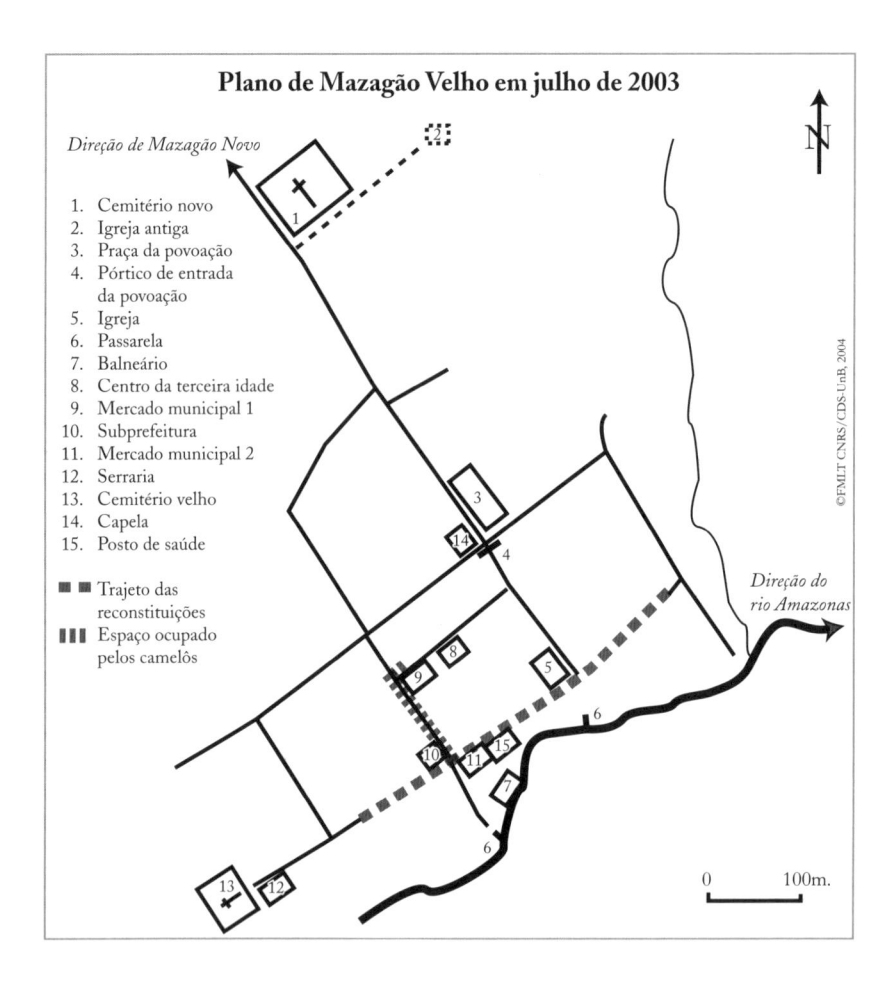

Direção de Mazagão Novo

1. Cemitério novo
2. Igreja antiga
3. Praça da povoação
4. Pórtico de entrada da povoação
5. Igreja
6. Passarela
7. Balneário
8. Centro da terceira idade
9. Mercado municipal 1
10. Subprefeitura
11. Mercado municipal 2
12. Serraria
13. Cemitério velho
14. Capela
15. Posto de saúde

■ ■ Trajeto das reconstituições
❙❙❙ Espaço ocupado pelos camelôs

Direção do rio Amazonas

©FMLT CNRS/CDS-UnB, 2004

A chuva cessou. A igreja se esvazia. O primeiro dia da novena chega ao fim, ao menos para os fiéis[53].

Logo mais vai começar o baile pelo qual esperam, impacientes, todos os jovens da região. Essa festa profana que se enxerta na festa religiosa desespera os mais fervorosos defensores da tradição, como Rozacema, cujo filho esse ano encarna São Tiago. Ela acha que as famílias não preparam mais os filhos para a festa e não lhes transmitem a história e

---

53. Mazagão Velho também conta com a presença de uma comunidade evangélica, que, é claro, não participa da festa. O cortejo passa diante da igreja evangélica (um simples barracão de madeira) e pára por um instante, como para provocar os novos "infiéis"...

o sentido dessa manifestação. "No meu tempo não era assim! Ave, Maria!", me diz Sendinho, um idoso negro de 93 anos. O baile começa. Num primeiro momento, os jovens observam, ficam ali pela beira da pista. São 11 horas da noite, e a música parece ser a única a ocupar o espaço vazio, que é perscrutado pelos rapazes, cerveja na mão[54]. De repente, o salão fica cheio, a dança começa. Dançam-se, só ou em dupla, músicas que misturam os ritmos tradicionais (samba, forró e calipso) e modernas (*rock, techno*). Essa festa só acaba ao amanhecer, pouco antes de se retomar, já às seis horas da manhã, a cerimônia religiosa. A novena segue nesse ritmo imutável durante uma semana, até a grande batalha, que ocupará os dois últimos dias.

*

Não pude, nessa primeira estada, assistir à festa toda[55]. Precisei voltar antes. Tendo sido informado de que a representação das batalhas entre cristãos e mouros só ocorria nos dois últimos dias da novena (24 e 25 de julho, dia da festa de São Tiago), voltei a Mazagão Velho em 22 de julho de 2003[56]. A pequena povoação não mudara nada, exceto por uma nova animação que parecia ter-se apossado dela: era necessário construir um palanque junto à igreja, dar uma nova demão de tinta nos principais monumentos (de um ano para outro, as cores desbotam) e renovar as decorações da festa, que a chuva já estragara, apenas uma semana depois de sua instalação. Esperavam-se cerca de quinhentas pessoas: espectadores vindos de Macapá, moradores ribeirinhos, sem esquecer todos os mazaganenses dispersos na região – até na Guiana Francesa – e que não perderiam aquele evento por nada no mundo. O grande momento ia chegar...

---

54. Como não pensar aqui nas observações de Pierre Bourdieu sobre o baile de sábado à noite na zona rural de Béarn nos anos 1950: *Le bal des célibataires: crise de la société paysanne en Béarn* (Paris, Seuil, 2002)? E como não lembrar ainda das observações de Jean Duvignaud em *Fêtes et civilisations* (Paris, Actes Sud, 1991 [1 ed. 1973]), que indicam pontualmente a íntima imbricação entre sagrado e profano, quando a juventude irrompe nessas festas tradicionais, altera seu sentido e sua ordenação, para fazer delas um lugar de contestação, de invenção de um outro lugar possível?

55. Não há a mínima estrutura para alguém que queira se hospedar em Mazagão Velho. Tive de recorrer aos bons préstimos do prefeito do município (José Odair da Fonseca Benjamin), que várias vezes pôs à minha disposição excelente hospedagem.

56. Eu estava, então, acompanhado por François-Michel Letourneau, geógrafo (CNRS – CREDAL).

Na noite de 23 para 24 de julho, ali pelas três e meia da manhã, fui acordado pelo barulho ensurdecedor de um tiro de fuzil. Era o começo da "alvorada festiva" de que tanto se falara na véspera. Gritos brotam no coração da noite, rojões são lançados. A toda pressa, corri para ver o que se passava. Em pequenos grupos, os jovens convergem para a igreja, para se recolher diante da imagem de São Tiago e beijar as fitas que a cingem. Depois, eles se dirigem para a saída da cidade, passam pelo pórtico iluminado e reúnem-se no campo de futebol. Esperam. Outros chegam. Uma chuva fina envolve suas silhuetas, que mal se vêem na penumbra. Pouco a pouco, umas cem pessoas se encontram reunidas.

Às cinco horas da manhã, os sinos da igreja se põem a tocar. Novos rojões são lançados em um crepitar incessante. Depois, as batidas surdas de dois tambores que tinham tomado lugar em meio ao grupo fazem calar os ruídos em redor: a multidão reunida se põe em movimento. Na noite escura, o grupo avança lentamente. E, precedido pelos tambores, vai despertar todos os que representarão nesse ano um papel na grande batalha: primeiro, evidentemente, São Tiago e São Jorge, mas também os atalaias, os emissários mouros... A primeira casa visitada é a de São Tiago. Os tambores entram casa adentro, sem parar de tocar. Um grupinho de homens os segue e põe-se a cantar e a dançar: "Vomi nê! Vomi nê! ê! ê!". Os homens formam um círculo e saltitam de um lado para o outro: "Vomi nê! Vomi nê! ê! ê!". Esse *vomi nê* dura vários minutos[57]. São Tiago deve participar do canto e da dança para se integrar ao grupo. Nesse meio-tempo, a multidão saboreia pratos e bebidas preparados pela dona da casa. Depois os tambores voltam a bater, levando o cortejo atrás de si, na direção de outra casa. E assim o cortejo avança, até a última casa do último personagem. Não faltando mais ninguém, ele começa uma procissão pelas ruas da povoação, antes de se reunir dentro da igreja para uma cerimônia religiosa. E já são nove horas da manhã.

Nessa mesma manhã, o governo do estado do Amapá decidiu organizar a primeira marcha "ecoturística religiosa" de Mazagão Velho. É o que os guias distribuídos aos participantes explicam: "Se na época de São Tiago a guerra travada visava garantir a hegemonia do cristianismo na África, hoje a luta dos modernos cristãos é pela preservação do meio ambiente, para assegurar a continuidade da vida no planeta".

---

57. O termo "vomi nê" viria da contração da expressão "vamos nele".

Com todos os protagonistas em cena, a festa pode começar para valer. Por volta das 15 horas, os emissários mouros vêm oferecer aos dignitários católicos (nesse caso, os vereadores da cidade) as mais refinadas iguarias. Os dignitários aceitam o presente, mas desconfiam, achando que eles estão envenenados. O primeiro presente é para seu Vavá: neto de escravo e filho de sírio, ex-combatente que participou do desembarque na Itália, ele é, antes de mais, o historiador de Mazagão, a memória da comunidade. É ele que, dentro em pouco, como em todos os outros anos, subirá ao palanque para narrar as diversas cenas da batalha. Os soldados cristãos e mouros entram então em sua casa e cantam um *vomi nê*. Seu Jorge, o cantor, improvisa os versos: "É um presente para seu Vavá, vomi nê, vomi nê... êêê! ê!". Depois de ter ofertado os presentes às outras personalidades, as tropas mouras se retiram, certas de ter, com esse gesto, dizimado a elite cristã. Eles preparam um baile de máscaras para a noite, para comemorar o triunfo da armadilha, esperando também oferecer aos muçulmanos convertidos a chance de se juntarem a eles de maneira discreta e anônima.

Só os homens estão autorizados a participar do baile. E, outra vez, são os jovens que dominam a festa. Eles se reúnem no extremo da povoação. Enquanto esperam o cortejo que vai ao baile se pôr a caminho, eles improvisam novos sambas. Uns usam máscaras tradicionais de papel machê, especialmente confeccionadas para a ocasião, outros usam máscaras modernas, de plástico ou borracha, certamente compradas em Macapá e que imitam personagens pouco simpáticos do cinema: as caveiras são as prediletas, mas também o rosto exageradamente alongado de *O grito*. A marionete que eles vão carregar no princípio do cortejo representa Judas. Nessa noite, num pedaço de cartolina rasgado de qualquer jeito e pregado no peito da marionete, um nome está inscrito com pincel atômico preto: "Jorge W Buch" (sic). Para desespero ainda maior dos puristas, a festa se alimenta de todas as contribuições externas: o moderno vem reforçar o tradicional, a atualidade vem resgatar a história lendária, quando não o inverso. Com efeito, parece evidente que os jovens de Mazagão Velho aproveitam a oportunidade dessa festa para manifestar seu desacordo com a política iraquiana do presidente dos Estados Unidos, que acaba de tomar a frente de uma coalizão militar para derrubar Saddam Hussein sem a autorização das Nações Unidas.

Durante o baile, os mouros vão perder seu chefe, Caldeira. Com efeito, os cristãos se infiltraram para devolver os pratos envenenados, que numerosos infiéis comerão sem se dar conta. De manhãzinha, seu filho, Menino Caldeirinha, o sucede. Trata-se de um garoto de no máximo três anos que desempenha o papel: montado a cavalo, vestindo uma túnica vermelha e branca e um elmo imperial prolongado com faixas coloridas, ele é o motivo de riso de todos. A vingança dos cristãos acaba de começar: se o chefe dos mouros não passa de uma criança, como poderá conduzi-los à vitória?

Estamos no dia 25 de julho, dia da grande batalha. O rio está coberto de canoas e de pequenas embarcações: os ribeirinhos, mestiços de traços índios fortemente pronunciados, postam-se lá, um pouco intimidados com toda aquela animação. Eles vêm assistir ao espetáculo. Presentearão seus filhos com algumas voltas no velho carrossel metálico, montado à beira do rio e que é acionado por um velho e barulhento motor a gasolina. Nesse dia, eles deixarão ali parte de suas parcas economias.

Por volta das oito horas da manhã, as imagens eqüestres de São Tiago e de São Jorge são tiradas da capelinha e transportadas em procissão (círio) até a igreja. Os vereadores do município, bem como os deputados, os senadores e o governador do estado estão presentes: cada um quer levar uma das várias estatuetas que acompanham as estátuas eqüestres, a fim de conseguir um lugar de destaque. Cânticos ritmam essa lenta procissão pelas ruas da cidade, que é seguida por uma multidão de cerca de quinhentas pessoas. Abrindo a marcha, os personagens de São Tiago e de São Jorge avançam a cavalo, vestidos com seus mais belos adornos: São Tiago com uma túnica preta e verde, constelada de bordados dourados e São Jorge com um uniforme amarelo. A ele cabe a honra de levar o estandarte cristão – uma cruz vermelha sobre um fundo branco. Quando a procissão termina, uma missa é celebrada no átrio da igreja. O palanque, recoberto de tecido verde, serve de altar. Um padre vindo de Macapá celebra a missa, cantada pelos "Cantores de Deus". Os ramos das árvores são tomados de assalto pelas crianças, assim como os monumentos que permitem se instalar no alto para ver o que se passa. A pintura nova já está estragada, manchada pelas marcas dos pés.

A alternância sagrado-profano não é contradita ao longo dessa festa. No meio da manhã, um leilão é organizado. Trata-se de um momento social importante: as autoridades e as pessoas influentes se mostram. Uns oferecem

São Tiago, São Jorge e Menino Caldeirinha

lotes (como os fazendeiros ou o prefeito), outros os adquirem (o prefeito, o governador, os políticos e também os fazendeiros), que em seguida os oferecem às associações locais. Todo mundo se encontra em seguida em torno de um grande almoço oferecido pela prefeitura.

De repente, o barulho de um galope se faz ouvir. É Bobo Velho, um espião mouro que tenta se infiltrar no acampamento cristão para convencer os convertidos a ir para seu verdadeiro acampamento. Ele é desmascarado, vaiado: atiram em seu rosto cascas de laranja. Três vezes ele tenta passar, três vezes é expulso.

A rua principal na qual se situa a igreja, a rua Senador Flexa, vai se enchendo aos poucos. Seu Vavá vem se instalar em uma cadeira de vime sobre o palanque. Ele é o *historiador* da cidade[58]. Junto dele, sua sobrinha Eliana,

---

58. É um fenômeno social muito difundido no Brasil. Cada povoação, aldeia ou pequena vila tem "seu" historiador. Trata-se de um homem, bastante idoso, cuja função profissional é objeto de um grande respeito – é um homem que esteve em contato com a cidade grande. Durante sua vida, ele coletou fotos, reuniu recortes de jornal, fotocópias de documentos relativos a "sua cidade". Esses papéis sociais freqüentemente

professora em Macapá, e o filho de seu Jorge, que também é professor. Eles vão explicar cada uma das cenas da grande batalha que ocorrerá. É como nos esclarece Josué, um dos organizadores da festa: "É bom que eles sejam professores em Macapá, porque só podem subir ao palanque aqueles que conhecem a história. Não se pode mentir para o povo". Seu Vavá tem nas mãos um velho folheto ("Festa de São Tiago, histórico e programação"), tesouro inestimável, que ele leu e releu dezenas de vezes, manipulou em todos os sentidos e que vai utilizar hoje também para contar a história da grande batalha, alternando a leitura do texto com longos comentários pessoais. Antes de a luta começar, seu Vavá resume o que se passou: "Os mouros ofereceram comida envenenada aos cristãos: era uma armadilha. Mas os cristãos são mais inteligentes. Eles não caíram na armadilha e, ao contrário, devolveram a armadilha aos mouros".

São 15 horas quando um arauto anuncia, com a ajuda de fortes batidas de tambor, o início da batalha. Sete cenas vão se suceder, sistematicamente anunciadas pelo arauto ao tambor. Um ataláia cristão se infiltra no campo dos mouros e rouba seu estandarte. Mas é descoberto. Desencadeia-se uma perseguição. Ao se aproximar do acampamento cristão, crivado de flechas e de balas, ele dá o alerta, joga o estandarte para os seus e cai do cavalo (cena 1). Os soldados mouros o capturam, decapitam e brandem sua cabeça diante das tropas cristãs (cena 2). Os cristãos decidem se vingar e armam uma emboscada que dizima uma patrulha moura (cena 3).

Até aqui, instalados nas calçadas, os espectadores observam pacificamente o desenrolar das cenas, atentos às explicações dadas pelos três historiadores instalados no palanque, cujos discursos cruzados contribuem para a dramatização das cenas.

De repente, a multidão se anima, as crianças ficam impacientes. Eles têm nas mãos um pedaço de papel dobrado em dois. A cena 4 vai começar: o rapto das crianças cristãs. Batidas de tambor. Soldados mouros mascarados correm e apoderam-se dos espectadores mais novos, que se

---

são transmitidos de pai para filho: foi assim que seu Vavá tomou o lugar de seu pai, depois que ele faleceu. Como *modernité oblige*, será certamente sua sobrinha que o sucederá. Seria necessário fazer uma pesquisa sobre o papel social desses "historiadores", que não se pode comparar, sem mais, com os eruditos locais franceses, diante da importância de seu lugar no seio da sociedade local.

O INÍCIO DA BATALHA DE SÃO TIAGO

debatem, berram, gritam. Mas de nada adianta: eles são vendidos a uma caravana de nômades. Os mouros recuperam o dinheiro (pedaços de papel): "Os mouros não têm nenhuma moral", comenta seu Vavá. Depois, as crianças, eufóricas, voltam a seus lugares no meio dos espectadores. Então, um mensageiro mouro vem propor uma troca aos cristãos: o estandarte mouro pelo corpo decapitado do atalaia cristão (cena 5). A troca é aceita. Os cristãos recuperam o corpo, mas, no último instante, recusam-se a devolver o estandarte: "Não se esqueçam de que eles são infiéis. Não se pode confiar em sua palavra. Por isso os cristãos fingiram aceitar", martela seu Vavá. Humilhados, os mouros se retiram para preparar o assalto final (cena 6). Primeiro, eles enviam seus soldados, com os rostos cobertos por uma máscara grotesca. E são expulsos três vezes. Vem em seguida o assalto dos cavaleiros. A galope, eles enfrentam os cavaleiros cristãos que, impassíveis, vão em seu encalço, espada em punho, seguidos por São Tiago e São Jorge, que cruzam suas espadas. Três vezes mais as tropas infiéis vêm enfrentar as tropas cristãs. As trombetas soam então a vitória: "É a vitória dos cristãos, é a vitória do cristianismo", repete incessantemente seu Vavá, "a vitória do cristianismo...".

O crepúsculo se instalou sobre Mazagão Velho. A maior parte dos espectadores já foi embora quando tem início a última procissão (círio), para reconduzir as estátuas eqüestres da igreja à capela (cena 7). Nesse tempo incerto, entre a claridade e a escuridão, a procissão é um momento de forte emoção, do qual toda a comunidade é convidada a comungar. São Tiago e São Jorge entram a cavalo na igreja e apoderam-se das imagens. Depois, entram os soldados mouros com suas máscaras levantadas: também eles vêm levar a estátua de um santo. Cabisbaixo, em um recolhimento solene, o grupo se dirige para a capela. Um silêncio emocionante e pesaroso circunda essa última cena. Os uniformes brancos e sedosos dos soldados cristãos e as faixas coloridas das imagens ainda brilham na penumbra.

Assim se encerra a festa de São Tiago[59].

As crianças mascaradas

---
59. Essa festa é seguida, nos dias 26 e 27 de julho, por uma festa das crianças, que reproduz exatamente o desenvolvimento da cerimônia, com a mesma cenografia.

É evidente que a compreensão dessa festa, de sua integração no seio da comunidade, de seu lugar na cultura popular regional mereceria toda uma pesquisa à parte. Aqui, contento-me em fornecer algumas pistas de pesquisa e em expor alguns questionamentos, com base em minhas duas curtas estadas em Mazagão Velho.

Para começar, diga-se que os habitantes de Mazagão Novo não costumam participar dessa festa. Parece que, durante muitos anos, a estátua eqüestre de São Tiago era transportada de barco de Mazagão Velho para Mazagão Novo, todo dia 22 de julho, e depois trazida de carro no dia 23 de julho. Esse deslocamento visava unir na mesma cerimônia a comunidade cindida dos mazaganenses. Mas parece que, um dia, o santo voltou com um braço quebrado. A partir de então, ele não sai mais de Mazagão Velho. Essa sedentarização da estátua sela, de certo modo, o divórcio entre as duas comunidades. Quanto à família Flexa, cujos ancestrais vieram da fortaleza marroquina, que esteve na origem da criação de Mazaganópolis, ela nunca vai à festa. A ausência deles é sempre comentada, porque a família continua a desempenhar um papel político e social importante no município. A festa de São Tiago é, pois, assunto exclusivo de Mazagão Velho e de seus jovens: mesmo que estejam morando em Macapá em busca de um emprego, eles sempre voltam na época da festa.

Ora, atualmente, Mazagão Velho abriga uma das principais comunidades negras do estado do Amapá – com a povoação de Curiaú. Seus habitantes são descendentes de quilombolas, escravos fugidos que se reagruparam nos quilombos. Inicialmente refugiados nos arredores da vila, não é impossível que suas famílias tenham, pouco a pouco, se reinstalado em Mazagão Velho, depois da criação de Mazaganópolis[60]. Realmente, tudo leva a crer que essas famílias de quilombolas tenham participado

---

60. Vemo-nos aqui em um campo de estudos que não apresenta nenhum registro escrito. E compreendemos facilmente por quê. Aqui seria necessária uma pesquisa alentada, com base em entrevistas rigorosas e cotejos em arquivos, para compreender de que maneira Mazagão Velho veio a se tornar, no fim do século XIX ou no início do XX, uma povoação negra. De todo modo, a origem africana dessa comunidade não apresenta a menor dúvida, quando é comparada aos ribeirinhos que vêm assistir à festa: sua mestiçagem índia destoa da mestiçagem negra dos mazaganenses. Jean-François Véran, nas pegadas de Michel Agier, mostrou a possibilidade de uma pesquisa que cruze antropologia e história para estudar as comunidades remanescentes no Brasil (*L'esclavage en héritage...*, op. cit.).

do resgate das batalhas eqüestres entre mouros e cristãos – tendo como pano de fundo uma cerimônia religiosa.

Memória mestiça? Se são talvez justamente os descendentes dos primeiros ocupantes que hoje festejam São Tiago, eles não são exatamente aqueles que em princípio imaginamos – são os escravos das famílias portuguesas. Uma transferência de memória dessas é rara o suficiente para merecer uma análise mais prolongada. Meus informantes, seu Vavá, Sendinho, Rozacema e Josué, são todos descendentes de escravos. Dessa forma, por uma estranha virada da história – sobre a qual será necessário um dia se questionar e conduzir uma pesquisa aprofundada –, são hoje os descendentes dos escravos africanos que retomam, por conta própria, o discurso da luta contra os infiéis. Estamos falando aqui de um processo bem conhecido pelos antropólogos: a reinvenção da genealogia cultural. Tomemos o discurso do prefeito, cujos traços indicam claramente ser ele também descendente de escravos: "Nós, que temos ancestrais vindos da África...". A referência à África abarca então a dupla filiação dos habitantes de Mazagão Velho – a da praça-forte marroquina e a dos entrepostos da África negra. Mas o que eles realmente entendem por "África"?

Uma estada prolongada certamente permitiria analisar melhor a forma com que se enuncia, cotidianamente, a identidade negra nessa comunidade amazônica. Nós pudemos simplesmente saber que a festa dos escravos, organizada todo dia 13 de maio para celebrar a abolição da escravatura (1888), foi supressa em 1985, em razão do desinteresse dos mais jovens. Quer dizer que essa identidade negra é rejeitada, fundida em um discurso geral sobre a origem africana da comunidade? Não negligenciemos também o impacto da igreja evangélica, que já está bem implantada em Mazagão Velho: seus fiéis, mais numerosos a cada ano, afastam-se das festas. De todo modo, atualmente é a comunidade africana que preserva a memória da transferência de Mazagão e dos combates contra os mouros, e não mais os raros descendentes das famílias portuguesas, ainda instalados em Mazagão Novo. E quem são os espectadores? Talvez os descendentes dos construtores de Nova Mazagão...

Na segunda metade dos anos 1970, essa festa passou por importantes evoluções. Até então, São Tiago era o cavaleiro mascarado: durante a festa, ninguém sabia quem era ele. Hoje, todo mundo o conhece, e isso muitos anos antes, porque sua família deve pagar uma promessa à comissão organizadora[61]. Na realidade, a família espera uma rápida retribuição simbólica, decorrente do gesto da promessa. Daí a necessidade de torná-la pública.

Mas, sobretudo, o cenário e o texto do desenrolar da batalha são, desde então, distribuídos na forma de folhetos a todos os participantes e espectadores. Essas poucas linhas, uma sinopse da festa, têm o valor de um texto sagrado, porque se considera que elas garantem a coesão da sociedade. Mas ninguém consegue explicar quem redigiu o texto, quem transcreveu sob forma escrita a evolução das batalhas[62]. Será que a festa de São Tiago, assim como os mitos gregos, também teve um Homero? Aliás, quem a batizou como "festa de São Tiago"? A passagem do oral para o escrito fixou o cenário em um ritual rígido. Por sinal, Josué acha que se a comunidade mazaganense é hoje dilacerada por lutas intestinas, é justamente porque o texto não é seguido ao pé da letra. Outros, ao contrário, especialmente os mais jovens, tentam fazer a festa evoluir: as máscaras modernas, o Judas com o nome de George Bush, dão testemunho desse desejo. Mas a maior modificação data do fim dos anos 1980: a criação do estado do Amapá no seio da federação brasileira, em 1988, deu maior margem de manobra financeira ao governo do estado. A intervenção sistemática de diversas instâncias políticas do estado do Amapá, que buscam tirar proveito do maná financeiro dessa festa popular, visa também atrair um importante fluxo turístico regional ou nacional: elas fi-

---

61. Essa comissão funciona como uma associação e reúne cerca de cinqüenta membros efetivos que participam diretamente da organização da festa, negociam com os poderes públicos (município, estado do Amapá), dividem as diversas tarefas: preparação dos figurinos, das máscaras, dos bailes...
62. Cf. o jornal de Macapá, *Marco Zero*, que dedica, em sua edição de 11 de setembro de 1982, um número especial de dez páginas à festa de São Tiago, no contexto da promoção do folclore do Amapá. A história (mítica) da transferência é ali longamente contada, assim como a seqüência de batalhas, por Mário Rodrigues da Silva, sociólogo, assessor técnico da administração do território do Amapá, e Nilson Montoril de Araújo, filho de mazaganenses. O jornal publica até mesmo os resultados de um concurso de desenhos e gravuras relativos à festa de São Tiago, organizado pela Secretaria do Planejamento e pelo Departamento de Turismo. Pode-se ver nisso a primeira tentativa de registro escrito e gráfico da festa? Não podemos responder a essa pergunta de modo categórico, mas simplesmente constatar que todos os folhetos que consultamos são posteriores a essa publicação. O mais antigo, justamente datado de 1982, reproduz literalmente o texto do número especial.

nanciam a impressão dos folhetos (em papel cuchê e em quatro cores), a sonorização da festa, a preparação dos figurinos, a locação dos cavalos, a compra dos fogos de artifício e dos rojões. O patrimônio como recurso turístico...

Também se impõe a pergunta sobre a longevidade dessa festa. Todos os folhetos oficiais indicam que a primeira festa ocorreu em 1777; desde então, ela se mantém em uma periodicidade anual. Se a data de 1777 é fácil de confirmar – nós mesmos constatamos a realização de uma festa em honra da rainha, na qual se organizou uma batalha (naval) entre cristãos e mouros –, nada autoriza, por outro lado, afirmar que essa festa foi reproduzida a partir do ano seguinte. Ao contrário, tudo indica que a festa de 1777 foi uma grande exceção. Sabemos que uma festa, que encenava um combate naval, foi organizada em agosto de 1795, por ocasião do nascimento do príncipe dom Pedro[63]. Não encontramos pista de tais celebrações no decorrer do século XIX. Tudo leva a crer, por sua vez, que essa festa só ressurgiu depois da criação de Mazaganópolis (1915). Os idosos de Mazagão Velho (Sendinho, de 93 anos; seu Vavá, de 82 anos) dizem que sempre souberam dessa festa, assim como Rozacema e Josué, ambos por volta dos quarenta anos, mas que raramente ouviram seus pais falarem dela. Nesse contexto dominado pela oralidade, é difícil afirmar com certeza datas ou períodos. Encontramos a transcrição de uma oração que teria sido recitada por ocasião dessa festa, em 1941, invocando a proteção de São Tiago sobre a prosperidade de Mazagão e "para que possamos todos os anos comemorar sua gloriosa festa"[64].

Essa festa também tem lugar em um calendário festivo sobrecarregado. Em Mazagão Velho, ela tem realmente um papel social essencial: por assim dizer, ela faz parte do cotidiano dos moradores. Em meio a 17 festas celebradas todo ano, resta pouco tempo livre entre uma festa e outra. Os preparativos consomem de alguns dias a algumas semanas para as festas mais importantes, e exigem o investimento de várias pessoas, quando não de toda a comunidade. Uma espécie de economia da festa se estabelece por ocasião da preparação das manifestações principais: São

---
63. Palma Muniz, art. cit., p. 421.
64. "A festa de São Tiago", *Marco Zero*, Macapá, 11-17 de setembro de 1982, caderno 3, p. 5.

Gonçalo, Piedade, São Tiago, Nossa Senhora da Assunção, Divino Espírito Santo, Nossa Senhora da Luz. A dimensão profana dessas festas tende a ganhar terreno, como única forma de manter o interesse de uma juventude sensível aos apelos da cidade (Macapá), quando não aos do eldorado encarnado pelo país vizinho – a Guiana Francesa[65].

*

Julho de 2004. A cidade portuguesa de El Jadida acaba de ser declarada patrimônio da humanidade em meio a uma indiferença quase total. Do outro lado do Atlântico, uma equipe de arqueólogos, financiada pelo governo do Amapá, faz escavações em torno de dois trechos de parede da igreja em ruína, únicas testemunhas ainda visíveis da cidade do século XVIII. A festa de São Tiago está para ser outra vez celebrada...

Contudo, algo acaba de mudar, algo que poderia, com o tempo, ameaçar a própria existência da festa. O estado do Amapá recentemente avaliou todos os benefícios que ele poderia auferir da realização dessa festa – benefícios financeiros, claro, mas também em termos de prestígio cultural para um estado dos confins. Daí vem seu desejo de congelar essa prática viva em um conjunto codificado de gestos, imagens e símbolos, cujos principais testemunhos poderiam ser conservados até mesmo por um museu de arte sacra.

Mas qual é o lugar reservado nesse projeto para a comunidade de Mazagão Velho, para sua história, sua memória? E que dizer também dos habitantes de Mazagão Novo, que não parecem partilhar o mesmo entusiasmo por essa manifestação? O governo pode se satisfazer com uma memória disputada entre os dois ramos da Mazagão amazônica? Pode retomar, por conta própria, sem questioná-la, a reconstrução genealógica inventada pelos moradores de Mazagão Velho? O que ilumina essa festa é, antes de mais, a obra do esquecimento[66] (o esquecimento do passado quilombola da comunidade), mas também os atalhos escondidos da lembrança.

---

65. Para devolver um pouco de vigor a essa comunidade, cuja atividade econômica se vê cada vez mais reduzida e que vê partir suas forças vivas, a prefeitura estabeleceu um certo número de festas temáticas: a festa da mandioca, a festa da laranja, tentando convencer que esses produtos e o trabalho que eles demandam são dignos de investimento.

66. Não esqueçamos também, com Paul Ricoeur, que o esquecimento por vezes está no núcleo dos processos de reconstrução das identidades (*L'histoire, la mémoire et l'oubli* [Paris, Seuil, 2000]).

Hoje, a festa de São Tiago está ameaçada, e essa ameaça não vem de sua adaptação aos desafios do século XXI (Judas-Bush, máscaras de *O grito*), mas, muito pelo contrário, da tentação de congelar sua gestualidade e sua cenografia, em nome da defesa de um patrimônio histórico. Privada de todo sopro vital, negada naquilo mesmo que hoje constitui sua maior originalidade – a memória mestiça –, a festa de São Tiago passaria a ser nada mais que uma manifestação folclórica banal, de características exóticas.

E, no final das contas, não se trataria aqui, para a comunidade mazaganense, de uma nova afronta realizada por um poder administrativo distante?

Conclusão
POR UMA HISTÓRIA SOCIAL DA ESPERA

Na origem desta pesquisa, estava a intenção de saber em que medida um grupo em geral, ou uma sociedade urbana em particular, privados de seu território original ou de suas muralhas, podiam sobreviver a um deslocamento. Mazagão nos oferecia o raro exemplo de uma cidade nua, despojada de suas muralhas e deslocada entre três continentes pelo arbítrio de um poder monárquico – Mazagão, cidade da passagem.

Evoluindo em um entremeio, em um entrelugares, a comunidade mazaganense se reagrupou em torno das muralhas da memória, em torno de um território reconstruído pelas lembranças, reedificado pelas palavras. Foi a esse preço – mesmo trasladada, mesmo desnudada – que ela conseguiu sobreviver. Brutalizada, deslocada, violentada até, ela soube descobrir formas transitórias, inventar arranjos mínimos, para se adaptar e superar as provações desse traslado. Contudo, a sociedade mazaganense não sai ilesa desse longo périplo: sua estrutura e sua identidade cultural são profundamente renovadas pelo deslocamento.

O tempo da reconstrução oferece um belo exemplo do modo como as linhas de divisão das identidades pouco a pouco se misturaram durante a transferência. Por exemplo, no momento da atribuição dos alojamentos e das rações em Nova Mazagão: enquanto a administração colonial se prende às listas estabelecidas em Lisboa, os mazaganenses reivindicam que sejam levadas em conta as transformações sociais ocorridas durante os anos de trânsito. Por outro lado, quando a Coroa insiste na necessidade de sua metamorfose em povoadores do Novo Mundo, os mazaganenses permanecem cristalizados em sua identidade de soldados da fé. Disso dá testemunho a celebração da aclamação da rainha e das bodas do príncipe em 1777, cujas encenações festivas permitem pleitear o direito ao retorno, ou até a estrutura edilícia de Nova Mazagão, na qual persiste a organização militar do presídio marroquino. E como não levar em conta as mutações provocadas pela coexistência, nessa cidade dos confins, de índios, negros africanos, mouros, açorianos, mazaganenses e portugueses? É nesse terreno fértil, feito de rejeições mútuas e de simbioses nascentes, é nesse húmus fecundado pela necessidade de sobreviver, que a cidade mestiça adquire forma e sua realidade se impõe a todos – administração e moradores.

Mas logo a lenta degradação da cidade mestiça fissura, por sua vez, a identidade "trêmula"[1] dos neomazaganenses. O emaranhado das referências sociais é tamanho que, em 1833, Nova Mazagão perde seu status de vila. E quando a cidade dá sinais de se extinguir, é a memória que assegura a continuidade e força a lembrança: as lutas obstinadas contra os infiéis, que fizeram a fama da praça-forte marroquina, não são esquecidas. Devagar, elas voltam à boca de cena, mesmo que hoje sejam os descendentes de escravos africanos a brandir o estandarte cristão!

*

Recusar ceder aos percursos migratórios uma "linearidade às avessas"[2], como nos convida judiciosamente Nancy Green, leva a situar no núcleo da análise histórica a multiplicidade de experiências do trajeto e as incertezas do deslocamento. Porque nesse movimento, no espaço e no tempo, opera uma série de mudanças que escapam a todo controle e cujas inflexões maiores o historiador, mesmo assim, deve tentar enfatizar.

E esse deslocamento não é feito só de movimentos, ele é feito também de tempo de espera. "Fazer esperar: prerrogativa constante de todo poder"[3], lembrava Roland Barthes. Que acontece quando nos põem à es-

---

1. Édouard Glissant, *Poétique de la relation* (Paris, Gallimard, 1990).
2. Nancy L. Green, *Repenser les migrations* (Paris, PUF, 2002), p. 3.
3. Roland Barthes, *Fragments d'un discours amoureux* (Paris, Seuil, 1977), p. 50. Giorgio Agamben, em *Homo sacer: le pouvoir souverain ou la vie nue* (Paris, Seuil, 1997), tenta pensar o "acampamento", espaço de exceção, como o paradigma oculto do exercício do poder. Uma autoridade absoluta se exerce sobre a "vida nua" sob a forma de um "poder de vida e de morte" que se pronuncia de modo irrevogável.

pera? Em Lisboa, os mazaganenses permanecem seis meses – eles inventam uma cidade da memória e nela se apóiam para passar pelas provações que os esperam. Em Belém, o tempo de espera se dilata. A integração nas atividades econômicas e sociais da cidade de trânsito é, desde então, inevitável, sobretudo para os mais jovens: entre a cidade colonial construída pelo Estado e a cidade da memória edificada pelos mazaganenses, insere-se um terceiro ator, a *cidade vivida*. Como não avaliar as modificações que esse estado transitório provoca?

Talvez os historiadores devessem levar a sério o apelo de certos filósofos ou sociólogos[4], quando insistem na riqueza heurística dos entremeios, convidando a se apropriar desses tempos intermediários e a "valorizar o desconcerto do homem, repentinamente privado de seus quadros habituais de referência e de suas justificações sociais, cristalizadas em regras fixas, em instituições"[5]. O que importa hoje – os Estados nunca deslocaram tantas populações quanto no século XX, e nesse nascente século XXI, para estacioná-las em acampamentos de trânsito, de concentração ou em zonas de espera – é construir uma história mais atenta aos ritmos sociais[6] e à multiplicidade das identidades segundo os tempos do cotidiano. Por que não seguir o exemplo de Montaigne? "Não pinto o ser. Pinto a passagem: não uma passagem de uma idade para outra [...], mas de dia para dia, de minuto para minuto. É preciso acomodar minha história à hora"[7]. Nessa "gangorra perene", os homens, sempre

---

4. Pensemos, por exemplo, em Henri Bergson, quando ele lamenta que "a ciência não atue sobre o tempo e o movimento senão na condição de eliminar, já de início, seu elemento essencial e qualitativo – do tempo, a duração e do movimento, a mobilidade" (*Essai sur les données inmédiates de la conscience* [Paris, PUF, 1963 (1. ed. 1889)], p. 77). Citemos ainda Gaston Bachelard, quando ele evoca o momento específico das "suspensões da ação" (*La dialectique de la durée* [Paris, PUF, 1950]); Hannah Arendt, falando da "brecha entre o passado e o futuro" (*La crise de la culture* [Paris, Gallimard, 1972], p. 19); ou ainda Georges Durvitch analisando a multiplicidade dos tempos sociais (*Déterminismes sociaux et liberté humaine: vers l'étude sociologique des chemins de la liberté* [Paris, PUF, 1955]).
5. Jean Duvignaud, *Introduction à la sociologie* (Paris, Gallimard, 1966), p. 47. Cf. também a obra de Nicole Lapierre, *Pensons ailleurs* (Paris, Stock, 2004).
6. Cf. a obra póstuma de Henri Lefebvre, *Éléments de rythm-analyse: introduction à la connaissance des rythmes* (Paris, Syllepses, 1992), bem como a obra fundadora e doravante clássica de Paul Virilio, *Vitesse et politique* (Paris, Galilée, 1977).
7. Michel de Montaigne, *Essais*, livro III, cap. II: "Du repentir" (Paris, Gallimard, 1961), p. 899.

postos à prova, vivem em aprendizado constante. Cabe ao historiador, "escrutador de interstícios"[8], lembrar-se disso e consagrar seus esforços a essa situação.

As grandes pesquisas sobre o deslocamento humano na época moderna e na época contemporânea, bem como sobre os portos de emigração, nunca insistiram verdadeiramente na vida cotidiana das populações em espera. Seja a emigração voluntária ou organizada por um poder qualquer, o emigrante nunca chega ao porto no mesmo dia de sua partida. Geralmente são semanas, se não meses, que ele deverá esperar – uma embarcação, uma autorização... E que faz ele durante esse tempo? Onde se aloja? O que come? Com quem se encontra? Trata-se de sua primeira experiência na cidade? Em um porto, os rumores espalhados por marinheiros e taverneiros logo se difundem: eles conheceram ou ouviram falar do país de destinação[9]. Em Belém, os mazaganenses ainda em trânsito ficam sabendo, por meio daqueles que fugiram ou dos pilotos das embarcações, da situação exata da nova Mazagão. Seria ilusório então pretender que a pessoa que acaba de embarcar é a mesma que chegou algumas semanas ou alguns meses antes: na verdade, ela está alimentada por experiências da espera e pelo lugar de espera[10]. Uma história atenta à riqueza e à diversidade das experiências sociais já não deveria se contentar em evidenciar as seqüências ou as etapas de um

---

8. Arlette Farge, *Des lieux pour l'histoire* (Paris, Seuil, 1997), p. 26.
9. Flaubert abordou magistralmente o modo como os comentários e as imagens a respeito das destinações longínquas podem ser reinterpretados por uma pobre criada, que se inquieta ao ver seu sobrinho embarcar para o Novo Mundo: "O pobre garoto ia rolar sobre as ondas durante meses! Suas viagens anteriores não a amedrontaram. Da Inglaterra e da Bretanha, voltava-se; mas a América, as Colônias, as Ilhas, isso tudo estava perdido em uma região incerta, no outro lado do mundo. Desde então, Felicité pensava exclusivamente em seu sobrinho. Nos dias de sol, ela se atormentava com a sede; quando vinha a tempestade, temia o relâmpago por ele [...]; ou então – lembranças da geografia em gravuras – ele era comido por selvagens, pego em uma mata por macacos, morria à beira de uma praia deserta" (Gustave Flaubert, "Un coeur simple", *Trois contes* [Paris, Gallimard, 1952 (1. ed. 1877)], Bibliothèque de la Pléiade, vol. 2, p. 605.
10. A mitologia nacional norte-americana fez da travessia do Atlântico o momento-chave do renascimento dos primeiros povoadores; cf. a obra de Élise Marienstras, *Les mythes fondateurs de la nation américaine: essai sur le discours idéologique aux États-Unis à l'époque de l'indépendance (1763–1800)* (Paris, Éditions Complexes, 1982 [1. ed. 1976]). É tempo de romper com essa visão excessivamente idealista e de reconstruir a cadeia das mutações e transformações que fazem do emigrante um povoador.

deslocamento, mas antes se dedicar a entender o que se cria nesses espaços intersticiais, nesses momentos de transição[11].

Não acreditemos que os tempos de espera sejam forçosamente tempos de imobilidade. Eles podem ser momentos de precipitação: em Lisboa, a administração tem de se apressar para transformar os mazaganenses em povoadores do Novo Mundo. É necessário avisar Belém, preparar o pagamento de seus soldos, assegurar a alimentação, organizar as listas de partida, reservar as embarcações e as provisões... De seu lado, os mazaganenses também se organizam, acolhem membros de sua família, tentam fugir... Em Belém, o governador tem de alojar os mazaganenses, organizar o reconhecimento do sítio, o recrutamento da mão-de-obra, garantir o abastecimento, coordenar a construção... Quanto aos mazaganenses, vários deles inventam artimanhas para escapar daquilo que já sabem ser um verdadeiro purgatório. Daí é que surgem as estratégias matrimoniais com as quais as famílias esperam se livrar da continuação da viagem. Mas será que o tempo da administração e o tempo dos mazaganenses têm o mesmo valor?

Certamente, a espera também tem seus tempos sombrios. A sensibilidade induzida pela espera deforma a percepção do meio ambiente, freqüentemente atingido pela irrealidade. Preso durante vários anos nas prisões fascistas da Itália, o velho sindicalista Vittorio Foa reconhece que, por força do isolamento e da espera, "o tempo [...] se fazia geométrico e espacial"[12]. Em Belém, esse sentimento de irrealidade é reforçado pela criação de uma paróquia específica, uma paróquia sem território, que não se confunde com as dos outros habitantes da cidade. Que olhar se deve lançar, então, sobre aqueles que trabalham, discutem, brincam... e que não esperam? O historiador não pode se furtar a esse convite de decifrar o imaginário do trânsito[13].

---

11 Os arquivos da polícia ou os arquivos judiciários poderiam nos fornecer preciosos dados sobre as condições de vida dos indivíduos à espera da partida. Vários deles devem ter-se envolvido em alguma contusão: a palavra lhes terá sido dada, nem que seja por um instante, para darem testemunho de suas condições de existência e de espera.
12. Vittorio Foa & Pietro Marcenaro, *Riprendere tempo: un dialogo con postilla* (Torino, Einaudi, 1982), p. 104. Agradeço a Carlo Ginzburg por ter me indicado e transmitido essa referência.
13. Sobre esses aspectos sutis e complexos, mas de "frágeis intensidades" (Paul Veyne, "L'interprétation et l'interprète: à propos des choses de la religion", *Enquête*, Paris, n. 3, 1996, pp. 241-72), o historiador poderia trabalhar a partir de testemunhos dire-

*

Uma história social da espera convida a lançar um olhar diferente sobre as cidades por onde transitam refugiados e candidatos à emigração. Com efeito, elas são vastos lugares de espera. Ora, sabemos bem que a pessoa que espera não pratica a cidade do mesmo modo que aquela que trabalha ou a criança que brinca. Observar a cidade como um espaço de espera convida a ler de outra forma suas potencialidades, a repensar suas centralidades, a redefinir o desejo de cidade.

Entre as novas vias que se abrem para a história, aquela que se mantém atenta à multiplicidade dos tempos e dos ritmos sociais, às distâncias e contrapontos parece particularmente fértil. Ela parece capaz de iluminar o claro-escuro das identidades sociais, bem como os acasos das configurações socioespaciais atuantes na cidade. Por conseguinte, alguns dos "caminhos reversos"[14] da história, que Marc Bloch nos convidava a seguir já há oitenta anos, poderiam voltar a se abrir.

---

tos, como os escritos do indivíduo ou sobre o indivíduo (cf. Arlette Farge, *Le bracelet de parchemin: l'écrit sur soi au XVIIIe siècle* [Paris, Bayard, 2003]). E, na falta disso, trabalhar a partir de indícios que podem ser destacados nas produções literárias ou artísticas realizadas durante ou consecutivamente a essas tentativas.

14. Marc Bloch, *Les rois thaumaturges: étude sur le caractère surnaturel attribué à la puissance royale particulièrement en France et en Angleterre* (Paris, Gallimard, 1973 [1. ed. 1924]), p. 18.

POSFÁCIO

Marc Bloch desejava que o historiador, além do "acontecimento" tradicionalmente definido ou do "fato cronológico", tentasse apreender a experiência vivida daqueles que foram seus testemunhos ou atores. Ele reencontrava aí os camponeses da Idade Média. Em seguida, foram descobertos os "alegres companheiros", cujos conciliábulos animaram a Reforma e a Renascença – os cúmplices de Rabelais para Lucien Febvre; os simples combatentes esquecidos da batalha de Bouvines, para Duby; as cores, os odores e os gestos que acompanham os prazeres libertinos para Corbin – entre outros...

A "experiência social" de um presente que foi é também a parte da duração – espera ou apreensão – que sustenta os deslocamentos (às vezes esquecidos) dos grupos humanos no espaço. Não buscamos, pois, recuperar essa parte da existência que a visão abstrata do tempo ou da cronologia não pode apreender?

O livro de Laurent Vidal dá a essa pesquisa uma ilustração surpreendente: pôr os instrumentos do conhecimento histórico a serviço da duração... Parte-se dessa cidade, Mazagão, fortaleza cristã isolada no "país dos mouros", que é transportada por mar, no coração do século XVIII, até Lisboa, numa espera de alguns meses, depois, definitivamente, para o Brasil amazônico, no outro lado do mar. E tudo isso sob o olhar benevolente do marquês de Pombal, ministro do rei dom José, ao qual, na época, os "filósofos das Luzes" concedem todo o crédito. Ansiedade de uma partida de "corpo e bens" do Marrocos e espera confusa, inquieta, em Lisboa, descoberta de uma paisagem humana onde é preciso se implantar – esperas sucessivas que compõem a trama da experiência, Mazagão se torna a Nova Mazagão sob os trópicos, onde se tenta reconstruir uma Europa perdida. De um continente a outro, um grupo de guerreiros, de famílias, de crianças, permaneceu o mesmo em sua composição "oficial"; depois os "deslocados" se reproduzem, os soldados se fazem povoadores, uma lenta mestiçagem começa com aqueles que já não são mais "indígenas".

Vidal buscou as marcas dessas esperas – no Marrocos, nos arquivos de Portugal e do Brasil e nesse local da Amazônia que ele mensura e questiona. Aqui, sociologia, história, etnologia, despojamento de hermetismos, misturam-se e unem-se para descrever o "drama" dessas paradas que, a cada vez, são uma interrogação sobre "o depois" ou "o que está por vir" – outras tantas fraturas em uma imagem excessivamente asseguradora do tempo e da história. Outras tantas durações diferentes. Por acaso, quando trabalhavam no Brasil, Gurvitch, Braudel e Bastide evocaram, como por sua vez pressentira Bachelard, a multiplicidade dos tempos sociais e, certamente, da consciência sempre diferente da duração e das esperas.

A vida atual de Mazagão, sobre a qual Vidal acaba de descrever essa "odisséia", abre outros horizontes. A cidade se desdobrou entre Mazaganópolis e Mazagão Velho. Hoje, quando os poucos sobreviventes dos antigos moradores da cidade, instalados em Mazaganópolis, parecem se desinteressar pelas imagens de seu passado, por ocasião das festas vagamente rituais representadas na velha Mazagão, antigos escravos, antigos "selvagens", índios ou mestiços, representam para si mesmos o que acreditam saber dos episódios da "experiência" de seus senhores no Marrocos. Admirável justificação de *Les nègres* ou *Les paravents* de Jean Genet. A história, como dizia Lucien Febvre, abre todos os caminhos...

JEAN DUVIGNAUD

AGRADECIMENTOS

Um livro nunca é uma aventura solitária! Muitos colegas e amigos me acompanharam ao longo desta pesquisa, aceitando ler meus originais e discutir minhas hipóteses sem se mostrar avaros em sugestões e críticas. Jean Duvignaud, com sua generosidade característica, esteve presente em cada uma das etapas dessa longa peregrinação, animando-me a explorar os "caminhos reversos" da história. Mickaël Augeron e Ana-María Díaz anotaram e comentaram o texto na medida em que eu o escrevia, estimulando-me sempre a uma maior precisão e rigor.

Não esqueço as horas passadas a discutir o caso Mazagão com Charles Illouz, Paulo César da Costa Gomes, Martine Droulers e Mona Huerta. Também não esqueço o apoio entusiasta de Alain Musset e Hervé Théry, que tornou possível essa pesquisa.

Leandro Mendes Rocha, Cláudia Damasceno Fonseca, Renata Araújo, Nicolas Faucherre, Luciana Wrege Rassier e Marcos Albuquerque me trouxeram, cada um à sua maneira, úteis observações, que esclareceram alguns aspectos desta pesquisa. Já Violette Brustlein-Waniez e Pascal Brunello puseram todo o seu conhecimento a meu dispor na realização da cartografia desta obra.

François-Michel Le Tourneau me acompanhou a Mazagão Velho, para a festa de São Tiago, em julho de 2003. Juntos, participamos da primeira "marcha ecoturística religiosa" da cidade, intrigados com aquela admirável encenação festiva.

Renée Darmon e Henri Vidal releram todo o manuscrito, corrigiram suas imperfeições, sugeriram melhorias.

Na França (Paris, Nantes, Lyon, La Rochelle, Reims), em Portugal (Lisboa) e no Brasil (Manaus, Natal, Niterói, Recife, Assis), pude apresentar em seminários ou congressos estágios de meus trabalhos. As discussões e debates que se seguiram, especialmente com Maurício Abreu, Francisco Bethencourt e Tania Regina de Luca, foram preciosos para a continuidade desta obra.

Arlette Farge, Paul Virilio, Carlo Ginzburg e Alain Corbin me gratificaram, durante conversas informais e sempre agradáveis, com sua escuta benevolente e suas observações judiciosas.

Que todos encontrem aqui a expressão de meu vivo reconhecimento.

Quanto a Magali e Juliette, foi no cotidiano que elas seguiram comigo nessa longa estrada!

BIBLIOGRAFIA CONSULTADA

"A FESTA de São Tiago", *Marco Zero*, Macapá, 11-17 de setembro de 1982. Caderno 3, p. 5.

AGAMBEN, Giorgio. *Homo sacer: le pouvoir souverain ou la vie nue*. Paris, Seuil, 1997.

ALMEIDA, Fortunato de. *História da Igreja em Portugal*. Porto/Lisboa, Civilização, 1970.

ALMEIDA, Rita Heloísa de. *O Diretório dos Índios: um projeto de civilização no Brasil do século XVIII*. Brasília, Editora da UnB, 1997.

AMARAL, Augusto Ferreira do. *História de Mazagão*. Lisboa, Alfa, 1989.

AMAZÓNIA Felsínea: António José Landi, itinerário artístico e científico de um arquitecto bolonhês na Amazónia do Século XVIII. Lisboa, Comissão Nacional para as Comemorações dos Descobrimentos Portugueses, 1999.

ARAÚJO, Renata Malcher de. *As cidades da Amazónia no século XVIII: Belém, Macapá e Mazagão*. Porto, FAUP, 1998.

ARENDT, Hannah. *La crise de la culture*. Paris, Gallimard, 1972.

AVITY, Pierre d'. *Description générale de l'Afrique, seconde partie du monde, avec tous ses empires, royaumes, états et républiques*. Troyes/Paris, D. Bechet/ L. Billaine, 1660.

BACHELARD, Gaston. *La dialectique de la durée*. Paris, PUF, 1950.

BACKOUCHE, Isabelle. "À la recherche de l'histoire urbaine: Jean-Claude Perrot, genèse d'une ville moderne (1975)". Em LEPETIT, Bernard & TOPALOV, Christian (orgs.). *La ville des sciences sociales*. Paris, Belin, 2001, pp. 267-305.

BAENA, Antônio Ladislau Monteiro. *Ensaio corografico sobre a provincia do Pará*. Pará, Typographia de Santos e menor, 1839.

BARTHES, Roland. *Fragments d'un discours amoureux*. Paris, Seuil, 1977.

BASCHET, Jérôme. *La civilisation féodale: de l'an mil à la colonisation de l'Amérique*. Paris, Aubier, 2004.

BELLIN, Jacques-Nicolas. *Description géographique de la Guiane*. Paris, Didot, 1763.

BERGSON, Henri. *Essai sur les données inmédiates de la conscience*. Paris, PUF, 1963 [1. ed. 1889].

BETHENCOURT, Francisco & CHAUDHURI, Kirti (orgs.). *História da expansão portuguesa*. 5 vols. Lisboa, Círculo de Leitores, 1998.

BEZERRA NETO, José Maia. *Escravidão negra no Grão-Pará (séc. XVII-XVIII)*. Belém, Paka-Tatu, 2001.

BLOCH, Marc. *Les rois thaumaturges: étude sur le caractère surnaturel attribué à la puissance royale particulièrement en France et en Angleterre*. Paris, Gallimard, 1973 [1. ed. 1924].

BOURDIEU, Pierre. *Le bal des célibataires: crise de la société paysanne en Béarn*. Paris, Seuil, 2002.

BRITO, Cecília Maria Chaves. "Índios das 'corporações': trabalho compulsório no Grão-Pará no século XVIII". Em MARIN, Rosa Acevedo (org.). *A escrita da história paraense*. Belém, NAEA/UFPA, 1998, pp. 114-37.

BRITO, Manoel Carlos. *Opera in Portugal in Eighteenth Century*. Cambridge, Cambridge University Press, 1989.

CASCUDO, Luís da Câmara. *Dicionário do folclore brasileiro*. 2. ed., Rio de Janeiro, Instituto Nacional do Livro, 1962.

CÉNIVAL, Pierre de. *Sources inédites de l'histoire du Maroc*. Paris, Paul Geuthner, 1931 ("France", III).

CHANTAL, Suzanne. *La vie quotidienne au Portugal après le tremblement de terre de Lisbonne de 1755*. Paris, Hachette, 1962.

CHARTIER, Roger. *Au bord de la falaise*. Paris, Albin Michel, 1998. [Ed. br.: *À beira da falésia*. Porto Alegre, Editora da UFRGS, 2002.]

CICCIA, Anne-Marie. *Le théâtre de Molière au Portugal au XVIIIe siècle: de 1737 à la veille de la révolution libérale*. Paris, Centre Culturel Calouste Gulbenkian, 2003.

CINGOLANI, Patrick; FARGE, Arlette; LAÉ, Jean-François & MAGLOIRE, Franck. *Sans visages: l'impossible regard sur le pauvre*. Paris, Bayard, 2004.

COATES, Timothy. *Degredados e órfãos: colonização dirigida pela coroa no império português, 1550-1759*. Lisboa, CNCDP, 1998.

CORBIN, Alain. *Le monde retrouvé de Louis-François Pinagot: sur les traces d'un inconnu (1798-1876)*. Paris, Champs-Flammarion, 2002 [1. ed. 1998].

____. *Le village des "cannibales"*. Paris, Champs-Flammarion, 1995 [1. ed. 1990].

____. *Les cloches de la terre: paysage sonore et culture sensible dans les campagnes au XIXe siècle*. Paris, Champs-Flammarion, 1994.

____. *Les filles de noce: misère sexuelle et prostitution au XIXe siècle*. Paris, Flammarion, 1982.

CORREIA, Pedro da Silva. *Feliz e glorioso successo da batalha, que a garniçam de Mazagão teve em quatro de abril deste anno de 1763 com oito mil mouros por mais certa noticia*. Lisboa, Na oficina de Miguel Rodrigues, 1763.

COSTA, Américo. *Diccionário chrorographico de Portugal*. Vila do Conde, Typographia Privativa do Diccionário Chrorographico, 1940.

CRUZ, Ernesto. *História do Pará*. Rio de Janeiro, Departamento da Imprensa Nacional, 1963.

CUNHA, Luís Maria do Couto de Albuquerque da. *Memórias para a história da Praça de Mazagão*. Lisboa, Typographia da Academia, 1864.

DELSON, Roberta Marx. "Inland navigation in Colonial Brazil: using canoes on the Amazon", *International Journal of Maritime History*, St. John's, vol. VII, n. 1, pp. 1-28, jun. 1995.

DIAS, Manuel Nunes. *Fomento e mercantilismo: a Companhia Geral do Grão-Pará e Maranhão (1775-1778)*. 2 vols. Belém, Universidade Federal do Pará, 1970.

DICIONÁRIO geográfico brasileiro. Porto Alegre, Globo, 1967.

DICTIONNAIRE des oeuvres de tous les temps et de tous les pays. 5 vols. Paris, Laffont/Bompiani & SEDE, 1953.

DOMINGUES, Ângela. *Quando os índios eram vassalos: colonização e relações de poder no Norte do Brasil na segunda metade do século XVIII*. Lisboa, CNCDP, 2000.

DORNELAS, Affonso de. "A Praça de Mazagão". Em *História e genealogia*, vol. 1, Lisboa, Casa Portuguesa, 1913, pp. 23-5.

____. "Edifícios e ruas de Mazagão", *Boletim de Segunda Classe da Academia das Ciências de Lisboa*, Lisboa, vol. XVIII, 1932.

____. "Mazagão – breves notícias". Em *História e genealogia*, vol. 2, Lisboa, Casa Portuguesa, 1914, pp. 193-200.

DURVITCH, Georges. *Déterminismes sociaux et liberté humaine: vers l'étude sociologique des chemins de la liberté*. Paris, PUF, 1955.

DUVIGNAUD, Jean. *Fêtes et civilisations*. Paris, Actes Sud, 1991 [1. ed. 1973].

____. *Genèse des passions dans la vie sociale*. Paris, PUF, 1990.

____. *Hérésie et subversion: essai sur l'anomie*. Paris, La Découverte, 1986.

____. *Introduction à la sociologie*. Paris, Gallimard, 1966.

____. *Qu'est-ce que la sociologie?* Paris, Gallimard, 1966.

ES-SLAOUI, Ahmed Ben Khaled En-Naçiri. "Kitab el Istikca", *Archives Marocaines*, vol. X, 1907.

FARACHÉ, Rémon & JMAHRI, Mustapha. *Tout savoir sur El Jadida et sa région*. Toulon, Les Presses du Midi, 2001.

FARGE, Arlette. "Un singulier qui nous joue des tours", *L'Inactuel*, Paris, Circé, n. 10, jan. 2004.

____. *Le bracelet de parchemin: l'écrit sur soi au XVIIIe siècle*. Paris, Bayard, 2003.

____. *La chambre à deux lits et le cordonnier de Tel-Aviv: essai*. Paris, Seuil, 2000.

____. *Des lieux pour l'histoire*. Paris, Seuil, 1997.

____. *Le goût de l'archive*. Paris, Seuil, 1997 (Col. Points).

____. *Dire et mal dire: l'opinion publique au XVIIIe siècle*. Paris, Seuil, 1992.

____. *La vie fragile: violence, pouvoirs et solidarités à Paris au XVIIIe siècle*. Paris, Hachette, 1986.

FARINHA, Antônio Dias. *História de Mazagão durante o período filipino*. Lisboa, Centro de Estudos Históricos Ultramarinos, 1970.

FERREIRA, Eliana Ramos. "Estado e administração colonial: a vila de Mazagão". Em MARIN, Rosa Acevedo (org.). *A escrita da história paraense*. Belém, NAEA/UFPA, 1998, pp. 102-3.

FLAUBERT, Gustave. "Un coeur simple". Em *Trois contes*. Paris, Gallimard, 1952 [1. ed. 1877] (Bibliothèque de la Pléiade, 2).

FLEXA, Manoel Valente. *Memorial sobre os limites do município de Mazagão apresentado ao Exm^o Sr. Dr. Augusto Montenegro, governador do Estado*. Belém, [s.n.], 1905.

FOA, Vittorio & MARCENARO, Pietro. *Riprendere tempo: un dialogo con postilla*. Turim, Einaudi, 1982 (Microstorie).

FONSECA, Cláudia Damasceno. *Des terres aux villes de l'or: pouvoirs et territoires urbains au Minas Gerais (Brésil, XVIIIe siècle)*. Paris, Centre Culturel Calouste Gulbenkian, 2003.

FRANÇA, José Augusto. *Lisbonne, ville des Lumières*. Paris, SEVPEN, 1965.

GINZBURG, Carlo. "L'historien et l'avocat du diable: entretien avec Charles Illouz et Laurent Vidal", *Genèses: sciences sociales et histoire*, Paris, n. 53, dez. 2003.

____. "L'inquisitore come antropologo". Em POZZI, Regina & PROSPERI, Adriano (orgs.). *Studi in onore di Armando Saitta dei suoi allievi pisani*. Pisa, Giardini, 1989, pp. 23-33.

____. *Mythes, emblèmes, traces: morphologie et histoire*. Paris, Gallimard, 1989.

GLISSANT, Édouard. *Poétique de la relation*. Paris, Gallimard, 1990.

GODELIER, Maurice. *La production des grands hommes*. Paris, Fayard, 1982; Champs-Flammarion, 2003.

GOULVEN, Joseph. "L'établissement des premiers européens à Mazagan au cours du XIXe siècle", *Revue de l'Histoire des Colonies Françaises*, 4. trimestre, 1918.

____. *La Place de Mazagan sous la domination portugaise (1502-1769)*. Paris, Émile-Larose, 1917.

GRAHAM, Richard. *Patronage and politics in Nineteenth-Century Brazil*. Stanford, Stanford University Press, 1990.

GREEN, Nancy L. *Repenser les migrations*. Paris, PUF, 2002.

GURVITCH, Georges. *Déterminismes sociaux et liberté humaine: vers l'étude sociologique des chemins de la liberté*. Paris, PUF, 1955.

HARTOG, François. *Régimes d'historicité: présentisme et expérience du temps*. Paris, Seuil, 2003.

HESPANHA, António Manuel. *As vésperas do Leviathan: instituições e poder político – Portugal, século XVII*. Coimbra, Almedina, 1994.

HONNEGER, Marc. *Dictionnaire usuel de la musique*. Paris, Bordas, 1970.

HUIZINGA, Johann. *L'automne du Moyen Âge*, Paris, Payot, 1989 [1. ed. 1932].

IBGE. *Enciclopédia dos municípios brasileiros*. Rio de Janeiro, IBGE, 1957.

JANCSÓ, István & KANTOR, Iris (orgs.). *Festa: cultura e sociabilidade na América portuguesa*. 2 vols. São Paulo, Hucitec/Edusp, 2001.

KOBBÉ, Gustave. *Tout l'opéra: de Monteverdi à nos jours*. Paris, Robert Laffont, 1976 [1. ed. 1922].

LAPIERRE, Nicole. *Pensons ailleurs*. Paris, Stock, 2004.

LAROUSSE du XXe siècle: en six volumes. Paris, Larousse, 1928.

LE DICTIONNAIRE chronologique de l'opéra: de 1957 à nos jours. Paris, LGF, 1994 (Le livre de poche).

LEFEBVRE, Henri. *Éléments de rythm-analyse: introduction à la connaissance des rythmes*. Paris, Syllepses, 1992.

LÉZY, Emmanuel. *Guyane, Guyanes: une géographie "sauvage" de l'Orénoque à l'Amazone*. Paris, Belin, 2000.

LORAUX, Nicole. *La citée divisée*. Paris, Payot, 1997.

MARIENSTRAS, Elise. *Les mythes fondateurs de la nation américaine: essai sur le discours idéologique aux États-Unis à l'époque de l'indépendance (1763-1800)*. Paris, Éditions Complexes, 1982 [1. ed. 1976].

MARTINS, Francisco d'Assis de Oliveira. "A fundação de Vila Nova de Mazagão no Pará. Subsídios para a história da colonização portuguesa no Brasil", *I Congresso da História da Expansão Portuguesa no Mundo*, Lisboa, 1938.

___. *Portugal e Marrocos no século XVIII*. Lisboa, Parceria António Maria Pereira, 1937.

MARTYN, John R. C. *The siege of Mazagão: a perilous moment in the defense of Christendom against Islam*. Nova York, Peter Lang, 1994.

MAURO, Frédéric. "De Madère à Mazagan: une Méditerranée atlantique", *Hespéris*, vols. 1 e 2, pp. 250-4, 1953.

MAXWELL, Kenneth. *Pombal: paradox of the Enlightenment*. Cambridge, Cambridge University Press, 1995.

MAZAGAN, reine des plages du Maroco. Paris, Imprimerie Française, 1922.

MÉMOIRES de Sébastien-Joseph de Carvalho e Melo, comte d'Oeyras, marquis de Pombal. Trad. Francisco Gusta. Lisboa/Bruxelas, Le Francq, 1784.

MENDONÇA, Agostinho de Gavy de. *História do famoso cerco que o Xarife pôs á fortaleza de Mazagam*. Lisboa, [s.n.], 1607.

MONTAIGNE, Michel de. *Essais*. Paris, Gallimard, 1961 (Bibliothèque de la Pléiade).

MONTEIRO, Nuno Gonçalo. "17th and 18th Century Portuguese nobilities in the European context: a historiographical overview", *e-journal of Portuguese History*, Porto, vol. 1, n. 1, verão de 2003.

MORAIS, Jurandir Dias & MORAIS, Paulo Dias. *O Amapá em perspectiva*. Macapá, Valcan, [19--?].

MOREIRA, Rafael. *A construção de Mazagão: cartas inéditas, 1541-1542*. Lisboa, Ministério da Cultura, 2001.

MOURA, Carlos Francisco. "Embarcações usadas pelos colonos em Mato Grosso nos séculos XVIII e XIX". *Studia*, Lisboa, n. 54/55, 1996.

MUNIZ, Palma. "Município de Mazagão", *Annaes da Bibliotheca e Archivo Público do Pará*, Belém, tomo IX, pp. 383-515, 1916.

MUSSET, Alain. *Villes nomades du Nouveau Monde*. Paris, Éditions de l'EHESS, 2002.

NIETZSCHE, Friedrich. *Par-delà bien et mal*. Paris, Aubier/Montaigne, 1951 [1. ed. 1886]; GF-Flammarion, 1996.

NOTÍCIA da grande batalha que houve na Praça de Mazagão, Lisboa, [s.n.], 1757.

"O ESTABELECIMENTO de Mazagão no Grão-Pará", *Revista do IHGB*, Rio de Janeiro, t. 84, pp. 609-95, 1918.

OLIVEIRA, Maria do Socorro dos Santos. "Religiosidade popular em comunidades estuarinas amazônicas: um estudo preliminar do Marabaixo no Amapá", *Scripta Nova: revista eletronica de geografia y ciencias sociales*, Barcelona, Universidade de Barcelona, vol. 45, n. 49, 1º de agosto de 1999.

PROUST, Marcel. *À la recherche du temps perdu – Du côté de chez Swann*. Paris, Gallimard, 1966 [1. ed. 1913] (Bibliothèque de la Pléiade).

RAMOS, Luís A. de Oliveira. *Diárias das visitas pastorais no Pará de D. Fr. Caetano Brandão*. Porto, INIC, 1991.

REIS, Arthur Cezar Ferreira. *Lobo d'Almada: um estadista colonial*. Manaus, [s.n.], 1940.

REY, Alain (org). *Le Robert: dictionnaire historique de la langue française*. 3 vols. Paris, Le Robert, 1992–1998.

RICARD, Robert. *Un document portugais sur la Place de Mazagan au début du XVIIe siècle*. Paris, Paul Geuthner, 1932.

____. *Les inscriptions portugaises de Mazagan*. Coimbra, Coimbra Editora, 1935.

____. "Le transport au Brésil de la ville portugaise de Mazagan", *Hespéris*, t. XXIV, pp. 139-42, 1937.

____. "Sur la chronologie des fortifications portugaises d'Azemmour, Mazagan et Safi", *Congresso do Mundo Português*, Lisboa, vol. III, tomo 1, 1940.

____. "Un opuscule rare sur la Place portugaise de Mazagan em 1752", *Hespéris*, t. XXVIII, pp. 81-3, 1941.

____. *Mazagan et le Maroc sous le règne du sultan Moulay Zidan (1608–1627)*. Paris, Paul Geuthner, 1956.

____. *La place luso-marocaine de Mazagan vers 1660*. Paris, Maisonneuve et Larose, 1962.

RICOEUR, Paul. *L'histoire, la mémoire et l'oubli*. Paris, Seuil, 2000.

RODRIGUES, Isabel Vieira. "A política de Francisco Xavier de Mendonça Furtado no norte do Brasil (1751–1759)", *Oceanos*, Lisboa, n. 40, pp. 94-110, out.-dez. 1999.

SANTANA, Francisco & SUCENA, Eduardo (orgs.). *Dicionário da história de Lisboa*. Lisboa, Carlos Quintas, 1994.

SANTOS, Fernando Rodrigues dos (org.). *História do Amapá*. Macapá, Lisboa, [s.n.], 1994.

SARAGOÇA, Lucinda. *Da "Feliz Lusitânia" aos confins da Amazónia (1615–62)*. Lisboa, Cosmos, 2000.

SILVA, Maria Beatriz Nizza da. *Vida privada e quotidiano no Brasil na época de D. Maria e D. João VI*. Lisboa, Estampa, 1993.

SEMPRUN, Jorge. *L'écriture ou la vie*. Paris, Gallimard, 1994.

SENETT, Richard. *La chair et la pierre: le corps et la ville dans la civilisation occidentale*. Paris, Éditions de la Passion, 2002. [Ed. br.: *A carne e a pedra: o corpo e a cidade na civilização ocidental*. Rio de Janeiro, Record, 1997.]

TINHORÃO, José Ramos. *As festas no Brasil colonial*. São Paulo, Editora 34, 2000.

VAINFAS, Ronaldo (org.). *Dicionário do Brasil Colonial (1500–1808)*. Rio de Janeiro, Objetiva, 2000.

VASCO DE CARVALHO, Brigadeiro-general. *La domination portugaise au Maroc, 1415–1769: causerie faite le 19 février 1934 à l'École supérieure de guerre*. Lisboa, SPN, 1942.

VÉRAN, Jean-François. *L'esclavage en héritage (Brésil): le droit à la terre des descendants de marrons*. Paris, Karthala, 2003.

VEYNE, Paul. "L'interprétation et l'interprète: à propos des choses de la religion", *Enquête*, Paris, n. 3, pp. 241-72, 1996.

VIRILIO, Paul. *Vitesse et politique*. Paris, Galilée, 1977.

ZAMBOTTI, Pia Laviosa. *Origine et diffusion de la civilisation*. Paris, Payot, 1949.

LISTA DAS TABELAS

p. 57: Habitantes da praça de Mazagão evacuados em 11 de março de 1769.

p. 60: Lugar de residência dos mazaganenses em Lisboa.

p. 64: Classificação da famílias para o pagamento dos soldos, tenças, moradias e alvarás em Lisboa, no dia 11 de agosto de 1769.

p. 67: Quadro geral das famílias e das pessoas que embarcaram para Belém do Grão-Pará em 15 de setembro de 1769.

p. 91: Carregamento do material de construção nos navios de transporte dos mazaganenses (15 de setembro de 1769).

p. 113: Pagamentos devidos aos egressos de Mazagão, embarcados para o Pará (em réis).

p. 124: Os mazaganenses entre Belém e Vila Nova de Mazagão.

p. 146: Evolução da mão-de-obra indígena em Nova Mazagão (1770-4).

p. 147: Artesãos e operários de Mazagão por vila de proveniência.

p. 154: Lista dos dez primeiros transportes de famílias para Mazagão (abril de 1770 – maio de 1772).

p. 155: Transporte de famílias de Belém para Nova Mazagão (julho de 1773 – dezembro de 1776).

p. 212: Os vereadores de Nova Mazagão (1771-9).

p. 256: O destino de uma cidade e de um nome: Mazagão.

CRÉDITOS DAS IMAGENS

p. 17: As possessões portuguesas no Marrocos, de Pascal Brunello.

p. 20: Vista de Mazagão, BNF (Bibliothèque Nationale de France) cota Ge sh 18º Pf 110 div 3 p 22 D.

p. 21: Plano da fortaleza da praça de Mazagão, BNF, cota Ge sh 18º Pf 110 div 3 p 24 D.

p. 81: Assinaturas dos mazaganenses, Arquivo Histórico do Tribunal de Contas [Portugal]. Erário Régio, nº 4240 – Livro de despesa que se fez com as famílias da Praça de Mazagão que se foram estabelecer no Grão-Pará por ordem de Sua Majestade. 1769.

p. 96: Retrato dos irmãos Pombal. Pintura do teto da Sala da Concórdia do Palácio Pombal (Câmara Municipal de Oeiras, Portugal).

p. 101: Mapa da Guiana Portuguesa (1763), *Carte de la Guyane portugaise et Partie du cours de la rivière des Amazones*, extraído do mapa da Guiana de Jacques-Nicolas Belin (©Jacques-Nicolas Belin, *Description géographique de la Guiane*. Paris, Imprimerie de Didot, 1763 – Médiathèque de La Rochelle).

p. 104: Plano do lugar de Santa Anna do Rio Mutuacá, Casa da Ínsua, 24.

p. 107: Plano da cidade de Belém do Pará, AHE (Acervo da Mapoteca da Divisão de História do Arquivo Histórico do Exército), RJ, Manuscrito G4.010.C15.

p. 141: Plano de Nova Mazagão (1769), Casa da Ínsua, 23.

p. 142: Plano de Nova Mazagão (1773), AHU (Arquivo Histórico Ultramarino), Portugal, Cartografia manuscrita n. 822.

p. 143: Plano das casas de Nova Mazagão, AHU, Cartografia manuscrita n. 807.

p. 149: Os índios empregados na construção de Nova Mazagão, de Pascal Brunello.

p. 156: Tipo de canoa utilizada na navegação amazônica, Museu Bocage, Lisboa.

p. 159: Percurso das canoas entre Belém e Nova Mazagão. Adaptação do mapa de Henrique Antonio Galluzzi (Mapa Geral do Bispado do Pará), Biblioteca Nacional, RJ.

p. 237: Mazagão, por Inácio Antônio da Silva (1802), BNP (Biblioteca Nacional de Portugal), Iconografia, D 68 R.

p. 239: Cerco de Mazagão, Casa da Ínsua.

p. 240: Cerco de Mazagão, Casa da Ínsua.

p. 241: Cerco de Mazagão visto por um dinamarquês (1781), BNF (Bibliothèque Nationale de France), Paris, Georg Host, *Nachrichten von Marokos und Fes*. Kopenhagen, Christian Gottlob Proft.

p. 246: Plano da cidade nova de Mazagão (1922), BNF, *Mazagan, reine des plages du Maroc*. Imprimerie Française, 1922, p. 1-2.

p. 249: A fortaleza de Mazagão hoje, © Laurent Vidal.

p. 260: Plano de Mazagão Velho em julho de 2003, François-Michel Le Tourneau.

p. 265: São Tiago, São Jorge e Menino Caldeirinha, © Laurent Vidal.

p. 267: O início da batalha de São Tiago, © Laurent Vidal.

p. 268: As crianças mascaradas, © Laurent Vidal.

1ª **edição** Abril de 2008 | **Diagramação** Megaart Design
Fonte ITC Usherwood | **Papel** Ofsete Alta Alvura
Impressão e acabamento Prol Editora Gráfica